Le
Livre
de
Poche
Jeunesse

Le Dernier Olympien

Rick Riordan

Né en 1964 à San Antonio au Texas, Rick Riordan a d'abord suivi des études musicales avant d'être diplômé en littérature anglaise et en histoire. Après quinze ans d'enseignement, il se consacre à l'écriture. Ses romans policiers pour adultes lui ont valu les prix littéraires américains les plus prestigieux.

Du même auteur :

- Percy Jackson - Tome 1 - Le voleur de foudre
- Percy Jackson - Tome 2 - La mer des monstres
- Percy Jackson - Tome 3 - Le sort du Titan
- Percy Jackson - Tome 4 - La bataille du labyrinthe
- Héros de l'Olympe - Tome 1 - Le héros perdu
- Héros de l'Olympe - Tome 2 - Le fils de Neptune
- The Kane Chronicles - Tome 1 - La pyramide rouge
- The Kane Chronicles - Tome 2 - Le trône de feu

Rick Riordan

Le Dernier Olympien

Percy Jackson

Tome 5

Traduit de l'anglais (américain)
par Mona de Pracontal

L'édition originale de cet ouvrage
a paru en langue anglaise
sous le titre :
PERCY JACKSON AND THE OLYMPIANS BOOK FIVE :
THE LAST OLYMPIAN
(Première publication : Hyperion Books for Children, New York, 2009).

À madame Pabst, mon professeur d'anglais de quatrième,
qui m'a fait démarrer mon voyage d'écrivain

1 Je fais une balade détonante

La fin du monde a commencé à l'instant où un pégase s'est posé sur le capot de ma voiture.

Jusqu'alors, je passais un après-midi super. En principe je n'avais pas le droit de conduire vu que je n'allais avoir seize ans que la semaine suivante, mais ma mère et mon beau-père, Paul, m'avaient emmené avec mon amie Rachel à une plage privée de South Shore, à Staten Island, et Paul nous avait laissés faire un petit tour dans sa Prius.

Je sais ce que vous allez dire : « C'est fou, quelle irresponsabilité de sa part, patati, patata... » Mais Paul me connaît bien. Il m'a vu tailler des démons en pièces et sauter par la fenêtre d'une école en flammes, alors il a dû se dire que conduire une voiture sur quelques centaines de mètres n'était sans doute pas le plus grand danger que je courrais.

Bref, nous étions en voiture, Rachel et moi. C'était le mois d'août, une journée de canicule. Rachel avait relevé ses cheveux roux en queue-de-cheval et enfilé une chemise blanche sur son maillot de bain. Je l'avais toujours vue en tee-shirt miteux et jean maculé de peinture, et là, c'était trop de la bombe.

– Arrête-toi ! m'a-t-elle dit.

On s'est garés sur une corniche qui surplombait l'Atlantique. La mer est un de mes endroits préférés et ce jour-là, elle était carrément magique : lisse comme un miroir, verte et scintillante, comme si mon père maintenait le calme plat rien que pour nous.

Mon père, à propos, c'est Poséidon. Il peut faire ce genre de choses.

– Alors, a repris Rachel en souriant. Pour cette invitation ?

– Ah oui.

J'ai essayé d'avoir l'air enthousiaste. Je veux dire, elle m'avait invité à passer trois jours dans la maison de vacances de sa famille, sur l'île de Saint Thomas. Je ne recevais pas ce genre d'invitation tous les jours. Nous, notre idée de vacances luxueuses, c'est un long week-end dans un bungalow délabré de Long Island, avec quelques DVD de location et des pizzas surgelées. Là, les parents de Rachel étaient prêts à m'emmener aux Antilles avec eux...

En plus, j'avais vraiment besoin de vacances. Je venais de vivre le plus dur été de ma vie. Faire un break, même de quelques jours seulement, c'était hyper-tentant.

Seulement voilà. Quelque chose de capital devait se jouer d'un jour à l'autre et j'étais donc « de garde » pour une mission. Pire encore, dans une semaine, ce serait mon anniversaire. Or selon une prophétie, à mes seize ans, des catastrophes se produiraient.

– Percy, je sais que ça tombe mal, a dit Rachel. Mais je me trompe ou c'est jamais le bon moment, de toute façon ?

Bien vu.

– J'ai vraiment envie de venir, lui ai-je assuré. C'est juste que...

– La guerre.

J'ai fait oui de la tête. Je n'aimais pas en parler, mais Rachel savait. Contrairement à la plupart des mortels, elle voyait à travers la Brume – le voile magique qui déforme la vision des humains. Elle avait rencontré certains des autres demi dieux qui combattaient les Titans et leurs alliés. Elle s'était même trouvée parmi nous l'été dernier quand le seigneur Cronos, jusqu'alors en mille morceaux, s'était levé de son cercueil dans un nouveau corps absolument terrifiant, et elle avait gagné mon respect à tout jamais en lui envoyant une brosse en plastique bleu dans l'œil.

Elle a posé la main sur mon bras.

– Te prends pas la tête. On ne part pas avant quelques jours. Mon père...

Sa voix s'est brisée.

– T'as des ennuis avec lui ?

Rachel a secoué la tête, l'air dégoûté.

– Il essaie d'être sympa avec moi, a-t-elle répondu, ce qui est presque pire. Il veut que j'aille à l'Institut Clarion pour jeunes filles à la rentrée.

– Là où ta mère était allée ?

– C'est une école de bonnes manières pour jeunes filles de la haute, au fin fond du New Hampshire. Tu m'imagines dans un endroit pareil ?

J'ai dû reconnaître que l'idée semblait franchement idiote. Ce qui motivait Rachel, c'étaient les projets d'art urbain, nourrir les SDF, aller à des manifs pour « Sauver le Pic Maculé », ce genre de délires. Je ne l'avais jamais vue en robe. J'avais du mal à l'imaginer prenant des cours de savoir-vivre.

Elle a soupiré.

– Il se dit que s'il est super gentil avec moi, je vais finir par me sentir coupable et accepter d'y aller.

– C'est pour ça que je suis invité à partir en vacances avec vous ?

– Oui... mais si tu venais, ça m'arrangerait vraiment, Percy. Ce serait tellement mieux, avec toi. En plus, je voudrais te parler d'un truc.

Elle s'est tue abruptement.

– Tu veux me parler d'un truc ? ai-je demandé. Tu veux dire, un truc si grave qu'il faut qu'on aille à Saint Thomas pour en parler ?

Rachel a pincé les lèvres.

– Écoute, laisse tomber pour le moment. Faisons semblant d'être deux personnes normales. On est allés se balader, on regarde la mer et c'est sympa d'être ensemble.

Je sentais bien que quelque chose la tracassait, mais elle a souri courageusement. Le soleil faisait briller ses cheveux comme des flammes.

On s'était beaucoup vus cet été. Je ne l'avais pas vraiment décidé, mais plus la situation s'aggravait à la colonie, plus j'éprouvais le besoin de téléphoner à Rachel et de la voir, pour me changer les idées, souffler un peu. J'avais besoin de me rappeler que le monde mortel existait toujours, loin de tous ces monstres qui me prenaient pour leur punching-ball.

– D'accord, ai-je dit. Un après-midi normal, et deux personnes normales.

Elle a hoché la tête.

– Et donc... dans cette hypothèse, si ces deux personnes s'aiment bien, qu'est-ce qu'il faudrait pour que le stupide garçon se décide à embrasser la fille, à ton avis ?

– Oh. (J'ai eu soudain l'impression d'être une des vaches sacrées d'Apollon : lent, bête et rouge tomate.) Euh...

Ce serait mentir de dire que je ne pensais pas à Rachel. C'était tellement plus facile d'être avec elle qu'avec... disons, qu'avec certaines autres filles que je connaissais. Je n'avais pas besoin de redoubler d'efforts, de surveiller mes paroles, de me creuser la cervelle pour deviner ce qui se passait dans sa tête. Rachel ne dissimulait pas. Si elle avait quelque chose à dire, elle le disait.

Je ne sais pas ce que j'aurais fait, mais j'étais tellement troublé que je n'ai pas remarqué l'immense forme noire qui piquait du ciel avant qu'elle plante ses quatre sabots sur le capot de la Prius. *BING BING BING BING !*

Salut patron, a fait une voix dans ma tête. *Canon, ta caisse !*

Blackjack, le pégase, était un vieil ami ; j'ai donc essayé de ne pas montrer que j'étais contrarié par les quatre cratères qu'il venait de creuser sur le capot, mais je savais que ça ne plairait pas à mon beau-père.

Et puis j'ai vu qui chevauchait son dos et j'ai compris que le programme de ma journée se compliquait.

– Salut Percy.

Charles Beckendorf, conseiller en chef des Héphaïstos. À sa vue, la plupart des monstres courraient se réfugier dans les jupons de leurs mères. C'était un grand Black baraqué, avec des muscles en béton, acquis en travaillant aux forges tous les étés ; il avait deux ans de plus que moi et c'était un des meilleurs armuriers de la colonie. Il fabriquait aussi des mécanismes incroyablement ingénieux. Le mois dernier, il avait monté une bombe à feu grec dans les toilettes d'un car touristique qui transportait un groupe de monstres. Dès qu'une harpie avait tiré la chasse d'eau, l'explosion avait éliminé un paquet de sbires de Cronos.

Beckendorf était en tenue de combat. Il portait un plastron en bronze, un casque de guerrier, une épée à la taille et un pantalon de camouflage, sans oublier son sac d'explosifs, jeté sur l'épaule.

– Faut y aller ? lui ai-je demandé.

Il a hoché gravement la tête.

J'ai senti une boule se former dans ma gorge. Je savais que ce moment allait arriver. On s'y préparait depuis des semaines, mais quelque part, j'avais espéré qu'il ne viendrait jamais.

Rachel a levé la tête vers Beckendorf.

– Salut !

– Hé, salut. Moi c'est Beckendorf. Tu dois être Rachel ? Percy m'a dit que... enfin, il m'a parlé de toi.

Rachel a levé le sourcil.

– Vraiment ? C'est bien. (Elle a jeté un coup d'œil à Black-jack, qui martelait le capot de la Prius avec ses sabots.) Je suppose que vous devez aller sauver le monde, là, les garçons.

– C'est un peu ça, ouais, a fait Beckendorf.

J'ai regardé Rachel d'un air désarmé.

– Tu pourrais dire à ma mère...

– Je lui dirai. Elle doit avoir l'habitude. Et j'expliquerai à Paul, pour le capot.

Je l'ai remerciée d'un geste de la tête, en me disant que c'était la première et sans doute dernière fois que Paul me prêtait sa voiture.

– Bonne chance. (Rachel m'a embrassé sans me laisser le temps de réagir.) Vas-y, sang-mêlé. Va tuer quelques monstres pour moi.

Dans la dernière vision que j'ai eue d'elle, elle était assise à la place passager de la Prius, bras croisés, la tête levée pour regarder Blackjack nous emporter, Beckendorf et moi, en décrivant des cercles de plus en plus haut dans le ciel. Je me suis demandé de quoi elle voulait me parler, et si j'allais vivre assez longtemps pour l'apprendre.

– Bon, a fait Beckendorf, je suppose que tu ne veux pas que je parle de cette petite scène à Annabeth ?

– Par les dieux, ai-je grommelé. N'y pense même pas !

Beckendorf a gloussé, et nous avons obliqué vers le grand large.

Il faisait presque nuit quand on a enfin repéré notre cible. Le *Princesse Andromède* brillait à l'horizon, immense paquebot éclairé de blanc et jaune. De loin, vous pourriez le prendre pour un paquebot de croisière, et non pour le QG du seigneur des Titans. Et puis, en vous rapprochant, vous remarqueriez peut-être la figure de proue géante, une jeune fille brune en chiton grec, enchaînée, le visage terrifié comme si elle sentait la puanteur de tous les monstres qu'elle était contrainte de transporter.

Revoir le vaisseau m'a noué l'estomac. J'avais failli mourir deux fois, à bord du *Princesse Andromède*. À présent, il faisait route vers New York.

– Tu sais ce que tu dois faire ? a crié Beckendorf pour couvrir le vent.

J'ai hoché la tête. On avait répété dans les chantiers navals du New Jersey, en prenant des bateaux abandonnés pour cible. Je savais que nous aurions très peu de temps pour agir. Mais je savais aussi que c'était notre meilleure chance de mettre un terme à l'invasion de Cronos avant même qu'elle ne débute.

– Blackjack, ai-je dit, dépose-nous sur le pont arrière le plus bas.

Pas de problème, patron. Trop flippant de revoir ce bateau, mec.

Trois ans plus tôt, Blackjack, esclave à bord du *Princesse Andromède*, s'était enfui avec l'aide de mes amis et moi. Je savais qu'il aurait préféré se laisser tresser la crinière façon « Mon Petit Poney » plutôt que de se faire reprendre.

– Ne nous attends pas, lui ai-je dit.

Mais, patron...

– Fais-moi confiance, ai-je insisté. On repartira par nos propres moyens.

Blackjack a replié les ailes et piqué vers le bateau, pareil à une comète noire. Le vent sifflait à mes oreilles. J'ai vu des monstres qui patrouillaient sur les ponts supérieurs – des femmes-serpents drakainas, des chiens des Enfers, des géants et de ces monstres marins humanoïdes qu'on appelle des telchines –, mais on filait si vite qu'aucun n'a donné l'alarme. On a plongé à la verticale et Blackjack a ouvert les ailes à nouveau, pour venir se poser en douceur sur le pont le plus bas. J'ai mis le pied au sol, plein d'appréhension.

Bonne chance, patron, m'a dit Blackjack. *Te fais pas hacher menu !*

Sur ces mots, mon vieux copain s'est envolé dans le crépuscule. J'ai sorti mon stylo-bille de ma poche, retiré le capuchon, et Turbulence s'est déployée sur toute sa longueur, un mètre de bronze céleste luisant dans l'obscurité.

Beckendorf a sorti un bout de papier de sa poche. J'ai d'abord cru que c'était un plan, une carte quelconque, puis je me suis rendu compte que c'était une photo. Il l'a scrutée dans la pénombre : le visage souriant de Silena Beauregard, fille d'Aphrodite. Ils sortaient ensemble depuis l'été dernier, mais ça faisait des années que nous tous, on les surnommait « les amoureux ». Malgré toutes les missions dangereuses qu'on avait dû mener, je n'avais jamais vu Beckendorf aussi heureux que cet été.

– On rentrera à la colonie sains et saufs, lui ai-je promis.

J'ai vu l'inquiétude assombrir son regard une seconde, puis il a retrouvé son sourire plein d'assurance.

– Un peu, qu'on rentrera sains et saufs ! Viens, on va redécouper Cronos en mille morceaux.

Beckendorf s'est placé en tête. On a longé un couloir étroit jusqu'à l'escalier de service, exactement comme quand on s'était entraînés, mais on a pilé net en entendant des bruits au-dessus de nos têtes.

– Je me moque de ce que ton nez te dit ! a grondé une voix mi-humaine, mi-canine – c'était un telchine. La dernière fois que tu as senti une odeur de sang-mêlé, on est tombés sur un sandwich aux boulettes de viande !

– Qu'est-ce que t'as contre les boulettes de viande, de toute façon ? a rétorqué une deuxième voix. Mais là je sens bien une odeur de sang-mêlé. Il y en a à bord, c'est clair !

– Tu parles, c'est ton cerveau qu'est pas à bord !

Ils ont continué de se disputer et Beckendorf a pointé le doigt vers le bas. On a descendu les marches le plus silencieusement possible. Après deux étages, les voix des telchines se sont estompées.

On est arrivés devant une écoutille métallique. Beckendorf a articulé silencieusement les mots : *la salle des moteurs*.

Elle était verrouillée mais Beckendorf a sorti un coupe-chaîne de son sac et il a découpé le verrou comme s'il tranchait dans du beurre. À l'intérieur de la salle, une rangée de turbines jaunes, grandes comme des silos à grain, tournaient en ronronnant. Sur le mur d'en face s'alignaient des manomètres et des terminaux informatiques. Un telchine était penché sur une console, tellement absorbé par son travail qu'il ne nous a pas remarqués. Il devait faire un mètre cinquante, avec un pelage de phoque noir et brillant et des petits pieds courtauds. Il avait une tête de doberman, mais ses mains griffues étaient presque humaines. Il tapait sur le clavier tout en grommelant. Peut-être qu'il était en train d'envoyer des e-mails à ses copains sur tromochtagueule.com.

Quand je me suis avancé d'un pas, il s'est crispé, flairant sans doute le danger. Il a fait un bond latéral pour atteindre un gros bouton-alarme rouge, mais je lui ai barré le passage. Il s'est jeté sur moi en grondant ; je lui ai planté Turbulence dans le ventre et il a explosé, se répandant en gerbes de poussière.

– Et de un, a commenté Beckendorf. Plus que cinq mille autres à abattre.

Il m'a passé un flacon rempli d'un épais liquide vert : du feu grec, une des substances magiques les plus dangereuses au monde.

Ensuite il m'a lancé un autre outil indispensable pour un héros demi-dieu : un rouleau d'adhésif.

– Colle celui-là sur la console, m'a-t-il dit, je m'occupe des turbines.

On s'est mis au boulot. Il faisait chaud et humide, et on s'est vite retrouvés en sueur.

Le paquebot poursuivait sa route. Étant le fils de Poséidon, je me repère parfaitement en mer. Ne me demandez pas comment, mais je savais qu'on était à 40° 19' Nord et 71° 90' Ouest, qu'on faisait du dix-huit nœuds et qu'à cette allure, le bateau atteindrait New York à l'aurore. Notre seule chance de l'arrêter, c'était maintenant.

Je venais de fixer un deuxième flacon de feu grec au pupitre de commande quand j'ai entendu des pas sur les marches métalliques – les créatures qui descendaient l'escalier étaient si nombreuses qu'elles couvraient le bruit des moteurs en déboulant lourdement. C'était mauvais signe.

J'ai croisé le regard de Beckendorf.

– Y en a encore pour longtemps ?

– Trop longtemps. (Il a tapoté sa montre, qui était notre détonateur à distance.) Il me reste à câbler le récepteur et amorcer les charges. Au moins dix minutes.

À l'oreille, on disposait d'une dizaine de secondes.

– Je vais les distraire, ai-je dit. On se retrouve au point de rendez-vous.

– Percy...

– Souhaite-moi bonne chance.

Il n'avait pas l'air très chaud. L'idée, au départ, c'était de se poser, de saboter le paquebot et de repartir sans se faire repérer. Seulement là, on était obligés d'improviser.

– Bonne chance.

J'ai ouvert la porte et me suis rué hors de la salle des moteurs.

Une demi-douzaine de telchines dévalaient l'escalier. Je les ai taillés en pièces sans même leur laisser le temps de glapir et je me suis élancé sur les marches. J'ai croisé un autre telchine qui a été tellement surpris qu'il en a laissé tomber sa lunch-box à dinosaures. Je l'ai épargné, celui-là, en partie parce qu'il avait une chouette lunch-box et en partie pour le laisser donner l'alarme : avec un peu de chance, ses copains et lui se lanceraient à ma poursuite au lieu de rejoindre la salle des moteurs.

J'ai ouvert une porte et déboulé sur le pont six. La salle avait certainement eu beaucoup d'allure, à une époque, avec son épaisse moquette, son papier peint et les doubles portes desservant la cabine du capitaine, mais en trois ans, les monstres qui occupaient les lieux avaient tellement griffé et bavé partout que je me serais cru dans le gosier d'un dragon (et, malheureusement, je parle d'expérience).

Lors de ma première visite à bord du *Princesse Andromède*, mon vieil ennemi Luke y gardait quelques touristes pour la forme, enveloppés dans un voile de Brume qui les empêchait de se rendre compte qu'ils se trouvaient sur un paquebot plein de monstres. À présent il n'y avait plus aucune trace de vacanciers. Ça me faisait de la peine d'imaginer ce qui leur était arrivé, mais à mon avis, Luke ne les avait pas laissés rentrer tranquillement chez eux avec leurs gains de bingo.

J'ai rejoint le pont promenade, immense galerie commerçante à l'air libre qui occupait tout le centre du bateau, et j'ai pilé net. Au milieu se dressait une fontaine. Et dans la fontaine trônait un crabe géant.

Je ne veux pas dire un énorme tourteau mayonnaise. Je veux dire géant au point de déborder de la fontaine. Le monstre faisait près de trois mètres de haut. Sa carapace était tachetée de vert et de bleu, et il se dressait sur des pattes deux fois plus longues que mon corps.

Si vous avez déjà vu une bouche de crabe, cet orifice écumant bordé de mandibules et hérissé de moustaches, vous vous doutez qu'agrandie à la taille d'un panneau d'affichage, ce n'est pas plus engageant. Les yeux noirs et brillants du crustacé me toisaient et j'y ai vu de l'intelligence – et de la haine. Le fait que j'étais le fils du dieu de la Mer n'allait pas me faire gagner les faveurs de Mister Crab.

– Ffffff, a-t-il émis en crachotant de l'écume de mer.

L'haleine pestilentielle qui est parvenue à mes narines m'a fait penser à une poubelle de poissonnier abandonnée en plein soleil une semaine entière.

Des alarmes ont retenti. J'allais bientôt avoir de la compagnie ; il fallait que je bouge.

– Hé, du crabe ! ai-je dit en tentant de longer la galerie par son bord le plus éloigné. Je vais juste passer par là sans te déranger...

Le crabe se mouvait à une vitesse hallucinante. Il s'est extirpé de la fontaine et rué vers moi en faisant claquer ses pinces. J'ai plongé dans une boutique de souvenirs et me suis engouffré derrière un portant de tee-shirts. D'un coup de pince, le crabe a fracassé la vitre puis ratissé l'intérieur du magasin. Je suis ressorti en flèche, le souffle court, mais Mister Crab m'a suivi.

– Regardez ! a crié une voix en provenance d'un balcon supérieur. Un intrus !

Si j'avais voulu faire diversion, c'était réussi, mais je n'avais aucune envie de me battre ici : coincé au milieu du paquebot, je finirais dans la gueule du crustacé des Enfers.

Lequel s'est jeté sur moi. J'ai asséné Turbulence et tranché net le bout de sa pince. Il a sifflé et crachoté, sans paraître gravement blessé pour autant.

Y avait-il quelque chose, dans les histoires anciennes, qui pouvait m'aider ? Annabeth m'avait parlé d'un crabe monstrueux qu'Héraclès avait, je crois bien, écrabouillé sous son talon. Impossible sur ce coup : Mister Crab était nettement plus grand que mes Reebok.

Tandis que je me creusais la cervelle, une drôle d'idée m'est venue. Au Noël dernier, avec maman, on avait emmené Paul Blofis dans notre vieux bungalow de Montauk, au bord de la mer, où on va depuis toujours. Paul m'avait emmené à la pêche au crabe et, une fois son épuisette pleine, il m'avait montré le défaut de la cuirasse chez les crabes : un point faible situé pile au milieu de leur ventre hideux.

La difficulté étant d'accéder au ventre hideux.

J'ai lancé un coup d'œil à la fontaine, puis au sol de marbre, déjà parcouru de traînées mouillées faites par les pattes du crabe. Je me suis concentré sur l'eau en tendant la main et la fontaine a volé en gerbes hautes de trois étages, aspergeant les balcons, les ascenseurs et les vitrines. Le crabe est resté imperturbable ; il adorait l'eau. Il s'est approché de moi latéralement, claquant des pinces et chuintant, et j'ai couru droit sur lui en hurlant :

– AHHHHHHHHHHH !

Juste avant la collision, je me suis jeté au sol façon joueur de base-ball et j'ai glissé entre les pattes du crabe sur le marbre mouillé pour me placer sous son ventre. J'ai eu l'impression de me faufiler sous un char blindé de sept tonnes. Il suffisait au crustacé de s'abaisser pour m'aplatir comme une crêpe, mais je ne lui ai pas laissé le temps de se rendre compte de ce qui se passait. J'ai enfoncé Turbulence dans le défaut de sa carapace jusqu'à la garde, puis j'ai aussitôt lâché la poignée et je me suis extirpé.

Le monstre a frissonné et poussé un râle. Ses yeux se sont voilés. Sa carapace a viré au rouge vif tandis que ses entrailles s'évaporaient. Alors la carapace vide s'est effondrée en cliquetant sur le dallage.

Je n'avais pas le temps d'admirer mon fait d'armes. J'ai couru vers l'escalier le plus proche, dans la cacophonie des cris des monstres et des ordres que lançaient les demi-dieux tout en attachant leurs armes. Quant à moi, j'avais les mains nues. Turbulence, qui était une épée magique, réapparaîtrait tôt ou tard dans ma poche (sous forme d'un stylo-bille), mais pour le moment elle était encore coincée sous la carcasse du crabe et je n'avais pas le temps de la récupérer.

Sur le palier du pont huit, devant les ascenseurs, deux drakainas m'ont barré le chemin. À partir de la taille, c'étaient des femmes à la peau verte et écailleuse, aux yeux jaunes et à la langue fourchue. En dessous, elles avaient chacune un double corps de serpent en guise de jambes. Elles étaient armées de lances et de filets lestés, et l'expérience m'avait appris qu'elles savaient les manier.

– Qu'est-ssss... que... sssssss... c'est ? a fait l'une d'elles. Un trophée pour Cronossssssss ?

Je n'étais pas d'humeur à jouer au jeu du serpent, mais j'ai aperçu devant moi une estrade avec une maquette du bateau, pour permettre aux passagers de s'orienter. Je l'ai arrachée de son support et l'ai jetée à la tête de la première drakaina. Elle a reçu la poupe de plein fouet et sombré sur le pont. Je l'ai enjambée, puis j'ai soulevé sa camarade par sa lance et l'ai envoyée valser contre l'ascenseur. Je suis reparti en courant vers la proue.

– Attrapez-le ! a-t-elle hurlé.

Des chiens des Enfers se sont mis à aboyer. Une flèche est passée au ras de mon visage et s'est fichée dans le placage d'acajou de la cage d'escalier.

Peu m'importait. L'essentiel, c'était d'éloigner les monstres de la salle des moteurs et de donner un peu plus de temps à Beckendorf.

Alors que je grimpais les marches en courant, un jeune a chargé. Il avait l'air de se réveiller à peine d'une sieste. Son armure était à moitié attachée. Il m'a attaqué en criant « Cronos ! », mais il avait l'air plus apeuré que belliqueux. Je ne lui donnais pas plus de douze ans – à peu près l'âge que j'avais la première fois que je suis allé à la Colonie des Sang-Mêlé.

Ça m'a fichu un coup. Ce môme se faisait laver le cerveau. On l'entraînait à détester les dieux et à se battre contre eux pour la seule raison qu'il était né demi-olympien. Cronos se servait de lui, mais le jeune était convaincu que j'étais son ennemi.

Il était hors de question que je le blesse. Je n'avais pas besoin d'arme pour ce que j'allais faire. Je me suis avancé et je lui ai plaqué le poignet contre le mur. Son épée est tombée par terre avec un tintement de métal.

Et là, j'ai fait quelque chose qui m'a surpris moi-même. C'était sans doute idiot. Ça compromettait sûrement notre mission, mais je n'ai pas pu m'en empêcher.

– Si tu veux rester en vie, ai-je dit au jeune, quitte ce bateau tout de suite. Préviens les autres demi-dieux.

Là-dessus je l'ai poussé et il a dégringolé le long des marches, vers l'étage du dessous.

J'ai repris mon ascension.

De mauvais souvenirs m'ont assailli : un couloir qui longeait la cafétéria. C'était par là que nous nous étions infiltrés à bord il y a trois ans de cela, Annabeth, mon demi-frère Tyson et moi, lors de ma première visite sur le *Princesse Andromède*.

J'ai déboulé sur le pont principal. À bâbord, le ciel violet virait au noir. Une piscine luisait entre deux tours de verre où se déployaient encore d'autres balcons et restaurants suspendus. Toute la partie supérieure du paquebot semblait étrangement déserte.

Il fallait juste que je passe de l'autre côté. De là, je descendrais l'escalier menant à l'hélistation – qui était notre point de rendez-vous en cas d'urgence. Avec un peu de chance, Beckendorf m'y rejoindrait. On sauterait à l'eau. Protégés tous les deux par mes pouvoirs aquatiques, on prendrait le large et, parvenus à quatre cents mètres du paquebot, on actionnerait le détonateur à distance. *Boum.*

J'avais parcouru la moitié du pont quand le son d'une voix m'a cloué sur place.

– Tu es en retard, Percy.

Luke se tenait sur le balcon qui me dominait, un sourire barrant son visage balafré. Il portait un jean, un tee-shirt blanc et des tongs, comme n'importe quel jeune, mais ses yeux révélaient la vérité du personnage : ils étaient entièrement dorés.

– Ça fait plusieurs jours qu'on t'attend.

Sa voix était normale, au début ; je croyais entendre Luke. Mais alors son visage a tressailli. Un frisson a traversé son corps comme s'il venait d'avaler un breuvage vraiment infect. La voix s'est faite plus marquée, ancienne et puissante : c'était la voix de Cronos, le seigneur des Titans. Les mots m'ont éraflé l'échine comme une lame de couteau.

– Approche, a-t-il dit. Incline-toi devant moi.

– Compte là-dessus, ai-je grommelé.

Comme s'ils répondaient à un signal, des géants lestrygons ont surgi de part et d'autre de la piscine. Culminant à deux mètres cinquante, les bras tatoués, avec des armures en cuir et des massues hérissées de piquants. Sur le toit, au-dessus de Luke, ont surgi des demi-dieux armés d'arcs. Deux chiens des Enfers ont bondi du balcon d'en face et m'ont regardé en grondant. En quelques secondes, je me suis retrouvé cerné. J'étais tombé dans un piège : ils devaient forcément savoir que j'allais venir, sans quoi ils n'auraient jamais pu prendre leurs positions si vite.

J'ai levé les yeux vers Luke, en proie à une intense rage intérieure. J'ignorais si la conscience de Luke avait survécu dans ce corps. Peut-être, vu le changement qui s'était opéré dans la voix... peut-être aussi que Cronos prenait le temps de s'adapter à son nouveau corps. Je me suis forcé à penser que ça n'avait pas d'importance. Luke était devenu mauvais et retors bien avant que Cronos le possède.

Une voix dans ma tête a dit : *Je vais devoir l'affronter tôt ou tard. Pourquoi pas maintenant ?*

Selon la grande prophétie, j'allais faire un choix qui sauverait ou détruirait le monde quand j'atteindrais mes seize ans. C'est-à-dire dans sept jours. Pourquoi pas maintenant ? Si j'avais réellement ce pouvoir, qu'est-ce qu'une seule semaine y changerait ? Je pouvais mettre un terme à cette menace en supprimant Cronos. De toute façon, des dieux et des monstres, j'en avais déjà affronté.

Luke a souri, comme s'il lisait dans mes pensées. Mais c'était Cronos, je ne devais pas l'oublier.

– Avance, a-t-il dit. Si tu l'oses.

La foule des monstres s'est fendue devant moi. Je me suis dirigé vers l'escalier, le cœur battant à se rompre. Je m'attendais à me faire poignarder dans le dos, mais les créatures m'ont laissé passer. J'ai plongé la main dans ma poche et senti mon stylo-bille qui m'attendait. J'ai retiré le capuchon et Turbulence s'est déployée.

L'arme de Cronos a surgi entre ses mains : une faux de près de deux mètres, moitié de bronze céleste, moitié d'acier humain. La simple vue de cette lame m'a mis les jambes en coton. Sans me laisser le temps de changer d'avis, je suis passé à l'attaque.

Le temps a ralenti. J'entends par là, littéralement ralenti, car Cronos a ce pouvoir. J'avais l'impression d'avancer dans de la mélasse. Mes bras étaient si lourds que j'arrivais à peine à soulever mon épée. Cronos a souri et brandi sa faux à la vitesse normale, en attendant que je finisse de ramper au-devant d'une mort certaine.

J'ai tenté de résister à sa magie. J'ai concentré ma force mentale sur la mer qui m'entourait – la source de mon pouvoir. Au fil des ans, j'avais appris à mieux la canaliser, mais là, je ne sentais aucune réponse.

Je me suis avancé d'un autre pas lent. Les géants ricanaient. Les drakainas sifflaient.

Hé, océan, ai-je supplié, *c'est quand tu veux.*

Soudain, une violente douleur m'a tordu le ventre. Le paquebot tout entier a donné de la bande et de nombreux monstres sont tombés à la renverse. Vingt mille litres d'eau de mer ont déferlé sur le pont, arrosant tout le monde, Cronos et moi compris. L'eau m'a redonné de la vitalité en brisant le sortilège temporel. Je me suis élancé, l'épée à la main.

J'ai tenté de frapper Cronos mais malgré ce regain de force, j'étais trop lent. Et j'ai commis l'erreur de regarder son visage, *le visage de Luke*, un gars qui avait été mon ami il y a longtemps. J'avais beau le détester, il m'était difficile de le tuer.

Cronos ne s'embarrassait pas de tels scrupules. Il a asséné sa faux. J'ai fait un bond en arrière et la lame démoniaque m'a manqué de deux centimètres, pour aller entailler le pont juste entre mes deux pieds.

J'ai décoché un fouetté frontal à la poitrine de Cronos, qui a reculé en titubant, mais il était plus lourd que Luke n'aurait dû l'être. J'ai eu l'impression de m'attaquer à un frigo.

Cronos a levé sa faux une deuxième fois. J'ai eu beau l'intercepter à l'aide de Turbulence, sa frappe était d'une telle puissance que je suis seulement parvenu à dévier la lame. Au passage, le bord de la faux a taillé ma manche de tee-shirt et m'a éraflé le bras. Ça n'aurait pas dû causer une blessure grave, pourtant tout le côté de mon corps s'est embrasé. Je me suis souvenu que j'avais entendu un monstre marin dire, en parlant de la faux de Cronos : « Fais attention, imbécile. Suffit que tu l'effleures et la lame détachera ton âme de ton corps. » À présent je comprenais ce que cela signifiait. Je ne perdais pas seulement du sang. Je me sentais me vider de ma force, de ma volonté, de mon identité.

J'ai reculé en chancelant, pris mon épée dans ma main gauche et me suis fendu en une estocade de la dernière chance. La lame de mon épée aurait dû transpercer Cronos, mais elle a buté contre son ventre comme s'il était de marbre. Il n'aurait jamais dû survivre à cette botte.

Cronos a éclaté de rire.

– Pas bien brillant, Percy Jackson ! Mais Luke me dit que tu n'as jamais été à sa hauteur à l'épée

Ma vision commençait à se brouiller. Je savais qu'il ne me restait plus beaucoup de temps.

– Luke avait la grosse tête, ai-je dit. Mais au moins c'était la sienne.

– Quel dommage de te tuer maintenant, a repris Cronos d'un ton rêveur, avant la mise en œuvre du plan final. J'aurais tellement aimé voir la terreur dans ton regard quand tu aurais compris comment je compte détruire l'Olympe.

– Tu ne pourras jamais faire accoster ce paquebot à Manhattan, ai-je rétorqué.

J'avais des élancements dans le bras, et des taches noires dansaient devant mes yeux.

– Et pourquoi pas ? (Les yeux dorés de Cronos luisaient. Son visage – le visage de Luke – avait l'air d'un masque, éclairé par-derrière par une force maléfique.) Tu comptes peut-être sur ton camarade aux explosifs ?

Sur ces mots, il a tourné la tête vers la piscine et s'est écrié :

– Nakamura !

Un ado en armure grecque est sorti des rangs. Il portait un bandeau noir sur l'œil gauche. Je le connaissais, bien sûr : c'était Ethan Nakamura, le fils de Némésis. Je lui avais sauvé la vie dans le Labyrinthe l'été dernier et, pour me remercier, ce petit crétin aidait Cronos à revenir à la vie.

– Opération réussie, seigneur, a annoncé Nakamura. Nous l'avons trouvé, exactement comme on nous l'avait dit.

Ethan a tapé des mains et deux géants se sont avancés en traînant Charles Beckendorf. Mon cœur a failli cesser de battre. Beckendorf avait un œil au beurre noir et les bras et le visage couverts d'éraflures. On lui avait retiré son armure et son tee-shirt était tout déchiré.

– Non ! ai-je hurlé.

Beckendorf a croisé mon regard. Puis il a baissé les yeux sur sa montre comme s'il essayait de me dire quelque chose. *Sa montre*. Ils ne la lui avaient pas encore prise, or c'était le détonateur. Se pouvait-il que les explosifs soient amorcés ? Non, les monstres avaient dû s'empresser de tout démanteler...

– On l'a trouvé au milieu du navire, a expliqué un des géants. Il essayait de rejoindre la salle des moteurs. On peut le bouffer, maintenant ?

– Pas tout de suite. (Cronos s'est adressé à Nakamura en grimaçant.) Es-tu sûr qu'il n'a pas posé ses explosifs ?

– Il se dirigeait vers la salle des moteurs, seigneur.

– Comment tu le sais ?

– Euh... (Ethan est passé d'un pied sur l'autre, mal à l'aise.) Il avançait dans cette direction. Et il nous l'a dit. Son sac est encore plein d'explosifs.

Alors, j'ai commencé à comprendre. Beckendorf les avait roulés dans la farine. Quand il avait vu qu'il allait se faire capturer, il s'était retourné pour faire croire qu'il allait dans l'autre sens. Il les avait convaincus qu'il n'était pas encore arrivé à la salle des moteurs. Le feu grec était peut-être encore amorcé ! Mais cela ne nous avançait à rien si nous ne pouvions pas quitter le paquebot et déclencher l'explosion à distance.

Cronos a hésité.

Gobe l'histoire, ai-je prié intérieurement. La douleur qui me transperçait le bras devenait insupportable.

– Ouvrez son sac, a ordonné Cronos.

Un des géants a arraché la besace à explosifs de l'épaule de Beckendorf. Il a plongé le regard à l'intérieur, puis, avec un grognement, a renversé le contenu par terre. Paniqués, les monstres les plus proches ont reculé d'un bond. Si le sac avait vraiment contenu du feu grec, on aurait tous sauté. Mais seule une douzaine de boîtes de pêches au sirop a roulé au sol.

J'ai entendu Cronos respirer pour contrôler sa colère.

– Aurais-tu, par hasard, capturé ce demi-dieu aux abords de la coquerie ? a-t-il demandé d'une voix glaciale.

Ethan a blêmi.

– Euh...

– Et aurais-tu, par hasard, envoyé quelqu'un INSPECTER LA SALLE DES MOTEURS ?

Ethan a reculé, terrifié, puis il a tourné les talons et détalé à toutes jambes.

J'ai juré en silence. Plus que quelques minutes et les bombes seraient désamorcées. J'ai de nouveau croisé le regard de Beckendorf et je lui ai posé une question muette, en espérant qu'il comprenne : *Combien de temps ?*

Il a formé un cercle entre son pouce et ses doigts : *ZÉRO*. Ce n'était pas un minuteur à retardement. Si Beckendorf parvenait à appuyer sur le bouton du détonateur, le paquebot exploserait aussitôt. On n'aurait jamais le temps de s'éloigner suffisamment avant de le faire sauter. Les monstres nous tueraient d'abord, désamorceraient les explosifs, ou les deux.

Cronos s'est tourné vers moi, un rictus aux lèvres.

– Tu excuseras l'incompétence de mon factotum, Percy Jackson, mais c'est pas grave. On te tient, maintenant. On était informés de ton expédition depuis des semaines.

Il a tendu le bras et secoué une breloque à son poignet : une petite faux, symbole du seigneur des Titans, pendue à un bracelet d'argent.

La blessure à mon bras sapait mes forces et ma capacité de réflexion, mais j'ai grommelé :

– Outil de communication... un espion à la colo.

Cronos a laissé échapper un gloussement.

– On ne peut jamais compter sur ses amis. Ils vous laissent toujours tomber. Luke l'a appris à ses dépens. Maintenant lâche ton épée et rends-toi, ou tu signes l'arrêt de mort de ton ami.

J'ai ravalé ma salive. Un des géants enserrait le cou de Beckendorf dans sa grosse paluche. Je n'étais pas en état de le sauver, et, même si j'essayais, il mourrait avant que je parvienne à ses côtés. On mourrait tous les deux.

Beckendorf a articulé un mot en silence : *Pars.*

J'ai secoué la tête. J'étais incapable de l'abandonner.

Le deuxième géant farfouillait toujours entre les boîtes de pêches, de sorte que Beckendorf avait la main gauche libre. Il l'a levée lentement – vers son poignet droit.

J'avais envie de hurler : « NON ! »

À ce moment-là, du côté de la piscine, une drakaina a sifflé :

– Qu'est-ssssssssssss c'qu'il fait ? Qu'est-sssssssssss qu'il a au poignet ?

Beckendorf a fermé les yeux en plissant fort les paupières et rapproché la main gauche de la montre.

Je n'avais plus le choix. Brandissant mon épée comme un javelot, je l'ai projetée en direction de Cronos. Elle a ricoché contre son torse sans même l'érafler, mais ça l'a surpris. J'ai profité de ce bref instant pour fendre la foule de monstres et sauter par-dessus bord – vers l'eau qui s'étendait trente mètres plus bas.

J'ai entendu des grondements en provenance de la coque, et des monstres qui hurlaient sur le pont. Une lance est passée au ras de mon oreille. Une flèche m'a transpercé la cuisse, mais je n'avais guère le temps de me rendre compte de la douleur. J'ai plongé dans l'océan et intimé aux courants l'ordre de m'entraîner loin, très loin – à deux cents, trois cents mètres.

Même à cette distance, la détonation a été retentissante. La chaleur m'a embrasé la nuque. Le *Princesse Andromède* a explosé par les deux flancs, s'est transformé en une énorme boule de feu verte qui a roulé dans le ciel noir en dévorant tout.

Beckendorf, ai-je pensé.

Et j'ai perdu connaissance, pour sombrer au fond de l'eau comme une ancre.

2 Je rencontre des cousins à la mode océane

Rêver, pour un demi-dieu, ça craint un maximum.

Parce qu'on ne peut jamais faire de simples rêves. Il faut toujours qu'il s'y mêle des visions, des présages et tout cet attirail mystique qui me prend vraiment la tête.

J'ai rêvé que j'étais dans un palais obscur, au sommet d'une montagne. Pour mon malheur, je l'ai reconnu : c'était le palais des Titans, au sommet du mont Othrys, situé en Californie et que le commun des mortels appelle le mont Tamalpais. Le pavillon principal était ouvert sur la nuit, entouré d'une colonnade et de statues des Titans en marbre noir. Les dalles du sol luisaient à la lumière des torches. Au centre de la pièce un géant revêtu d'une armure ployait sous le poids d'une trombe nuageuse – Atlas, soutenant le ciel.

Deux autres géants, debout devant un brasero de bronze non loin de lui, examinaient les images que dessinaient les flammes.

– Quelle explosion ! s'est exclamé l'un d'eux.

Il portait une armure noire incrustée de pointes d'argent, qui faisait penser à un ciel étoilé. Un casque de guerrier couvrait sa tête, orné de chaque côté d'une corne de bélier recourbée.

– T'inquiète pas, a répondu l'autre. (Ce Titan-là brillait de la tête aux pieds : robe dorée, yeux d'or comme Cronos, un corps qui dégageait de la lumière. Il m'a fait penser à Apollon, le dieu du Soleil, à la différence que l'éclat du Titan était plus dur, et son expression cruelle.) Les dieux ont relevé le défi. Ils seront bientôt anéantis.

Les images qui dansaient entre les flammes étaient difficiles à distinguer : il me semblait entrevoir des tempêtes, des bâtiments qui s'effondraient, des mortels poussant des cris de terreur.

– Je vais partir à l'est rassembler nos troupes, a dit le Titan d'or. Toi, Krios, tu vas rester garder le mont Othrys.

Le gars aux cornes de bélier a grommelé :

– J'ai toujours droit aux boulots débiles. Seigneur du Sud, seigneur des Constellations. Et maintenant je vais devoir babysitter Atlas pendant que toi, tu feras tous les trucs sympas.

Atlas, sous le tourbillon de nuages, a poussé un rugissement de douleur.

– Libérez-moi, maudits que vous êtes ! Je suis votre meilleur guerrier. Prenez mon fardeau pour que je puisse aller me battre !

– Silence ! a tonné le Titan d'or. Tu as eu ta chance, Atlas, et tu as échoué. Cronos te trouve très bien là où tu es. Quant à toi, Krios, fais ton devoir.

– Et si tu as besoin de guerriers supplémentaires ? a insisté Krios. C'est pas notre traître de neveu en queue-de-pie qui te sera d'un grand secours au combat !

Le Titan d'or a ri.

– T'inquiète pas pour lui. De toute façon, les dieux sont déjà dépassés par notre premier petit défi. Et ils sont loin d'imaginer tout ce qu'on leur prépare. Écoute-moi bien : dans quelques jours, l'Olympe sera en ruine et nous, on se retrouvera ici pour célébrer l'aube du Sixième Âge !

Sur ces mots, le Titan d'or a explosé en une gerbe de flammes et disparu.

– Ouais, c'est ça, a fait Krios. Pour lui les effets pyrotechniques, et pour moi les stupides cornes de bélier.

Changement de scène.

Je me trouvais maintenant à l'extérieur de l'édifice, tapi dans les ombres de la colonnade. Un garçon, debout près de moi, épiait la conversation des Titans. Il avait les cheveux foncés et soyeux, la peau très pâle, des vêtements noirs de la tête aux pieds. C'était mon ami Nico Di Angelo, le fils d'Hadès.

Il m'a regardé droit dans les yeux, l'air sombre.

– Tu vois, Percy ? a-t-il murmuré. Il ne te reste plus beaucoup de temps. Tu crois vraiment que tu pourras les battre sans recourir à mon plan ?

Ses paroles m'ont balayé comme une lame de fond glacée, et mon rêve s'est éteint.

– Percy ? m'appelait une voix grave.

J'avais l'impression qu'on m'avait passé la tête au micro-ondes, dans une papillote de papier sulfurisé. Quand j'ai rouvert les yeux, une silhouette imposante se dressait devant moi.

– Beckendorf ? ai-je demandé avec espoir.

– Non, grand frère.

J'ai fait un effort d'attention. La créature qui se penchait sur moi était un Cyclope : un visage difforme, des cheveux en queues de rat, un œil unique, grand, brun et inquiet.

– Tyson ?

Mon frère s'est fendu d'un sourire plein de dents.

– Ouais ! Ton cerveau fonctionne !

Je n'en étais pas si sûr. J'avais froid et mon corps me semblait flotter dans une étrange apesanteur. Ma voix n'avait pas un timbre normal. Quant à celle de Tyson, je ne faisais que percevoir les vibrations qu'elle produisait dans mon cerveau, au lieu de capter le son directement.

Je me suis redressé, et un drap de gaze légère et soyeuse a glissé au sol. Je me trouvais sur un lit garni de varech tissé, dans une pièce aux murs tapissés de nacre. Des perles scintillantes, grosses chacune comme un ballon de basket, flottaient près du plafond en diffusant une douce lumière. J'étais sous l'eau.

Notez que, vu que j'étais le fils de Poséidon, ça ne me posait pas de problème. Je respire très bien sous l'eau et mes vêtements ne se mouillent pas, sauf si je le souhaite. Il n'empêche, ça m'a quand même fait un petit choc de voir un requin-marteau entrer par la fenêtre de la chambre, prendre le temps de me regarder, puis ressortir tranquillement par l'autre bout de la pièce.

– Où...

– Au palais de papa, a dit Tyson.

Dans d'autres circonstances, la nouvelle m'aurait enthousiasmé. Je n'avais encore jamais visité le royaume de Poséidon, or j'en rêvais depuis des années. Seulement là, je n'étais pas en état de jubiler. J'avais mal à la tête. Mon tee-shirt portait les traces des brûlures de l'explosion. Les blessures à mon bras et ma jambe avaient cicatrisé – le simple fait d'être dans l'océan peut me faire cet effet, pourvu que j'y reste assez longtemps – mais je me sentais encore moulu, comme si toute une équipe de foot de Lestrygons m'était passée sur le corps avec leurs chaussures à crampons.

– Ça fait combien de temps...

– On t'a trouvé hier soir, a dit Tyson. Tu étais en train de couler.

– Et le *Princesse Andromède* ?

– Il a sauté, a confirmé Tyson.

– Beckendorf était à bord. Est-ce que vous avez...

Le visage de Tyson s'est assombri.

– Aucune trace de lui. Je suis désolé, grand frère.

J'ai regardé l'eau d'un bleu profond, derrière la fenêtre. Beckendorf devait commencer la fac à l'automne prochain. Il avait une petite amie, plein de copains, toute sa vie devant lui. Il ne pouvait pas être *parti*. Peut-être qu'il était parvenu à se sauver, comme moi. Peut-être qu'il avait sauté par-dessus bord... Et après ? Il n'aurait pas pu survivre à une chute de trente mètres dans l'eau comme moi. Il n'aurait pas pu s'éloigner suffisamment de l'explosion.

Au fond de moi-même, je savais qu'il était mort. Il s'était sacrifié pour détruire le *Princesse Andromède* et je l'avais abandonné.

J'ai repensé à mon rêve : les Titans qui discutaient de l'explosion comme si elle n'avait aucune gravité, Nico qui me disait que je ne pourrais jamais battre Cronos sans suivre son plan – une idée dangereuse que je repoussais depuis plus d'un an.

Une détonation lointaine a fait trembler les murs de la chambre. Une vive lumière verte s'est répandue dans l'océan, illuminant les profondeurs marines comme en plein midi.

– Qu'est-ce que c'est que ça ? ai-je demandé.

Tyson a pris un air soucieux.

– Viens, papa va t'expliquer. Il fait sauter des monstres.

Le palais aurait sans doute été le lieu le plus étonnant qu'il m'avait jamais été donné de voir, s'il n'était pas également en cours de destruction. On a nagé jusqu'au fond d'un long corridor, puis grimpé à la verticale par un geyser. Quand on est arrivés au-dessus des toits, j'ai retenu mon souffle, si tant est qu'on puisse retenir son souffle sous l'eau.

Le palais de Poséidon était aussi étendu que la ville bâtie au sommet du mont Olympe et il se déployait en vastes cours, pavillons à colonnades et jardins. Des colonies de coraux et des plantes marines phosphorescentes ornaient les jardins. Les édifices étaient au nombre de vingt ou trente, construits en nacre blanche qui s'irisait de toutes les couleurs de l'arc-en-ciel. Des poissons et des pieuvres allaient et venaient par les fenêtres. Les sentiers étaient bordés de perles qui luisaient comme des décorations de Noël.

La cour principale grouillait de guerriers – des tritons à queue de poisson et au torse humain, mais à la peau bleue, détail non négligeable que j'ignorais jusqu'alors. Certains soignaient les blessés, d'autres aiguisaient des lances et des épées. L'un d'eux est passé à côté de nous en nageant très vite. Il avait les yeux vert fluo et des dents de requin. On ne vous montre pas ce genre de choses dans *La Petite Sirène.*

À l'extérieur de la cour principale se dressaient d'importantes fortifications – des tours, des remparts et des armes anti-siège –, mais elles étaient presque toutes en ruine. Certaines étaient ravagées par des flammes étrangement vertes, que je connaissais bien : c'était du feu grec, qui peut brûler même sous l'eau.

Plus loin, le fond marin se perdait dans l'obscurité. J'entrevoyais des combats qui faisaient rage – des éclairs d'énergie, des explosions, les reflets d'armées entrechoquant leurs armes. Un humain normal n'aurait sans doute rien aperçu du tout, dans ce noir. D'ailleurs, un humain normal aurait déjà succombé, écrasé par la pression et gelé par le froid. Même avec mes yeux thermosensibles, je n'arrivais pas à distinguer exactement ce qui se passait.

À la lisière du complexe d'édifices, un temple au toit de corail rouge a explosé, envoyant des gerbes de flammes et de débris au ralenti vers les jardins les plus éloignés. Au-dessus de nos têtes, une forme gigantesque a surgi de l'obscurité – un calamar plus grand que le plus haut des gratte-ciel de Manhattan. Il était entouré d'un nuage de poussière brillante, du moins c'est ce que j'ai cru jusqu'au moment où je me suis rendu compte qu'il s'agissait d'un essaim de tritons qui essayaient d'attaquer le monstre. Le calamar a fondu vers le palais en donnant de grands coups de tentacules, balayant des colonnes entières de guerriers. Soudain, un arc de lumière bleu vif a fusé du toit d'un des plus hauts bâtiments et s'est abattu sur le calamar géant : le monstre s'est aussitôt dissous comme du colorant alimentaire dans l'eau.

– Papa, a dit Tyson en pointant le doigt vers l'endroit d'où avait jailli le rayon.

– C'est lui qui a fait ça ?

Je me suis senti gagné par une nouvelle bouffée d'espoir. Mon père avait des pouvoirs incroyables. C'était le dieu de la Mer. Il pouvait remporter cette bataille, non ?

– Tu as participé aux combats ? ai-je demandé à Tyson d'un ton admiratif. T'as écrasé quelques crânes avec ta redoutable force de Cyclope, tout ça ?

Tyson a fait la grimace et j'ai tout de suite compris que j'avais gaffé.

– Je... je répare des armes, a-t-il grommelé. Viens, on va chercher papa.

Je sais que ça peut paraître bizarre pour des gens qui ont des parents, disons, normaux, mais je n'avais vu mon père que quatre ou cinq fois dans ma vie, et encore, jamais plus que quelques minutes d'affilée. Ce n'est pas vraiment le genre des dieux grecs d'aller regarder leurs gosses jouer au basket. Il n'empêche que je m'attendais à reconnaître Poséidon au premier coup d'œil.

Je me trompais.

Le temple avait un vaste toit-terrasse aménagé en centre de commandement. Une mosaïque, au sol, reproduisait le plan exact du palais avec tous ses édifices, ainsi que l'océan qui les entourait, et elle était en réagencement constant : les cubes de pierre représentant les différentes armées et les dragons se déplaçaient pour reproduire les mouvements de troupes. Les bâtiments qui s'écroulaient dans le monde réel s'écroulaient aussi dans l'image.

Un étrange assortiment de guerriers se tenaient debout autour de la mosaïque et l'étudiaient d'un air sombre, mais aucun d'eux ne ressemblait à mon père. Ce que je cherchais du regard, c'était un grand brun barbu et bronzé, en bermuda et chemise hawaïenne.

Dans le groupe, personne n'avait cette dégaine. Il y avait

un triton à la peau verte, avec deux queues de poisson au lieu d'une, qui portait une armure incrustée de perles. Ses cheveux étaient attachés en catogan et il m'a paru jeune, même si l'âge est toujours difficile à estimer, chez les non-humains – il pouvait avoir mille ans aussi bien que trois ou trente. Debout à ses côtés, j'ai vu un vieil homme aux cheveux gris et à la barbe blanche et vaporeuse. Son armure de bataille semblait peser sur ses épaules. Il avait de petites rides d'expression au coin des yeux, mais pour l'heure, son visage était sérieux. Appuyé sur une canne de métal, il examinait la carte. À sa droite se tenait une femme superbe, vêtue d'une armure verte, aux longs cheveux flottants. Elle avait de drôles de petites cornes, en forme de pinces de crabe. Et puis il y avait un dauphin, un dauphin tout à fait ordinaire, mais qui étudiait lui aussi la carte, et avec une concentration visible.

– Delphin, a dit alors le vieil homme. Envoie Palémon et sa légion de requins sur le front ouest. Il faut neutraliser ces léviathans.

Le dauphin s'exprimait par clics, mais je le comprenais dans ma tête : *Oui, seigneur !* a-t-il répondu avant de filer.

J'ai dévisagé Tyson avec désarroi, puis ramené les yeux sur le vieil homme.

Ça semblait impossible, pourtant...

– Papa ? ai-je demandé.

Le vieil homme a relevé la tête. J'ai reconnu l'étincelle dans son regard, mais son visage... Il avait l'air d'avoir pris quarante ans.

– Salut, Percy.

– Qu'est-ce... Qu'est-ce qui t'est arrivé ?

Tyson m'a donné un coup de coude. Il secouait la tête si fort que j'ai eu peur qu'il se la décroche, mais Poséidon n'avait pas l'air vexé.

– Ne t'inquiète pas, Tyson, a-t-il dit. Percy, excuse mon aspect. Cette guerre m'épuise.

– Tu es immortel, ai-je protesté d'un ton calme. Tu peux prendre l'aspect que tu veux.

– Je reflète l'état de mon royaume, et en ce moment il se porte plutôt mal. Que je te présente, Percy. Malheureusement, tu viens de rater mon lieutenant Delphin, dieu des Dauphins. Et voici, euh, mon épouse, Amphitrite. Chérie...

La dame en armure verte m'a toisé d'un regard froid puis elle a croisé les bras et déclaré :

– Excuse-moi, seigneur, on a besoin de moi sur le champ de bataille.

Sur ces mots, elle s'est éloignée à la nage.

Ça m'a mis assez mal à l'aise, mais comment lui en vouloir ? Je n'y avais jamais vraiment réfléchi, il n'empêche que mon père avait une épouse immortelle. Ses histoires d'amour avec des mortelles, dont ma mère... Voilà qui ne devait pas ravir Amphitrite.

Poséidon s'est éclairci la gorge.

– Bien, bien... et voici mon fils, Triton. Euh, mon autre fils, je veux dire.

– Ton fils héritier, a précisé le gaillard vert en agitant ses deux queues de poisson. (Il m'a adressé un sourire qui n'avait rien de chaleureux.) Bonjour, Persée Jackson. Tu viens enfin donner un coup de main ?

Il a dit cela sur un ton de reproche, l'air de suggérer que

j'étais en retard ou tire-au-flanc. S'il est possible de rougir sous l'eau, j'ai rougi.

– Dites-moi ce que je dois faire, ai-je rétorqué.

Triton a souri comme si je venais de faire une suggestion touchante – comme si j'étais un joli petit toutou qui venait de japper ou de donner la patte. Sans me répondre, il s'est tourné vers Poséidon.

– Je pars au front, père, a-t-il annoncé. Ne t'inquiète pas. Je ne te ferai pas faux bond, moi.

Il a adressé un signe de tête poli à Tyson – pourquoi n'avais-je pas droit à pareil respect ? – puis il a filé entre deux eaux.

Poséidon a soupiré. Il a brandi sa canne et elle s'est transformée en son arme habituelle, un immense trident. Les trois pointes dégageaient une lumière bleue et l'eau, tout autour, s'est mise à bouillonner d'énergie.

– Je suis désolé, m'a dit mon père.

À ce moment-là, un immense serpent de mer a surgi au-dessus de nous et plongé en vrille vers le toit-terrasse. Il était orange vif et avait une gueule assez grande pour engloutir un gymnase en une seule bouchée.

Sans même tourner la tête, Poséidon a levé son trident vers le monstre et l'a grillé d'une déflagration d'énergie bleue. *BANG !!* Le monstre a explosé, se réduisant en un million de poissons rouges affolés qui se sont immédiatement enfuis.

– Ma famille se fait du souci, a repris Poséidon comme si de rien n'était. La bataille contre Océanos ne se passe pas bien.

Il a indiqué d'un geste le bord de la mosaïque. Du manche de son trident, il a donné un petit coup sur l'image d'un triton plus grand que les autres, aux cornes de taureau. La créature dirigeait un chariot tiré par des langoustes et maniait, en guise d'épée, un serpent vivant.

– Océanos, ai-je dit en essayant de me rappeler mes classiques. Le Titan de la mer ?

– Oui, a acquiescé Poséidon. Il était resté neutre pendant la première guerre entre les dieux et les Titans. Cette fois-ci, Cronos l'a convaincu de se battre. Et ça, c'est mauvais signe. Océanos ne s'engagerait pas s'il n'était pas certain de pouvoir se ranger dans le camp des vainqueurs.

– Je trouve qu'il a l'air assez bête, ai-je dit d'un ton qui se voulait optimiste. Quelle idée, franchement, de se battre avec un serpent comme arme ?

– Papa va y faire un triple nœud, a renchéri Tyson.

Poséidon a souri, mais son visage exprimait de la lassitude.

– Votre foi en moi me touche, a-t-il dit. Voilà presque un an que cette guerre a commencé. Mes pouvoirs sont éprouvés. Lui, en revanche, il trouve encore le moyen d'envoyer de nouvelles recrues contre moi : des monstres tellement anciens que je les avais oubliés.

J'ai entendu une explosion lointaine. À environ huit cents mètres, une montagne de corail s'est écroulée sous le poids de deux créatures géantes. Je ne distinguais leurs silhouettes qu'à grand-peine. L'une était un homard, l'autre un humanoïde géant, du genre Cyclope, mais qui semblait entouré d'une multitude de membres. J'ai d'abord cru qu'il brandissait des pieuvres géantes. Puis j'ai compris que c'étaient ses propres bras – une centaine de bras qui s'agitaient et frappaient.

– Briarée ! me suis-je écrié.

Ça me faisait plaisir de le voir, même s'il avait l'air en danger. Briarée était le dernier de son espèce : les Êtres-aux-Cent-Mains, une race voisine de celle des Cyclopes. Nous l'avions tiré de la prison de Cronos l'été dernier et je savais qu'il était parti aider Poséidon, cependant je n'avais plus eu de ses nouvelles.

– Briarée sait se battre, a commenté Poséidon. Ce serait formidable d'avoir une armée entière de ses semblables, mais il est le seul.

J'ai regardé Briarée se jeter sur le homard avec un rugissement rageur et l'attraper à bras-le-corps, malgré ses claquements de pinces. Il l'a projeté loin dans les profondeurs sombres, puis s'est élancé à ses trousses en activant ses cent mains comme les pales d'un canot à moteur.

– Percy, le temps nous est compté, a dit mon père. Raconte-moi ta mission. As-tu vu Cronos ?

Je lui ai tout raconté, et ma voix s'est étranglée quand j'en suis venu à évoquer le sort de Beckendorf. Baissant les yeux vers les cours que nous surplombions, j'ai aperçu des centaines de tritons blessés qui gisaient sur des grabats de fortune. J'ai aussi remarqué des monticules de coraux qui devaient être des tombes creusées à la hâte. J'ai compris alors que Beckendorf n'était pas le premier mort. Ce n'était qu'une victime parmi les centaines, voire les milliers, d'autres. Je n'avais jamais ressenti tant de colère et d'impuissance.

Poséidon s'est caressé la barbe.

– Beckendorf a choisi de mourir en héros, Percy. Tu n'as rien à te reprocher. Grâce à lui, la confusion règne dans les rangs de Cronos. Il a perdu de nombreux combattants.

– Mais lui, nous ne l'avons pas tué, hein ?

Tout en formulant la question, je savais bien qu'elle était naïve. On pouvait peut-être faire sauter son navire et désintégrer ses monstres, mais tuer un Titan était autrement plus difficile.

– Non, a reconnu Poséidon. Mais votre action donne du répit à notre camp.

– Il y avait des demi-dieux à bord, ai-je ajouté en repensant au gamin que j'avais croisé dans l'escalier.

Sur le coup, j'avais choisi de me concentrer sur les monstres et sur Cronos. Je m'étais convaincu que détruire leur paquebot était justifié car ils étaient maléfiques et s'apprêtaient à détruire ma ville. De plus, les monstres ne sont jamais tués pour de bon. Ils se pulvérisent et, tôt ou tard, finissent par se reformer. Alors que les demi-dieux...

Poséidon a posé la main sur mon épaule.

– Percy, il n'y avait que quelques guerriers demi-dieux à bord de ce navire, et tous étaient entrés au service de Cronos de leur plein gré. Peut-être que quelques-uns auront tenu compte de ton avertissement et pris la fuite. Quant aux autres... ils avaient choisi leur camp.

– Ils se sont fait bourrer le crâne ! Et maintenant ils sont morts, alors que Cronos est toujours en vie. Comment veux-tu que je prenne ça bien ?

J'ai regardé la mosaïque d'un œil sombre – des petites explosions en dés de pierre détruisant des monstres en dés de pierre. Tout semblait si facile, tant que c'était une image.

Tyson a passé un bras autour de mes épaules. Je n'aurais accepté cela de personne d'autre, mais Tyson était trop têtu et trop baraqué. Il me serrait contre lui que ça me plaise ou non.

– C'est pas ta faute, frérot. Cronos est dur à exploser. La prochaine fois, on mettra le paquet.

– Percy, a repris mon père, Beckendorf ne s'est pas sacrifié pour rien. Vous avez dispersé les armées d'invasion. New York est hors de danger pour quelque temps, ce qui permet aux autres Olympiens de s'occuper de la menace supérieure.

– La menace supérieure ?

J'ai repensé aux paroles que le Titan d'or prononçait dans mon rêve : « Les dieux ont relevé le défi. Ils seront bientôt anéantis. »

Une ombre a voilé le visage de mon père.

– Tu as eu assez de souci pour aujourd'hui. Tu demanderas à Chiron de t'expliquer quand tu seras rentré à la colonie.

– Rentrer à la colonie ? Mais vous êtes en danger, ici. Je veux vous aider !

– Tu ne peux pas, Percy. Ta tâche est ailleurs.

Je n'en croyais pas mes oreilles. Du regard, j'ai appelé Tyson à la rescousse.

Mon frère s'est mordillé la lèvre, puis il a dit :

– Papa... Percy sait se battre avec une épée. Il est très fort.

– Je sais, a répondu Poséidon avec douceur.

– Je peux vous aider, papa, ai-je renchéri. J'en suis certain. Vous n'allez pas pouvoir tenir longtemps.

Une boule de feu a jailli des lignes ennemies. J'ai cru que Poséidon allait infléchir sa trajectoire, faire quelque chose, mais non. Elle s'est abattue sur le coin extérieur de la cour et y a explosé parmi un groupe de tritons, les projetant en tous sens dans l'eau. Poséidon a grimacé comme s'il venait de recevoir un coup de couteau.

– Retourne à la colonie, a-t-il insisté. Et dis à Chiron que l'heure est venue.

– L'heure de quoi ?

– Il faut que tu entendes la prophétie. La prophétie tout entière.

Je n'avais pas besoin de lui demander de quelle prophétie il s'agissait. J'entendais parler de la « Grande Prophétie » depuis des années, mais personne ne voulait jamais me la raconter *in extenso*. Tout ce que je savais, c'était que j'étais censé prendre une décision dont dépendrait le sort du monde – mais surtout, pas de stress.

– Et si c'était ça, ma décision ? ai-je rétorqué. Rester ici pour me battre avec vous ou partir ? Et si je te laisse et que tu...

Je ne pouvais pas dire « que tu *meures* ». Les dieux n'étaient pas censés mourir, mais je savais, pour l'avoir vu, que cela se produisait. Et même s'ils ne mouraient pas, ils pouvaient se trouver réduits à néant ou presque, exilés, enfermés dans les profondeurs du Tartare comme l'avait été Cronos.

– Percy, il faut que tu partes, a insisté Poséidon. J'ignore quelle décision tu prendras, au moment venu, mais c'est dans le monde d'en haut que se joue ton combat. Tu dois prévenir tes amis à la colonie, ne serait-ce que cela. Cronos était informé de vos plans, ce qui signifie qu'il y a un espion parmi vous. On tiendra bon, ici. On n'a pas le choix.

Tyson m'a agrippé frénétiquement la main.

– Tu vas me manquer, grand frère !

J'ai eu l'impression que mon père prenait dix ans de plus, rien qu'à nous regarder.

– Tyson, toi aussi, tu as du travail qui t'attend, mon fils. Ils ont besoin de toi à l'arsenal.

Tyson s'est renfrogné de plus belle.

– J'y vais, a-t-il bougonné en reniflant. (Il m'a serré si fort que j'ai bien cru que mes côtes allaient se casser.) Sois prudent, Percy ! Laisse pas les monstres te tuer !

J'ai essayé d'opiner avec assurance, mais c'en était trop pour le grand lascar. En sanglots, il est parti à la nage vers l'arsenal, où ses cousins réparaient les lances et les épées.

– Tu devrais le laisser combattre, ai-je dit à mon père. Il se sent coincé à l'arsenal, tu vois pas qu'il a horreur de ça ?

Poséidon a secoué la tête.

– Je suis déjà assez embêté de devoir t'exposer au danger. Tyson est trop jeune. Je dois le protéger.

– Tu devrais lui faire confiance, au lieu d'essayer de le protéger.

Les yeux de Poséidon se sont enflammés. Je me suis dit que j'étais allé trop loin, mais il a baissé le regard sur la mosaïque et ses épaules se sont affaissées. Le triton au chariot à langoustes se rapprochait du palais.

– Océanos arrive, a dit mon père. Il faut que j'aille l'affronter.

Je n'avais jamais eu peur pour un dieu jusqu'à présent, mais là, je ne voyais pas comment mon père pouvait l'emporter sur ce Titan.

– Je tiendrai bon, a promis Poséidon. Je ne lâcherai pas mon domaine. Dis-moi juste une chose, Percy. Tu as toujours le cadeau d'anniversaire que je t'ai donné l'année dernière ?

Avec un hochement de tête, j'ai sorti mon collier de la colonie de sous mon col. Il comptait une perle par été passé à la Colonie des Sang-Mêlé et, depuis l'année dernière, un dollar des sables, enfilé lui aussi sur le lacet de cuir. Mon père me l'avait donné pour mes quinze ans. Il m'avait dit que je saurais à quel moment le « dépenser », mais je n'avais pas encore compris ce qu'il voulait dire par là. Tout ce que je savais, c'est qu'il ne rentrait pas dans les distributeurs de la cafétéria du collège.

– L'heure approche, m'a-t-il assuré. Avec un peu de chance, je te verrai pour ton anniversaire la semaine prochaine et on le fêtera comme il se doit.

Il a souri et, un bref instant, j'ai retrouvé dans son regard la lueur que je connaissais si bien.

Puis l'océan tout entier s'est obscurci sous nos yeux, comme si une tempête crépusculaire s'abattait dans les profondeurs. Des grondements de tonnerre ont retenti, ce qui aurait dû être impossible sous l'eau. Une immense présence glaciale approchait. J'ai senti une vague de peur parcourir les rangs des armées alignées à nos pieds.

– Je dois prendre ma véritable forme divine, a dit Poséidon. Pars, mon fils, et bonne chance.

J'aurais aimé l'encourager, l'embrasser, dire quelque chose, mais je savais bien qu'il était temps que je m'éloigne. Lorsqu'un dieu prend sa forme véritable, il s'en dégage une telle puissance qu'un mortel qui s'attarderait à le regarder serait immédiatement pulvérisé.

– Au revoir, père, suis-je parvenu à articuler.

J'ai tourné le dos. Et j'ai intimé aux courants de me venir en aide. Un tourbillon d'eau m'a happé et hissé vers la surface à une vitesse qui aurait fait exploser n'importe quel humain comme un ballon de baudruche.

Quand j'ai jeté un dernier regard, je n'ai vu que des éclairs verts et bleus pour tout signe du duel qui opposait mon père au Titan, tandis que leurs armées s'affrontaient en ravageant l'océan.

3 J'ai droit à un aperçu de ma mort en avant-première

Si vous voulez faire grimper votre cote de popularité à la Colonie des Sang-Mêlé, évitez de rentrer de mission avec une mauvaise nouvelle.

À peine avais-je émergé de l'océan que la rumeur de mon arrivée s'est répandue. Notre plage se trouve sur la côte nord de Long Island ; comme elle est enchantée, elle est invisible pour la plupart des gens. Personne n'y débarque à l'improviste, à moins d'être un dieu, un demi-dieu, ou un livreur de pizzas vraiment, vraiment paumé (c'est arrivé une fois, mais c'est une autre histoire).

Cet après-midi-là, Connor Alatir, du bungalow d'Hermès, était de guet. Lorsqu'il m'a repéré, ça l'a mis dans un tel état d'excitation qu'il en est tombé de son arbre. Ensuite, il a soufflé dans la conque pour prévenir la colonie et a couru à ma rencontre.

Connor avait un sourire de travers qui correspondait bien à son humour plutôt tordu. C'était un type assez sympa, il y avait juste quelques trucs à savoir : toujours surveiller son portefeuille en sa présence et, ne jamais, au grand jamais, lui donner accès à une bombe de mousse à raser, si on ne voulait pas retrouver son sac de couchage tout tartiné. Il avait les cheveux bruns et bouclés et était un peu plus petit que son jumeau Travis, la seule différence me permettant de les distinguer. Les deux frères ressemblaient si peu à mon vieil ennemi Luke qu'on avait du mal à croire qu'ils étaient tous les trois fils d'Hermès.

– Percy ! s'est-il écrié. Qu'est-ce qui s'est passé ? Où est Beckendorf ?

Alors, il a remarqué mon expression et son sourire s'est figé.

– Oh non. Pauvre Silena. Par Zeus, lorsqu'elle va apprendre...

Nous avons grimpé ensemble les dunes de sable. À quelques centaines de mètres, les pensionnaires affluaient vers nous en souriant avec enthousiasme. *Percy est de retour*, devaient-ils se dire. *Il a sauvé la situation ! Il nous a peut-être rapporté des souvenirs, qui sait !*

Je me suis arrêté au pavillon-réfectoire pour les attendre. Il serait bien temps de leur expliquer que j'étais un loser fini.

J'ai balayé la vallée du regard en essayant de me souvenir comment la Colonie des Sang-Mêlé m'était apparue, la première fois que je l'avais vue. J'avais l'impression que ça remontait à un milliard d'années.

Du pavillon-réfectoire, on avait un panorama global. Plusieurs collines encerclaient la vallée. Sur la plus élevée, la colline des Sang-Mêlé, se dressait le pin de Thalia ; la Toison d'Or, pendue à ses branches, protégeait la colonie de ses ennemis grâce au pouvoir magique qu'elle irradiait. Pelée, le dragon de garde, était devenu si grand que je pouvais le voir d'ici : lové autour du tronc de l'arbre, il ronflait en émettant des signaux de fumée par les naseaux.

À ma droite s'étendaient les bois. À ma gauche, le lac de

canoë-kayak scintillait sous le soleil et le mur d'escalade rougeoyait sous les coulées de lave en fusion. Douze bungalows, un pour chacun des douze dieux de l'Olympe, dessinaient un fer à cheval autour d'une vaste cour. Plus au sud se trouvaient les champs de fraises, l'arsenal et la Grande Maison, avec ses trois étages, sa façade bleue et sa girouette de bronze en forme d'aigle.

À certains égards, la colonie n'avait pas changé. La guerre ne se voyait pas dans ses édifices ni ses champs. C'était sur les visages des demi-dieux, des satyres et des naïades qui gravissaient la colline qu'elle se lisait.

Les pensionnaires de la colonie étaient moins nombreux que quatre ans plus tôt. Certains étaient partis, pour ne jamais revenir. D'autres étaient morts au combat. D'autres encore – on évitait d'en parler – étaient passés à l'ennemi.

Ceux qui étaient encore là étaient endurcis par le combat et fatigués. On entendait peu de rires, à la colonie, ces temps-ci. Même les Hermès nous jouaient moins de tours qu'avant – difficile d'apprécier une bonne farce quand on a l'impression que la vie n'est plus qu'une vaste blague.

Chiron a été le premier à entrer dans le pavillon-réfectoire, au galop, ce qui est facile pour lui étant donné qu'à partir de la taille c'est un étalon blanc. Il portait un tee-shirt vert avec l'inscription : « MA SECONDE VOITURE EST UN CENTAURE », et un arc jeté sur l'épaule.

– Percy ! Les dieux soient loués, a-t-il dit. Mais où est...

Annabeth est arrivée en courant juste derrière lui, et je dois avouer que mon cœur s'est emballé quand je l'ai vue. On ne peut pas dire qu'elle soignait particulièrement son look, pourtant. On faisait tellement de missions de combat, ces derniers temps, qu'elle ne brossait presque plus ses cheveux blonds et bouclés, ni n'accordait d'importance à ce qu'elle mettait – en général un jean et un vieux tee-shirt orange de la colonie, son armure de bronze parfois. Elle avait des yeux du gris d'un nuage d'orage. En général, on n'arrivait pas à finir une conversation sans s'étriper. Il n'empêche que le seul fait de la voir me rendait tout chose. L'été dernier, avant que Luke se transforme en Cronos et que tout tourne mal, il y avait eu plusieurs moments où j'avais bien cru que... ben qu'on pourrait peut-être dépasser la phase du « je t'étripe ».

– Qu'est-ce qui s'est passé ? a-t-elle demandé en m'attrapant par le bras. Est-ce que Luke...

– Le paquebot a explosé. Il n'est pas mort. Je ne sais pas où...

Silena Beauregard a émergé de la foule. Elle n'était ni coiffée ni maquillée, ce qui n'était pas son genre.

– Où est Charlie ? s'est-elle écriée, en regardant de tous les côtés, comme s'il pouvait se cacher quelque part.

J'ai lancé un regard impuissant à Chiron.

Le vieux centaure s'est éclairci la gorge.

– Silena, ma chérie, allons en parler à la Grande Maison...

– Non, a-t-elle protesté d'une voix rauque. Non. *Non.*

Elle a éclaté en sanglots et on est tous restés plantés là, trop sonnés pour dire quoi que ce soit. On avait déjà perdu beaucoup de camarades cet été, mais cette mort était la plus douloureuse. Sans Beckendorf, on avait tous l'impression que l'ancre qui arrimait notre colonie avait été arrachée.

Pour finir, Clarisse, du bungalow d'Arès, s'est approchée de Silena et lui a passé un bras autour des épaules. L'amitié qui unissait ces deux-là – la fille du dieu de la Guerre et celle de la déesse de l'Amour – était des plus étranges, mais depuis que Silena avait donné des conseils à Clarisse sur son premier petit ami, l'été dernier, Clarisse s'était décrétée garde du corps personnel de Silena.

Elle portait son armure de combat rouge sang, avec un bandana pour retenir ses cheveux bruns. Elle avait un gabarit de joueur de rugby assorti d'un rictus permanent, mais c'est avec douceur qu'elle s'est adressée à Silena.

– Viens, ma puce, a-t-elle dit. On va à la Grande Maison. Je vais te faire du chocolat chaud.

Les autres se sont dispersés par groupes de deux ou trois pour regagner leurs bungalows. Plus personne ne se faisait une fête de me voir, à présent. Personne ne voulait m'entendre raconter l'explosion du paquebot.

Seuls Annabeth et Chiron sont restés.

Annabeth a essuyé une larme sur sa joue.

– Je suis contente que tu ne sois pas mort, Cervelle d'Algues, a-t-elle dit.

– Merci, ai-je répondu. Moi aussi.

– Je suis sûr que tu as fait tout ce qui était en ton pouvoir, Percy, a dit Chiron en mettant la main sur mon épaule. Veux-tu nous raconter ce qui s'est passé ?

Je n'avais pas très envie de revivre mentalement ces moments, mais je leur ai raconté toute l'histoire, y compris le rêve des Titans. J'ai juste passé sous silence l'épisode avec Nico. Ce dernier m'avait fait promettre de ne parler de son plan à personne tant que je n'aurais pas pris de décision, et son plan était si effrayant que j'aimais autant le tenir secret.

Chiron a baissé les yeux sur la vallée.

– Nous devons convoquer un conseil de guerre immédiatement, a-t-il dit. Pour discuter de la présence d'un espion parmi nous, notamment.

– Poséidon a fait allusion à une autre menace, ai-je ajouté. Encore plus grande que le *Princesse Andromède*. J'ai pensé qu'il pouvait s'agir du défi que le Titan a évoqué dans mon rêve.

Chiron et Annabeth ont échangé un regard, comme s'ils savaient quelque chose que j'ignorais. Ça m'a exaspéré.

– On parlera de cela aussi, a promis Chiron.

– Encore une chose. (J'ai respiré à fond.) Lorsque j'ai vu mon père, il m'a dit de te dire que l'heure était venue. Il faut que je connaisse la prophétie dans son intégralité.

Les épaules de Chiron se sont affaissées, mais il n'a pas semblé surpris.

– J'ai toujours redouté ce moment. Très bien. Annabeth, nous allons montrer la vérité à Percy – la vérité tout entière. Allons au grenier.

J'étais déjà allé trois fois au grenier, et à mon goût, c'était trois fois de trop.

Une échelle menait du haut de l'escalier à la trappe. Je me suis demandé comment Chiron, qui était moitié cheval, allait pouvoir y monter, mais il n'a même pas essayé.

– Tu sais où elle est, a-t-il dit à Annabeth. Descends-la, s'il te plaît.

Annabeth a hoché la tête.

Dehors, le soleil se couchait, ce qui rendait le grenier encore plus sombre et lugubre que d'habitude. De vieux trophées remportés par des héros étaient empilés dans tous les coins et recoins : des boucliers cabossés ; des têtes de monstres, conservées dans des bocaux ; une paire de dés en fourrure sur une plaque de bronze portant l'inscription : *Volés dans la Honda Civic de Chrysaor par Gus, fils d'Hermès, 1988.*

J'ai attrapé une épée de bronze courbe qui était tellement tordue qu'elle dessinait presque un « M ». Il restait encore quelques taches vertes sur le métal, vestiges du poison magique qui la recouvrait entièrement à l'origine. L'étiquette datait de l'été dernier : *Cimeterre de Campé, tuée dans la Bataille du Labyrinthe.*

– Tu te souviens de Briarée, quand il balançait ses rochers ? ai-je demandé à Annabeth.

Elle a souri malgré elle.

– Et de Grover déclenchant la panique ? a-t-elle rétorqué.

Nos regards se sont croisés. J'ai pensé à un autre moment, l'été dernier, sous le mont Saint Helens, où Annabeth avait cru que j'allais mourir, et elle m'avait embrassé.

Elle s'est éclairci la gorge et a détourné les yeux.

– La prophétie.

– Oui, ai-je acquiescé en reposant le cimeterre. La prophétie.

On s'est approchés de la fenêtre. L'Oracle, une momie affublée d'une robe en tie-dye, était perchée sur un tabouret à trois pieds. Des touffes de cheveux noirs se hérissaient sur son crâne. Des yeux vitreux perçaient sa peau parcheminée. Rien qu'à la voir, j'avais la chair de poule.

Avant, si un pensionnaire voulait quitter la colonie pendant l'été, il devait monter au grenier pour se voir confier une quête. L'été dernier, cette règle avait été supprimée. Des pensionnaires partaient sans cesse en mission de combat, à présent. Nous n'avions pas le choix si nous voulions barrer la route à Cronos.

Cependant, je ne me souvenais que trop bien de l'étrange brume verte – l'esprit de l'Oracle – qui vivait à l'intérieur de la momie. Elle avait l'air sans vie, mais dès qu'elle prononçait une prophétie, elle s'animait. Quelquefois, un brouillard s'échappait de sa bouche en prenant des formes bizarres. Une fois, elle avait même quitté son grenier et s'était offert une balade de zombie dans les bois pour remettre un message. Je me demandais ce qu'elle allait bien pouvoir inventer, pour la « Grande Prophétie ». Ça ne m'aurait pas étonné outre mesure qu'elle se lance dans un numéro de claquettes.

Mais elle se contentait de rester immobile sur son tabouret en faisant la morte – ce qu'elle était, d'ailleurs.

– J'ai jamais compris ce truc, ai-je glissé à Annabeth.

– Quoi donc ?

– Pourquoi c'est une momie.

– Percy, ça n'a pas toujours été une momie. Pendant des millénaires, l'esprit de l'Oracle a vécu dans le corps d'une jeune et jolie vierge. L'esprit se transmettait de génération en génération. Chiron m'a dit qu'elle aussi était jeune et jolie (Annabeth a montré la momie du doigt) il y a cinquante ans. Mais personne n'a pris sa relève.

– Qu'est-ce qui s'est passé ?

Annabeth a failli répondre à ma question, puis elle a paru changer d'avis.

– Écoute, a-t-elle dit, faisons ce qu'on est venus faire et allons-nous-en d'ici.

J'ai regardé le visage ratatiné avec inquiétude.

– Ben on fait quoi ?

Annabeth s'est approchée de la momie et a tendu les mains, paumes ouvertes.

– Ô Oracle, l'heure est venue. Je demande la Grande Prophétie.

Je me suis blindé, mais la momie n'a pas bougé. Annabeth a fait un pas de plus vers elle pour détacher un des colliers qui pendaient à son cou. Je n'avais jamais fait attention aux bijoux de l'Oracle ; pour moi, c'étaient juste des colifichets de hippie. Mais lorsque Annabeth s'est retournée face à moi, elle tenait dans sa main une petite bourse en cuir enfilée sur un lacet tressé de plumes – un peu comme une bourse à remèdes de sorcier amérindien. Elle l'a ouverte et en a retiré un rouleau de parchemin pas plus grand que son petit doigt.

– Nan, sérieux ? me suis-je exclamé. Tu veux dire que toutes ces années où je vous interrogeais sur cette stupide prophétie, elle était là, pendue à son cou ?

– Ce n'était pas le bon moment, a dit Annabeth. Crois-moi, Percy, j'ai lu cette prophétie quand j'avais dix ans, et elle me donne encore des cauchemars.

– Formidable. Je peux la lire, maintenant ?

– En bas, au conseil de guerre. Pas devant... tu sais qui.

J'ai regardé les yeux vitreux de l'Oracle, et décidé de ne pas insister. On s'est dirigés vers l'échelle pour descendre rejoindre les autres. Je ne le savais pas alors, mais c'était la dernière fois que je mettais les pieds au grenier.

Les Grands Conseillers s'étaient réunis autour de la table de ping-pong. Allez savoir pourquoi, la salle de jeux de la colonie faisait office de QG pour les conseils de guerre. Curieusement, lorsque Annabeth, Chiron et moi y sommes entrés, l'ambiance était à l'engueulade généralisée.

Clarisse était encore en tenue de combat intégrale. Elle portait sa lance électrique en bandoulière (sa deuxième lance électrique, en fait, puisque j'avais cassé la première. Elle surnommait son arme « la Mutileuse » mais dans son dos tout le monde disait « l'Inutileuse »). Elle avait son casque en forme de tête de sanglier sous le bras et un poignard à la ceinture.

Elle était en train d'agonir d'injures Michael Yew, le nouveau conseiller en chef des Apollon, ce qui était assez marrant à voir parce que Clarisse le dépassait d'une bonne tête. Michael avait pris le commandement du bungalow d'Apollon après la mort de Lee Fletcher au combat, l'été dernier. Michael plafonnait à un mètre quarante, plus cinquante centimètres d'arrogance. Il me faisait penser à un furet, avec son nez pointu et son visage tout chiffonné – soit parce qu'il faisait beaucoup la grimace, soit parce qu'il passait trop de temps à lorgner le long de la hampe d'une flèche en plissant le nez.

– C'est notre butin à nous ! a-t-il hurlé en se dressant sur la pointe des pieds pour crier à la figure de Clarisse. Et si ça te plaît pas, bouffe mon carquois !

Les conseillers assis autour de la table se retenaient de rire : les frères Alatir, Pollux, du bungalow Dionysos, Katie Gardner de chez les Déméter. Même Jake Mason, le nouveau conseiller nommé à la hâte pour les Héphaïstos, esquissait un sourire. Seule Silena Beauregard ignorait la dispute. Assise à côté de Clarisse, elle fixait le filet de ping-pong d'un regard absent. Elle avait les yeux rouges et gonflés. Une tasse de chocolat intacte était posée devant elle. Il m'a paru injuste qu'elle doive être présente. Et je n'en revenais pas que Clarisse et Michael se disputent en criant au-dessus de sa tête pour une vulgaire histoire de butin, alors qu'elle venait de perdre Beckendorf.

– ARRÊTEZ ! ai-je hurlé. Qu'est-ce qui vous prend, les gars ?

Clarisse m'a fusillé du regard.

– Dis à Michael de cesser de se comporter en sale égoïste !

– Ah, ça te va bien de dire ça ! a rétorqué Michael.

– Si je suis là, c'est uniquement pour soutenir Silena ! a tonné Clarisse. Sans ça, je serais restée dans mon bungalow.

– Mais de quoi tu parles ? ai-je demandé.

Pollux s'est éclairci la gorge.

– Clarisse refuse de nous parler tant que son, euh, problème ne sera pas réglé, et ça fait trois jours que ça dure.

– Trois jours délicieux, a commenté Travis Alatir d'un ton mélancolique.

– Quel problème ? ai-je demandé.

Clarisse s'est tournée vers Chiron.

– C'est toi qui diriges, n'est-ce pas ? Mon bungalow va-t-il obtenir ce qu'il réclame, ou non ?

Chiron a gratté le sol du bout d'un sabot.

– Ma chérie, comme je te l'ai déjà expliqué, Michael a raison. La revendication du bungalow d'Apollon est la plus fondée. Par ailleurs, nous avons des questions plus importantes à...

– Bien sûr, l'a interrompu Clarisse d'un ton cassant. Il y a toujours des questions plus importantes que les besoins des Arès. Nous, on est juste censés venir se battre quand vous avez besoin de nous et jamais se plaindre !

– Ce serait bien, oui, a bougonné Connor Alatir.

Clarisse a serré le manche de son poignard.

– Je devrais peut-être demander à Monsieur D...

– Comme tu le sais, a dit Chiron avec à présent une pointe d'irritation dans la voix, notre directeur, Dionysos, est très occupé en raison de la guerre. On ne peut pas le déranger pour ça.

– Je vois, a fait Clarisse. Et les Grands Conseillers ? Il n'y en a pas un parmi vous qui va prendre mon parti ?

Plus personne ne souriait. Aucun des conseillers n'a regardé Clarisse en face.

– Très bien. (Clarisse s'est tournée vers Silena.) Je suis désolée. Je ne voulais pas entrer dans cette polémique alors que tu viens de perdre... enfin, je te présente mes excuses. À toi. À personne d'autre.

Silena n'a pas semblé entendre ses paroles.

Clarisse a jeté son poignard sur la table de ping-pong.

– Quant à vous autres, vous n'avez qu'à mener cette guerre sans les Arès. Tant que je n'aurai pas obtenu gain de cause, personne de mon bungalow ne lèvera le petit doigt pour participer. Amusez-vous bien à mourir.

Sur ces mots, Clarisse est sortie en trombe, laissant les conseillers muets de stupeur.

Michael Yew a fini par rompre le silence :

– Bon débarras !

– Tu rigoles ? a protesté Katie Gardner. C'est une catastrophe !

– Elle parle pas sérieusement, a dit Travis. Si ?

Chiron a soupiré.

– Elle est blessée dans son amour-propre, a-t-il expliqué. Elle finira par se calmer.

Mais il n'avait pas l'air convaincu.

Je voulais demander ce qui pouvait bien mettre Clarisse dans une telle rage, mais quand j'ai regardé Annabeth, elle a articulé silencieusement les mots : *Je te dirai plus tard.*

– Bon, a poursuivi Chiron. Maintenant, conseillers, s'il vous plaît. Percy a apporté quelque chose que vous devriez entendre, à mon avis. Percy, la Grande Prophétie.

Annabeth m'a tendu le parchemin. Il était vieux et sec au toucher, et je me suis un peu emmêlé les doigts dans la ficelle. J'ai déroulé le papier en m'efforçant de ne pas le déchirer, puis j'ai lu :

Un sang-mêlé fils des nieux aidés...

– Euh... Percy ? m'a interrompu Annabeth. C'est « dieux aînés », pas « nieux aidés ».

– Oui, bien sûr. (La dyslexie fait partie des troubles caractéristiques des demi-dieux, mais quelquefois ça m'exaspère un maximum. Et plus je suis tendu, plus j'ai du mal à lire.)

Un demi-dieu fils des dieux aînés...
Atteindra l'âge de seize ans contre vents et marées...

J'ai hésité, les yeux rivés sur les vers suivants. Une sensation de froid s'est emparée de mes doigts comme si le papier gelait.

Le monde pris dans un sommeil sans fin il verra,
L'âme du héros, une lame maudite la fauchera.

Soudain, Turbulence m'a paru plus lourde dans ma poche. Une lame maudite ? Chiron m'avait dit un jour que Turbulence avait fait souffrir beaucoup de gens. Était-il possible que ma propre épée soit l'instrument de mon trépas ? Et quel sommeil sans fin pouvait-il s'emparer du monde, si ce n'est la mort ?

– Percy, m'a dit Chiron d'une voix pressante. Lis la suite.

J'avais la bouche sèche comme si elle était pleine de sable, mais j'ai lu les deux derniers vers :

Un choix supreme... mettra fin à ses jours.
Pour l'Olympe per... perséver...

– Préserver, a dit doucement Annabeth. Ça veut dire « sauver ».

– Je sais ce que ça veut dire, ai-je grommelé.

Pour l'Olympe préserver ou céder sans retour.

Un lourd silence est tombé sur la salle. C'est finalement Connor Alatir qui l'a brisé :

– S'aider, c'est plutôt bien, non ?

– C'est pas « s'aider », a dit Silena. (Elle avait la voix rauque, mais je n'en revenais pas qu'elle ait pris la parole.) Mais c-é-d-e-r, comme perdre, lâcher.

– Abandonner, a renchéri Annabeth. Laisser disparaître pour toujours. Capituler.

– C'est bon, j'ai pigé. Merci.

Mon cœur pesait une tonne dans ma poitrine.

Dans la salle, tous me regardaient : avec inquiétude, avec pitié, ou même avec un peu de crainte.

Chiron a fermé les yeux comme s'il disait une prière. Dans sa forme chevaline, sa tête touchait presque les spots du plafond.

– Tu comprends maintenant, Percy, pourquoi nous avions jugé préférable de ne pas te révéler toute la prophétie. Tu avais assez de soucis...

– Sans savoir que j'allais mourir à la fin de toute façon ? l'ai-je interrompu. Ouais, je pige.

Chiron m'a regardé tristement. Ce type avait trois mille ans. Il avait vu des centaines de héros mourir. Ça ne lui plaisait peut-être pas, mais il avait l'habitude. Il avait sans doute trop d'expérience pour tenter de me rassurer.

– Percy, a dit Annabeth, tu sais que les prophéties ont toujours une double signification. Ça ne veut pas forcément dire que tu vas mourir littéralement.

– T'as raison, ai-je rétorqué. *Un choix suprême mettra fin à ses jours.* Y a des tonnes d'interprétations possibles.

– On peut essayer de l'arrêter, a suggéré Jake Mason. *L'âme du héros, une lame maudite la fauchera.* On pourrait peut-être trouver cette lame maudite et la détruire. Ça doit être la faux de Cronos, vous ne croyez pas ?

Je n'y avais pas pensé, mais qu'est-ce que ça changeait que la lame maudite soit Turbulence ou la faux de Cronos ? Dans un cas comme dans l'autre, à mon avis, nous ne pourrions pas arrêter la prophétie. Une lame était censée faucher mon âme. En règle générale, je préférais qu'on ne me fauche pas l'âme.

– Nous devrions peut-être laisser Percy réfléchir à ces vers, a dit alors Connor. Il a besoin de temps...

– Non. (J'ai replié la prophétie et l'ai roulée dans ma poche. Je me sentais prêt à en découdre et plein de colère, mais sans vraiment savoir contre qui.) J'ai pas besoin de temps. Si je dois mourir, je mourrai. Ça m'avancerait à rien de me prendre la tête pour ça, hein ?

Annabeth avait les mains qui tremblaient légèrement. Elle évitait de croiser mon regard.

– Continuons, ai-je ajouté. On a d'autres problèmes à traiter. Nous avons un espion parmi nous.

– Un espion ? a fait Michael Yew en grimaçant.

Je leur ai raconté ce qui s'était passé à bord du *Princesse Andromède* : Cronos savait que nous allions venir et il m'avait montré la breloque d'argent en forme de faux dont il se servait pour communiquer avec un des pensionnaires de la colonie.

Silena s'est remise à pleurer et Annabeth lui a passé le bras autour des épaules.

– On est fixés, maintenant, a commenté Connor Alatir d'une voix étranglée. Ça faisait des années qu'on se demandait s'il n'y avait pas un espion à la colonie, pas vrai ? Quelqu'un qui communiquait des infos à Luke – comme l'emplacement de la Toison d'Or, il y a deux ans, vous vous rappelez ? Ça doit être quelqu'un qui le connaissait bien.

Peut-être sans s'en rendre compte, il a jeté un coup d'œil à Annabeth. Elle avait connu Luke mieux que quiconque, bien sûr. Mais Connor a vite détourné le regard, en ajoutant :

– Je veux dire, ça pourrait être n'importe qui.

– Oui, a acquiescé Katie Gardner, qui s'est tournée vers les frères Alatir en fronçant les sourcils. (Elle les détestait depuis le jour où ils avaient décoré le toit couvert de gazon du bungalow de Déméter avec des lapins de Pâques en chocolat.) Un frère ou une sœur de Luke, par exemple.

Travis et Connor se sont aussitôt mis à la vitupérer.

– Arrêtez de vous disputer ! (Silena a asséné un coup de poing sur la table, si fort que sa tasse de chocolat s'est renversée.) Charlie est mort et vous êtes là à vous chamailler comme des mômes !

Plongeant la tête entre les mains, elle a éclaté en sanglots. Un filet de chocolat chaud a coulé de la table. On a tous pris l'air honteux.

– Elle a raison, a fini par dire Pollux. Nous accuser les uns les autres, c'est pas la solution. Ce qu'on doit faire c'est ouvrir l'œil. Il faut qu'on trouve un bracelet d'argent avec une breloque en forme de faux. Si Cronos en avait un, l'espion en a sans doute un aussi.

Michael Yew a poussé un grognement.

– Faut qu'on trouve cet espion avant de monter la prochaine opération, a-t-il dit. L'explosion du *Princesse Andromède* n'arrêtera pas Cronos indéfiniment.

– Certes non, est intervenu Chiron. D'ailleurs il prépare déjà son prochain assaut.

– Tu veux parler de la « menace supérieure » à laquelle Poséidon a fait allusion ? ai-je demandé.

Il a échangé un regard complice avec Annabeth, l'air de dire : « Le moment est venu. » Ai-je déjà mentionné que ça m'exaspère quand ils font ça ?

– Percy, a dit alors Chiron, on ne voulait pas t'en informer avant ton retour à la colonie. Tu avais besoin de souffler un peu... de te changer les idées avec tes amis mortels.

Annabeth a rougi. J'ai soudain réalisé qu'elle savait que j'avais pas mal vu Rachel ces derniers temps, et je me suis senti coupable. Et puis ça m'a énervé de me sentir coupable. J'avais bien le droit d'avoir des amis en dehors de la colonie, quand même, non ? Ce n'était pas comme si...

– Racontez-moi ce qui s'est passé, ai-je dit.

Chiron a attrapé une coupe en bronze et versé de l'eau sur la plaque chauffante dont on se servait pour faire fondre le fromage de nos nachos. Un nuage de vapeur s'est élevé en dessinant un arc-en-ciel dans la lumière des néons.

– Ô Iris, déesse de l'Arc-en-ciel, a marmonné Chiron, montre-nous la menace.

La brume a scintillé. J'ai vu se former l'image familière d'un volcan rougeoyant : le mont Saint Helens. Sous mes yeux, le flanc du volcan a explosé, libérant un flot de lave, de flammes et de cendres. La voix d'un journaliste disait : « ... *encore plus violente que l'éruption de l'année dernière, et les géologues nous avertissent que la montagne n'a sans doute pas fini de cracher de la lave.* »

Je ne connaissais que trop bien l'éruption de l'année dernière ; c'était moi qui l'avais provoquée. Celle-ci était encore plus terrible. La montagne elle-même s'est déchirée et ses flancs se sont écroulés vers l'intérieur, tandis que du magma de fumée et de lave émergeait une forme gigantesque, qui semblait se hisser hors d'une bouche d'égout. J'ai espéré que la Brume empêcherait les humains de voir le géant tel qu'il était réellement car ce que je découvrais aurait semé la panique et provoqué des émeutes dans tout le pays.

Le géant était plus grand que toutes les créatures qu'il m'avait été donné de croiser dans ma vie. Même avec mes yeux de demi-dieu, je ne parvenais pas à distinguer clairement sa silhouette ; disons qu'il était vaguement humanoïde et si grand que l'Empire State Building aurait pu lui servir de batte de base-ball. Un grondement horrible a secoué la montagne, comme si le monstre riait.

– C'est lui, ai-je dit. C'est Typhon.

J'espérais vraiment que Chiron me répondrait quelque chose de réconfortant, du genre : « Pas du tout ! C'est notre ami l'énorme Leroy ! Il va nous aider ! » Mais non. Il s'est contenté de hocher la tête.

– Oui, a-t-il acquiescé, c'est lui. Le plus horrible de tous les monstres, le plus grand danger individuel auquel les dieux aient jamais été confrontés. Et le voilà finalement libéré des entrailles de la montagne. Mais cette scène date d'il y a deux jours. Regarde ce qui se passe aujourd'hui.

Chiron a agité la main et l'image a changé. J'ai vu un amoncellement de nuages d'orage balayer les plaines du Midwest. Des éclairs zébraient le ciel. Les lignes de grain ravageaient tout sur leur passage : elles démolissaient les maisons et les caravanes, envoyaient valdinguer les voitures comme des jouets miniatures.

« Des inondations monstrueuses, disait un commentateur. *Cinq États sont déclarés zones sinistrées tandis que le système dépressionnaire continue sa progression vers l'est, semant la destruction sur son passage.* » Les caméras ont zoomé sur une trombe qui s'abattait sur une ville du Midwest, j'ignore laquelle. Au centre de la colonne de nuages j'ai entrevu la forme véritable du géant – par bribes : un bras de fumée compacte, une main sombre et griffue, de la taille d'un pâté de maisons. Ses grondements de colère déferlaient sur les plaines avec la force d'une explosion nucléaire. D'autres formes, plus petites, jaillissaient d'entre les nuages et encerclaient le monstre. À la lumière des éclairs, j'ai vu que le géant essayait de les chasser comme des mouches. En plissant les yeux, j'ai distingué un chariot d'or qui s'engouffrait dans le tourbillon noir. Puis une sorte d'oiseau gigantesque, de chouette monstrueuse, a piqué à son tour pour attaquer le géant.

– Ce sont... ce sont les dieux ? ai-je demandé.

– Oui, Percy, a répondu Chiron. Ça fait maintenant quatre jours qu'ils se battent contre lui et s'efforcent de le ralentir. Mais Typhon avance ; il marche sur New York. Il marche sur l'Olympe.

J'ai encaissé la nouvelle.

– Combien de temps lui faudra-t-il pour y arriver ?

– Si les dieux ne parviennent pas à l'arrêter ? Cinq jours, peut-être. La plupart des Olympiens sont là-bas... sauf ton père, qui a sa propre guerre à mener.

– Mais alors, qui garde l'Olympe ?

Connor a secoué la tête.

– Si Typhon parvient à New York, a-t-il dit, ça n'aura plus aucune importance.

Je me suis rappelé les paroles de Cronos sur le paquebot : « J'aurais tellement aimé voir la terreur dans ton regard quand tu aurais compris comment je compte détruire l'Olympe. »

Était-ce à cela qu'il faisait allusion : une attaque de Typhon ? C'était terrifiant, aucun doute là-dessus. Mais Cronos cherchait toujours à nous embrouiller, à nous envoyer sur de fausses pistes. Cette attaque semblait trop simple pour lui. En plus, dans mon rêve, le Titan d'or avait parlé de plusieurs défis à venir, comme si Typhon n'était que le premier.

– C'est un piège, ai-je dit. Il faut prévenir les dieux. Il va se passer autre chose.

Chiron m'a dévisagé d'un œil grave.

– Quelque chose de pire que Typhon ? J'espère que non.

– Il faut qu'on protège l'Olympe, ai-je insisté. Cronos a un autre plan d'attaque.

– Il *avait* un autre plan. Mais tu as coulé son paquebot, m'a rappelé Travis Alatir.

Tout le monde me regardait. Ils avaient tous besoin d'une bonne nouvelle. Ils voulaient tous croire que ce que je leur avais raconté représentait un mince espoir.

J'ai jeté un coup d'œil à Annabeth et j'ai vu qu'on pensait tous les deux la même chose : Et si le *Princesse Andromède* était un stratagème ? Et si Cronos nous avait délibérément laissés détruire son navire pour nous faire baisser la garde ?

Mais je ne pouvais pas faire cette suggestion devant Silena. Son petit ami s'était sacrifié pour cette mission.

– Tu as peut-être raison, ai-je dit à Travis, même si je n'en croyais pas un mot.

J'ai essayé d'imaginer comment la situation pouvait encore s'aggraver. Dans le Midwest, les dieux se battaient contre un monstre géant qui avait déjà failli les vaincre une fois. Poséidon, en état de siège, semblait sur le point de perdre la guerre contre le Titan des mers Océanos. Cronos était quelque part dans le circuit. L'Olympe n'était pratiquement plus défendue. Quant à nous, les demi-dieux de la Colonie des Sang-Mêlé, on était réduits à nous-mêmes, avec un espion dans nos rangs.

Ah, et puis d'après l'ancienne prophétie, j'allais mourir le jour de mes seize ans, c'est-à-dire dans cinq jours, pile quand Typhon était censé frapper New York. J'avais failli oublier ça.

– Bon, a dit alors Chiron, je crois que ça suffit pour une soirée.

Il a agité la main et la vapeur s'est dissipée, emportant avec elle les images de la bataille orageuse qui opposait Typhon aux dieux.

– C'est le moins qu'on puisse dire, ai-je grommelé.

Sur ce, le conseil a été reporté.

4 Nous brûlons un linceul de métal

J'ai rêvé que Rachel Elizabeth Dare plantait des fléchettes dans mon portrait.

Elle était debout dans sa chambre... Une seconde, il faut que je vous précise un peu le contexte. Rachel n'a pas *une chambre*. Elle dispose du dernier étage de la maison de sa famille, un vieil hôtel particulier rénové, dans le quartier de Brooklyn. Sa « chambre » est un loft immense, avec des éclairages industriels et des baies vitrées qui vont du sol au plafond. Elle fait à peu près deux fois la superficie de l'appart de ma mère.

Sa station d'accueil Bose diffusait du alt-rock à donf. D'après ce que j'avais compris, Rachel avait une seule règle pour la musique : aucune des chansons de son iPod ne pouvait ressembler à l'autre, et elles devaient toutes avoir un son complètement bizarre.

Elle portait un kimono et ses cheveux étaient en pétard, comme si elle venait de se réveiller. Son lit était défait ; des draps pendaient sur plusieurs chevalets de peintre. Des vêtements sales et des emballages de barres énergétiques jonchaient le sol, mais quand on a une chambre aussi grande, le désordre fait tout de suite mieux. Par les fenêtres, on avait une vue panoramique sur tout Manhattan, dans son éclairage nocturne.

Le tableau qu'elle criblait de fléchettes me représentait perché sur le géant Antée. Rachel l'avait peint environ deux mois plus tôt. J'avais une expression féroce sur cette toile – c'en était troublant, d'ailleurs –, de sorte qu'il était difficile de dire si j'étais le bon ou le méchant, mais elle affirmait que c'était exactement l'air que j'avais après la bataille.

– Les demi-dieux, a bougonné Rachel en lançant une autre fléchette, et leurs quêtes à la manque !

La plupart des fléchettes ricochaient contre la toile, mais quelques-unes y restaient plantées. Il y en avait une qui pendait à mon menton comme un bouc.

On a frappé violemment à sa porte.

– Rachel ! a crié une voix d'homme. Qu'est-ce que tu fabriques ? Éteins-moi ce...

Rachel a repêché sa télécommande et coupé la musique.

– Entre !

Son père est entré en plissant les yeux à cause de la lumière. Il avait des cheveux roux, un ton plus foncé que ceux de Rachel. Ils étaient aplatis sur un côté comme s'il avait perdu une bataille contre son oreiller. Sur la poche de veste de son pyjama en soie bleue, ses initiales, « W.D. », étaient brodées. Franchement, vous y croyez, vous, que des gens se font broder leurs initiales sur leur pyj' ?

– Qu'est-ce qui se passe ? Il est 3 heures du matin !

– J'arrivais pas à dormir, a dit Rachel.

Une des fléchettes, sur le tableau, s'est détachée de mon visage. Rachel a caché les autres dans son dos, mais M. Dare l'a remarqué.

– Alors... dois-je en conclure que ton ami ne vient pas à Saint Thomas ?

C'était comme ça que M. Dare m'appelait. Jamais Percy. Juste « ton ami ». Ou « jeune homme », quand il m'adressait la parole, ce qui était rare.

– Je ne sais pas, a répondu Rachel en fronçant les sourcils.

– On part dans la matinée. S'il ne s'est pas encore décidé...

– Il ne viendra sans doute pas, a dit Rachel d'un ton déçu. T'es content ?

M. Dare a croisé les mains dans son dos et s'est mis à arpenter la pièce, l'air sévère. Je l'ai imaginé faisant la même chose dans la salle de conseil d'administration de son bureau d'aménagement foncier. Ça devait mettre ses employés bien mal à l'aise.

– Tu fais toujours des cauchemars ? a-t-il demandé. Et tes migraines ?

Rachel a jeté ses fléchettes par terre.

– J'aurais jamais dû t'en parler.

– Je suis ton père, a-t-il dit. Je m'inquiète pour toi.

– Tu t'inquiètes pour la réputation de la famille, a bougonné Rachel.

Son père n'a pas réagi – soit qu'il ait déjà entendu cette remarque, soit qu'elle fût vraie.

– On pourrait appeler le docteur Arkwright, a-t-il suggéré. Il t'avait aidée à surmonter la mort de ton hamster.

– J'avais six ans, papa. Et, non, j'ai pas besoin d'un psy. C'est juste que...

Elle a secoué la tête, l'air découragé.

Son père s'est arrêté devant les fenêtres. Il a contemplé la silhouette de New York comme si la ville lui appartenait. Ce qui était inexact – il n'en possédait qu'une partie.

– Ça va te faire du bien de partir un peu, a-t-il décrété. Tu as des fréquentations malsaines.

– Je n'irai pas à l'Institut Clarion pour jeunes filles, a dit Rachel. Et mes amis, c'est moi que ça regarde.

M. Dare a souri, mais c'était un sourire dépourvu de chaleur. Le message était plutôt : *Un jour tu comprendras à quel point ce que tu dis est ridicule.*

– Essaie de dormir un peu. On sera à la plage demain soir. Ce sera sympa.

– Sympa, ouais, a-t-elle répété. Ce sera trop sympa.

Son père est sorti de la pièce en laissant la porte ouverte derrière lui.

Rachel a rivé les yeux sur mon portrait. Puis elle s'est dirigée vers le chevalet d'à côté, qui était recouvert d'un drap.

– J'espère que ce ne sont que des rêves, a-t-elle dit.

Elle a retiré le drap. Sur le chevalet se trouvait un simple croquis au fusain, mais Rachel était douée. Le dessin représentait, sans aucun doute possible, Luke petit garçon. Il avait dans les neuf ans et il souriait ; son visage ne portait aucune balafre. J'ignorais complètement comment Rachel avait pu savoir à quoi il ressemblait à cet âge-là, mais le portrait était si bon que j'ai eu l'intuition qu'elle ne l'avait pas fait d'imagination. D'après ce que je connaissais de la vie de Luke (pas grand-chose, en fait), le tableau le montrait juste avant qu'il découvre qu'il était un demi-dieu et s'enfuie de chez lui.

Rachel a fixé le portrait quelques instants. Puis elle a découvert le chevalet suivant. Le tableau qui y reposait était encore plus troublant. On y voyait l'Empire State Building, entouré d'éclairs. À l'horizon couvait un orage de noirs nuages d'où jaillissait une main gigantesque. Une foule s'était amassée au pied du gratte-ciel… mais ce n'était pas une foule ordinaire, composée de touristes et autres passants. J'ai vu des lances, des javelots, des bannières – tout le tralala d'une armée.

– Percy, a murmuré Rachel comme si elle savait que j'écoutais, qu'est ce qui se passe ?

Le rêve s'est estompé, et la dernière chose dont je me souviens, c'est d'avoir pensé que j'aurais bien aimé pouvoir répondre à la question de Rachel.

Le lendemain matin, j'aurais voulu l'appeler, mais il n'y avait pas de téléphone à la colonie. Dionysos et Chiron n'avaient pas besoin d'une ligne fixe. Quand ils avaient besoin de quelque chose, ils appelaient l'Olympe par message-Iris. Et quand les demi-dieux se servent d'un téléphone portable, les signaux attirent l'attention de tous les monstres dans un rayon de cent cinquante kilomètres. C'est un peu comme si on lançait une fusée éclairante : *Hé, je suis là ! S'il te plaît, refais-moi le portrait !* Malgré la protection des limites magiques qui entourent le camp, on préférait éviter ce genre de pub.

D'ailleurs, la plupart des demi-dieux (à part Annabeth et quelques autres) n'avaient pas de portables. Mais je me voyais mal dire à Annabeth : « Hé, tu me passes ton portable, que j'appelle Rachel ? » Pour téléphoner, il aurait donc fallu que je sorte de la colonie et que je fasse plusieurs kilomètres à pied pour rejoindre la première supérette du coin. Même si Chiron me donnait la permission, le temps que j'arrive, Rachel serait déjà à bord de son avion pour Saint Thomas.

J'ai pris un petit déjeuner morose à la table de Poséidon. Je n'arrêtais pas de regarder la fissure qui traversait le sol de marbre : c'était par là que Nico avait renvoyé aux Enfers une bande de squelettes assoiffés de sang. Ce souvenir n'était pas pour m'ouvrir l'appétit.

Après le petit déjeuner, Annabeth et moi sommes partis inspecter les bungalows. C'était en fait le tour d'Annabeth d'assurer l'inspection. Ma tâche du matin, quant à moi, consistait à éplucher une pile de rapports pour Chiron. Mais comme nos corvées respectives nous cassaient les pieds autant à l'un qu'à l'autre, on avait décidé de les faire ensemble pour que ce soit un peu moins pénible.

On a commencé par le bungalow de Poséidon, qui se résumait à un seul pensionnaire, moi. Comme j'avais fait mon lit ce matin (en quelque sorte) et redressé la corne du Minotaure accrochée au mur, je me suis gratifié d'un 4 sur 5.

Annabeth a fait la grimace.

– Je te trouve bien généreux, a-t-elle commenté en ramassant avec le bout de son crayon un vieux short de sport qui traînait par terre.

Je l'ai attrapé vite fait.

– Hé, sois cool ! J'ai pas Tyson pour ranger derrière moi, cette année, ai-je protesté.

– 3 sur 5, a tranché Annabeth.

Sachant qu'il valait mieux ne pas insister, je l'ai suivie sans discuter vers le prochain bungalow.

Tout en marchant, j'ai jeté un coup d'œil à la pile de rapports de Chiron. Les messages émanaient de demi-dieux, d'esprits de la nature et de satyres en poste aux quatre coins du pays, qui rendaient compte des dernières activités des monstres. Dans le genre déprimant ça se posait là, et mon cerveau de dyslexique n'aimait pas se concentrer sur des trucs déprimants.

Partout, des petites batailles se livraient. Le recrutement pour la colonie plafonnait à zéro. Les satyres avaient du mal à trouver de nouveaux demi-dieux et à les amener à la Colonie des Sang-Mêlé à cause du grand nombre de monstres qui sillonnaient le pays. Notre amie Thalia, qui dirigeait les Chasseresses d'Artémis, n'avait plus fait signe depuis des mois, et si Artémis avait de leurs nouvelles, elle ne nous en faisait pas part.

On a visité le bungalow d'Aphrodite, qui a obtenu 5 sur 5, bien sûr. Les lits étaient parfaitement faits. Dans tous les casiers, les vêtements étaient rangés en dégradés de couleurs. Des fleurs fraîches ornaient les rebords de fenêtres. Moi, j'étais partisan de leur retirer un point parce que le bungalow empestait le parfum de marque, mais Annabeth m'a ignoré.

– C'est parfait, comme d'habitude, Silena, a-t-elle dit.

Silena a hoché la tête tristement. Le mur, derrière son lit, était couvert de photos de Beckendorf. Elle était assise sur sa banquette, un ballotin de chocolats sur les genoux, et je me suis rappelé que son père tenait une confiserie dans Greenwich Village. C'était d'ailleurs ce qui avait attiré l'attention d'Aphrodite.

– Vous voulez un chocolat ? a demandé Silena. C'est mon père qui me les a envoyés. Il s'est dit... il s'est dit que ça me remonterait le moral.

– Ils sont bons ? ai-je demandé.

Elle a secoué la tête.

– Ils ont un goût de carton.

N'ayant rien contre le carton, j'en ai pris un. Annabeth a passé son tour. On a promis à Silena de revenir la voir plus tard et on a repris notre inspection.

Alors qu'on traversait la pelouse centrale, une bagarre a éclaté entre les Arès et les Apollon. Des Apollon armés de bombes à feu ont survolé le bungalow d'Arès dans un chariot tiré par deux pégases. Je n'avais jamais vu ce chariot, mais il avait l'air franchement super. En quelques secondes, le toit du bungalow d'Arès a pris feu et des naïades ont accouru du lac de canoë-kayak pour éteindre les flammes en les arrosant.

Ensuite les Arès ont jeté un sort et toutes les flèches des Apollon se sont transformées en caoutchouc. Ces derniers continuaient de cribler les Arès de leurs flèches, mais elles rebondissaient.

Deux archers sont passés en courant, poursuivis par un Arès en colère qui hurlait en vers :

– Tu me jettes un sort ? Ça te coût'ra cher !/Rimer tout le jour, ça ne me plaît guère !

– Oh non, pitié, a soupiré Annabeth. La dernière fois que les Apollon ont jeté un sort à un bungalow, il a fallu une semaine entière pour arrêter les couplets rimés.

J'en ai eu la chair de poule. Apollon était le dieu du Tir à l'arc, mais aussi de la Poésie et j'avais eu l'occasion de l'entendre faire des vers en personne. Je préférais presque recevoir une flèche.

– Pourquoi ils se battent, de toute façon ? ai-je demandé.

Annabeth, occupée à griffonner sur sa feuille d'inspection, m'a ignoré. Elle a gratifié les deux bungalows d'un 1 sur 5.

Je me suis surpris à la regarder, ce qui était stupide car je l'avais déjà vue un milliard de fois. Cet été, elle était à peu près de la même taille que moi, ce qui était un soulagement. Il n'empêche, elle faisait tellement plus mûre, ça avait quelque chose d'intimidant. Je veux dire, bien sûr, elle avait toujours été mignonne, mais là elle commençait à être carrément belle.

Finalement, elle a dit :

– Pour ce chariot volant.

– Quoi ?

– Tu m'as demandé pourquoi ils se battaient.

– Ah, oui, oui.

– Ils s'en sont emparés pendant un raid à Philadelphie la semaine dernière. Certains des demi-dieux de Luke étaient là-bas, dans ce chariot volant. Les Apollon ont pris le contrôle du chariot pendant la bataille, mais c'étaient les Arès qui dirigeaient le raid. Alors, depuis, ils se le disputent.

On s'est baissés pour éviter une attaque en piqué de Michael Yew, qui bombardait un Arès. Lequel a essayé de lui envoyer un coup de poignard tout en l'agonisant de couplets rimés. Il faisait preuve d'une belle inventivité pour faire rimer les jurons.

– On se bat pour rester en vie et ils se chamaillent pour un pauvre chariot ! ai-je dit à Annabeth.

– Ça va leur passer. Clarisse va se reprendre.

Je n'en étais pas si sûr. Ce n'était pas le genre de la Clarisse que je connaissais.

J'ai parcouru quelques rapports de plus et on a poursuivi l'inspection. Les Déméter ont obtenu 4 sur 5. Les Héphaïstos ont eu 3 et ils méritaient sans doute une note inférieure, mais avec la mort de Beckendorf et tout ça, on a préféré leur lâcher les baskets. Le bungalow d'Hermès a récolté un 2, ce qui n'avait rien d'étonnant. Les pensionnaires qui ne savaient pas qui était leur parent olympien étaient tous affectés au bungalow d'Hermès, et, comme les dieux étaient un peu du genre à oublier leurs rejetons, le bungalow d'Hermès était toujours plein à craquer.

Pour finir, on est arrivés au bungalow d'Athéna, propre et bien rangé comme d'habitude. Les livres soigneusement alignés sur les étagères. Les armures bien astiquées. Des plans de bataille et des croquis punaisés aux murs. Seule la banquette d'Annabeth était en désordre : jonchée de papiers, plus son ordinaire portable argenté, encore allumé.

– *Vlacas*, a marmonné Annabeth, ce qui revenait à se traiter d'imbécile en grec.

Malcolm, son commandant en second, a réprimé un sourire.

– Ouais, euh... on s'est occupés de tout le reste, mais on savait pas trop si on pouvait ranger tes notes.

Ils avaient sans doute eu raison de s'abstenir. Annabeth possédait un poignard en bronze qu'elle réservait aux monstres et aux gens qui touchaient à ses affaires.

Malcolm m'a souri.

– On va attendre dehors le temps que vous finissiez l'inspection, a-t-il ajouté.

Les Athéna sont tous sortis et Annabeth a entrepris de ranger son lit.

J'ai piétiné sur place, un peu mal à l'aise, en faisant semblant de parcourir des rapports. En principe, même au cours d'une inspection, le règlement de la colonie interdisait à deux pensionnaires de se trouver... disons, *seuls tous les deux*, dans un bungalow.

Cet article du règlement avait donné lieu à beaucoup de discussions quand Silena et Beckendorf avaient commencé à sortir ensemble. Je sais ce que certains d'entre vous doivent penser :

les demi-dieux ayant tous un lien de parenté par leur côté olympien, ce n'est pas un peu choquant qu'ils sortent ensemble entre eux ? Ce qu'il y a, c'est que le côté divin de votre famille n'a pas d'importance d'un point de vue génétique parce que les dieux n'ont pas d'ADN. Aucun demi-dieu n'envisagerait jamais de sortir avec quelqu'un qui aurait le même parent divin. Deux jeunes du bungalow d'Athéna ensemble ? Jamais. Par contre, une fille d'Aphrodite et un fils d'Héphaïstos ? Ils n'ont pas de lien de parenté. Donc pas de problème.

Bref, allez savoir pourquoi, je pensais à ça tout en regardant Annabeth faire ses rangements. Elle a refermé son ordinateur portable, qui lui avait été offert par l'inventeur Dédale l'été dernier.

Je me suis éclairci la gorge.

– Alors, euh... t'as trouvé des infos intéressantes là-dedans ?

– Trop, a-t-elle répondu. Dédale a eu tellement d'idées que je pourrais passer cinquante ans rien qu'à essayer de toutes les comprendre.

– Ouais, ai-je marmonné, ce serait sympa.

Elle rangeait ses papiers – essentiellement des plans de bâtiments et quelques pages de notes manuscrites. Je savais qu'elle voulait devenir architecte, mais j'avais appris à mes dépens qu'il valait mieux ne pas lui demander sur quoi elle était en train de travailler. Elle se lançait dans des histoires d'angles et de joints porteurs jusqu'à ce que j'en aie les paupières qui tombent.

– Tu sais... (Elle a passé ses cheveux derrière l'oreille, signe de tension chez elle.) Toute cette histoire qui est arrivée à Beckendorf et Silena. Ça fait réfléchir. À... à ce qui compte vraiment. Au risque de perdre les gens qui comptent vraiment.

J'ai hoché la tête. Mon cerveau s'est mis à relever des petits détails au hasard, par exemple qu'elle portait toujours les boucles d'oreilles d'argent en forme de chouette que lui avait données son père, une grosse tête qui enseignait l'histoire militaire dans une université de San Francisco.

– Euh... ouais, ai-je bafouillé. Ta famille... tout le monde va bien ?

Bon, je vous l'accorde, c'était vraiment débile comme question, mais j'étais stressé, quoi.

Annabeth a eu l'air déçue, mais elle a fait oui de la tête.

– Mon père voulait m'emmener en Grèce cet été, a-t-elle dit avec une pointe de regret dans la voix. J'ai toujours voulu voir...

– Le Parthénon, me suis-je rappelé.

Elle a souri.

– Ouais.

– Mais c'est pas grave. On a d'autres étés devant nous, pas vrai ?

À peine avais-je terminé ma phrase que j'ai mesuré l'énormité de ce que je venais de dire. J'allais au-devant du « dernier de mes jours ». L'Olympe risquait de tomber d'ici à une semaine. Si l'Âge des Dieux prenait effectivement fin, le monde tel que nous le connaissions serait livré au chaos. Les demi-dieux seraient traqués et exterminés. Il n'y aurait plus d'étés, pour nous.

Annabeth a baissé les yeux sur sa feuille d'inspection.

– 3 sur 5, a-t-elle bougonné. À cause d'un Grand Conseiller désordonné. Viens. Finissons tes rapports et allons voir Chiron.

Sur le chemin de la Grande Maison, on a abordé le dernier rapport, tracé sur une feuille d'érable par un satyre qui se trouvait au Canada. Ça m'a achevé.

– « Cher Grover, ai-je lu à voix haute. Les bois voisins de Toronto sont attaqués par un blaireau géant. J'ai essayé d'invoquer le pouvoir de Pan comme tu m'as dit, en vain. Les arbres de beaucoup de naïades ont été détruits. Repli sur Ottawa. S'il te plaît, conseille-moi. Où es-tu ? Gleeson Hedge, protecteur. »

Annabeth a fait la grimace.

– Tu n'as *aucune* nouvelle de lui ? Malgré votre lien d'empathie ?

J'ai secoué négativement la tête, découragé.

Depuis la mort du dieu Pan, l'été dernier, notre ami Grover partait pour des expéditions de plus en plus lointaines. Le Conseil des Sabots Fendus le traitait en paria, mais Grover parcourait toujours la côte Est pour propager la nouvelle de la mort de Pan et convaincre les esprits de la nature de s'efforcer de protéger chacun leur coin de terre sauvage. Il n'était revenu que quelques fois à la colonie, pour voir sa petite amie Genièvre.

Aux dernières nouvelles il était à Central Park, à New York, où il aidait les dryades à s'organiser, mais personne ne l'avait vu ni entendu depuis deux mois. Nous avions tenté de lui envoyer des messages-Iris ; la connexion ne se faisait jamais. Comme j'avais un lien d'empathie avec Grover, j'espérais que s'il lui arrivait quelque chose de grave, j'en serais directement averti. Il m'avait dit un jour que s'il mourait, le lien d'empathie pourrait me tuer moi aussi, mais j'ignorais si c'était encore vrai ou non.

Je me suis demandé s'il était toujours à New York. Et je me suis rappelé mon rêve du dessin de Rachel : des nuages noirs qui se resserrent sur la ville, une armée massée au pied de l'Empire State Building.

– Annabeth. (Je l'ai arrêtée devant le poteau de tetherball. Je savais que je cherchais les ennuis, mais c'était la seule personne à qui je pouvais vraiment faire confiance. En plus, de tout temps, c'était à Annabeth que je m'adressais quand j'avais besoin d'un conseil.) Écoute, j'ai rêvé, euh, de Rachel et...

Je lui ai tout raconté, sans omettre l'étrange portrait de Luke enfant.

Elle s'est tue quelques instants. Puis elle a roulé sa feuille d'inspection si serré qu'elle s'est déchirée.

– Qu'est-ce que tu veux que je te dise ? a-t-elle soupiré.

– Je ne sais pas, mais tu es la plus fine stratège que je connaisse. Si tu étais Cronos en train de planifier cette guerre, quelle serait ta prochaine initiative ?

– Je me servirais de Typhon pour faire diversion. Ensuite j'attaquerais l'Olympe directement, en profitant que les dieux soient occupés à l'ouest.

– Exactement comme dans le tableau de Rachel.

– Percy, m'a-t-elle interrompu d'une voix tendue, Rachel n'est qu'une mortelle.

– Mais si son rêve montrait la vérité ? Ces autres Titans... ils ont dit que l'Olympe serait détruite en quelques jours. Ils ont dit qu'ils nous préparaient plein d'autres défis. Et que penser du portrait de Luke enfant...

– Il faut qu'on soit prêts, c'est tout.

– Comment ? Regarde notre colonie. On n'est même pas fichus de cesser de se bagarrer entre nous. Et je suis censé me faire faucher mon âme, en plus !

Elle a jeté son rouleau de papier à terre.

– Je savais qu'on n'aurait pas dû te montrer la prophétie. Ça n'a servi qu'à te faire peur. Et tu prends la fuite quand les choses te font peur.

Je l'ai regardée, complètement sidéré.

– Moi, je prends la fuite ?!

– Oui, toi. Tu es un lâche, Percy Jackson ! m'a-t-elle lancé à la figure.

Nos nez se touchaient presque. Elle avait les yeux rouges et j'ai brusquement compris qu'en me traitant de lâche, ce n'était peut-être pas à la prophétie qu'elle faisait allusion.

– Si tu n'aimes pas nos perspectives, a-t-elle dit, tu devrais peut-être partir en vacances avec Rachel.

– Annabeth...

– Si tu n'aimes pas notre compagnie.

– C'est pas juste !

Elle m'a bousculé et elle est partie en trombe vers les champs de fraisiers. Au passage, elle a tapé dans le ballon de tetherball, l'envoyant tourbillonner rageusement autour de son poteau.

J'aimerais pouvoir dire que le reste de la journée a été plus cool – ce ne fut pas le cas, bien sûr.

Cet après-midi-là, nous avions Assemblée au feu de camp pour brûler le linceul de Beckendorf et lui faire nos adieux. Même les Arès et les Apollon avaient prononcé une trêve temporaire pour participer à la cérémonie.

Le linceul de Beckendorf était fait de chaînons métalliques, comme une cotte de mailles. Je ne voyais pas comment il pouvait brûler, mais les Parques avaient dû donner un coup de pouce car le métal fondait dans les flammes, se transformant en fumée dorée dont les volutes s'étiraient vers le ciel. Les flammes du feu de camp reflétaient toujours l'humeur des pensionnaires et aujourd'hui, elles étaient noires.

J'espérais que l'esprit de Beckendorf finirait à l'Élysée. Peut-être même qu'il choisirait de renaître et de tenter d'accéder à l'Élysée au bout de trois vies différentes pour être admis aux Îles des Bienheureux, qui étaient un peu le *nec plus ultra* des Enfers. S'il y avait bien quelqu'un qui le méritait, c'était Beckendorf.

Annabeth est partie sans m'adresser la parole. La plupart des autres pensionnaires se sont dispersés pour reprendre leurs activités de fin de journée. Je suis resté là, à regarder le feu qui s'éteignait. Silena était assise un peu plus loin, en pleurs, et Clarisse et son copain, Chris Rodriguez, essayaient de la consoler.

J'ai enfin rassemblé le courage d'aller la trouver.

– Hé, Silena, je suis vraiment désolé.

Elle a reniflé. Clarisse m'a fusillé du regard, mais elle fusille toujours tout le monde du regard. Quant à Chris, c'est à peine s'il m'a regardé. Il avait été au service de Luke jusqu'à ce que Clarisse le sauve du Labyrinthe, l'été dernier, et je crois qu'il se sentait encore coupable.

Je me suis éclairci la gorge.

– Silena, ai-je ajouté. Tu sais que Beckendorf avait toujours ta photo sur lui. Il l'a regardée juste avant qu'on se lance dans la bataille. Tu représentais beaucoup pour lui. Grâce à toi, l'année dernière a été la plus belle de sa vie.

Silena a redoublé de sanglots.

– Bien joué, Percy, a bougonné Clarisse.

– Non, c'est bon, a dit Silena. Merci... merci, Percy. Faut que j'y aille.

– Tu veux de la compagnie ? a demandé Clarisse.

Silena a secoué la tête et elle est partie en courant.

– Elle est plus forte qu'elle en a l'air, a marmonné Clarisse, presque comme si elle se parlait à elle-même. Elle s'en sortira.

– Tu pourrais y contribuer, ai-je dit. Tu pourrais rendre hommage à Beckendorf en te battant avec nous.

Clarisse a tendu la main pour attraper son couteau, mais il n'était plus là. Elle l'avait jeté sur la table de ping-pong, dans la Grande Maison.

– C'est pas mon problème. Mon bungalow n'est pas considéré, j'me bats pas.

J'ai remarqué qu'elle ne parlait pas en vers rimés. Peut-être qu'elle n'était pas présente quand les Apollon avaient jeté le sortilège sur ses camarades, ou alors elle était capable de le briser. Avec un frisson, je me suis demandé si Clarisse pouvait être l'espion de Cronos à la colonie. Était-ce pour cela qu'elle refusait d'engager son bungalow dans le combat ? Mais j'avais beau détester Clarisse, espionner pour le compte des Titans n'était pas son genre.

– Très bien, ai-je répondu. Je ne voulais pas en parler, mais tu as une dette envers moi. Sans moi, tu serais en train de pourrir dans la grotte d'un Cyclope, quelque part dans la mer des Monstres.

Elle a serré les mâchoires.

– Demande-moi n'importe quoi d'autre, Percy. Mais pas ça. Le bungalow d'Arès s'est fait traiter trop souvent. Et va pas t'imaginer que je sais pas ce qu'on raconte sur moi dans mon dos.

J'avais envie de dire : « Ben c'est vrai. » Je me suis retenu.

– Alors quoi ? Tu vas laisser Cronos nous écraser ?

– Si tu veux tellement que je vous aide, dis aux Apollon de nous donner le chariot.

– T'es vraiment un gros bébé.

Elle s'est jetée sur moi mais Chris s'est interposé.

– Du calme, les mecs ! a-t-il dit. Clarisse, il a peut-être pas tort, tu sais.

– Ah tu vas pas t'y mettre, toi aussi ?

Elle est partie à grands pas, furieuse, et Chris lui a couru après.

– Eh ! Attends ! Je voulais juste dire... Clarisse, attends !

J'ai regardé les dernières étincelles de Beckendorf se disperser dans le ciel d'après-midi. Puis je me suis dirigé vers l'arène de combat. J'avais besoin de souffler, et j'avais besoin de voir une vieille copine.

5 Je fais rentrer mon chien dans un arbre

Kitty O'Leary m'a vu la première, ce qui était très fort de sa part dans la mesure où elle a le gabarit d'un camion à ordures. À peine suis-je entré dans l'arène qu'un mur d'obscurité s'est abattu de plein fouet sur moi.

– *OUAH !*

Et je me suis retrouvé par terre sur le dos avec une patte énorme sur la poitrine et une langue XXL râpeuse comme un tampon Jex qui me léchait le visage.

– Aïe ! Salut ma grande. Moi aussi, ça me fait plaisir de te voir. Aïe !

Il a fallu quelques minutes à Kitty O'Leary pour se calmer et finir par me lâcher. À ce stade, j'étais quasiment couvert de bave de chien. Comme elle avait envie de jouer, j'ai ramassé un bouclier de bronze et l'ai lancé à l'autre bout de l'arène.

Soit dit en passant, Kitty est l'unique gentil chien des Enfers qui existe. J'en ai hérité, en quelque sorte, à la mort de son propriétaire. Elle vivait à la colonie mais Beckendorf... enfin, *avant*, s'occupait d'elle quand j'étais absent. C'était lui qui avait forgé l'os à mâcher en bronze préféré de Kitty O'Leary. Il lui avait fabriqué son collier, aussi, décoré d'un *smiley* et d'une plaque d'identité avec des os croisés. Beckendorf avait été son meilleur ami, à part moi.

Ça m'a attristé de nouveau, de retourner tous ces souvenirs, mais j'ai lancé le bouclier à plusieurs reprises encore parce que Kitty O'Leary insistait vraiment.

Au bout de quelques instants elle s'est mise à aboyer – ce qui faisait juste un peu plus de bruit qu'un tir d'artillerie – comme si elle avait besoin d'aller faire un tour. Les autres pensionnaires n'appréciaient pas du tout qu'elle fasse ses besoins dans l'arène. Ça avait déjà provoqué plus d'une regrettable chute par glissade. J'ai donc ouvert la grille de l'arène et elle est partie d'un bond vers le bois.

Je me suis mis à courir moi aussi, mais sans trop m'inquiéter qu'elle prenne de l'avance. Rien, dans les bois, ne pouvait représenter un danger pour Kitty O'Leary. Même les dragons et les scorpions géants détalaient en la voyant approcher.

Quand je l'ai enfin rattrapée, elle ne faisait pas ses besoins. Elle s'était arrêtée dans une clairière que je connaissais bien car c'était là que le Conseil des Sabots Fendus avait tenu un procès contre Grover. Les lieux avaient piètre allure, maintenant. L'herbe avait jauni et les trois trônes taillés dans des arbres avaient perdu leurs feuilles. Mais ce n'était pas ça qui me stupéfiait. Au milieu de la clairière se trouvait le trio le plus bizarre qu'il m'avait jamais été donné de voir : Genièvre la nymphe sylvestre, Nico Di Angelo et un très vieux et très gros satyre.

Nico était le seul qui n'avait pas l'air épouvanté par la présence de Kitty O'Leary. Il avait la même dégaine que dans mon rêve, en gros : un blouson d'aviateur, un jean noir et un tee-shirt avec des squelettes qui dansent, comme dans *Day of the*

Dead. Son épée de fer stygien pendait à son côté. Il n'avait que douze ans, mais il paraissait beaucoup plus âgé et plus triste.

Il m'a adressé un hochement de tête quand il m'a vu, puis il s'est remis à gratter les oreilles de Kitty O'Leary. Elle reniflait ses jambes comme s'il était ce qu'on avait inventé de plus intéressant depuis l'entrecôte. Étant le fils d'Hadès, il s'était sans doute rendu dans toutes sortes de lieux chers aux chiens des Enfers.

Le vieux satyre était loin de partager son enthousiasme.

– Y a-t-il quelqu'un qui pourrait... – non mais que fait cette créature *des Enfers* dans ma forêt ? (Il a agité les bras en trottinant sur les sabots comme si l'herbe était incandescente.) Toi, là, Percy Jackson ! Elle est à toi, cette bête ?

– Excusez-moi, Lénée, ai-je répondu. C'est bien comme ça que vous vous appelez ?

Le satyre a levé les yeux au ciel. Il avait la fourrure gris mouton de poussière et une toile d'araignée tissée entre les deux cornes. Sa bedaine aurait fait de lui un pare-chocs invincible.

– Évidemment que je m'appelle Lénée ! Ne me dis pas que tu peux oublier un membre du Conseil aussi rapidement. Et maintenant, rappelle ton fauve !

– *OUAH !* a lancé Kitty O'Leary avec entrain.

Le vieux satyre a hoqueté.

– Chasse-la ! Genièvre, je refuse de t'aider dans ces conditions !

Genièvre s'est tournée vers moi. Elle était jolie, selon les critères de beauté des dryades, avec sa robe en filaments violets et son visage de lutin, mais elle avait les yeux injectés de chlorophylle verte à force d'avoir pleuré.

– Percy, m'a-t-elle dit en reniflant. On parlait de Grover. Je sais qu'il lui est arrivé quelque chose. Il ne s'absenterait pas aussi longtemps s'il n'avait pas d'ennuis. J'espérais que Lénée...

– Je te l'ai déjà dit ! a protesté le vieux satyre. Tu es mieux sans ce traître !

– Ce n'est pas un traître ! a rétorqué Genièvre en tapant du pied. C'est le satyre le plus courageux au monde et je veux savoir où il est !

– *OUAH !*

Les genoux de Lénée s'entrechoquaient, à présent.

– Je... je refuse de répondre à des questions tant que ce chien des Enfers me reniflera la queue !

Nico se retenait visiblement de rire.

– Je vais promener le chien, a-t-il proposé.

Il a sifflé et Kitty O'Leary l'a suivi en trottant vers l'autre bout du bosquet.

Lénée a poussé un grognement indigné et enlevé les brindilles accrochées à sa chemise du revers de la main.

– Bien, comme j'essayais de vous l'expliquer, jeune demoiselle, votre petit ami n'a pas envoyé un seul rapport depuis que nous avons voté son exil.

– Que vous avez *essayé* de voter son exil, ai-je rectifié. Chiron et Dionysos vous en ont empêché.

– Bah ! Ce sont des membres honoraires du Conseil. Ce n'était pas un vote en bonne et due forme.

– Je rapporterai vos paroles à Dionysos.

Lénée a blêmi.

– Je voulais juste dire... Écoute-moi, Jackson. Cette affaire ne te regarde absolument pas.

– Grover est mon ami, ai-je dit. Il ne mentait pas en vous annonçant la mort de Pan. J'y ai assisté moi-même. Vous aviez peur de voir la vérité en face, c'est tout.

Les lèvres de Lénée ont tremblé.

– Non ! Grover est un menteur et on est mieux sans lui. Bon débarras !

J'ai montré du doigt les trônes fanés.

– Si tout va si bien que ça, où sont vos amis ? On dirait que le Conseil ne s'est pas réuni depuis un moment.

– Maron et Silène... Ils vont revenir, j'en suis sûr, a affirmé Lénée, mais j'ai détecté de la panique dans sa voix. Ils prennent juste un peu de temps pour réfléchir. L'année a été très déstabilisante.

– Et ça n'est pas fini, croyez-moi. Lénée, nous avons *besoin* de Grover. Je suis sûr que vous avez moyen de le retrouver avec vos pouvoirs magiques.

La paupière du vieux satyre a tressailli.

– Je vous l'ai dit, je n'ai reçu aucune nouvelle. Il est peut-être mort.

Genièvre a étouffé un sanglot.

– Il n'est pas mort, ai-je affirmé. Ça, je le sens.

– Les liens d'empathie, a fait Lénée d'un ton dédaigneux. Très peu fiables.

– Alors renseignez-vous, ai-je insisté. Trouvez-le. On est à la veille d'une guerre. Grover préparait les esprits de la nature.

– Sans ma permission ! Et cette guerre ne nous concerne pas.

Je l'ai agrippé par sa chemise, ce qui n'était franchement pas mon genre, mais ce vieux bouc borné me mettait en rogne.

– Écoutez-moi, Lénée. Quand Cronos attaquera, il aura des meutes de chiens des Enfers avec lui. Il tuera tout sur son passage, les mortels, les dieux, les demi-dieux. Vous croyez qu'il fera une exception pour les satyres ? Vous êtes censé être un chef. Alors faites votre boulot de chef ! Allez voir ce qui se passe. Trouvez Grover et rapportez des nouvelles à Genièvre. Et maintenant BOUGEZ-VOUS !

Je ne l'ai pas poussé très fort, mais vu sa silhouette de toupie, ça a suffi pour le faire basculer en arrière et choir sur son derrière couvert de poils de chèvre. Il s'est relevé maladroitement et s'est éloigné au petit trot, en faisant ballotter sa grosse bedaine.

– Nous n'accepterons jamais Grover. Il mourra en paria ! a-t-il lancé avant de disparaître dans les taillis.

Genièvre s'est essuyé les yeux.

– Je suis désolée, Percy. Je ne voulais pas te mêler à ça. Lénée est toujours un seigneur de la Nature. Tu n'as pas intérêt à te le mettre à dos.

– T'inquiète ! J'ai des ennemis autrement plus effrayants qu'un satyre obèse.

Nico nous a rejoints.

– Bien joué, Percy, a-t-il dit. À en juger par la traînée de crottins de chèvre, tu l'as bien secoué.

J'avais peur de connaître la raison de la visite de Nico, mais je me suis efforcé de sourire.

– Bienvenue. Tu passais juste pour dire bonjour à Genièvre ?

Nico a rougi.

– Euh, non. C'était un accident. Je suis... tombé au milieu de leur conversation, en quelque sorte.

– Il nous a fichu une de ces trouilles en surgissant brusquement de la pénombre ! a dit Genièvre. Mais Nico, tu es le fils d'Hadès, quand même. Tu es sûr que tu n'es au courant de rien, pour Grover ?

Nico a piétiné sur place, l'air mal à l'aise.

– Genièvre, comme j'essayais de te l'expliquer... même si Grover mourait, il se réincarnerait en une autre créature de la nature. Je ne peux pas sentir ce genre de choses, je perçois seulement les âmes des mortels.

– Mais si tu entends dire quelque chose ? a-t-elle insisté en posant la main sur son bras. La moindre petite chose ?

Les joues de Nico se sont empourprées de plus belle.

– Compte sur moi. Je tendrai l'oreille.

– On va le trouver, Genièvre, ai-je affirmé. Je suis persuadé que Grover est vivant. Il doit y avoir une raison très simple qui l'empêche de nous contacter.

Elle a hoché gravement la tête.

– Ça me rend dingue de ne pas pouvoir quitter la forêt. Il pourrait être n'importe où et moi je suis coincée ici à attendre. Oh, s'il est arrivé quelque chose à ce stupide biquet...

Kitty O'Leary est revenue à grands bonds vers nous et a manifesté aussitôt de l'intérêt pour la robe de Genièvre.

– Oh je te vois venir, toi ! s'est écriée Genièvre. Les chiens et les arbres, on connaît l'histoire ! Au revoir !

Sur ces mots, elle a disparu dans une bouffée de brume verte. Kitty O'Leary a eu l'air déçue, mais elle est partie à la recherche d'une autre cible, me laissant seul avec Nico.

Le fils d'Hadès a frappé le sol de la pointe de son épée. Un petit monticule d'os d'animal a surgi de la terre. Ils se sont vite agencés en un squelette de mulot, qui a détalé.

– Je suis désolé, pour Beckendorf, a-t-il dit.

J'ai senti une boule se former dans ma gorge.

– Comment tu l'as su ?

– J'ai parlé à son fantôme.

– Ah... ouais. (Je ne m'habituerais jamais au fait que ce môme de douze ans passait plus de temps en compagnie des morts que des vivants.) Est-ce qu'il a dit quelque chose ?

– Il ne te reproche rien. Il suppose que tu culpabilises et il dit que tu ne devrais pas.

– Est-ce qu'il va essayer de renaître ?

Nico a secoué la tête.

– Il reste à l'Élysée, a-t-il répondu. Il dit qu'il attend quelqu'un. J'ai pas très bien compris ce qu'il entendait par là, mais j'ai l'impression qu'il accepte sa mort.

Ce n'était pas une grande consolation, mais c'était toujours ça.

– J'ai eu une vision de toi sur le mont Tam, ai-je dit à Nico. Était-ce...

– Réel ? Oui. Je n'avais pas décidé d'espionner les Titans, mais j'étais dans le coin.

– Tu faisais quoi ?

Nico a tiré sur la ceinture de son épée.

– Je remontais une piste sur... tu sais, ma famille.

J'ai hoché la tête. Je savais que le passé de Nico était un sujet douloureux. Jusqu'à il y a deux ans, sa sœur Bianca et lui avaient été figés dans le temps entre les murs d'un casino nommé le Casino Lotus. Ils y avaient passé environ soixante-dix ans. Puis un mystérieux avocat les en avait sortis et les avait envoyés en pension, mais Nico n'avait aucun souvenir de sa vie avant le casino. Il ne savait rien sur sa mère. Il ignorait qui était l'avocat, pourquoi on les avait figés dans le temps, ou pourquoi on leur avait rendu la liberté. À la mort de Bianca, Nico s'était retrouvé tout seul et chercher les réponses était devenu une obsession chez lui.

– Alors, comment ça s'est passé ? ai-je demandé. Ça a donné quelque chose ?

– Non, a-t-il murmuré. Mais je devrais avoir une nouvelle piste bientôt.

– Ce serait quoi ?

Nico s'est mordu la lèvre.

– Ça n'a pas d'importance pour le moment. Tu sais pourquoi je suis là.

Un sentiment d'effroi s'est emparé de moi. Depuis que Nico m'avait soumis pour la première fois son plan pour battre Cronos, l'été dernier, j'en faisais des cauchemars. Et depuis, il était venu régulièrement me demander ma réponse, mais chaque fois je la remettais à plus tard.

– Je ne sais pas, Nico, ai-je dit. Ça me paraît assez extrême.

– Typhon va arriver d'ici quoi... une semaine ? La plupart des autres Titans sont libérés, à présent, et ils sont tous du côté de Cronos. Il est peut-être temps d'envisager l'extrême.

J'ai tourné la tête vers la colonie. Même à cette distance, j'entendais les Arès et les Apollon qui se disputaient de nouveau, échangeant des jurons avec des rimes à deux balles.

– Ils ne font pas le poids devant l'armée des Titans, a dit Nico. Tu le sais. Ça va se jouer entre toi et Luke. Et il n'y a qu'un seul moyen pour toi de battre Luke.

J'ai repensé au combat à bord du *Princesse Andromède*. J'avais été complètement dépassé. Cronos avait failli me tuer d'une simple entaille au bras et je n'étais même pas parvenu à le blesser. La lame de Turbulence ricochait contre sa peau.

– Nous pouvons te conférer le même pouvoir, a repris Nico d'une voix pressante. Tu as entendu la Grande Prophétie. À moins que tu veuilles te faire faucher l'âme par une lame maudite...

Je me suis demandé qui avait raconté la prophétie à Nico – un fantôme, sans doute.

– On ne peut pas empêcher une prophétie, ai-je dit.

– Mais on peut la combattre, a rétorqué Nico avec une lueur fiévreuse dans le regard. Tu peux devenir invincible.

– On devrait peut-être attendre. Essayer de combattre sans...

– Non ! a crié Nico. Il faut que ce soit maintenant !

Je l'ai regardé avec stupeur. Je ne l'avais plus vu se mettre en colère depuis longtemps.

– Euh... t'es sûr que ça va ?

Il a respiré à fond.

– Percy... quand la bataille aura commencé, on ne pourra plus faire le voyage. C'est notre dernière chance. Je suis désolé si je te brusque, mais il y a deux ans, ma sœur a donné sa vie pour te protéger. Je veux que tu honores son sacrifice. Que tu ne recules devant aucune extrémité pour rester en vie et battre Cronos.

Ça ne me plaisait pas. Et puis je me suis rappelé Annabeth me traitant de lâche et la colère m'a gagné.

Nico avait raison : si Cronos attaquait New York, les pensionnaires ne feraient pas le poids face à ses armées. Il fallait que je fasse quelque chose. L'idée de Nico était dangereuse – elle pouvait me coûter la vie. Mais elle pouvait aussi me donner un avantage au combat.

– D'accord, ai-je décidé. On commence par quoi ?

Il m'a décoché son sourire glacial que je connaissais si bien et j'ai regretté d'avoir accepté.

– D'abord, on doit retourner sur les pas de Luke. Il faut qu'on en sache davantage sur son passé et son enfance.

Avec un frisson, j'ai revu mentalement le tableau de Rachel, dans mon rêve : Luke à neuf ans, en gamin souriant.

– Pourquoi ? ai-je demandé.

– Je t'expliquerai là-bas. J'ai déjà pu retrouver sa mère. Elle habite dans le Connecticut.

Je l'ai regardé avec surprise. Je ne m'étais jamais posé la question du parent mortel de Luke. J'avais rencontré son père, Hermès, mais sa mère...

– Luke était tout petit quand il a fugué, ai-je dit. Je ne pensais pas que sa mère était vivante.

– Oh si, elle est vivante.

À entendre la façon dont Nico disait ces mots, je me suis demandé s'il n'y avait pas quelque chose de louche. De quel genre d'horrible bonne femme pouvait-il bien s'agir ?

– Bon... Et comment on va dans le Connecticut ? Je pourrais appeler Blackjack.

Nico a fait la grimace.

– Non. Les pégases m'aiment pas et je le leur rends bien. De toute façon, inutile de prendre les airs.

Il a sifflé et Kitty O'Leary a surgi des bois en bondissant.

– Ta copine peut nous aider. (Nico lui a tapoté la tête.) T'as jamais essayé le vol d'ombres ?

– Le vol d'ombres ?

Nico a murmuré à l'oreille de Kitty O'Leary. Elle a penché la tête, soudain sur le qui-vive.

– Grimpe, m'a dit Nico.

Je n'avais jamais imaginé monter à dos de chien, mais il faut reconnaître que Kitty O'Leary pouvait largement m'accueillir. J'ai grimpé sur son dos et empoigné son collier.

– C'est très fatigant pour elle, m'a averti Nico. Ce n'est donc pas quelque chose que tu peux faire souvent. Et ça marche mieux de nuit. En fait, les ombres participent toutes de la même substance. L'obscurité est une, et les créatures des Enfers peuvent s'en servir comme d'une route. Ou d'un portail, si tu préfères.

– Je ne comprends pas, ai-je dit.

– Non. Moi-même, j'ai mis longtemps à l'apprendre. Mais Kitty O'Leary connaît. Dis-lui où tu veux aller. Dis-lui « Westport, chez May Castellan ».

– Tu viens pas ?

– T'inquiète pas, je te retrouve là-bas.

Un peu tendu, je dois l'avouer, je me suis penché vers l'oreille de Kitty O'Leary.

– Bon, euh, ma grande... Tu pourrais m'emmener à Westport, dans le Connecticut ? Chez May Castellan ?

Kitty O'Leary a reniflé l'air nocturne. Elle a plongé le regard dans les ténèbres de la forêt. Et s'est jetée d'un grand bond vers l'avant, droit sur un chêne.

Au moment de percuter l'arbre, on a glissé dans des ombres aussi froides que la face cachée de la lune.

6 Mes biscuits sentent le roussi

Je déconseille le vol d'ombres si vous avez peur :

a) Du noir.

b) Des frissons le long du dos.

c) Des bruits bizarres.

d) D'aller si vite que vous avez l'impression que la peau de votre visage se décolle.

Autrement dit, j'ai adoré. Dans un premier temps, je n'y voyais rien. Je sentais juste la fourrure de Kitty O'Leary et les maillons de bronze de son collier entre mes doigts.

Puis les ombres se sont muées pour former un nouveau site. On était sur une falaise dans les bois du Connecticut. En tout cas, ça ressemblait au Connecticut, d'après les rares fois où j'y étais allé : beaucoup d'arbres, des murets de pierres, de grandes maisons. Sur un côté de la falaise, une autoroute traversait un ravin. De l'autre côté s'étendait le jardin d'une propriété privée. Le terrain, plutôt, car la propriété était immense. Une grande bâtisse blanche à un étage, du style de l'époque coloniale, y trônait. Elle avait beau se trouver à un flanc de colline d'une autoroute, elle donnait l'impression d'être perdue en pleine nature. J'ai aperçu une lumière à la fenêtre de la cuisine. Sous un pommier, il y avait une vieille balançoire rouillée.

Vivre dans une maison pareille, avec un vrai jardin, ça dépassait mon imagination. J'avais grandi entre un appartement minuscule et un dortoir de pension. Si c'était vraiment la maison de Luke, qu'est-ce qui avait pu lui donner envie de fuguer ? me suis-je demandé.

Kitty O'Leary a chancelé. Me rappelant que Nico m'avait dit que le vol d'ombres l'épuiserait, je me suis laissé glisser à terre. Elle a émis un énorme bâillement plein de crocs qui aurait terrifié un T. rex, puis s'est enroulée sur elle-même et écroulée si lourdement que le sol a tremblé.

Nico est apparu juste à côté de moi, comme si les ombres s'étaient obscurcies puis l'avaient créé. Il a titubé mais je l'ai rattrapé par le bras.

– Ça va aller, a-t-il articulé en se frottant les yeux.

– Comment t'as fait ?

– Question d'entraînement. Il m'est arrivé quelques fois de rentrer dans un mur, et même de débarquer en Chine par erreur.

Kitty O'Leary s'est mise à ronfler. Sans la circulation continue sur l'autoroute, derrière nous, je suis sûr qu'elle aurait réveillé tout le quartier.

– Est-ce que tu vas faire une sieste toi aussi ? ai-je demandé à Nico.

Il a répondu non de la tête.

– Après mon premier vol d'ombres, a-t-il dit, j'ai roupillé une semaine d'affilée. Maintenant ça me rend juste un peu somnolent, mais je ne peux pas le faire plus d'une ou deux fois par nuit. Kitty O'Leary ne va pas se déplacer de sitôt.

– Donc il faut qu'on profite au maximum de notre visite au Connecticut. (J'ai regardé la grande demeure coloniale.) Qu'est-ce qu'on fait, maintenant ?

– On sonne à la porte, a dit Nico.

À la place de la mère de Luke, je n'aurais pas ouvert ma porte en pleine nuit à deux jeunes à l'allure un peu bizarre. Mais je n'avais *aucun* point commun avec la mère de Luke.

Je l'ai su avant même d'arriver à la porte d'entrée. L'allée était bordée de petits animaux comme on en voit dans les boutiques de souvenirs : des lions miniatures, des cochons, des dragons, des hydres, et même un minuscule bébé Minotaure avec une couche-culotte. À en juger par leur piteux état, les jouets traînaient dehors depuis longtemps – au moins depuis que la neige avait fondu au printemps dernier. Un arbrisseau pointait entre les têtes d'une hydre.

Le portique d'entrée était envahi de carillons. Des languettes de verre et de métal brillantes tintaient au vent. Des rubans de laiton bruissaient comme des ruisseaux et je me suis rendu compte que j'avais besoin d'aller aux toilettes. Je me suis demandé comment Mme Castellan supportait ce tintamarre.

La porte était laquée bleu turquoise. Le nom de CASTELLAN était marqué en anglais, avec une inscription en grec en dessous : Διοικητής φρουρίου.

Nico m'a regardé.

– T'es prêt ?

À peine a-t-il effleuré la porte qu'elle s'est ouverte en grand.

– Luke ! s'est exclamée la vieille dame d'une voix joyeuse.

Elle avait l'air de quelqu'un qui aime fourrer les doigts dans les prises électriques. Ses cheveux blancs se hérissaient en mèches désordonnées autour de sa tête. Elle portait une robe d'intérieur rose constellée de traînées de cendres et de marques de brûlures. Quand elle a souri, son visage s'est tendu comme un masque et la lueur à haute tension qui brillait dans ses yeux m'a fait penser qu'elle était peut-être aveugle.

– Mon cher garçon !

Elle a serré Nico dans ses bras. J'en étais encore à me demander pourquoi elle prenait Nico pour Luke (ils ne se ressemblaient pas du tout physiquement) quand elle m'a souri en s'écriant :

– Luke !

Sur ce, elle a complètement oublié Nico et m'a embrassé. Elle dégageait une odeur de biscuits brûlés. Et elle avait beau être maigre comme un coucou, elle a failli me broyer quelques côtes.

– Entre ! Je t'ai préparé ton déjeuner !

Elle nous a introduits dans sa maison. Le salon était encore plus étrange que le jardin. Il y avait des miroirs et des bougies dans tous les coins et recoins : impossible de poser le regard quelque part sans y apercevoir son reflet. Sur le manteau de la cheminée, un petit Hermès en bronze voletait autour de l'aiguille des minutes d'une horloge. J'ai essayé d'imaginer le dieu des Messagers tombant amoureux de cette vieille femme, mais c'était trop surréaliste.

C'est alors que j'ai vu la photo, dans son cadre. Je me suis figé sur place, car j'ai cru revoir le dessin de Rachel : Luke vers l'âge de neuf ans, avec les cheveux blonds, un grand sourire et deux dents en moins. L'absence de cicatrice sur son visage faisait de lui quelqu'un d'entièrement différent : un garçon heureux et insouciant. Comment Rachel avait-elle pu voir cette photo ?

– Par ici, mon chéri ! a lancé Mme Castellan en m'entraînant vers le fond de la maison. Je leur avais bien dit que tu reviendrais. Je le savais !

Elle nous a installés à la table de la cuisine. Le plan de travail était couvert de Tupperware – des centaines, littéralement ! – qui contenaient tous des sandwichs au beurre de cacahouètes et à la gelée de raisin. Ceux du bas étaient verts et duveteux, comme s'ils étaient là depuis longtemps. L'odeur me rappelait celle de mon casier, au CM2, ce qui n'était pas bon signe.

Sur le dessus du four, des plaques à biscuits s'empilaient les unes sur les autres. Chaque plaque était garnie d'une douzaine de cookies brûlés. L'évier débordait de bouteilles de soda vides, pêle-mêle. Une Méduse en peluche était appuyée au robinet, l'air de superviser tout ce bazar.

Mme Castellan a sorti les bocaux de beurre de cacahouètes et de gelée de raisin et s'est mise à tartiner en fredonnant. Une odeur de brûlé s'échappait du four. Sans doute une nouvelle plaque de cookies, me suis-je dit.

Le dessus de l'évier et le pourtour de la fenêtre étaient couverts de dizaines et de dizaines d'images découpées dans des journaux et des revues : des petits Hermès pris dans le logo Interflora, des caducées provenant de publicités pour des cabinets médicaux.

Ça m'a plombé le moral. Je n'avais plus qu'une envie, partir de là, mais Mme Castellan, tout en préparant le sandwich, n'arrêtait pas de me sourire, comme pour s'assurer que je ne me sauverais pas.

Nico a toussoté.

– Euh, madame Castellan ?

– Oui ?

– On aimerait vous poser quelques questions sur votre fils.

– Ah oui ! Ils m'avaient dit qu'il ne reviendrait jamais. Mais je savais bien qu'ils se trompaient.

Elle m'a tapoté affectueusement la joue, y laissant quelques traînées de beurre de cacahouètes.

– Quand l'avez-vous vu pour la dernière fois ? a demandé Nico.

Le regard de Mme Castellan est devenu flou.

– Il était tellement petit quand il est parti, a-t-elle dit d'une voix triste. En CE2. C'est trop jeune pour fuguer ! Il a dit qu'il rentrerait pour déjeuner. Je l'ai attendu. Il aime bien les sandwichs au beurre de cacahouètes, les cookies et le soda. Il ne va pas tarder à rentrer pour le déjeuner... (À ce moment-là, elle m'a regardé et elle a souri.) Ah, mais te voilà, Luke ! Comme tu es beau... Tu as les yeux de ton père.

Elle a tourné la tête vers les images d'Hermès, au-dessus de l'évier.

– Ton père, en voilà un homme de cœur... Pour ça oui. Il vient me rendre visite régulièrement, tu sais.

Dans la pièce d'à côté, l'horloge égrenait toujours son tic-tac. J'ai essuyé le beurre de cacahouètes sur ma joue et lancé un regard suppliant à Nico, du genre : *Est-ce qu'on peut partir, maintenant ?*

– Madame, a dit Nico. Qu'est-ce qui... qu'est-ce qui est arrivé à vos yeux ?

Elle l'a fixé d'un regard qui semblait brisé : comme si elle essayait de le voir à travers un kaléidoscope.

– Mais, Luke, tu connais l'histoire ! C'était juste avant ta naissance, c'est bien ça ? J'avais toujours été spéciale, je pouvais voir à travers le... leur truc, là, je ne sais plus comment ça s'appelle.

– La Brume ? ai-je suggéré.

– Oui, mon chéri. (Elle a hoché la tête en signe d'encouragement.) Et ils m'ont proposé une tâche importante. C'est te dire que j'étais vraiment spéciale.

J'ai jeté un coup d'œil à Nico, mais il avait l'air aussi perplexe que moi.

– Quelle sorte de tâche ? ai-je demandé. Qu'est-ce qui s'est passé ?

Mme Castellan a froncé les sourcils. Son couteau s'est suspendu au-dessus du pain de mie.

– Mon Dieu, ça n'a pas marché, hein ? Ton père m'avait déconseillé d'essayer. Il disait que c'était trop dangereux. Mais il fallait que je le fasse. C'était mon destin ! Et maintenant... je ne peux toujours pas m'ôter les images de la tête. À cause d'elles, tout le reste est flou. Tu veux des cookies ?

Elle a sorti une plaque du four et fait glisser une douzaine de cookies au chocolat carbonisés sur la table.

– Luke était tellement gentil, a-t-elle murmuré. C'est pour me protéger qu'il est parti, tu sais. Il disait que s'il partait, les monstres ne me menaceraient plus. Mais je lui ai dit que les monstres ne représentaient aucun danger ! Ils restent toute la journée sur le trottoir, sans jamais entrer dans la maison. (Elle a attrapé la petite Méduse en peluche.) Pas vrai, Méduse ? Aucun danger ! (Elle m'a regardé avec un grand sourire.) Je suis tellement contente que tu sois rentré. Je savais bien que tu n'avais pas honte de moi !

J'ai gigoté sur ma chaise. Je me suis imaginé à la place de Luke, assis à cette table, à huit ou neuf ans, commençant tout juste à comprendre que ma mère avait une petite case en moins.

– Madame Castellan, ai-je dit.

– Maman, a-t-elle corrigé.

– Euh... ouais. Avez-vous revu Luke depuis qu'il est parti de la maison ?

– Mais oui, bien sûr !

Je ne savais pas si elle l'imaginait ou non. J'avais l'impression que chaque fois que le laitier sonnait à sa porte, elle croyait que c'était Luke. Mais Nico s'est penché en avant, l'air très intéressé.

– Quand ça ? a-t-il demandé. Quand Luke vous a-t-il rendu visite pour la dernière fois ?

– Eh bien c'était... oh, mon Dieu.... (Une ombre est passée sur son visage.) Il était tellement changé, la dernière fois. Avec cette cicatrice. Une cicatrice terrible, et tant de douleur dans la voix...

– Et ses yeux ? Étaient-ils dorés ? ai-je demandé.

– Dorés ? (Elle a battu des paupières.) Non, quelle idée ! Luke a les yeux bleus. De magnifiques yeux bleus !

Luke était donc véritablement venu ici, et cela avant l'été dernier – avant qu'il se transforme en Cronos.

– Madame Castellan ? (Nico a posé la main sur le bras de la vieille femme.) C'est très important. Vous a-t-il demandé quelque chose ?

Elle a froncé les sourcils comme si elle faisait un effort pour se souvenir de ce qui s'était passé.

– Ma... ma bénédiction. C'est touchant, vous ne trouvez pas ? a-t-elle répondu en nous regardant avec une légère hésitation. Il allait au bord d'un fleuve et il a dit qu'il avait besoin de ma bénédiction. Je la lui ai donnée, bien sûr.

Nico m'a jeté un coup d'œil triomphant.

– Merci, madame. C'est tout ce qu'on voulait...

Elle a été prise d'un haut-le-corps. Elle s'est pliée en deux, laissant choir la plaque de cookies. Nico et moi, on s'est levés d'un bond.

– Madame Castellan ?

– *AHHH.*

Elle s'est redressée. J'ai reculé en titubant, puis failli tomber à la renverse sur la table à cause des yeux de Mme Castellan : ils étaient devenus vert phosphorescent.

– *Mon enfant,* a-t-elle dit d'une voix rauque. *Tu dois le protéger ! Hermès, au secours ! Pas mon enfant ! Pas son destin ! Non !*

Elle a empoigné Nico par les épaules et l'a secoué pour lui faire comprendre.

– *Pas son destin !*

Nico l'a repoussée avec un cri étranglé. Il a agrippé la poignée de son épée.

– Percy, faut qu'on s'en aille !

Soudain, Mme Castellan s'est effondrée. J'ai bondi et l'ai rattrapée de justesse avant qu'elle heurte le coin de la table, puis je suis arrivé à la faire asseoir.

– Madame Castellan ?

Elle a marmonné quelques paroles incompréhensibles et secoué la tête.

– Mon Dieu... j'ai fait tomber les cookies... quelle idiote !

Elle a battu des paupières et ses yeux sont redevenus normaux – du moins, ils ont repris leur aspect d'avant. La lumière verte s'était éteinte.

– Ça va, madame ? ai-je demandé.

– Mais bien sûr, mon chéri, ça va. Pourquoi tu me le demandes ?

J'ai jeté un coup d'œil à Nico, qui a articulé silencieusement les mots : *On s'en va.*

– Madame Castellan, vous étiez en train de nous raconter quelque chose, ai-je insisté. Sur votre fils.

– Ah bon ? a-t-elle fait d'un ton rêveur. Ah oui. Ses yeux bleus. On parlait de ses yeux bleus. Un si beau garçon !

– Faut qu'on y aille, a dit Nico d'une voix pressante. On dira à Luke... euh, on lui dira que vous lui dites bonjour.

– Mais tu ne peux pas partir !

Mme Castellan s'est levée et j'ai reculé d'un pas. Je me sentais bête d'avoir peur d'une vieille dame toute frêle, qui chancelait sur ses jambes, mais il y avait cette façon dont sa voix avait changé, dont elle avait empoigné Nico...

– Hermès va bientôt arriver, a-t-elle affirmé. Il voudra voir son fils.

– La prochaine fois, peut-être, ai-je répondu. Merci pour... (J'ai regardé les biscuits brûlés éparpillés par terre.) Merci pour tout.

Elle a essayé de nous retenir en nous offrant du soda, mais il fallait que je parte de cette maison. Sur le portique d'entrée, elle m'a agrippé par le poignet et j'ai failli sauter en l'air.

– Luke, sois prudent, au moins. Promets-moi d'être prudent.

– Je serai prudent... maman.

Ça l'a fait sourire. Elle a lâché mon poignet et, quand elle a refermé la porte d'entrée, je l'ai entendue parler aux bougies : « Vous avez entendu ? Il va être prudent. Je vous l'avais bien dit ! »

Sitôt la porte fermée, Nico et moi, on s'est mis à courir. Les petits animaux qui bordaient l'allée avaient l'air de ricaner à notre passage.

En arrivant à la falaise, on a vu que Kitty O'Leary avait de la compagnie.

Un feu de camp crépitait joyeusement au centre d'un cercle de pierres. Une fillette d'environ huit ans était assise en tailleur à côté de la chienne des Enfers et lui grattait les oreilles.

La gamine avait des cheveux châtain terne et portait une robe marron toute simple. Avec son fichu sur la tête, elle ressemblait à une fille de colons américains du XIXe siècle, genre western ou *Petite Maison dans la prairie.* Elle attisait le feu avec un bâton, et les flammes paraissaient encore plus vives et colorées que celles d'un feu normal.

– Bonjour, nous a-t-elle dit – et j'ai aussitôt pensé : *Monstre.*

Quand on est un demi-dieu et qu'on rencontre une fillette adorable toute seule dans les bois, en général, on a intérêt à dégainer son épée. De plus, la visite à Mme Castellan m'avait bien secoué.

Nico, en revanche, s'est incliné devant la gamine en disant :

– Re-bonjour, noble dame.

Elle m'a examiné de ses yeux aussi ardents que les flammes, et la sagesse m'a dicté de m'incliner, moi aussi.

– Assieds-toi, Percy Jackson, a-t-elle dit. Tu as dîné ?

La vue des sandwichs au beurre de cacahouètes moisis et des cookies brûlés m'avait coupé l'appétit, mais la fille a agité la main et un pique-nique s'est matérialisé au coin du feu. Il y avait du rôti, des pommes de terre au four, des carottes à la crème, du pain de campagne et tout un tas d'autres plats auxquels je n'avais pas goûté depuis longtemps. Mon ventre s'est mis à gargouiller. C'était le type de repas cuisiné maison que les diététiciens recommandent, mais qu'on ne prend jamais. La fillette a fait apparaître un biscuit pour chien long d'un mètre cinquante pour Kitty O'Leary, qui s'est mise à le déchiqueter joyeusement.

Je me suis assis à côté de Nico. On s'est servis et j'allais attaquer quand une idée m'est venue.

J'ai jeté une partie du contenu de mon assiette dans les flammes, comme à la colonie, en disant :

– Pour les dieux.

Bien m'en a pris : la petite fille m'a souri.

– Merci. En tant que gardienne du foyer, j'ai droit à une part de tous les sacrifices, tu sais.

– Je vous reconnais, maintenant, ai-je dit alors. La première fois que je suis venu à la colonie, vous étiez assise près du feu, au milieu de la pelouse centrale.

– Tu ne t'es pas arrêté pour bavarder, a rétorqué la fillette avec une pointe de tristesse dans la voix. Pratiquement personne ne le fait, malheureusement. Nico m'a adressé la parole. C'était le premier à le faire depuis des années. Tout le monde est pressé. Personne ne prend le temps de voir la famille.

– Vous êtes Hestia, ai-je dit. La déesse du Foyer.

Elle a hoché la tête.

D'accord... et elle avait l'air d'une gamine de huit ans. Je n'ai pas posé de question. J'avais appris que les dieux peuvent prendre l'apparence qu'ils veulent.

– Dame Hestia, a demandé Nico, pourquoi n'êtes-vous pas en train de combattre Typhon, avec les autres Olympiens ?

– Le combat, c'est pas ma tasse de thé.

Ses yeux rouges ont vacillé. Je me suis rendu compte qu'ils ne se contentaient pas de refléter les flammes : ils en étaient remplis – mais pas comme ceux d'Arès. Les yeux d'Hestia étaient chaleureux et réconfortants.

– De plus, a-t-elle ajouté, il faut bien que quelqu'un entretienne le feu dans les cheminées quand les autres dieux sont absents.

– Alors, vous gardez le mont Olympe ? ai-je demandé.

– « Garder », le mot est un peu fort. Mais si jamais tu cherches un endroit chaud où t'asseoir et prendre un vrai repas, tu es le bienvenu. Et maintenant, mange.

J'ai vidé mon assiette en moins de temps qu'il n'en faut pour le dire. Nico a dévoré, lui aussi.

– C'était délicieux. Merci, Hestia.

Elle a hoché la tête.

– Ça s'est bien passé, votre visite chez May Castellan ?

Un bref instant, j'avais presque oublié la vieille femme qui avait eu soudain l'air possédée, les yeux fiévreux et le sourire dément.

– Qu'est-ce qu'elle a, au juste ? ai-je demandé.

– Elle est née avec un don, a dit Hestia. Elle pouvait voir à travers la Brume.

– Comme ma mère, ai-je rétorqué. (*Et comme Rachel*, ai-je pensé.) Mais le coup des yeux phosphorescents...

– Il y a des gens qui supportent la malédiction de la clairvoyance mieux que d'autres, a expliqué la déesse tristement. Au début, May Castellan avait de nombreux talents. Elle a attiré l'attention d'Hermès en personne. Ils ont eu un très beau petit garçon. Elle a connu le bonheur pendant une courte période. Et puis elle est allée trop loin.

Je me suis souvenu des paroles de May Castellan : « Ils m'ont proposé une tâche importante. Ça n'a pas marché. » Je me suis demandé de quoi il pouvait s'agir, pour qu'elle se retrouve dans l'état où nous l'avions vue.

– Elle avait l'air toute contente, ai-je raconté, et puis, d'un coup, elle s'est mise à flipper sur le sort de son fils comme si elle savait qu'il s'était transformé en Cronos. Qu'est-ce qui s'est passé pour... pour la diviser de cette façon ?

Le visage de la déesse s'est assombri.

– C'est une histoire dont je n'aime pas parler. May Castellan en a trop vu. Si tu veux comprendre ton ennemi Luke, tu dois comprendre sa famille.

J'ai repensé aux tristes petites vignettes d'Hermès scotchées au-dessus de l'évier de la cuisine, chez May Castellan. Je me suis demandé si cette femme était déjà folle à ce point quand Luke était petit. Le coup des yeux vert fluo avait de quoi terrifier un môme de neuf ans. Et si Hermès ne leur rendait jamais visite, s'il avait laissé Luke seul avec sa mère toutes ces années...

– Pas étonnant que Luke ait fugué, ai-je dit. D'accord, c'était pas bien de laisser sa mère comme ça, mais quand même... ce n'était qu'un gosse. Hermès n'aurait pas dû les abandonner.

Hestia a gratté Kitty O'Leary derrière les oreilles. La chienne des Enfers a agité la queue et fauché un arbre sans le faire exprès.

– C'est facile de critiquer, a rétorqué Hestia. Mais vas-tu suivre la voie de Luke ? Vas-tu rechercher les mêmes pouvoirs ?

Nico a reposé son assiette.

– Nous n'avons pas le choix, dame Hestia. C'est la seule chance de Percy.

– Hum.

Hestia a ouvert la main et le feu s'est enflé en crépitant furieusement, levant des flammes de près de dix mètres de haut. Une vague de chaleur m'a frappé de plein fouet. Puis le feu est retombé à sa taille précédente. La déesse m'a regardé.

– Les pouvoirs ne sont pas tous spectaculaires, a-t-elle dit. Parfois, le pouvoir le plus dur à maîtriser est celui qui consiste à savoir céder. Me crois-tu ?

– Oui, oui, ai-je dit, prêt à convenir de n'importe quoi pour qu'elle ne se remette pas à jouer avec le pouvoir des flammes.

Hestia a souri.

– Tu es un bon héros, Percy Jackson. Pas trop fier. Ça me plaît. Mais il t'en reste long à apprendre. Lorsque Dionysos a été changé en dieu, je lui ai cédé mon trône. C'était le seul moyen d'éviter une guerre civile entre les dieux.

– Ça a déséquilibré le Conseil, me suis-je souvenu. D'un coup, ils se sont retrouvés sept hommes et cinq femmes.

La déesse a haussé les épaules.

– C'était la meilleure solution, même si elle n'était pas parfaite. Maintenant je m'occupe du feu. Je passe lentement à l'arrière-plan. Personne n'écrira jamais de poèmes épiques sur les faits et gestes d'Hestia. La plupart des demi-dieux ne prennent même pas le temps de me dire bonjour. Mais ce n'est pas grave. Je maintiens la paix. Je cède quand c'est nécessaire. En es-tu capable, toi ?

– Je ne sais pas ce que vous voulez dire.

Elle m'a scruté.

– Pas encore, peut-être. Mais bientôt. Comptes-tu poursuivre ta quête ?

– Est-ce la raison de votre présence ? Me déconseiller de poursuivre ?

Hestia a secoué négativement la tête.

– Je suis là parce que lorsque tout le reste échoue, lorsque tous les autres dieux puissants sont partis à la guerre, je suis celle qui reste. La maison. Le foyer. Je suis le dernier des Olympiens. Il faudra que tu te souviennes de moi quand tu feras face à ton ultime décision.

Je n'ai pas trop aimé son choix du mot « ultime ».

J'ai regardé Nico, puis à nouveau la déesse aux yeux vifs et chaleureux.

– Je dois continuer, dame Hestia. Il faut que j'arrête Luke – je veux dire Cronos.

– Très bien, a fait Hestia en hochant la tête. Je ne peux pas t'être d'une grande aide, en dehors de ce que je t'ai déjà dit. Mais comme tu m'as offert un sacrifice, je peux te renvoyer à ton foyer. Je te reverrai, Percy, à l'Olympe.

Son ton était menaçant, comme si elle augurait que notre prochaine rencontre serait marquée du sceau du malheur.

La déesse a agité la main et tout s'est dissipé.

Soudain, je me suis retrouvé à la maison. Nico et moi étions assis sur le canapé de ma mère, dans son appartement de l'Upper East Side à Manhattan. Ça, c'est pour la bonne nouvelle. La mauvaise, c'est que Kitty O'Leary occupait tout le reste du salon.

J'ai entendu un cri étouffé en provenance de la chambre à coucher.

– Qui a mis ce mur de fourrure devant la porte ? a dit la voix de Paul.

– Percy ? a appelé ma mère. Tu es là ? Tout va bien ?

– Je suis là ! ai-je répondu en criant moi aussi.

– *OUAH !*

Kitty O'Leary a voulu tourner en cherchant ma mère, et ce faisant elle a décroché tous les cadres qui étaient aux murs. Elle n'avait rencontré ma mère qu'une seule fois (c'est une longue histoire), mais elle l'adorait.

Au bout de quelques minutes, on est enfin arrivés à s'organiser. La plupart des meubles du salon étaient en morceaux, les voisins sans doute furieux, mais on a réussi à extirper mes parents de la chambre à coucher et on s'est tous installés à la cuisine, autour de la table. Kitty O'Leary occupait toujours le salon entier. Elle avait posé la tête sur le seuil de la cuisine pour pouvoir nous voir, et elle était ravie. Ma mère lui a lancé un paquet familial de deux kilos de steak haché, qu'elle a englouti. Paul nous a servi du citron pressé et j'ai raconté notre visite au Connecticut.

– Alors, c'est vrai. (Paul me regardait comme s'il me voyait pour la première fois. Il portait son peignoir de bain blanc, maintenant couvert de poils de chien des Enfers, et ses cheveux poivre et sel étaient tout ébouriffés.) Ces histoires de monstres et de demi-dieux... c'est vraiment vrai.

J'ai hoché la tête. L'automne dernier, j'avais expliqué à Paul qui j'étais et ma mère avait confirmé mon histoire. Il n'empêche, je crois que jusqu'à présent, il était resté sceptique.

– Je suis désolé pour Kitty O'Leary et toute la casse dans le salon, ai-je dit.

Paul a ri, l'air ravi.

– Tu rigoles ? C'est géant ! Je veux dire, quand j'ai vu les marques de sabot sur le capot de la Prius, je me suis dit qu'il y avait peut-être un truc, mais là... !

Il a tapoté Kitty O'Leary sur le museau. Le salon a vibré – *BOUM BOUM BOUM* –, ce qui pouvait signifier deux choses : un commando d'assaut défonçait la porte, ou Kitty O'Leary agitait la queue.

Je n'ai pas pu me retenir de sourire. Paul avait beau être mon prof d'anglais *et* mon beau-père, c'était quand même un type très cool.

– Merci de ne pas flipper, ai-je dit.

– Oh, pour flipper, je flippe ! m'a-t-il assuré, les yeux écarquillés. Mais je trouve ça géant !

– Ouais, bon, tu seras peut-être moins enthousiaste quand tu sauras ce qui se passe.

J'ai parlé à Paul et à ma mère de Typhon, des dieux et de la bataille qui se préparait. Puis je leur ai exposé le plan de Nico.

Ma mère a serré son verre de citron pressé entre ses doigts. Elle portait sa vieille robe de chambre en pilou bleu et avait les cheveux attachés. Dernièrement, elle s'était mise à écrire un roman, comme elle le souhaitait depuis des années, et je voyais à ses cernes, plus marqués que d'habitude, qu'elle y avait travaillé jusqu'à une heure avancée.

Derrière elle, sur le rebord de la fenêtre, une dentelle de lune argentée luisait dans une jardinière. J'avais rapporté cette plante magique de l'île de Calypso l'été dernier et, depuis que ma mère s'en occupait, elle fleurissait comme une dingue. Son parfum m'apaisait toujours, mais il m'attristait aussi car il me rappelait des amitiés perdues.

Maman a pris une grande inspiration, comme si elle réfléchissait à la façon de me dire non.

– Percy, c'est dangereux, a-t-elle dit. Même pour toi.

– Je sais, maman. Je pourrais mourir. Nico me l'a expliqué. Mais si on n'essaie pas...

– On mourra tous, a complété Nico, qui n'avait pas touché à son citron pressé. Madame Jackson, nous n'avons aucune chance de résister à une invasion. Et il va y avoir une invasion, c'est une certitude.

– Une invasion de New York ? a fait Paul. Comment est-ce possible ? Comment pourrions-nous ne pas voir les... les monstres ?

Il a prononcé le mot comme s'il avait encore du mal à y croire.

– Je ne sais pas, ai-je avoué. J'imagine mal Cronos marchant sur Manhattan juste comme ça... Cela dit, la Brume est très puissante. En ce moment même, Typhon piétine le pays et les mortels le prennent pour une perturbation atmosphérique.

– Madame Jackson, a repris Nico. Percy a besoin de votre bénédiction. C'est le point de départ du processus. Je n'en étais pas sûr avant de rencontrer la mère de Luke, mais maintenant j'en suis certain. Il n'y a eu que deux tentatives réussies jusqu'à présent, et les deux fois, la mère avait dû donner sa bénédiction. Il fallait qu'elle accepte que son fils coure le risque.

– Tu veux que je bénisse ce plan ? (Elle a secoué la tête.) C'est de la folie. Percy, s'il te plaît...

– Maman, je ne peux pas le faire sans toi.

– Et si tu survis à ce... ce *processus* ?

– Alors je partirai en guerre. Moi contre Cronos. Et un seul de nous deux survivra.

Je ne lui ai pas révélé toute la prophétie – j'ai passé sous silence la lame fauchant mon âme et les derniers de mes jours. Inutile qu'elle sache que j'étais probablement condamné. Mon seul espoir, c'était de parvenir à arrêter Cronos et sauver le monde avant de mourir.

– Tu es mon fils, m'a-t-elle dit d'une voix malheureuse. Comment veux-tu que je...

J'ai senti qu'il me faudrait insister davantage pour obtenir son accord, mais je ne souhaitais pas le faire. Je me souvenais de la pauvre Mme Castellan dans sa cuisine, qui attendait toujours le retour de son fils. Et je me suis rendu compte de ma chance. Ma mère m'avait toujours soutenu ; elle avait toujours essayé de me donner une vie normale, malgré les dieux, les monstres et tout ce qui va avec. Elle tolérait mes missions, mais là je lui demandais sa bénédiction pour me lancer dans une aventure qui me coûterait probablement la vie.

J'ai croisé le regard de Paul et nous nous sommes compris. Il a posé la main sur celle de ma mère.

– Sally, a-t-il dit, je ne peux pas prétendre comprendre ce que vous vivez, Percy et toi, depuis toutes ces années. Mais j'ai l'impression... J'ai l'impression que Percy entreprend quelque chose de noble. J'aimerais être aussi courageux que lui.

J'ai senti une boule se former dans ma gorge. Ce n'est pas tous les jours qu'on me fait ce genre de compliments.

Ma mère avait les yeux rivés sur son citron pressé. Elle semblait se retenir de pleurer. J'ai repensé à ce qu'avait dit Hestia, qu'il était très difficile de céder, et j'ai songé que ma mère était peut-être en train de le découvrir.

– Percy, a-t-elle alors déclaré, je te donne ma bénédiction.

Je ne me suis pas senti changé. Aucun halo magique n'a illuminé la cuisine, rien de tel.

J'ai jeté un coup d'œil à Nico.

Il paraissait plus inquiet que jamais, pourtant il a hoché la tête et murmuré :

– Il est temps de partir.

– Percy, a dit ma mère. Une dernière chose. Si tu... si tu survis à ce combat contre Cronos, envoie-moi un signe.

Sur ces mots, elle a fourragé dans son sac à main puis m'a tendu son téléphone portable.

– Maman, tu sais que les demi-dieux et les téléphones...

– Je sais. Mais au cas où... Si tu ne peux pas téléphoner, peut-être un signe que je pourrais voir de partout dans Manhattan. Pour me dire que tu es sain et sauf.

– Comme Thésée, a suggéré Paul. Il était censé hisser une voile blanche s'il retournait à Athènes.

– Sauf qu'il a oublié, a marmonné Nico. Et que son père s'est jeté du toit du palais par désespoir. À part ça, c'était une excellente idée.

– Pourquoi pas un drapeau ou une fusée éclairante ? a demandé ma mère. Depuis l'Olympe – du haut de l'Empire State Building.

– Quelque chose de bleu, ai-je renchéri.

On avait un jeu entre nous, tous les deux, depuis des années, qui consistait à manger des aliments bleus. Le bleu étant ma couleur préférée, ma mère déployait des trésors d'imagination pour me faire plaisir. Tous les ans, mon gâteau d'anniversaire, mon panier d'œufs de Pâques et mes sucres d'orge de Noël étaient obligatoirement bleus.

– D'accord, a dit maman. Je guetterai un signal bleu. Et j'essaierai de ne pas sauter du toit d'un palais.

Elle m'a embrassé et j'ai lutté contre l'impression qu'on se disait adieu. J'ai serré la main de Paul. Puis, avec Nico, je me suis dirigé vers la porte de la cuisine et j'ai regardé Kitty O'Leary.

– Désolé, ma grande, lui ai-je dit. C'est de nouveau l'heure d'un vol d'ombres.

Elle a gémi et croisé les pattes sur la truffe.

– Où est-ce qu'on va, maintenant ? ai-je demandé à Nico. À Los Angeles ?

– Pas la peine. Il y a une autre entrée des Enfers tout près d'ici.

7 Ma prof de maths me fait planer

On a émergé en plein Central Park, juste au nord de l'étang. Pour ceux qui ne connaissent pas New York, c'est ce jardin public grand comme un bois, en plein cœur de Manhattan. Kitty O'Leary s'est dirigée vers un tas de rochers en clopinant. Elle me paraissait épuisée. Elle s'est mise à renifler et j'ai craint qu'elle veuille marquer son territoire, mais Nico m'a dit :

– T'inquiète. C'est juste qu'elle sent l'accès qui mène chez elle.

– Dans les rochers ? ai-je demandé, perplexe.

– Les Enfers ont deux entrées principales. Tu connais celle de Los Angeles.

– La barque de Charon.

Nico a hoché la tête et enchaîné :

– C'est par là que passent la plupart des âmes, mais il existe un autre chemin, plus difficile à trouver. La porte d'Orphée.

– Orphée, le mec à la harpe.

– Le mec à la lyre, a corrigé Nico. Ouais, lui. Il s'est servi de sa musique pour envoûter la terre et ouvrir un nouvel accès aux Enfers. Il s'est frayé un chemin en chantant jusqu'au palais d'Hadès et il a bien failli réussir à en revenir avec l'âme de sa femme.

Je me suis souvenu de l'histoire. Orphée ne devait pas se retourner pendant qu'il ramenait sa femme au monde des humains, mais il n'avait pas pu s'en empêcher, bien sûr, pour la regarder. C'était typique de ces histoires à la « et ils moururent et c'est la fin » qui ne manquent jamais de nous remonter le moral, à nous autres les demi-dieux.

– Voilà donc la porte d'Orphée, ai-je dit. (J'essayais d'être impressionné, mais pour moi, ce n'était toujours rien de plus qu'un tas de cailloux.) Et comment elle s'ouvre ?

– Il nous faut de la musique. Tu chantes bien ?

– Euh, non. Tu ne peux pas, ch'aipas, juste lui demander de s'ouvrir ? T'es quand même le fils d'Hadès.

– C'est pas si facile. Il nous faut de la musique.

J'étais quasiment sûr que si je me mettais à chanter, je déclencherais une avalanche.

– J'ai une meilleure idée. (Je me suis retourné et j'ai appelé :) GROVER !

On a attendu longtemps. Kitty O'Leary s'est roulée en boule et elle a piqué un roupillon. J'entendais les grillons chanter dans les bois et un hibou qui hululait. Un lointain grondement de voitures nous parvenait de Central Park West, l'avenue qui longe le parc sur l'ouest. Plus près, des sabots ont résonné dans une allée – ce devait être une patrouille de policiers à cheval. Sûr qu'ils seraient ravis de trouver deux jeunes en train de glander dans le parc à 1 heure du mat'.

– Ça marche pas, a fini par dire Nico.

Je sentais quelque chose, pourtant. Pour la première fois

depuis des mois, mon lien d'empathie me chatouillait. Cela signifiait soit qu'un tas de gens avaient soudain mis la chaîne Nature, soit que Grover était dans les parages.

J'ai fermé les yeux et je me suis concentré. *Grover.*

Je savais qu'il se trouvait quelque part dans le parc. Pourquoi n'arrivais-je pas à capter ses émotions ? La seule chose que je ressentais, c'était une sorte de bourdonnement à la base du crâne.

Grover, ai-je pensé en redoublant d'intensité.

Hmm-hmmmm, a dit quelque chose.

Une image s'est formée dans ma tête. J'ai vu un orme géant au cœur des bosquets, très à l'écart des allées principales. Des racines noueuses recouvraient le sol, formant une sorte de lit. Là, allongé les yeux fermés et les bras croisés, gisait un satyre. Au début, je n'étais pas sûr qu'il s'agisse bien de Grover. Il était couvert de brindilles et de feuilles, comme s'il dormait là depuis longtemps. Les racines semblaient s'enrouler autour de lui pour le tirer lentement dans le sol.

Grover, réveille-toi.

Unnnh-zzzzz.

T'es couvert de terre, mec. Réveille-toi !

Sommeil, a murmuré son esprit.

MANGER, ai-je suggéré. *CRÊPES !!*

Il a ouvert les yeux d'un coup. Un tourbillon de pensées m'a assailli, comme s'il était soudain en avance rapide. L'image a volé en éclats et j'ai failli tomber à la renverse.

– Qu'est-ce qui s'est passé ? m'a demandé Nico.

– J'ai établi le contact. Il est... ouais. Il arrive.

Une minute plus tard, l'arbre le plus proche de nous a tremblé. Grover est tombé d'entre les branches, pile sur la tête.

– Grover ! ai-je hurlé.

– Ouah !

Kitty O'Leary a levé la tête, se demandant sans doute si on allait jouer à « rapporte le satyre ».

– Bêêê-êêê-êê ! a bêlé Grover.

– Ça va, mec ?

– Ouais, ouais. (Il s'est frotté la tête. Ses cornes avaient tellement poussé qu'elles dépassaient de ses cheveux bouclés de deux bons centimètres.) J'étais à l'autre bout du parc. Les dryades ont eu l'idée de génie de me faire passer par les arbres pour m'amener ici. Elles ne maîtrisent pas très bien la notion de *hauteur*.

Il a souri et s'est relevé. Ses sabots étaient visibles : depuis l'été dernier, Grover avait renoncé à se déguiser en humain. Il ne portait plus jamais de faux pieds ni de couvre-chef. Il ne mettait même plus de jeans, d'ailleurs, car à partir de la taille, il avait des pattes de chèvre couvertes d'un épais pelage. Il arborait un tee-shirt *Max et les Maximonstres* et il était couvert de terre et de sève. Il faisait ma taille, à présent, et son menton s'ornait d'un bouc assez fourni qui lui donnait un air presque adulte.

– Je suis trop content de te voir, Grov', ai-je dit. Tu te souviens de Nico ?

Grover a salué Nico d'un hochement de tête et m'a serré fort dans ses bras. Il sentait l'herbe fraîchement coupée.

– Perrrrcy ! a-t-il chevroté. Tu m'as manqué ! La colonie me manque. Impossible de trouver de bonnes enchiladas, en pleine nature.

– Je m'inquiétais, ai-je dit. Où étais-tu, ces deux derniers mois ?

– Ces deux... (Le sourire de Grover s'est figé.) Ces deux derniers *mois* ? Qu'est-ce que tu racontes ?

– Ça fait deux mois qu'on n'a plus de nouvelles de toi. Genièvre est inquiète. On a envoyé des messages-Iris, mais...

– Attends.

Il a tourné les yeux vers les étoiles, comme s'il essayait de calculer sa position.

– On est quel mois ?

– Août.

Grover a blêmi.

– C'est impossible. On est en juin. Je me suis juste allongé pour faire un petit somme et... (Il m'a attrapé par les bras.) Ça me revient, maintenant ! Il m'a assommé. Percy, il faut qu'on l'arrête !

– Waouh ! Doucement. Raconte-moi ce qui s'est passé.

Il a repris son souffle.

– Voilà. Je me promenais du côté de Harlem Meer, tu sais, le lac qui est tout au nord du parc, quand j'ai senti le sol trembler, comme si une force très puissante approchait.

– Tu perçois ce genre de choses ? a demandé Nico.

– Oui. Depuis la mort de Pan, je perçois les dérèglements de la nature. On dirait que ma vue et mon ouïe sont exacerbées quand je suis dans un environnement naturel. Bref, j'ai commencé à suivre la piste. Un homme en long manteau noir traversait le parc et j'ai remarqué qu'il n'avait pas d'ombre. Au beau milieu d'une journée ensoleillée, et le type ne projette pas d'ombre. Il scintillait un peu en marchant.

– Comme un mirage ? a demandé Nico.

– Oui, a fait Grover. Et sur son passage, les humains...

– Les humains tombaient dans les vapes, a dit Nico. Ils se roulaient en boule et s'endormaient.

– Exactement ! Après, une fois qu'il était reparti, les gens se relevaient et reprenaient comme si de rien n'était.

J'ai regardé Nico, intrigué.

– Tu connais ce type en noir ?

– J'en ai bien peur. Qu'est-ce qui s'est passé, Grover ?

– J'ai suivi le type. Il n'arrêtait pas de jauger les immeubles qui entourent le parc, de les mesurer du regard. Une joggeuse est passée, elle s'est roulée en boule sur le trottoir et a commencé à ronfler. Le type en noir lui a mis la main sur le front comme pour prendre sa température, puis il a poursuivi son chemin. À ce stade, j'étais persuadé qu'il s'agissait d'un monstre, si ce n'est pire. Je l'ai suivi dans un bosquet, au pied d'un grand orme. J'allais appeler quelques dryades pour qu'elles m'aident à le capturer quand il s'est retourné et...

Grover a dégluti.

– Percy, a-t-il repris, si tu avais vu son visage ! Je n'arrivais pas à le distinguer nettement parce qu'il changeait constamment. Rien qu'à le regarder, j'avais sommeil. « Qu'est-ce que vous faites ? » je lui ai demandé. Et il m'a dit : « Je jette juste un coup d'œil. Il faut toujours repérer le champ de bataille, avant un combat. » Là, j'ai rétorqué un truc futé, du genre : « Ce bois est sous ma protection. Il n'est pas question d'y livrer le moindre combat ! » Ça l'a fait rire. Et il m'a dit : « Tu as de la chance que je réserve mes forces pour le grand évènement, petit satyre. Je vais juste te plonger dans un bref sommeil. Fais de beaux rêves. » Et c'est la dernière chose dont je me souviens.

Nico a poussé un gros soupir.

– Grover, a-t-il dit, tu as rencontré Morphée, le dieu des Rêves. Tu as de la chance de t'être réveillé !

– Deux mois ! a gémi Grover. Il m'a fait dormir deux mois !

J'ai essayé de digérer ce que tout cela voulait dire. Je comprenais maintenant pourquoi nous étions restés si longtemps sans pouvoir entrer en contact avec Grover.

– Pourquoi les nymphes n'ont-elles pas essayé de te réveiller ? lui ai-je demandé.

Il a haussé les épaules.

– Les nymphes n'ont pas trop la notion du temps. Deux mois pour un arbre, c'est rien. Elles n'ont sans doute pas soupçonné qu'il y avait un problème.

– Il faut qu'on sache ce que Morphée fabriquait dans le parc. Ce « grand évènement » dont il a parlé, je le sens pas.

– Il travaille pour Cronos, a dit Nico. On sait déjà ça. C'est le cas de beaucoup de dieux mineurs. Ce que la rencontre de Grover confirme, c'est qu'il va y avoir une invasion. Percy, il faut vraiment mettre notre plan à exécution.

– Attendez, s'est écrié Grover. Quel plan ?

On le lui a exposé et il s'est mis à tirer sur les poils de chèvre de sa patte.

– Retourner aux Enfers ? m'a-t-il dit. Tu ne parles pas sérieusement.

– J'te demande pas de venir, Grov'. Je sais que tu viens de te réveiller. Mais on a besoin de musique pour ouvrir la porte. Tu peux nous arranger le coup ?

Grover a sorti sa flûte de Pan.

– Oui, je pourrais essayer, a-t-il dit. Je connais quelques airs de Nirvana qui déchirent. Mais, Percy, tu es vraiment sûr de vouloir prendre ce risque ?

– S'il te plaît, Grov', ai-je insisté. C'est très important pour moi. En souvenir du bon vieux temps ?

– Si mes souvenirs sont exacts, au bon vieux temps on a failli mourir un paquet de fois. (Il a poussé un gros soupir.) C'est bon, allons-y.

Il a porté la flûte à ses lèvres et s'est mis à jouer un air rapide et strident. Les rochers ont tremblé. Encore quelques couplets et ils se sont fissurés, révélant une ouverture en forme de triangle.

J'y ai jeté un coup d'œil. Des marches s'enfonçaient dans l'obscurité. Une odeur de mort et de moisi m'a assailli les narines. Elle m'a ramené à l'esprit les mauvais souvenirs de ma plongée dans le Labyrinthe l'année dernière, mais ce tunnel dégageait une aura de danger encore plus forte. Il menait directement aux terres d'Hadès, et le voyage était presque toujours un aller simple.

Je me suis tourné vers Grover.

– Merci... je crois.

– Perrrcy, Cronos va vraiment lancer une invasion ?

– J'aimerais pouvoir te dire que non, mais en fait ouais, la réponse est oui.

Je m'attendais un peu à ce que Grover se mette à grignoter nerveusement sa flûte, mais il a redressé le dos et essuyé la terre de son tee-shirt d'un revers de main. Je n'ai pas pu m'empêcher de le comparer au vieux et bedonnant Lénée : quelle différence !

– Il faut que je rassemble les esprits de la nature, alors. On pourrait tenter quelque chose. Je vais voir si on ne peut pas retrouver ce Morphée !

– Tu as intérêt à prévenir Genièvre que tu vas bien, aussi.

Grover a écarquillé les yeux.

– Genièvre ! Par les dieux, elle va me tuer !

Il est parti en courant, puis a pilé net, fait demi-tour et m'a embrassé de nouveau.

– Fais attention, sous terre ! Reviens-nous vivant !

Après son départ, Nico et moi avons tiré Kitty O'Leary de son somme.

Quand elle a senti l'odeur du tunnel, elle s'est engagée sur les marches en frétillant d'excitation. Elle tenait tout juste entre les parois du boyau et j'ai croisé les doigts mentalement pour qu'elle ne se coince pas. Je n'osais imaginer la quantité de Destop qu'il faudrait pour déloger un chien des Enfers bloqué dans un tunnel menant au séjour des ombres.

– Tu es prêt ? m'a demandé Nico. Ça va bien se passer. T'inquiète pas.

J'ai eu l'impression qu'il cherchait à s'en convaincre lui-même.

J'ai levé les yeux vers les étoiles, me demandant si je les reverrais jamais. Et nous nous sommes enfoncés dans les entrailles de la terre.

Raide, étroit et glissant, l'escalier n'en finissait pas. L'obscurité était totale, à peine percée par la lumière de mon épée. J'aurais voulu descendre lentement, mais Kitty O'Leary voyait les choses autrement. Elle caracolait en tête avec des aboiements joyeux qui résonnaient entre les parois comme des coups de canon. Je me suis dit qu'on ne prendrait personne par surprise au pied des marches.

Nico était à la traîne, ce qui m'a paru étrange.

– Ça va, vieux ? lui ai-je demandé.

– Y a pas de problème. (Quelle était cette expression sur son visage ? Du doute ?) Avance, avance.

Je n'avais pas trop le choix. J'ai suivi Kitty O'Leary dans les profondeurs. Au bout d'une heure, j'ai entendu le grondement d'un fleuve.

On a débouché au pied d'une falaise, sur une plaine de sable volcanique noir. À notre droite, le Styx jaillissait d'entre les rochers et tombait en une chute d'eau impressionnante. Sur la gauche, très loin dans l'obscurité, des feux brûlaient sur les remparts de l'Érèbe, les grands murs noirs du royaume d'Hadès.

J'ai frissonné. J'étais venu dans ces lieux pour la première fois de ma vie à l'âge de douze ans et seule la présence d'Annabeth et Grover m'avait donné la force d'avancer. Nico n'allait pas m'aider autant, côté courage : il était blême et paraissait lui-même inquiet.

Kitty O'Leary, en revanche, était toute gaie. Elle a couru sur le rivage, attrapé un fémur humain au hasard et elle est revenue vers moi au galop. Elle a laissé tomber l'os à mes pieds et attendu que je le lance.

– Euh... plus tard, peut-être, ma grande. (J'ai regardé les eaux sombres du fleuve en m'efforçant de rassembler mon courage.) Alors, Nico... comment on procède ?

– Il faut d'abord qu'on entre par le portail, a-t-il répondu.

– Mais le fleuve est de ce côté !

– Il faut que j'aille chercher quelque chose. C'est le seul moyen.

Sans m'attendre, il s'est éloigné à grands pas.

Ça m'a fait tiquer. Nico n'avait jamais parlé de franchir les portes des Enfers. Mais maintenant qu'on était là, je ne voyais pas ce que je pouvais faire d'autre. À contrecœur, je l'ai suivi le long de la grève, vers les grandes portes noires.

Des rangées de morts faisaient la queue pour entrer. Les compagnies de pompes funèbres avaient eu une journée chargée, visiblement : ça bouchonnait même dans la file MORT DIRECTE.

– *OUAH !* a lancé Kitty O'Leary.

Sans me laisser le temps de réagir, elle s'est élancée à grands bonds vers le poste de sécurité. Cerbère, le chien de garde d'Hadès, a surgi de l'obscurité. C'était un rottweiler à trois têtes, si grand qu'à côté de lui Kitty O'Leary avait l'air d'un caniche nain. Cerbère étant à moitié transparent, c'est vraiment difficile de le voir tant qu'il n'est pas assez près pour vous dévorer, mais là, il ne s'intéressait pas du tout à nous. Il était trop occupé à faire la fête à Kitty O'Leary.

– Kitty O'Leary, non ! ai-je crié. Ne lui renifle pas... oh, bon sang.

Nico a souri. Puis il m'a regardé et son expression a repris toute sa gravité, comme s'il venait de se rappeler quelque chose de désagréable.

– Viens. Ils vont pas nous faire d'ennuis dans la queue, tu es avec moi.

Ça ne me plaisait pas, mais on s'est glissés entre les spectres de la sécurité et on est arrivés dans les Champs d'Asphodèle. J'ai dû siffler Kitty O'Leary trois fois pour qu'elle laisse Cerbère tranquille et nous rejoigne.

On a parcouru des prairies d'herbe noire parsemées de peupliers noirs. Si je mourais véritablement dans quelques jours, comme l'annonçait la prophétie, je finirais peut-être là pour l'éternité, mais j'ai essayé de ne pas y penser.

Nico avançait d'un bon pas, nous menant de plus en plus près du palais d'Hadès.

– Hé, ai-je dit. On a déjà passé les portes, où est-ce que...

Kitty O'Leary a grondé. Une ombre s'est dessinée au-dessus de nos têtes : sombre, froide et puant la mort. Elle a piqué pour se percher sur la cime d'un peuplier.

Hélas, je l'ai reconnue. Elle avait le visage ratatiné, un hideux bonnet de laine bleu et une robe en velours chiffonnée. D'épaisses ailes de chauve-souris lui sortaient du dos. Ses pieds se terminaient par des serres pointues et, entre ses mains aux griffes de cuivre, elle tenait un fouet de flammes et un sac à main à imprimé fleuri.

– Madame Dodds, ai-je laissé échapper.

– Bienvenue, mon chou, a-t-elle répondu en dégarnissant les crocs.

Ses deux sœurs – les autres Furies – ont piqué à leur tour et se sont posées près d'elle, dans les branches du peuplier.

– Tu connais Alecto ? m'a demandé Nico.

– Si tu veux parler de la sorcière du milieu, ouais. C'était ma prof de maths.

Nico a hoché la tête, l'air pas plus étonné que ça. Il s'est tourné vers les Furies et a inspiré à fond.

– J'ai fait ce que mon père m'a demandé, a-t-il déclaré. Emmenez-nous au palais.

Je me suis crispé.

– Une seconde, Nico. Qu'est-ce que tu...

– Désolé, Percy, mais c'est ma nouvelle piste. Mon père a promis de me donner des informations sur ma famille, à condition de te voir avant qu'on essaie l'épreuve du fleuve.

– Tu m'as *trompé* ?

J'ai vu rouge. Je me suis jeté sur lui mais les Furies, plus rapides que moi, m'ont intercepté. Deux d'entre elles ont plongé de leur perchoir et m'ont happé par les bras. J'ai perdu mon épée et me suis soudain retrouvé suspendu à vingt mètres du sol.

– Arrête de gigoter, mon chou, a ricané mon ancienne prof à mon oreille. Je serais navrée de devoir te lâcher.

Avec des aboiements furieux, Kitty O'Leary a bondi pour essayer de me rattraper, mais on était trop haut.

– Dis à Kitty O'Leary de se calmer, Percy, m'a lancé Nico, qui naviguait dans l'air à côté de moi, entre les griffes de la troisième Furie. Je ne veux pas qu'elle soit blessée. Mon père attend. Il veut te parler, c'est tout.

J'avais envie de dire à Kitty O'Leary d'attaquer Nico, mais ça ne m'aurait avancé à rien et Nico avait raison sur un point : ma chienne risquait d'être blessée si elle s'en prenait aux Furies. J'ai ravalé ma colère.

– Couchée, Kitty O'Leary. Tout va bien, ma grande.

Elle s'est mise à décrire des cercles en gémissant, les yeux rivés sur moi.

– Bon, espèce de traître, tu as ton trophée, ai-je grommelé en m'adressant à Nico. Emmène-moi à ton palais à la noix.

Alecto m'a laissé tomber comme un sac de pommes de terre au milieu du jardin du palais.

Ce dernier était assez beau, dans le registre *chair de poule.* Des arbres blanc squelette étaient répartis dans des vasques en marbre. Les plates-bandes débordaient de fleurs dorées et de pierres précieuses. Deux trônes, l'un en os et l'autre en argent, occupaient un balcon qui dominait les Champs d'Asphodèle. Ça aurait pu faire un endroit agréable où passer un samedi matin, sans l'odeur de soufre et les cris lointains des victimes suppliciées.

Des guerriers-squelettes montaient la garde devant l'unique sortie. Ils portaient des treillis désert tout déchirés et brandissaient des M16.

La troisième Furie a déposé Nico à côté de moi. Ensuite, elles se sont perchées toutes les trois sur le trône d'os. J'ai résisté à l'envie d'étrangler Nico. De toute façon, elles m'en empêcheraient. Ma vengeance allait devoir attendre.

J'ai regardé les trônes vacants en attendant qu'il se passe quelque chose. Alors l'air a scintillé. Trois personnages ont apparu : Hadès et Perséphone sur leurs trônes, puis une femme plus âgée, debout entre eux. Ils étaient apparemment en pleine dispute.

– ... t'avais bien dit que c'était un bon à rien ! persiflait la doyenne.

– Maman ! a protesté Perséphone.

– Je vous en prie, on a de la visite ! a aboyé Hadès.

Hadès, un des dieux que j'aimais le moins, a lissé les pans de ses robes noires, couvertes des visages terrifiés des damnés. Il avait la peau blême et les yeux fiévreux d'un dément.

– Percy Jackson, a-t-il dit avec satisfaction. Enfin.

La reine Perséphone m'a examiné avec curiosité. Je l'avais déjà vue une fois, pendant l'hiver, mais maintenant, en plein été, on aurait dit une tout autre déesse. Elle avait de longs cheveux bruns et soyeux, et des yeux marron extrêmement chaleureux. Sa robe était étincelante de couleurs. Les fleurs du tissu changeaient constamment de forme et s'épanouissaient : des roses, des tulipes, du chèvrefeuille.

La femme qui se tenait entre les deux trônes ne pouvait être que la mère de Perséphone. Elle avait les mêmes yeux et la même chevelure, mais une expression plus mûre et plus sévère. Sa robe était dorée comme un champ de blé. Elle avait des herbes séchées tressées dans les cheveux, ce qui m'a fait penser à une corbeille d'osier. Je me suis dit que si quelqu'un craquait une allumette tout près, elle était mal.

– Hum, a-t-elle fait. Des demi-dieux. Il ne nous manquait plus que ça.

Nico, à côté de moi, s'est agenouillé. J'ai regretté de ne pas avoir mon épée pour le décapiter d'un coup rageur. Mais Turbulence était encore quelque part dans les champs.

– Père, a dit Nico. J'ai fait ce que tu m'as demandé.

– T'y as mis le temps, a grommelé Hadès. Ta sœur aurait fait mieux.

Nico a baissé la tête. Si je n'étais pas furieux contre ce petit imbécile, j'aurais eu de la peine pour lui.

J'ai lancé un regard sombre au dieu des Morts.

– Que me voulez-vous, Hadès ?

– Te parler, bien sûr. (La bouche du dieu s'est tordue en un sourire cruel.) Nico ne te l'a pas dit ?

– Alors cette quête était un pur mensonge. Nico m'a amené ici pour me faire tuer.

– Oh non. Nico voulait sincèrement t'aider, j'en ai bien peur. Ce garçon est d'une honnêteté qui n'a d'égale que sa bêtise. Je l'ai juste convaincu de faire un petit détour et de t'amener ici d'abord.

– Père, est alors intervenu Nico. Tu m'as promis que tu ne ferais aucun mal à Percy. Tu as dit que si je te l'amenais, tu me parlerais de mon passé – et de ma mère.

La reine Perséphone a poussé un soupir théâtral.

– Est-ce qu'on pourrait *éviter* de parler de *cette femme* en ma présence ?

– Je suis désolé, ma colombe, a dit Hadès. Il fallait bien que je promette quelque chose au petit.

– Ha ! s'est écriée la dame plus âgée. Je t'avais prévenue, ma fille. Cet Hadès est une fripouille. Tu aurais pu épouser le dieu des Médecins ou celui des Avocats, mais *non*... ! Il a fallu que mademoiselle goûte à la grenade.

– Maman...

– Et se retrouve coincée aux Enfers !

– Maman, s'il te plaît...

– Et maintenant que le mois d'août est arrivé, es-tu remontée à la maison comme tu étais censée le faire ? Est-ce qu'il t'arrive de penser à ta pauvre maman toute seule sur terre ?

– DÉMÉTER ! a crié Hadès. Ça suffit. Tu es mon invitée dans cette maison.

– Tu appelles ça une maison ? Ce taudis sombre et humide ? Tu fais vivre ma fille dans...

– Je t'ai déjà expliqué qu'il y avait une guerre dans le monde d'en haut, a répliqué sèchement Hadès. Perséphone et toi, vous êtes mieux ici avec moi qu'à la surface.

– Excusez-moi, suis-je intervenu. Mais si vous comptez me tuer, ça vous dérangerait de le faire maintenant et d'en finir ?

Les trois dieux m'ont dévisagé.

– Ben celui-là, il ne manque pas d'aplomb, a commenté Déméter.

– Le fait est que j'ai très envie de le tuer, a renchéri Hadès.

– Père ! a dit Nico. Tu as promis !

– On en a déjà parlé, mon époux, a grondé Perséphone. Tu ne peux pas continuer à incinérer les héros comme ça. Et puis celui-là a du cran, ça me plaît.

Hadès a levé les yeux au ciel.

– Ce pauvre Orphée te plaisait bien aussi. Tu vois ce que ça a donné. Laisse-moi le tuer, juste un peu.

– Père, tu as promis ! a répété Nico. Tu m'avais dit que tu voulais seulement lui parler. Que si je te l'amenais, tu m'expliquerais.

L'air sombre, Hadès a lissé ses robes.

– Et je vais le faire, a-t-il répondu. Ta mère – qu'est-ce que je peux te dire ? C'était une femme merveilleuse. (Il a jeté un regard gêné à Perséphone.) Excuse-moi, chérie. J'entends, pour une mortelle, bien sûr. Elle s'appelait Maria Di Angelo. Elle était vénitienne mais son père était diplomate à Washington. C'est là que je l'ai rencontrée. Quand vous étiez petits, toi et ta sœur, ce n'était pas une bonne période pour être des enfants d'Hadès. La Seconde Guerre mondiale couvait. Certains de mes, hum, autres enfants étaient des dirigeants du camp des perdants. J'ai jugé préférable de vous mettre à l'abri.

– C'est pour ça que tu nous as cachés au Casino Lotus ?

Hadès a haussé les épaules.

– Vous avez cessé de grandir. Vous n'aviez pas conscience du temps qui passait. J'ai attendu le bon moment pour vous ressortir.

– Mais qu'est-ce qui est arrivé à notre mère ? Pourquoi je ne me souviens pas d'elle ?

– Ce n'est pas important, a lancé Hadès d'un ton sec.

– Comment ? Bien sûr que c'est important ! Et tu avais d'autres enfants. Pourquoi sommes-nous les seuls à avoir été mis à l'écart ? Et qui était l'avocat qui est venu nous chercher ?

Hadès a contracté les mâchoires.

– Je te conseille de mieux écouter et de poser moins de questions, mon garçon. Quant à l'avocat...

Le dieu des Morts a claqué des doigts. Perchée sur le dossier de son trône, Alecto la Furie s'est lentement métamorphosée en homme d'âge mûr en costume à fines rayures, un attaché-case à la main. Ça faisait drôle de la voir – de le voir, plutôt – accroupie contre l'épaule d'Hadès.

– Toi ! s'est exclamé Nico.

– Je fais très bien les profs et les avocats ! s'est vantée la Furie.

Nico tremblait.

– Mais pourquoi nous as-tu libérés du casino ?

– Tu sais pourquoi, a répondu Hadès. Nous ne pouvons pas laisser cet imbécile de fils de Poséidon être l'enfant de la prophétie.

J'ai cueilli un rubis sur la fleur la plus proche et l'ai lancé sur Hadès. Il s'est enfoncé dans les plis de sa robe sans faire le moindre dégât.

– Vous devriez soutenir l'Olympe ! ai-je dit. Tous les autres dieux combattent Typhon et vous, vous restez là sans...

– Sans rien faire, a fini Hadès. C'est exact. Tu peux me dire quand l'Olympe m'a aidé, demi-dieu ? Tu peux me dire quand un de mes enfants a été accueilli en héros ? Non ! Alors pourquoi veux-tu que je me précipite à leur secours ? Je vais rester ici et préserver mes forces.

– Et quand Cronos vous attaquera ?

– Qu'il essaie donc ! Il sera affaibli. Et mon fils que voici, Nico... (Hadès a gratifié le malheureux d'un regard méprisant.) Il ne vaut pas grand-chose pour le moment, je te l'accorde. Il aurait mieux valu que ce soit Bianca qui survive. Mais donne-lui encore quatre ans d'entraînement et tu verras. Je suis sûr que nous pourrons tenir jusque-là. Nico aura seize ans, comme dans la prophétie, et ce sera lui qui prendra la décision qui sauvera le monde. Et moi, je serai le roi des dieux.

– Vous êtes fou. Cronos vous écrasera, juste après avoir anéanti l'Olympe.

Hadès a écarté les bras.

– Eh bien tu auras l'occasion de voir qui prédit juste, sang-mêlé. Parce que tu vas attendre la fin de cette guerre dans mes oubliettes.

– Non ! s'est écrié Nico. Père, ce n'est pas ce que nous étions convenus. Et tu ne m'as pas tout dit !

– Je t'ai dit tout ce que tu avais besoin de savoir, a rétorqué Hadès. Quant à notre accord, j'ai parlé à Jackson. Je ne lui ai pas fait de mal. Tu as obtenu les informations que tu recherchais. Si tu voulais une meilleure donne, tu aurais dû me faire jurer sur le Styx. Maintenant, file dans ta chambre !

Le dieu a agité la main et Nico a disparu.

– Ce garçon devrait manger davantage, a marmonné Déméter. Il est trop maigre. Il lui faut plus de céréales.

Perséphone a levé les yeux au ciel.

– Arrête un peu avec tes céréales, maman ! Seigneur Hadès, es-tu sûr que nous ne pouvons pas libérer ce petit héros ? Il est terriblement courageux.

– Non, ma chérie. J'ai épargné sa vie. C'est suffisant.

J'étais certain qu'elle allait prendre ma défense. La belle, la courageuse Perséphone allait me tirer de ce mauvais pas.

Elle a haussé les épaules avec indifférence.

– D'accord. Qu'est-ce qu'il y a pour le petit déjeuner ? Je meurs de faim.

– Des céréales, a répondu Déméter.

– *Maman !*

Les deux déesses ont disparu dans un tourbillon de fleurs et d'épis de blé.

– Ne sois pas trop triste, Percy Jackson, a dit Hadès. Mes spectres me tiennent bien informé des plans de Cronos. Je peux te garantir que tu n'avais aucune chance de l'arrêter à temps ! D'ici à ce soir, il sera trop tard pour sauver ton précieux mont Olympe. Le piège sera déclenché.

– Quel piège ? Si vous êtes au courant, faites quelque chose ! Laissez-moi prévenir les autres dieux, au moins !

Hadès a souri.

– Tu as du cran, je te l'accorde. Amuse-toi bien dans mon cachot. Je passerai voir ce que tu deviens d'ici à cinquante ou soixante ans.

8 Je bois méchamment la tasse

Mon épée s'est rematérialisée dans ma poche.

C'est ça, oui, juste au bon moment. J'allais pouvoir attaquer les murs autant que je voudrais. Ma cellule n'avait pas de barreaux, pas de fenêtre et même pas de porte. Les gardes-squelettes m'avaient poussé directement à travers un mur qui s'était resolidifié derrière moi. Je me suis demandé si mon cagibi était hermétique. Sans doute. Les geôles d'Hadès étaient conçues pour des morts, et les morts ne respirent pas. Je pouvais tout de suite faire une croix sur une cinquantaine ou une soixantaine d'années ; dans cinquante ou soixante minutes je serais mort. Entre-temps, si Hadès ne mentait pas, un piège de grande envergure se refermerait sur New York d'ici à la fin de la journée et je ne pouvais absolument rien y faire.

Je me suis assis sur le sol de pierre froid, le cœur en berne.

Je ne me souviens pas de m'être assoupi. Cela dit, il devait être autour de 7 heures du matin en temps mortel, et les dernières heures avaient été particulièrement chargées.

J'ai rêvé que j'étais sur la terrasse de la maison de vacances des parents de Rachel, à Saint Thomas. Le soleil se levait sur la mer des Caraïbes. Des dizaines d'îlots boisés parsemaient l'océan, sillonné par des voiliers aux gréements étincelants. L'odeur du sel dans l'air m'a donné la nostalgie de l'océan.

Les parents de Rachel étaient installés à la table de la terrasse, attendant les omelettes que leur cuisinier perso leur préparait. M. Dare, affublé d'un costume de lin blanc, lisait le *Wall Street Journal*. La dame assise en face de lui était sûrement Mme Dare, mais tout ce que je voyais d'elle, c'étaient ses ongles rose fuchsia et la couverture d'un luxueux magazine de voyage. Maintenant pourquoi elle lisait un magazine de voyage en voyage, ça me dépassait.

Rachel, appuyée contre la balustrade de la terrasse, a soupiré. Elle portait un bermuda et son tee-shirt Vincent Van Gogh. (Oui, Rachel essaie de m'initier à la peinture, mais ne soyez pas trop impressionnés : la seule raison pour laquelle j'ai retenu le nom de ce gars, c'est qu'il s'est coupé l'oreille.)

Je me suis demandé si elle pensait à moi, si elle se disait que c'était vraiment nul que je ne sois pas venu avec eux. Moi, en tout cas, c'est ce que je me disais.

Changement de décor. Me voilà à Saint Louis, en plein centre-ville, debout sous la grande arche. J'y étais déjà allé, d'ailleurs. J'y avais fait une chute qui avait failli être mortelle.

Un orage couvait sur la ville : une chape d'un noir intense, zébré par des éclairs. À quelques pâtés de maisons, des véhicules de secours convergeaient vers le site, gyrophares en action. Une colonne de poussière s'élevait d'un amas de gravats et je me suis rendu compte qu'il s'agissait d'un gratte-ciel en ruine.

Juste à côté, une journaliste hurlait dans son micro : « *Les responsables parlent d'une défaillance de structure, Dan, toutefois personne ne sait s'il y a un lien avec les conditions météorologiques ou non.* »

Les bourrasques lui envoyaient les cheveux dans la figure. La température chutait à toute vitesse : déjà deux ou trois degrés de moins depuis mon arrivée.

« *Heureusement*, disait la journaliste, *le bâtiment était abandonné car voué à la démolition, mais la police a fait évacuer tous les immeubles voisins de crainte que l'effondrement ne provoque...* »

Un grondement retentissant a déchiré le ciel, faisant bredouiller la jeune femme. Juste après, la foudre s'est abattue au cœur de l'obscurité. La ville tout entière a tremblé. L'air était illuminé et j'ai senti tous les poils de mon corps se hérisser. La déflagration était d'une telle puissance que j'ai su sans l'ombre d'un doute qu'elle ne pouvait provenir que d'une seule arme : l'éclair de Zeus. Elle aurait dû pulvériser sa cible, or le nuage noir a reculé, c'est tout. Un poing de fumée a surgi des cumulus. Il s'est abattu sur une autre tour, qui s'est effondrée comme un jeu de construction.

La journaliste a hurlé. Dans la rue, les gens se sont mis à courir. Partout, des gyrophares qui clignotaient. J'ai aperçu un sillon argenté dans le ciel – un traîneau tiré par des rennes, mais ce n'était pas le Père Noël. C'était Artémis dans son char, parcourant la tempête, qui décochait des rayons de lune dans le noir. Une comète de feu doré a traversé sa trajectoire : son frère Apollon, peut-être.

Une chose était sûre : Typhon était arrivé au Mississippi. Il avait déjà traversé la moitié des États-Unis en semant la destruction sur son passage, et les dieux le ralentissaient à peine.

La montagne d'obscurité se dressait au-dessus de moi. Un pied de la taille d'un stade de foot allait m'écraser quand une voix a chuchoté : « Percy ! »

J'ai attaqué à l'aveuglette. Encore à moitié endormi, j'ai

plaqué Nico au sol et appuyé la pointe de mon épée au creux de sa gorge.

– Veux... te... sauver, a-t-il dit d'une voix étranglée.

La colère a achevé de me réveiller.

– Ah ouais ? Et pourquoi je te ferais confiance ?

– Pas... le choix ? a-t-il hoqueté.

À contrecœur, j'ai dû admettre la logique sans faille de sa réponse. J'ai écarté Turbulence.

Nico s'est roulé en boule et a éructé quelques instants. Il s'est relevé, zyeutant mon épée d'un œil hostile. La sienne était encore dans son fourreau. Je me suis dit que s'il avait voulu me tuer, il aurait pu le faire dans mon sommeil. Il n'empêche, je ne lui faisais plus confiance.

– Il faut qu'on parte d'ici, a-t-il dit.

– Pourquoi ? Ton père veut me parler de nouveau ?

Nico a cillé.

– Percy, je te le jure sur le Styx, je ne savais pas ce qu'il tramait.

– Tu connais ton père, pourtant !

– Il m'a roulé dans la farine. Il m'a promis... (Nico a jeté les bras au ciel.) Écoute, là, faut qu'on se tire. J'ai endormi les gardiens, mais ça va pas durer éternellement.

J'ai encore eu envie de l'étrangler, malheureusement il avait raison. On n'avait pas le temps de se disputer et je ne pouvais pas m'évader tout seul. Il a pointé un doigt vers le mur. Un pan entier a disparu, révélant un couloir.

– Viens, a dit Nico, avant de s'engager le premier dans la brèche.

J'aurais bien aimé avoir la casquette d'invisibilité d'Annabeth mais, en fin de compte, je n'en ai pas eu besoin. Chaque fois qu'on croisait un garde-squelette, Nico pointait le doigt sur lui et, aussitôt, ses yeux rouges se voilaient. Malheureusement, plus Nico exerçait ce pouvoir, plus il se fatiguait. On a parcouru un dédale de couloirs pleins de gardes. Le temps qu'on arrive à une cuisine où s'affairaient des cuisiniers et domestiques-squelettes, je portais presque Nico. Il est parvenu à endormir tous les morts, mais a failli tomber dans les vapes lui aussi. Je l'ai traîné par la porte de service et on a débouché dans les Champs d'Asphodèle.

J'étais presque soulagé, mais c'est alors que des gongs de bronze, en haut du château, ont retenti.

– Des alarmes, a murmuré Nico, tout ensommeillé.

– Qu'est-ce qu'on fait ?

Il a bâillé puis froncé les sourcils comme s'il faisait un effort pour s'en souvenir.

– Et si on... partait en courant ?

Courir avec un enfant d'Hadès à moitié endormi, ça tenait de la course à trois pattes avec une poupée de chiffon de taille humaine pour coéquipier. Je traînais Nico tout en brandissant mon épée devant moi. Les esprits des morts s'écartaient devant ma lame de bronze céleste comme si c'était un lance-flammes.

Le grondement des gongs déferlait dans les champs. Devant nous se dressaient les remparts de l'Érèbe mais, plus on avançait, plus ils semblaient loin. J'étais à deux doigts de m'écrouler de fatigue quand j'ai entendu un *OUAH !* familier.

Kitty O'Leary a fait irruption et s'est mise à courir en cercle autour de nous, d'humeur joueuse.

– Bon chien ! me suis-je exclamé. Tu peux nous emmener au Styx ?

Le mot « Styx » l'a excitée. Elle a fait deux ou trois bonds sur place et couru après sa queue quelques instants, histoire de nous montrer qui était le patron, puis elle s'est suffisamment calmée pour me permettre de hisser Nico sur son dos. J'ai grimpé à mon tour et Kitty O'Leary est partie au galop vers les portes. Elle a franchi d'un seul bond la queue MORT DIRECTE, renversant au passage plusieurs gardes. De nouvelles alarmes se sont déclenchées. Cerbère a éclaté en aboiements tonitruants, mais il paraissait plus excité qu'en colère, genre : *Je peux jouer avec vous ?*

Heureusement, il ne nous a pas suivis et Kitty O'Leary ne s'est pas arrêtée. Elle a couru d'une traite en remontant la rive du fleuve, jusqu'à ce que les feux de l'Érèbe se perdent dans l'obscurité.

Nico s'est laissé glisser du dos de Kitty O'Leary et il s'est affalé comme une masse sur le sable noir.

J'ai sorti un carré d'ambroisie – ça faisait partie des aliments divins que j'avais toujours sur moi. Il était un peu écrasé, mais Nico l'a mastiqué.

– Ah, a-t-il marmonné. 'Va mieux.

– Tes pouvoirs te vident de tes forces, ai-je commenté.

Il a hoché la tête mollement.

– À grand pouvoir... grand besoin de faire la sieste. Réveille-moi tout à l'heure.

– Waouh, le zombie ! (Je l'ai secoué pour l'empêcher de sombrer de nouveau dans le sommeil.) On est au fleuve. Dis-moi ce que je dois faire.

Sur ce, je lui ai fait manger ma dernière dose d'ambroisie, ce qui était un peu risqué. C'est une substance qui guérit les demi-dieux, mais qui peut aussi nous réduire en cendres si nous en absorbons trop. Heureusement, là, ça a marché. Nico a secoué deux ou trois fois la tête et s'est relevé.

– Mon père ne va pas tarder, a-t-il dit. Faut qu'on se dépêche.

Les eaux du Styx brassaient des objets aussi divers qu'étranges : des jouets cassés, des diplômes universitaires déchirés, des bouquets de mariage flétris – tous les rêves que les gens avaient jetés en passant de vie à trépas. J'aurais pu citer trois millions de lieux où j'aurais préféré nager, autres que ces flots noirs.

– Alors... je saute ?

– Il faut que tu te prépares d'abord, a dit Nico. Sinon le fleuve te détruira. Il te brûlera corps et âme.

– Sympa.

– Je ne plaisante pas. Il y a un seul moyen pour rester amarré à ta vie mortelle. Il faut que tu...

Nico a porté le regard sur quelque chose, derrière moi, et ses yeux se sont écarquillés. Je me suis retourné pour me trouver face à face avec un guerrier grec.

L'espace d'une seconde, je l'ai pris pour Arès car il avait exactement la même allure que le dieu de la Guerre : grand et vigoureux, un visage cruel et balafré, des cheveux noirs coupés ras. Il portait une tunique blanche et une armure de bronze, avec un casque à plumet calé au creux du bras. Mais ses yeux étaient humains – vert pâle comme la mer près du rivage – et une flèche ensanglantée sortait de son mollet gauche, juste au-dessus de la cheville.

Même moi qui suis nul en noms de la mythologie grecque, j'ai reconnu le plus grand guerrier de tous les temps, mort d'une blessure au talon.

– Achille, ai-je murmuré.

Le fantôme a hoché la tête et répondu :

– J'ai averti l'autre de ne pas suivre ma voie. À présent c'est toi que je vais mettre en garde.

– Luke ? Tu as parlé à Luke ?

– Ne le fais pas. Ça te rendra puissant, mais ça te rendra faible, également. Ta prouesse au combat surpassera celle de n'importe quel mortel, mais tes faiblesses et tes défauts augmenteront eux aussi.

– Tu veux dire que j'aurais un talon vulnérable ? Je pourrais pas, ch'aipas, porter autre chose que des sandales ? Sans vouloir te vexer.

Achille a baissé les yeux sur son pied ensanglanté.

– Mon talon est seulement mon point faible *physique*, demi-dieu. Ma mère Thétis me tenait par le talon quand elle m'a plongé dans le Styx. Ce qui m'a vraiment tué, c'est ma propre arrogance. Prends garde ! Renonce !

Il était sincère. Sa voix était empreinte d'amertume et de regret. Il essayait vraiment de me détourner d'un sort terrible.

Il n'empêche, Luke s'était trouvé dans la même situation et il n'avait pas renoncé.

Voilà pourquoi Luke avait pu recevoir l'esprit de Cronos sans que son corps en soit détruit. C'est comme ça qu'il s'était préparé et pour cette raison qu'il semblait impossible à tuer. Il s'était immergé dans les eaux du Styx et avait fait siens les pouvoirs du plus grand héros mortel de tous les temps, Achille. Il était invincible.

– Je dois le faire, ai-je dit. Je n'ai aucune chance, sinon.

Achille a baissé la tête.

– Que les dieux en soient témoins, j'ai essayé. Jeune héros, si tu dois faire cela, concentre-toi sur ton point mortel. Imagine un endroit de ton corps qui restera vulnérable. C'est l'endroit par lequel ton âme amarrera ton corps au monde. Ce sera ta plus grande faiblesse, mais aussi ton seul espoir. Aucun homme ne peut être entièrement invulnérable. Si tu oublies ce qui te maintient mortel, le Styx te réduira en cendres. Tu cesseras d'exister.

– Je suppose que tu ne peux pas me dire quel est le point mortel de Luke, si ?

Achille a grimacé.

– Prépare-toi, jeune insensé. Que tu survives ou non au passage, tu as scellé ton sort !

Sur cette joyeuse pensée, il a disparu.

– Percy, a dit Nico, il a peut-être raison.

– Je te signale que c'est ton idée !

– Je sais, mais maintenant qu'on est là...

– Attends-moi sur le rivage. S'il m'arrive quelque chose... Ben peut-être que le souhait d'Hadès sera exaucé et que ce sera toi, l'enfant de la prophétie, en fin de compte.

Ça n'a pas eu l'air de le réjouir, mais je m'en fichais.

Sans me laisser le temps de changer d'avis, je me suis concentré sur le creux de mes reins – un point minuscule pile à l'envers de mon nombril. Il serait bien protégé quand je porterais mon armure. Il risquerait peu d'être frappé par hasard et rares seraient les ennemis à le viser délibérément. Il n'y avait pas d'endroit parfait mais celui-là me semblait convenir, tout en étant plus digne qu'une de mes aisselles, par exemple.

Je me suis représenté mentalement une corde de rappel – ou plutôt un élastique pour saut à l'élastique – qui partait du creux de mes reins et me rattachait au monde. Et j'ai avancé dans les eaux du fleuve.

Imaginez que vous sautiez dans une fosse d'acide bouillonnant. Maintenant, multipliez cette douleur par cinquante. Vous serez encore loin de comprendre ce qu'on peut sentir en nageant dans le Styx. J'avais prévu d'entrer dans l'eau à pas lents et courageux, tel un vrai héros. Or dès que l'eau est entrée en contact avec mes jambes, mes muscles m'ont lâché et je suis tombé tête la première dans le courant.

J'étais entièrement immergé. Pour la première fois de ma vie, je ne pouvais pas respirer sous l'eau. J'ai enfin compris la panique qu'on éprouve quand on se noie. Tous les nerfs de mon corps étaient embrasés. Je me dissolvais dans l'eau. Je voyais des visages – Rachel, Grover, Tyson, ma mère – mais ils se dissipaient à peine formés.

« Percy, disait ma mère, je te donne ma bénédiction. »

« Fais gaffe à toi, frérot ! » disait Tyson.

« Des enchiladas ! » disait Grover.

Je ne savais pas d'où venaient ces apparitions, mais elles ne m'aidaient pas beaucoup.

Je perdais la bataille. La douleur était trop forte. Mes mains et mes pieds fondaient dans l'eau, mon âme se détachait de mon corps. Je n'arrivais déjà plus à me rappeler qui j'étais. La douleur infligée par la faux de Cronos n'était rien, comparée à celle-ci.

Le cordon, m'a dit alors une voix familière. *N'oublie pas ta corde d'amarrage, andouille !*

Soudain, je me suis senti tiré par le bas du dos. Le courant me happait toujours, mais il ne m'emportait plus. J'ai imaginé la corde au creux de mes reins, qui me rattachait au rivage.

« Tiens bon, Cervelle d'Algues. » C'était la voix d'Annabeth, bien plus claire à présent. « Tu ne vas pas m'échapper si facilement. »

La corde s'est tendue.

À présent, je voyais Annabeth : debout pieds nus sur la jetée du lac de canoë-kayak, au-dessus de moi. J'étais tombé de mon canoë. Aussi simple que ça. Elle tendait la main pour me hisser hors de l'eau, en se retenant de rire. Elle portait son tee-shirt orange de la colonie et un blue-jean. Ses cheveux étaient rentrés dans sa casquette des Yankees, ce qui était bizarre car ça aurait dû la rendre invisible. Elle m'a souri.

« Ce que tu peux être bête, des fois. Allez, prends ma main. »

Un flot de souvenirs m'ont assailli, plus colorés et plus précis. J'ai cessé de me dissoudre. Je m'appelais Percy Jackson. J'ai tendu le bras et attrapé la main d'Annabeth.

Brusquement, j'ai jailli hors du fleuve. Je me suis écroulé sur le sable de la berge et Nico a poussé un cri de surprise.

– Ça va ? a-t-il bafouillé. Ta peau... par les dieux, tu es blessé !

Mes bras étaient rouge vif. Le corps entier me brûlait comme si on m'avait fait rôtir à la broche.

J'ai cherché Annabeth du regard, tout en sachant pertinemment qu'elle n'était pas là. La vision m'avait paru si réelle, pourtant.

– Ça va... je crois.

Ma peau a repris sa couleur normale. La douleur s'est calmée. Kitty O'Leary s'est approchée et m'a reniflé avec inquiétude. Apparemment, je dégageais des effluves des plus intéressants.

– Est-ce que tu te sens plus fort ? m'a demandé Nico.

Je n'ai pas eu le temps d'analyser mes sensations qu'une voix tonitruante a crié : « *LÀ-BAS !* »

Une armée de morts avançait droit sur nous. Venaient en tête cent légionnaires-squelettes, armés de boucliers et de lances. Ils étaient suivis par autant de soldats britanniques en tuniques rouges, toutes baïonnettes dehors. Au centre des troupes se tenait Hadès en personne, debout sur un char or et noir tiré par des chevaux de cauchemar aux yeux et crinières de flammes.

– Tu ne m'échapperas pas cette fois-ci, Percy Jackson ! a grondé le dieu des Enfers. Tuez-le !

– Père ! Non ! a hurlé Nico.

Trop tard. La première rangée de zombies romains a mis le cap sur moi en pointant ses lances.

Kitty O'Leary a grondé, se préparant à bondir. C'est peut-être ça qui m'a fait réagir. Je ne voulais pas qu'ils fassent du mal à mon chien. En plus j'en avais marre qu'Hadès se défoule sur moi. Si mon destin était de mourir ici, autant périr en me battant.

J'ai rugi et le Styx s'est soulevé en puissantes gerbes d'eau. Un raz-de-marée noir s'est abattu sur les légionnaires, envoyant valser lances et boucliers. Les zombies romains ont commencé à se dissoudre, dégageant des volutes de fumée par le sommet de leurs casques de bronze.

Les soldats britanniques ont braqué leurs baïonnettes, mais je ne les ai pas attendus. Je suis passé à l'attaque.

Sur l'échelle de la bêtise, ça allait chercher très haut. Cent mousquets m'ont tiré dessus à bout portant. Ils m'ont tous manqué. J'ai forcé leurs rangs et je me suis mis à taillader dans le tas avec Turbulence. Estocades de baïonnette, bottes à l'épée, coups de feu : rien ne me touchait.

Je parcourais les rangs en réduisant les soldats en poussière l'un après l'autre. Mon esprit était sur pilotage automatique : *plante, pare, tranche, dévie, tourne.* Turbulence n'était plus une épée, c'était un arc de pure destruction.

J'ai traversé les lignes ennemies et bondi sur le char noir. Hadès a levé son bâton. Un éclair de force sombre a fusé dans ma direction, mais je l'ai paré du revers de mon épée et me suis jeté sur le dieu. Nous sommes tous les deux tombés du char.

Sans m'en rendre compte ou presque, je me suis retrouvé sur Hadès. Mon genou, enfoncé dans sa poitrine, le clouait au sol. Je serrais d'une main le col de ses robes royales, brandissais de l'autre la pointe de mon épée juste au-dessus de son visage.

Silence total. L'armée des morts ne faisait pas un geste pour défendre son maître. J'ai risqué un coup d'œil et compris pourquoi. Il n'en restait rien, si ce n'est des armes sur le sable et des uniformes vides et fumants. Je l'avais anéantie.

Hadès a dégluti.

– Écoute, Percy Jackson...

Il était immortel. J'aurais beau faire, je ne pourrais jamais le tuer. En revanche, comme je l'avais appris par mes propres moyens, on pouvait blesser un dieu. Je me suis dit qu'un coup d'épée dans la figure devait être plutôt désagréable.

– C'est bien parce que je suis sympa, ai-je aboyé. Je vais vous relâcher. Mais d'abord, parlez-moi de ce piège !

Hadès s'est volatilisé dans l'air et mes doigts se sont refermés sur un pan de tissu noir.

Je me suis relevé en jurant, le souffle court. Maintenant que le danger était écarté, je me rendais compte que j'étais exténué. Pas un seul muscle de mon corps qui ne soit endolori. Quant à mes vêtements... tailladés par les lames, perforés par les balles, ils étaient en lambeaux. Moi, par contre, j'étais intact. Pas une éraflure.

Nico était bouche bée. Il a fini par articuler :

– Tu as... juste avec ton épée... tu as...

– Je crois que ça a marché, le coup du fleuve, ai-je dit.

Nico s'est ressaisi et m'a lancé d'un ton sarcastique :

– Nan ? Tu crois vraiment ?

Kitty O'Leary, toute contente, aboyait en remuant la queue. Elle trottinait de-ci de-là, reniflait les uniformes, cherchait des os. J'ai regardé la robe d'Hadès, entre mes mains. Je voyais toujours les visages tourmentés qui ondoyaient dans la trame du tissu.

Je me suis approché du bord du fleuve.

– Allez librement.

Sur ces mots, j'ai jeté la robe dans l'eau et je l'ai regardée se dissoudre dans le courant.

– Retourne auprès de ton père, ai-je dit à Nico. Dis-lui qu'il a une dette envers moi parce que je l'ai laissé partir. Découvre ce qui va se passer sur le mont Olympe et convaincs-le de nous aider.

Nico m'a regardé avec des yeux ronds.

– Je... je ne peux pas. Il doit me détester, maintenant. Je veux dire, encore plus qu'avant.

– T'as pas le choix. Toi aussi, tu as une dette envers moi.

Les oreilles de Nico ont viré au cramoisi.

– Je me suis excusé, Percy. S'il te plaît... laisse-moi venir avec toi. Je veux combattre.

– Tu seras plus utile ici.

– Tu veux dire que tu ne me fais pas confiance, a-t-il rétorqué, l'air abattu.

Je n'ai pas répondu. Honnêtement, j'ignorais ce que je voulais dire. J'étais encore sous le choc de ce que je venais d'accomplir et je n'arrivais pas à penser clair.

– Retourne auprès de ton père, ai-je répété en m'efforçant de ne pas être trop dur. Travaille-le. Tu serais le seul à pouvoir – peut-être – le convaincre.

Nico a soupiré.

– Tu parles d'une pensée déprimante ! Bon d'accord, je ferai de mon mieux. En plus, il me cache toujours quelque chose sur ma mère. Je pourrai peut-être découvrir ce que c'est.

– Bonne chance. Et maintenant, faut qu'on y aille, Kitty O'Leary et moi.

– Où ça ?

J'ai regardé l'entrée de la grotte et songé à la longue remontée vers le monde des vivants.

– Commencer cette guerre. Il est temps que je trouve Luke.

9 Deux serpents me sauvent la vie

J'adore New York. On peut surgir des Enfers en plein Central Park, héler un taxi, descendre la Cinquième Avenue avec un immense chien des Enfers à la remorque, et personne ne trouve rien à y redire.

Bien sûr, la Brume aidait. Les gens ne pouvaient sans doute pas voir Kitty O'Leary, ou alors ils la prenaient pour un grand camion bruyant et sympa.

J'ai pris le risque d'utiliser le portable de ma mère pour appeler Annabeth une deuxième fois. J'avais essayé dans le tunnel, mais j'étais tombé sur son répondeur. La réception avait été exceptionnellement bonne, quand on sait que j'appelais depuis le centre mythologique du monde, mais je n'osais imaginer ce que ça coûterait à ma mère en frais d'itinérance.

Cette fois-ci, Annabeth a répondu.

– Salut, ai-je dit. T'as eu mon message ?

– Percy, où étais-tu ? Tu ne dis presque rien dans ton message ! On était hyper-inquiets !

– Je te raconterai plus tard, ai-je répondu, tout en me demandant bien comment je m'y prendrais. Où es-tu ?

– En route, comme tu nous l'as demandé. On est presque

arrivés au Queens-Midtown Tunnel. Mais, Percy, qu'est-ce que tu as en tête ? On a laissé la colonie quasiment sans défense et je ne vois pas comment les dieux...

– Fais-moi confiance. Je vous rejoins là-bas.

J'ai raccroché. J'avais les mains qui tremblaient. Je ne savais pas si c'était le contrecoup de mon plongeon dans le Styx, ou par anticipation de ce que j'allais faire. Car si ça ne marchait pas, mon invulnérabilité toute neuve ne m'empêcherait pas de finir en mille morceaux.

L'après-midi touchait à sa fin quand le taxi m'a déposé devant l'Empire State Building. Kitty O'Leary gambadait sur la Cinquième Avenue en donnant des coups de langue aux taxis et en reniflant les chariots des vendeurs de hot-dogs. Personne n'avait l'air de la remarquer, même si les gens faisaient un écart et paraissaient troublés quand elle se rapprochait.

D'un sifflement, je l'ai appelée au pied. À ce moment-là, trois camionnettes blanches se sont rangées contre le trottoir. Elles portaient l'inscription *Fraises Delphes-Express*, ce qui était le nom de code de la Colonie des Sang-Mêlé. Je n'avais jamais vu les trois camionnettes ensemble au même endroit, même si je savais qu'elles portaient régulièrement nos produits frais en ville.

Argos, notre chef de la sécurité aux yeux innombrables, était au volant de la première. Les deux autres étaient conduites par des harpies, qui sont, en gros, de démoniaques hybrides humain-volaille à tendance caractérielle. On leur confiait surtout le ménage de la colonie, mais elles se débrouillaient plutôt bien dans les bouchons du centre-ville.

Les portières ont coulissé et plusieurs pensionnaires sont

descendus, pour certains la mine verdâtre après le long trajet depuis la colonie. Ça m'a fait plaisir de les voir aussi nombreux : Pollux, Silena Beauregard, les frères Alatir, Michael Yew, Jake Mason, Katie Gardner et Annabeth, avec la plupart de leurs frères et sœurs. Chiron est sorti de la dernière camionnette. Comme il avait comprimé sa moitié cheval dans son fauteuil roulant magique, il a emprunté la plateforme élévatrice. Les Arès n'étaient pas là, mais j'ai essayé de ne pas le prendre trop mal. Clarisse était une imbécile doublée d'une tête de mule, point barre.

J'ai compté nos effectifs : on était quarante, en tout.

Ça ne faisait pas beaucoup pour mener une guerre, mais c'était le plus grand groupe de sang-mêlé que j'avais jamais vu rassemblé à l'extérieur de la colonie. Ils avaient l'air tendus, et je comprenais pourquoi. À nous tous, on dégageait sans doute une aura de demi-dieux si forte que tous les monstres du Nord-Est des États-Unis devaient savoir qu'on était là.

Tandis que je regardais leurs visages – tous ces pensionnaires que je connaissais depuis tant d'années, été après été –, une petite voix insidieuse m'a chuchoté dans la tête : *L'un d'eux est l'espion.*

Mais je ne pouvais pas m'arrêter à ça. C'étaient mes amis. J'avais besoin d'eux.

Alors, le sourire méchant de Cronos m'est revenu à la mémoire. « Tu ne peux pas compter sur tes amis. Ils te laisseront toujours tomber. »

Annabeth est venue à ma rencontre. Elle était en treillis noir, son poignard en bronze céleste attaché par une courroie à son bras, son ordinateur portable en bandoulière – prête à se battre ou naviguer sur Internet, selon les priorités.

– Qu'est-ce qu'il y a ? m'a-t-elle demandé en fronçant les sourcils.

– Quoi, qu'est-ce qu'il y a ?

– Tu me regardes bizarrement.

Je me suis rendu compte que je repensais à ma drôle de vision d'Annabeth me tirant des eaux du Styx.

– Euh, rien. (Je me suis tourné vers le reste du groupe.) Merci à vous tous d'être venus. Chiron, après toi.

Mon vieux mentor a secoué la tête.

– Je suis venu te souhaiter bonne chance, mon garçon, a-t-il répondu. Mais je mets un point d'honneur à ne jamais me présenter à l'Olympe sans y avoir été convoqué.

– Tu es notre chef !

Chiron a souri.

– Je suis votre instructeur, votre professeur, pas votre chef. Ce n'est pas la même chose. Je vais rassembler tous les alliés que je pourrai trouver. Il n'est pas trop tard pour convaincre mes frères centaures de nous apporter leur secours. Entre-temps, Percy, c'est toi qui as demandé aux pensionnaires de te rejoindre ici. C'est toi le chef.

J'ai voulu protester, mais tous me regardaient en attendant que je bouge, même Annabeth. J'ai respiré à fond.

– D'accord. Comme je le disais à Annabeth au téléphone, il va se passer quelque chose de grave ce soir. Un piège va se déclencher. Nous devons demander une audience à Zeus et le convaincre de défendre la ville. Et rappelez-vous, les gars : il n'est pas question de le laisser dire non.

J'ai demandé à Argos de garder Kitty O'Leary, ce qui a paru leur déplaire à tous les deux.

Chiron m'a serré la main.

– Tu réussiras, Percy. Appuie-toi sur tes points forts et méfie-toi de tes faiblesses.

Ces conseils m'ont paru étrangement proches de ceux qu'Achille m'avait prodigués. Là-dessus je me suis souvenu que c'était Chiron qui avait *formé* Achille. Ça ne m'a pas franchement rassuré, mais j'ai hoché la tête en m'efforçant de sourire d'un air confiant.

– Allons-y, ai-je dit à mes camarades.

Dans le hall d'entrée, un vigile, assis derrière un bureau, lisait un grand livre à la couverture noire ornée d'une fleur. Il a levé le nez quand nous sommes tous entrés en faisant cliqueter nos armes.

– Un groupe scolaire ? On va bientôt fermer.

– Non, ai-je rétorqué. C'est pour le six-centième étage.

Il nous a toisés. Il avait les yeux bleu délavé et le crâne entièrement chauve. Je n'arrivais pas à discerner s'il était humain ou non, mais il a eu l'air de voir nos armes et j'en ai conclu que la Brume ne l'aveuglait pas.

– Y a pas de six-centième étage. (Il a prononcé cette phrase sans conviction, comme si c'était dans le texte de son personnage, mais qu'il n'y croyait pas.) Rentrez chez vous.

Je me suis penché sur son bureau.

– Quarante demi-dieux, ça attire un paquet de monstres. Tu veux vraiment qu'on s'attarde dans ton hall d'entrée ?

Il a réfléchi à la question. Puis pressé un bouton d'interphone et actionné l'ouverture de la porte de sécurité.

– Allez-y fissa.

– Et tu veux vraiment nous faire passer sous le détecteur de métal ? ai-je ajouté.

– Nan, t'as raison. L'ascenseur est sur la droite. Tu connais le chemin, je suppose.

Je lui ai lancé une drachme d'or et on est passés.

On a décidé, vu notre nombre, de faire deux trajets d'ascenseur. Je suis monté avec le premier groupe. Ils avaient changé la musique depuis ma dernière visite : ce coup-ci, on a eu droit à *Stayin'Alive* – vous savez, le vieux tube disco. Une vision terrifiante m'a traversé l'esprit : Apollon en pantalon pattes d'eph' et chemise de soie moulante.

J'ai été soulagé quand les portes de l'ascenseur se sont enfin rouvertes avec un *Ding !* Devant nous, un sentier de pierres flottantes parcourait les nuages pour mener au mont Olympe, lequel flottait à deux cents mètres au-dessus de Manhattan.

J'avais déjà vu l'Olympe à plusieurs reprises, mais une fois encore, j'en ai eu le souffle coupé. Des édifices blanc et doré scintillaient sur les flancs de la montagne, ornés de centaines de terrasses fleuries et de jardins suspendus. Des volutes de fumée à la rose montaient des braseros disposés dans les ruelles en méandres. Et, perché sur le sommet enneigé, se dressait le grand palais des dieux. Il était plus majestueux que jamais, pourtant quelque chose clochait. Je me suis rendu compte alors que le silence régnait sur la montagne : pas de musique, pas de rires, pas d'éclats de voix.

Annabeth me regardait de près.

– Tu as l'air... changé, a-t-elle fini par dire. Où es-tu allé, au juste ?

Les portes de l'ascenseur se sont rouvertes et le second groupe nous a rejoints.

– Je te raconterai plus tard, ai-je répondu. Allons-y.

On a franchi la passerelle céleste et on s'est engagés dans les rues de l'Olympe. Les boutiques étaient fermées. Les parcs déserts. Deux muses, assises sur un banc, grattaient quelques accords sur leurs lyres de flammes, mais le cœur n'y était pas. Un Cyclope solitaire balayait la chaussée avec un chêne déraciné. Un dieu mineur nous a repérés depuis son balcon et il est aussitôt rentré en tirant les volets derrière lui.

On est passés sous une grande voûte de marbre flanquée des statues d'Héra et de Zeus. Annabeth a fait la grimace à la reine des dieux.

– Je la déteste, celle-là, a-t-elle bougonné.

– Elle t'a jeté un sort, ou quoi ? ai-je demandé.

Annabeth s'était mise Héra à dos l'année dernière, mais elle ne m'en avait plus reparlé depuis.

– Rien que des petits trucs, jusqu'à présent. Son animal sacré est bien la vache ?

– Exact.

– Ben, elle m'envoie des vaches.

Je me suis retenu de sourire.

– Des vaches ? À San Francisco ?

– Ouais, ouais. En général je les vois pas, mais elles me laissent des petits cadeaux un peu partout. Dans notre jardin, sur le trottoir, dans les couloirs du lycée. Je dois faire hyper-gaffe où je mets les pieds.

– Regardez ! s'est alors écrié Pollux en pointant le doigt vers l'horizon. Qu'est-ce que c'est que ça ?

On a tous pilé net. Des lumières bleues filaient vers l'Olympe comme autant de minuscules comètes, traçant des sillons clairs dans le ciel du soir. Apparemment, elles venaient des quatre coins de la ville et convergeaient vers la montagne. En arrivant aux abords du sommet, elles faisaient long feu. On les a observées quelques minutes : elles ne semblaient pas causer de dégâts, il n'empêche que c'était bizarre.

– On dirait des sondes infrarouges, a marmonné Michael. Quelqu'un nous prend pour cibles.

– Entrons dans le palais, ai-je dit.

Personne ne gardait la salle des dieux. Les portes or et argent étaient grandes ouvertes. Nos pas ont résonné dans le silence quand nous nous sommes avancés dans la salle des trônes.

En fait de salle... l'espace était assez vaste pour contenir deux ou trois stades. Très haut par-dessus nos têtes flottait un plafond bleu émaillé de constellations. Douze trônes géants, tous vides, étaient disposés en U autour du foyer. Dans un coin, un globe plein d'eau grand comme une maison était en suspension dans l'air, et dedans nageait mon vieil ami l'Ophiotaurus – moitié vache, moitié serpent.

– *Meuh !* a-t-il fait d'un ton joyeux en décrivant un cercle.

Je n'ai pas pu m'empêcher de sourire, malgré la gravité de la situation. Deux ans plus tôt, on avait passé beaucoup de temps à essayer de sauver l'Ophiotaurus des griffes des Titans, et je m'étais attaché à lui. Je crois qu'il m'aimait bien, lui aussi, même si au départ je l'avais pris pour une femelle et surnommé « Bessie ».

– Salut, vieux, ai-je dit. On s'occupe bien de toi, ici ?

– *Meuh,* a acquiescé Bessie.

Alors qu'on se dirigeait vers les trônes, une voix de femme a dit :

– Re-bonjour, Percy Jackson. Soyez les bienvenus, tes amis et toi.

Hestia, debout devant le foyer, tisonnait le feu avec un bâton. Elle portait le même genre de robe marron toute simple, mais avait pris la forme d'une femme adulte, cette fois-ci.

Je me suis incliné.

– Dame Hestia.

Mes camarades ont suivi mon exemple.

Hestia m'a contemplé de ses yeux rougeoyants.

– Je vois que tu as mis ton plan à exécution. Tu portes la malédiction d'Achille.

Les autres pensionnaires se sont mis à murmurer entre eux. « Qu'est-ce qu'elle a dit ? Elle a parlé d'Achille ? »

– Tu dois te montrer prudent, m'a averti la déesse. Tu as beaucoup gagné durant ton voyage, mais tu demeures aveugle à la vérité la plus importante. Un bref aperçu s'impose.

Annabeth m'a donné un coup de coude.

– Euh... de quoi parle-t-elle ?

J'ai plongé le regard dans les yeux d'Hestia et une image s'est aussitôt formée dans mon esprit : une ruelle sombre, bordée d'entrepôts de brique rouge. Au-dessus d'une des portes, une pancarte annonçait : *FONDERIES DE RICHMOND.*

Deux sang-mêlé étaient tapis dans l'ombre, un garçon d'environ quatorze ans et une fille d'une douzaine d'années. Avec un choc, je me suis rendu compte que le garçon, c'était Luke. Quant à la gamine, j'ai reconnu Thalia, fille de Zeus. Les images qui défilaient dans ma tête provenaient d'une scène de leur longue cavale, avant que Grover les trouve.

Luke tenait un couteau de bronze à la main. Thalia était armée de sa lance et de son bouclier de terreur, Aegis. Luke et Thalia étaient tous les deux efflanqués et ils avaient des yeux de bêtes traquées, comme s'ils avaient l'habitude de se faire attaquer.

– Tu es sûr ? demandait Thalia.

Luke a hoché la tête.

– Certain. Il y a quelque chose là-bas. Je le sens.

Un grondement a résonné dans la ruelle, sans doute un coup contre une plaque de métal. Les demi-dieux se sont avancés à pas silencieux.

De vieilles caisses étaient empilées sur un quai de livraison. Thalia et Luke se sont approchés, prêts à frapper. Un panneau de tôle ondulée a tremblé comme s'il y avait quelqu'un derrière.

Thalia a jeté un coup d'œil à Luke. Il a compté muettement : *Un, deux, trois !*

Et il a écarté le panneau. Une fillette s'est jetée sur lui, un marteau à la main.

– Waouh ! a crié Luke.

La gamine avait des cheveux blonds emmêlés et portait un pyjama en pilou. Elle n'avait pas plus de sept ans, mais elle aurait assommé Luke s'il n'avait pas été aussi rapide.

Il lui a attrapé le poignet et le marteau a roulé sur le sol de ciment. La petite fille s'est débattue en donnant de violents coups de pied.

– Ça suffit les monstres ! Partez !

– C'est bon ! (Luke avait du mal à la contenir.) Thalia, rentre ton bouclier, tu lui fais peur !

Thalia a tapoté sur Aegis et celui-ci s'est replié jusqu'à former un simple bracelet d'argent.

– Hé, calme-toi ! On ne va pas te faire de mal. Moi, je m'appelle Thalia et lui, c'est Luke.

– Monstres !

– Non, lui a assuré Luke. Mais on sait tout sur les monstres. Nous aussi, on les combat.

– Vous êtes comme moi ? a-t-elle demandé avec méfiance.

– Ouais, a dit Luke. On est... enfin, c'est dur à expliquer, mais on combat les monstres. Où est ta famille ?

– Ma famille me déteste. Ils veulent pas de moi. Je me suis sauvée.

– Comment tu t'appelles, la môme ? a demandé Thalia.

– Annabeth.

Luke a souri.

– C'est joli. Je vais te dire un truc, Annabeth. T'es drôlement féroce. On aurait bien besoin d'une combattante comme toi.

Annabeth a écarquillé les yeux.

– C'est vrai ?

– Oh que oui. (Luke a retourné le poignard et le lui a présenté par le manche.) Ça te dirait, une véritable arme anti-monstres ? C'est du bronze céleste. Beaucoup plus efficace qu'un marteau.

Certes, dans la plupart des circonstances, offrir un couteau à une gamine de sept ans serait une mauvaise idée, mais quand on est sang-mêlé, les règles normales ne s'appliquent pas. Annabeth a saisi le manche du couteau.

– Les couteaux sont réservés aux combattants les plus courageux et les plus rapides, a expliqué Luke. Ils n'ont ni la portée, ni la puissance d'une épée, mais ils sont faciles à cacher et peuvent trouver les points faibles de l'armure de ton ennemi. Il faut être un guerrier intelligent pour manier un couteau. J'ai l'impression que tu es plutôt intelligente.

Annabeth l'a regardé avec adoration.

– Oui, je le suis !

Thalia a souri.

– On ferait mieux de partir d'ici, Annabeth, a-t-elle dit. On a une maison sûre au bord de la rivière James. On va te trouver des vêtements et de quoi manger.

– Vous... vous n'allez pas me ramener à ma famille ? Promis ?

Luke lui a mis la main sur l'épaule.

– C'est nous, ta famille, maintenant. Et je te promets que je ne permettrai à rien ni personne de te faire du mal. Moi, je te laisserai pas tomber comme nos familles. Ça marche ?

– Ça marche ! a dit Annabeth, toute heureuse.

– Allez, en route ! a lancé Thalia. On ne peut pas rester trop longtemps sans bouger.

La scène a changé. Les trois demi-dieux couraient à travers bois. Plusieurs jours avaient dû s'écouler, voire plusieurs semaines. Ils avaient l'air crevés, comme s'ils avaient vécu quelques batailles. Annabeth portait de nouveaux vêtements : un jean et un blouson militaire trop grand pour elle.

– On est presque arrivés ! a promis Luke.

Annabeth a trébuché et Luke l'a prise par la main. Thalia fermait la marche, brandissant son bouclier comme si elle repoussait un ennemi qui les poursuivait. Elle boitait de la jambe gauche.

Ils se sont hissés au sommet d'une crête et ont découvert, de l'autre côté, une maison coloniale blanche – la maison de May Castellan.

– Bien, a dit Luke, le souffle court. Je vais entrer en douce et récupérer vite fait de quoi manger et des médicaments. Attendez-moi là.

– T'es sûr, Luke ? a demandé Thalia. Tu avais juré de ne plus y remettre les pieds. Si elle te voit...

– On n'a pas le choix ! Ils ont brûlé notre abri le plus proche. Et il faut soigner cette blessure à ta jambe.

– C'est chez toi ? a fait Annabeth avec stupéfaction.

– *C'était* chez moi. Crois-moi, si c'était pas une urgence...

– Ta maman est vraiment horrible ? a demandé Annabeth. On peut la voir ?

– Non ! a répondu brutalement Luke.

Annabeth a eu un mouvement de recul, étonnée par sa colère.

– Je... excuse-moi, a dit Luke. Attendez-moi. Je te promets que tout va bien se passer. Personne ne va te faire de mal. Je reviens...

Un éclair doré a illuminé le bois. Les demi-dieux ont tressailli et une voix d'homme a tonné :

– Tu n'aurais pas dû revenir.

La vision s'est éteinte.

Mes jambes se sont dérobées sous moi, mais Annabeth m'a rattrapé.

– Percy ! Qu'est-ce qui t'arrive ?

– Tu... tu as vu ?

– Vu quoi ?

J'ai jeté un coup d'œil à Hestia, mais son visage était impassible. Je me suis souvenu d'une chose qu'elle m'avait dite dans les bois : « Si tu veux comprendre ton ennemi Luke, tu dois comprendre sa famille. » Mais pourquoi m'avait-elle montré ces scènes ?

– Combien de temps ai-je été inconscient ? ai-je marmonné.

– Percy, a répondu Annabeth en fronçant les sourcils. Tu n'as pas perdu connaissance du tout. Tu as regardé Hestia une seconde et tu t'es écroulé.

Je sentais tous les regards sur moi. Je ne pouvais pas me permettre de paraître faible. Quel que soit le sens de ces visions, je devais rester concentré sur notre mission.

– Euh, dame Hestia, ai-je dit. C'est une affaire urgente qui nous amène. Nous avons besoin de voir...

– Nous savons ce dont vous avez besoin, a dit une voix d'homme.

J'ai frissonné, car c'était la même qu'à la fin de ma vision.

À côté d'Hestia, un dieu s'est matérialisé dans un scintillement. Il avait l'aspect d'un jeune homme de vingt-cinq ans, aux traits fins et aux cheveux poivre et sel bouclés. Il portait un blouson d'aviateur et des ailes miniatures voletaient à son casque et aux talons de ses bottes de cuir noir. Au creux de son bras, il tenait une longue baguette entourée de deux serpents vivants entrelacés.

– Je vous laisse, a dit Hestia, qui s'est empressée de s'incliner devant l'aviateur puis de se volatiliser dans un nuage de fumée.

Je comprenais sa hâte : Hermès, le dieu des Messagers, n'avait pas l'air content.

– Bonjour, Percy.

Hermès a froncé les sourcils d'un air contrarié et je me suis demandé si, par quelque moyen mystérieux, il était au courant de la vision que je venais d'avoir. J'avais envie de lui demander ce qu'il faisait chez May Castellan ce soir-là, et ce qui s'était passé après qu'il avait surpris Luke. Je me suis souvenu de ma première rencontre avec Luke à la Colonie des Sang-Mêlé. Je lui avais demandé s'il avait jamais vu son père, et il m'avait répondu avec amertume : « Une seule fois. » Mais à en juger par l'expression d'Hermès, ce n'était pas le moment de lui poser ce genre de questions.

J'ai esquissé une révérence maladroite et dit :

– Seigneur Hermès.

Ben voyons, a fait la voix d'un des serpents dans mon esprit. *Ne nous dis pas bonjour, surtout ! On n'est que des reptiles.*

George, l'a repris l'autre serpent. *Reste poli.*

– Bonjour, George, ai-je dit. Bonjour, Martha.

Tu nous as apporté un rat ? a demandé George.

George, arrête ! a dit Martha. *Il est occupé !*

Trop occupé pour trouver un rat ? C'est triste, si tu veux mon avis.

J'ai décidé de ne pas entrer dans ce débat avec George.

– Euh, Hermès, ai-je déclaré. Nous devons parler à Zeus. C'est important.

Le regard d'Hermès était glacial.

– Je suis son messager, a-t-il rétorqué. Puis-je prendre un message ?

Derrière moi, les autres demi-dieux ont gigoté sur place, mal à l'aise. Ça ne se passait pas comme prévu. Peut-être que si je pouvais parler à Hermès en privé...

– Les gars, si vous faisiez un tour de reconnaissance ? Histoire de vérifier les défenses et de voir qui se trouve encore à l'Olympe. Et vous nous rejoignez ici, Annabeth et moi, dans une demi-heure ?

– Mais... a commencé Silena en fronçant les sourcils.

– C'est une bonne idée, a tranché Annabeth. Connor et Travis, prenez le commandement.

Les frères Alatir ont paru contents de se voir confier une si grande responsabilité devant leur père. Ils n'avaient pas l'habitude de commander grand-chose, à part des chahuts organisés.

– Ça marche ! s'est écrié Travis.

Sur ce, ils ont emmené tout le groupe hors de la salle des trônes, nous laissant seuls avec Hermès.

– Seigneur Hermès, a dit Annabeth. Cronos va attaquer New York. Vous vous en doutez, je présume. Ma mère, en tout cas, a dû le prévoir.

– Ta mère, a grommelé Hermès. (Il s'est gratté le dos avec son caducée et George et Martha ont poussé un *Aïe Aïe Aïe !)* Ne me parle pas de ta mère, jeune demoiselle. C'est à elle que je dois d'être ici. Zeus voulait tous nous garder sur le front, mais ta mère n'a pas cessé de le harceler. « C'est un piège, c'est une diversion, bla-bla-bla. » Elle voulait revenir à l'Olympe elle-même, mais Zeus n'était pas prêt à laisser partir son meilleur stratège alors que nous sommes en plein combat contre Typhon. Donc, bien sûr, c'est moi qu'il a envoyé vous voir.

– Mais c'est un piège ! a insisté Annabeth. Zeus est aveugle, ou quoi ?

Un grondement de tonnerre a résonné au-dessus de nos têtes.

– À ta place, jeune fille, je surveillerais mes paroles, l'a avertie Hermès. Zeus n'est ni aveugle, ni sourd. Il n'a pas laissé l'Olympe complètement sans défense.

– Mais il y a des fusées bleues...

– Oui, oui. Je les ai vues. Je parie que c'est encore une invention de cette insupportable déesse de la Magie, Hécate, mais comme tu as pu le remarquer, elles ne causent aucun dégât. L'Olympe a de puissants écrans pare-magie. En plus Éole, le dieu des Vents, a dépêché ses laquais les plus forts pour garder la citadelle. Personne, à part les dieux, ne peut approcher l'Olympe par les airs. Ceux qui essaieraient seraient aussitôt éjectés du ciel.

J'ai levé la main.

– Et... euh... votre mode de matérialisation-téléportation ?

– C'est aussi une forme de transport aérien, Jackson. Très rapide, certes, mais les dieux du Vent sont encore plus rapides. Non, si Cronos veut prendre l'Olympe, il devra traverser la ville entière avec son armée et prendre l'ascenseur ! Tu imagines la scène ?

Hermès en faisait un tableau assez ridicule, des hordes de monstres prenant l'ascenseur vingt par vingt en écoutant *Stayin'Alive*. Il n'empêche, j'étais inquiet.

– Et si juste quelques-uns d'entre vous revenaient ? ai-je suggéré.

– Percy Jackson, tu ne comprends pas. (Hermès a secoué la tête avec impatience.) Typhon est notre plus grand ennemi.

– Je croyais que c'était Cronos.

Les yeux du dieu se sont embrasés.

– Non, Percy. Autrefois, Typhon a bien failli renverser l'Olympe. C'est le mari d'Échidna...

– Je l'ai rencontrée à l'Arche, ai-je murmuré. Pas agréable.

– ... et le père de tous les monstres. Nous ne pourrons jamais oublier qu'il a été à deux doigts de nous anéantir – qu'il nous a humiliés comme nul autre ! Nous étions plus puissants, autrefois. Aujourd'hui, nous ne pouvons pas compter sur Poséidon parce qu'il mène sa propre guerre. Quant à Hadès, il reste dans son royaume sans rien faire, et Perséphone et Déméter s'alignent sur lui. Nous avons besoin de toutes les forces qui nous restent pour lutter contre le géant des tempêtes. Nous ne pouvons pas nous permettre de diviser nos effectifs, ni d'attendre qu'il arrive à New York. Nous devons le combattre maintenant. Et nous progressons.

– Vraiment ? Il a presque détruit Saint Louis !

– Oui, a reconnu Hermès. Mais il n'a détruit que la moitié du Kentucky. Il ralentit. Il s'affaiblit.

Je ne voulais pas discuter, mais j'avais l'impression qu'Hermès cherchait à se convaincre lui-même.

L'Ophiotaurus, dans le coin, a meuglé tristement.

– S'il vous plaît, Hermès, a plaidé Annabeth. Vous dites que ma mère voulait venir. Vous a-t-elle donné un message pour nous ?

– Des messages, a bougonné le dieu. Tout le monde me disait : « Tu verras, c'est un job en or. » Peu de travail, beaucoup d'adorateurs. Tu parles ! Tout le monde se fiche de ce que moi, j'ai à dire. Il n'y en a que pour les *messages* des autres.

Les rongeurs, a fait George d'un ton pensif. *Moi, c'est pour les rongeurs que je fais ce métier.*

Chut, l'a grondé Martha. *Nous on s'intéresse à ce qu'Hermès a à dire, pas vrai, George ?*

Oh, complètement. Bon, on peut retourner au front, maintenant ? J'ai bien envie qu'on se remette en mode laser, c'est trop marrant.

– Ça suffit, vous deux, a grogné Hermès.

Le dieu a regardé Annabeth, qui lui faisait son numéro des « grands yeux gris implorants ».

– Bah, a fait Hermès. Ta mère a dit de te prévenir que vous devez vous débrouiller tout seuls. Vous devez tenir Manhattan sans l'aide des dieux. Comme si je ne le savais pas. Pourquoi on la paie pour être la déesse de la Sagesse, ça, ça me dépasse.

– Autre chose ? a demandé Annabeth.

– Elle dit que tu devrais essayer le plan vingt-trois. Elle dit que tu comprendras.

Annabeth a blêmi. Manifestement, elle avait compris et ça ne lui plaisait pas.

– Une dernière chose. (Hermès s'est tourné vers moi.) Elle m'a dit de dire à Percy : « N'oublie pas les fleuves. » Et, euh, quelque chose du genre, touche pas à sa fille.

Je ne sais pas qui de nous deux a rougi le plus, Annabeth ou moi.

– Merci, seigneur Hermès, a dit alors Annabeth. Et, je... je voulais vous dire... Je suis désolée pour Luke.

L'expression du dieu s'est durcie comme si son visage s'était changé en marbre.

– Tu n'aurais pas dû évoquer ce sujet, a-t-il répondu.

Annabeth a reculé d'un pas.

– Pardon ?

– PARDON, c'est un peu court !

George et Martha ont resserré leurs anneaux sur le caducée : la baguette a brillé puis s'est transformée en un objet qui ressemblait dangereusement à un aiguillon à bétail haute tension.

– Tu aurais dû le sauver quand tu en avais la possibilité, a grondé Hermès. Tu es la seule personne qui en était capable.

J'ai tenté d'intervenir.

– De quoi parlez-vous ? Annabeth n'a pas...

– Ne prends pas sa défense, Jackson ! (Hermès a pointé l'aiguillon sur moi.) Elle sait parfaitement de quoi je parle.

– Vous devriez peut-être vous en prendre à vous-même ! (J'aurais mieux fait de me taire, mais je ne pensais qu'à une chose, détourner son attention d'Annabeth. C'était contre Annabeth qu'il était en colère, jusqu'à présent, pas contre moi.) Peut-être que si vous n'aviez pas abandonné Luke et sa mère, les choses se seraient passées autrement !

Hermès a levé son aiguillon et il s'est mis à grandir, grandir, pour ne s'arrêter qu'à trois mètres de haut. Je me suis dit : *Là, c'est cuit.*

Mais alors qu'il s'apprêtait à me frapper, George et Martha se sont penchés et lui ont chuchoté quelques mots à l'oreille.

Hermès a serré les dents. Il a baissé l'aiguillon, qui a repris sa forme initiale de caducée.

– Percy Jackson, a dit le dieu. Parce que tu portes la malédiction d'Achille, je dois t'épargner. Tu es entre les mains des Furies, maintenant. Mais tu ne me parleras *plus jamais* comme ça. Tu n'as aucune idée de tout ce que j'ai sacrifié, de tout...

Sa voix s'est brisée et il est redescendu à taille humaine.

– Mon fils, ma fierté... ma pauvre May...

Il paraissait tellement ravagé par le chagrin que je n'ai pas su quoi dire. Deux minutes plus tôt, il était prêt à nous pulvériser, et maintenant il avait l'air d'avoir besoin qu'on le console.

– Écoutez, seigneur Hermès, ai-je dit. Je suis désolé, mais il faut que je sache. Qu'est-il arrivé à May ? Elle a dit quelque chose sur le destin de Luke et ses yeux...

Hermès a dardé sur moi un regard sévère, et ma voix a flanché. Mais l'expression qui se lisait sur son visage ne dénotait pas tant la colère qu'une douleur profonde, abyssale.

– Je vais vous laisser, maintenant, a-t-il dit d'une voix tendue. J'ai une guerre qui m'attend.

Il s'est mis à briller. J'ai tourné le dos en m'assurant qu'Annabeth en faisait autant, car elle était encore sous le choc.

Bonne chance, Percy, a murmuré Martha.

Hermès a scintillé avec l'éclat d'une supernova. Et a disparu.

Annabeth s'est assise au pied du trône de sa mère et a fondu en larmes. J'aurais voulu la consoler, mais je ne savais pas comment m'y prendre.

– Annabeth, ai-je fini par dire, c'est pas ta faute. C'est la première fois que je vois Hermès se comporter de cette façon. Je ne sais pas, mais à mon avis, il doit se sentir coupable pour Luke. Il cherche quelqu'un sur qui rejeter la responsabilité. Je comprends pas pourquoi il t'a attaquée. Tu n'as rien fait pour mériter ça.

Annabeth s'est essuyé les yeux. Elle a regardé le feu comme si c'était son propre bûcher funéraire. J'ai piétiné sur place, mal à l'aise.

– Euh... n'est-ce pas ? T'as rien fait ?

Elle ne m'a pas répondu. Son poignard de bronze était attaché par des lanières à son bras – le même couteau que dans la vision d'Hestia. Durant toutes ces dernières années, je n'avais jamais deviné que c'était un cadeau de Luke. Je lui avais demandé à plusieurs reprises pourquoi elle préférait se battre au poignard plutôt qu'à l'épée, mais elle ne m'avait jamais répondu. Maintenant, je le savais.

– Percy, a-t-elle dit. Qu'est-ce que tu voulais dire, pour la mère de Luke ? Tu l'as rencontrée ?

J'ai acquiescé à contrecœur.

– Nico et moi, on lui a rendu visite. Elle était un peu... spéciale, on va dire.

Je lui ai décrit May Castellan, ainsi que l'épisode bizarre où ses yeux étaient devenus phosphorescents et où elle avait parlé du destin de son fils.

Annabeth a froncé les sourcils.

– Je ne comprends pas. Mais qu'est-ce que tu faisais... (Soudain, elle a écarquillé les yeux.) Hermès a dit que tu portais la malédiction d'Achille. Hestia aussi. Est-ce que... est-ce que tu t'es baigné dans le Styx ?

– Change pas de sujet.

– Percy ! Oui ou non ?

– Ben... un peu, disons.

Je lui ai raconté tout ce qui s'était passé avec Hadès et Nico, puis comment j'avais décimé une armée de morts. J'ai passé sous silence la vision d'elle me tirant hors de l'eau. J'avais toujours du mal à comprendre ce passage, et rien que d'y penser, ça me gênait.

Annabeth a secoué la tête, incrédule.

– Est-ce que tu te rends compte à quel point c'était dangereux ?

– J'avais pas le choix. C'est la seule façon dont je peux tenir tête à Luke.

– Tu veux dire... *di immortales*, mais bien sûr ! C'est pour ça que Luke n'est pas mort. Il est allé au Styx et... Oh, non, Luke. Qu'est-ce qui t'a pris ?

– Alors maintenant tu t'inquiètes pour Luke de nouveau, ai-je grommelé.

Elle m'a regardé comme si j'étais un extraterrestre.

– Quoi ?

– Laisse tomber.

Je me suis demandé à quoi Hermès faisait allusion en disant qu'Annabeth n'avait pas sauvé Luke quand elle en avait eu la possibilité. Il était clair qu'elle me taisait quelque chose. Mais là, je n'avais pas envie de l'interroger davantage. Franchement pas envie d'en entendre plus sur son histoire avec Luke.

– L'important, c'est qu'il a survécu au Styx, ai-je repris. Et moi aussi. Et maintenant, je dois l'affronter. Nous devons défendre l'Olympe.

Annabeth scrutait toujours mon visage, comme si elle cherchait à y repérer des changements survenus depuis mon passage dans les eaux du Styx.

– Tu as sans doute raison. Ma mère a évoqué...

– Le plan vingt-trois.

Elle a fourragé dans son sac à dos et en a extirpé l'ordinateur portable de Dédale. Quand elle l'a démarré, le delta bleu du dessus s'est allumé. Annabeth a ouvert quelques dossiers et s'est mise à lire.

– Le voici. Par les dieux, on a beaucoup de travail devant nous.

– C'est une des inventions de Dédale ?

– Plusieurs inventions... et elles sont dangereuses. Ma mère doit considérer que la situation est très grave, pour demander que je recoure à ce plan. (Elle m'a regardé.) Et le message qu'elle t'a adressé : « N'oublie pas les fleuves » ? Qu'est-ce que ça signifie ?

J'ai secoué la tête. Comme d'habitude, je n'avais aucune idée de ce que me disaient les dieux. Quels étaient ces fleuves que je ne devais pas oublier ? Le Styx ? Le Mississippi ?

À ce moment-là, les frères Alatir ont fait irruption dans la salle des trônes.

– Venez voir ! a crié Connor. Tout de suite.

Comme il n'y avait plus de lumières bleues dans le ciel, je n'ai pas tout de suite compris quel était le problème.

Les pensionnaires s'étaient rassemblés dans un petit jardin public à flanc de montagne. Ils étaient tous agglutinés à la rambarde et regardaient Manhattan. Tout le long de la balustrade, il y avait des jumelles pour touristes où l'on pouvait glisser une drachme d'or et voir la ville. Elles étaient prises d'assaut par les pensionnaires.

J'ai baissé les yeux sur la ville. D'ici, je voyais presque tout : l'East River et l'Hudson, les deux fleuves qui encadraient l'île de Manhattan ; le quadrillage des rues et des avenues ; les gratte-ciel éclairés ; le grand rectangle sombre de Central Park vers le nord. Tout semblait normal, et pourtant quelque chose clochait. Je l'ai senti avant de comprendre ce que c'était.

– Je... je n'entends rien, a dit Annabeth.

C'était précisément cela, le problème.

Même de cette hauteur, nous aurions dû entendre le bourdonnement de la ville : les va-et-vient de millions de gens, les milliers de voitures et de machines – en bref, la rumeur d'une grande métropole. On n'y pense pas quand on vit à New York, mais elle est constante. Même en pleine nuit, New York ne se tait jamais.

Or le silence régnait, maintenant.

Ça m'a fait un effet terrible. Comme si mon meilleur ami venait de mourir foudroyé.

– Qu'ont-ils fait ? ai-je dit d'une voix tendue par la colère. Qu'ont-ils fait à ma ville ?

J'ai écarté Michael Yew et regardé par les jumelles qu'il occupait.

En bas, dans les rues, la circulation avait cessé. Des piétons gisaient allongés sur les trottoirs ou recroquevillés devant les porches des immeubles. Il n'y avait aucun signe de violence, pas de carcasses de voitures accidentées, rien de tel. C'était comme si tout le monde, à New York, avait décidé de s'interrompre abruptement et de tomber dans les vapes.

– Est-ce qu'ils sont morts ? a demandé Silena d'une voix étonnée.

Mon estomac était de glace. Un vers de la prophétie a résonné à mes oreilles : *Le monde pris dans un sommeil sans fin il verra.* Je me suis souvenu de Grover nous racontant sa rencontre avec Morphée dans Central Park. « Tu as de la chance que je réserve mon énergie pour le grand évènement. »

– Non, ils ne sont pas morts, ai-je répondu. Morphée a endormi l'île de Manhattan tout entière. L'invasion a commencé.

10 Je m'achète quelques nouveaux amis

Kitty O'Leary était la seule à se réjouir que la ville soit endormie.

On l'a retrouvée en train de se gaver de saucisses devant un stand de hot-dogs renversé, tandis que le propriétaire était roulé en boule sur le trottoir, le pouce dans la bouche.

Argos nous attendait, ses centaines d'yeux ouverts. Il n'a rien dit. Il ne dit jamais rien. Je crois que c'est parce qu'il a – ou aurait – un œil sur la langue. Mais l'expression de son visage ne laissait aucune doute sur son inquiétude.

Je lui ai fait part de ce qu'on venait d'apprendre à l'Olympe, en précisant que les dieux n'allaient pas venir à notre rescousse. Écœuré, Argos a roulé les yeux, ce qui était assez psychédélique parce que ça faisait tourbillonner tout son corps.

– Tu ferais bien de retourner à la colonie, ai-je conclu. Garde-la du mieux que tu peux.

Il a pointé le doigt sur moi en levant les sourcils d'un air interrogateur.

– Je reste, ai-je dit.

Argos a hoché la tête, visiblement satisfait de cette réponse.

Puis il a regardé Annabeth et tracé un cercle dans l'air avec son doigt.

– Oui, a acquiescé Annabeth. Le moment est venu.

– Le moment de quoi ? ai-je demandé.

Argos a fourragé à l'arrière de sa camionnette et en a sorti un bouclier de bronze qu'il a tendu à Annabeth. C'était un bouclier assez banal, le genre de bouclier rond qu'on utilise toujours quand on joue à Capture-l'Étendard. Cependant, lorsque Annabeth l'a posé par terre, le métal poli, après avoir reflété le ciel et les gratte-ciel, nous a montré la statue de la Liberté – qui n'était pas du tout dans le quartier.

– Waouh, un bouclier vidéo...

– Une des idées de Dédale, a expliqué Annabeth. J'avais demandé à Beckendorf de le fabriquer avant... (Elle a jeté un coup d'œil à Silena.) Enfin, bref, le bouclier réfracte la lumière du soleil ou de la lune de n'importe quel point du monde et en tire un reflet. On peut voir n'importe quelle cible sous le soleil ou la lune, du moment qu'elle est touchée par une lumière naturelle. Regardez.

On s'est attroupés autour d'Annabeth, qui s'est concentrée. Au début, l'image zoomait et tournait, et rien qu'à la regarder, j'avais mal au cœur. On était dans le zoo de Central Park, puis on a zoomé le long de la 60e rue, on est passés devant les grands magasins Bloomingdale's et on a rejoint la Troisième Avenue.

– Waouh ! s'est écrié Connor Alatir. Arrête. Zoom arrière, oui, juste là.

– Qu'est-ce qu'il y a ? Tu vois des envahisseurs ? a demandé Annabeth avec inquiétude.

– Non, juste là, le Dylan's Candy Bar. (Connor a souri à son frère.) Tu penses à ce que je pense, mec ?

– Connor ! a grondé Katie Gardner, d'une voix qui rappelait sa mère, Déméter. La situation est grave. Tu ne vas pas piller une confiserie au beau milieu d'une guerre !

– Désolé, a fait Connor, qui n'avait pas l'air plus gêné que ça.

Annabeth a passé la main devant le bouclier et une autre scène est apparue : la voie express FDR, avec vue sur le Lighthouse Park, sur l'autre rive du fleuve.

– Comme ça, on va voir ce qui se passe en face de la ville, a dit Annabeth. Merci, Argos. Avec un peu de chance, on se reverra à la colonie… un de ces quatre.

Argos a poussé un grognement. Il m'a adressé un regard qui disait sans ambiguïté : *Bonne chance, vous allez en avoir besoin.* Puis il est monté dans sa camionnette. Lui et les deux harpies-chauffeurs se sont éloignés en louvoyant entre les voitures à l'arrêt qui encombraient la chaussée.

J'ai sifflé et Kitty O'Leary est accourue à grands bonds.

– Hé, ma grande ! Tu te souviens de Grover ? Le satyre qu'on a rencontré dans le parc ?

– *OUAH !*

J'ai espéré qu'elle voulait dire par là : *Oui, bien sûr !* et pas : *Il te reste des hot-dogs ?*

– J'ai besoin que tu le retrouves, ai-je dit. Assure-toi qu'il est réveillé. On va avoir besoin de son aide. T'as pigé ? Va chercher Grover !

Kitty O'Leary m'a gratifié d'un coup de langue baveux dont je me serais bien dispensé. Puis elle est partie au galop vers le nord.

Pollux s'est accroupi près d'un policier endormi.

– Il y a un truc que je comprends pas, a-t-il dit. Comment ça se fait qu'on ne soit pas endormis, nous aussi ? Pourquoi seulement les mortels ?

– C'est un sortilège d'une immense portée, a déclaré Silena. Plus la portée du sortilège est grande, plus il est facile d'y résister. Si tu veux endormir des millions de mortels, tu dois jeter une très fine couche de magie. Endormir des demi-dieux est bien plus difficile.

Je l'ai dévisagée.

– D'où tu t'y connais tellement en magie, toi ?

– Je ne consacre pas tout mon temps à ma garde-robe, a rétorqué Silena en rougissant.

– Percy, m'a alors appelé Annabeth, toujours absorbée par le bouclier. Viens voir.

À présent, le disque de bronze montrait le détroit de Long Island, du côté de l'aéroport de La Guardia. Une douzaine de hors-bord filaient sur l'eau noire, direction Manhattan. Chacun était plein à craquer de demi-dieux en armure grecque. À l'arrière de la vedette qui menait la flotte, un étendard violet barré d'une faux noire battait au vent. Je n'avais jamais vu cet emblème, mais il était facile à interpréter : le pavillon de combat de Cronos.

– Balaie le périmètre de l'île, ai-je dit. Vite.

Annabeth a fait basculer la scène vers le sud du port. Un bac de Staten Island fendait les vagues à la hauteur de la statue de la Liberté. Des drakainas se pressaient sur le pont, ainsi qu'une meute de chiens des Enfers. J'ai repéré un groupe de mammifères marins qui nageaient en éclaireurs devant le bateau. Je les ai d'abord pris pour des dauphins. Puis j'ai vu leurs visages canins et les épées attachées à leurs tailles et je me suis rendu compte qu'il s'agissait de démons marins, de telchines plus exactement.

La scène a changé de nouveau. On avait maintenant sous nos yeux la côte de Jersey City, juste à l'entrée du Lincoln Tunnel. Une centaine de monstres avançaient le long des voies de circulation paralysées : des géants armés de massues, des Cyclopes renégats, quelques dragons cracheurs de feu, et, histoire de river le clou, un tank Sherman de la Deuxième Guerre mondiale, qui s'est engagé dans le tunnel en balayant les voitures qui se trouvaient sur son chemin.

– Qu'est-ce qui arrive aux mortels en dehors de Manhattan ? ai-je demandé. Tu sais si l'État tout entier est endormi ?

– Je ne crois pas, a répondu Annabeth en fronçant les sourcils, mais c'est bizarre. À en juger par ces images, Manhattan est complètement endormie. Ensuite, sur un rayon d'environ quatre-vingts kilomètres autour de l'île, le temps est très, très ralenti. Et plus on s'approche de Manhattan, plus c'est lent.

Elle m'a montré une autre scène : une autoroute du New Jersey. Comme on était samedi soir, il y avait moins de bouchons qu'un soir de semaine. Les conducteurs semblaient réveillés, mais les voitures faisaient du deux à l'heure. Et les oiseaux, dans le ciel, volaient au ralenti.

– Cronos, ai-je dit. Il ralentit le temps.

– Hécate y est peut-être elle aussi pour quelque chose, a dit Katie Gardner. Regardez, toutes les voitures se détournent des sorties sur Manhattan, comme si les conducteurs recevaient le message inconscient de rebrousser chemin.

– Je sais pas. (Annabeth était vraiment énervée, ça s'entendait à sa voix. Elle a horreur de ne pas comprendre.) Ils ont entouré Manhattan de plusieurs strates de magie. Si ça se trouve, le monde extérieur ne se rend même pas compte qu'il y a quelque chose qui cloche. Les mortels qui s'approchent de Manhattan sont tellement ralentis qu'ils ne peuvent pas mesurer ce qui se passe.

– Comme des mouches prises dans l'ambre, a murmuré Jake Mason.

Annabeth a hoché la tête.

– Nous ne pouvons attendre aucune aide de l'extérieur.

Je me suis tourné vers mes amis. Ils avaient l'air sous le choc et pleins d'appréhension, mais comment le leur reprocher ? Le bouclier venait de nous montrer au moins trois cents ennemis qui marchaient sur la ville. Nous étions quarante. Sans renforts en perspective.

– Bien, ai-je dit. Nous allons tenir Manhattan.

Silena a tiré sur le coin de son armure.

– Euh, Percy, c'est immense, Manhattan.

– Nous allons le faire, ai-je insisté. On n'a pas le choix.

– Il a raison, a renchéri Annabeth. Les dieux du Vent devraient repousser les troupes de Cronos dans le ciel, il tentera donc une attaque terrestre. Nous devons couper tous les accès à l'île.

– Ils ont des bateaux, a observé Michael Yew.

Un picotement électrique m'a parcouru l'échine. D'un coup, j'ai compris le conseil d'Athéna : « N'oublie pas les fleuves. »

– Je vais m'occuper des bateaux, ai-je dit.

Michael a froncé les sourcils.

– Comment ?

– Fais-moi confiance. Il faut qu'on garde les ponts et les tunnels. On va partir du principe qu'ils tenteront une offensive par le centre ou le sud de l'île, en tout cas pour leur premier assaut. Ce serait l'accès le plus direct à l'Empire State Building. Michael, emmène tes Apollon au pont de Williamsburg. Katie, tu assures le Brooklyn-Battery Tunnel avec les Déméter. Faites-y pousser des ronces et du sumac vénéneux. Faites ce qu'il faut, mais empêchez-les de passer ! Connor : tu prends la moitié des Hermès et vous couvrez le pont de Manhattan. Travis, avec l'autre moitié, tu couvres le pont de Brooklyn. Et pas question de s'arrêter pour piller ou chouraver quoi que ce soit !

– Ohhh ! ont gémi les Hermès à l'unisson.

– Silena, emmène l'équipe d'Aphrodite au Queens-Midtown Tunnel.

– Par les dieux ! a dit une de ses sœurs. La Cinquième Avenue est trop sur notre chemin ! On pourrait accessoiriser, en plus les monstres sont complètement allergiques aux parfums Givenchy !

– Pas de crochets inutiles, ai-je dit. Le coup du parfum... ouais, si vous pensez que ça peut aider.

Six Aphrodite m'ont fait un bisou sur la joue, tout excitées.

– C'est bon, c'est bon ! (J'ai fermé les yeux et réfléchi à ce que j'aurais pu oublier.) Le Holland Tunnel. Jake, vas-y avec les Héphaïstos. Mettez des pièges, balancez du feu grec, faites ce qu'il faut.

Jake a souri.

– Compte sur nous. On a un contentieux avec ces gars. *AU NOM DE BECKENDORF !*

Le bungalow entier a poussé une clameur.

– Le pont de la 59e rue, ai-je continué. Clarisse...

Les mots me sont restés en travers de la gorge. Clarisse n'était pas là. Tous les Arès, la peste soit d'eux, se prélassaient à la colonie.

– On va s'en occuper, a dit Annabeth, me tirant d'un silence embarrassant. (Elle s'est tournée vers ses frères et sœurs :) Malcom, emmène les Athéna et active le plan vingt-trois en chemin, comme je t'ai montré. Défendez la position.

– Roule.

– Je vais accompagner Percy, a-t-elle ajouté. Ensuite on vous rejoindra, sauf si un bungalow a besoin de nous ailleurs.

Une voix, au fond du groupe, a lancé :

– Pas d'apartés, vous deux.

Quelques rires ont fusé, mais j'ai décidé de glisser.

– Très bien, ai-je dit. On reste en contact par téléphone portable.

– On a pas de portables, a protesté Silena.

Je me suis penché, j'ai attrapé le BlackBerry d'une dame qui ronflait allègrement et l'ai lancé à Silena.

– Maintenant, si. Vous connaissez tous le numéro d'Annabeth ? Si vous avez besoin de nous, vous attrapez un portable au hasard et vous nous appelez. Vous ne l'utilisez qu'une seule fois, vous l'abandonnez et, si vous avez besoin d'appeler de nouveau, vous en empruntez un autre. Les monstres auront plus de mal à vous localiser, comme ça.

Ils ont tous souri – apparemment, l'idée leur plaisait.

Travis s'est éclairci la gorge.

– Euh, si on trouve un portable vraiment trop cool...

– La réponse est non.

– Oh, mec !

– Une seconde, Percy, est alors intervenu Jake Mason. T'as oublié le Lincoln Tunnel.

J'ai retenu un juron. Il avait raison. À l'heure qu'il était, un tank Sherman suivi de cent monstres avançaient dans ce tunnel, et j'avais mis toutes nos troupes ailleurs.

Une voix de fille a fusé sur le trottoir d'en face :

– Et si vous nous le confiez, ce tunnel ?

De ma vie, je n'avais été aussi heureux d'entendre quelqu'un débouler à l'improviste. Une bande d'une trentaine d'adolescentes a traversé la Cinquième Avenue. Elles étaient en tee-shirts blancs, treillis argentés et rangers ; toutes portaient une épée à la taille, un carquois sur le dos, un arc à la main. Une meute de loups gris rôdait à leurs pieds et beaucoup d'entre elles avaient un faucon de chasse perché sur le bras.

La fille qui menait le groupe avait des cheveux noirs hérissés en piques et un blouson de cuir noir. Elle portait un diadème de princesse qui n'allait pas vraiment avec ses boucles d'oreilles en forme de crâne et son tee-shirt « À mort Barbie », orné d'une petite poupée Barbie à la tête transpercée par une flèche.

– Thalia ! s'est écriée Annabeth.

La fille de Zeus s'est fendue d'un grand sourire.

– Chasseresses d'Artémis, présentes à l'appel !

Tout le monde s'est embrassé avec effusion – disons, plus exactement, que Thalia s'est montrée chaleureuse. Les autres Chasseresses exécraient la présence des pensionnaires, surtout celle des garçons, mais elles n'ont tiré sur aucun d'entre nous, ce qui était de leur part une marque d'extrême amabilité.

– Où étais-tu passée, toute l'année dernière ? ai-je demandé à Thalia. Tu as deux fois plus de Chasseresses, maintenant, on dirait !

Elle a ri.

– C'est une longue, longue histoire. Je parie que mes aventures ont été plus dangereuses que les tiennes, Jackson.

– Y a pas plus faux.

– On verra. Quand tout ça sera fini, rendez-vous Annabeth, toi et moi à cet hôtel de la 57e rue : cheeseburgers et frites à volonté.

– Au Parker Meridian. C'est un plan. Et, Thalia : merci.

Elle a haussé les épaules.

– Ces monstres vont pas comprendre ce qui leur arrive. En route, Chasseresses !

Thalia a asséné une tape sur son bracelet d'argent et son bouclier Aegis s'est déployé. La tête dorée de Méduse gravée en son centre était si effrayante que les pensionnaires ont tous reculé d'un pas. Les Chasseresses se sont engagées dans l'avenue, suivies de leurs loups et leurs faucons, et je me suis dit que le Lincoln Tunnel serait bien défendu.

– Les dieux soient loués, a commenté Annabeth. Mais si on ne barre pas les fleuves, ça ne servira à rien de défendre les ponts et les tunnels.

– Tu as raison.

J'ai regardé les pensionnaires, tous graves et déterminés. J'ai essayé de ne pas penser que c'était peut-être la dernière fois que je les voyais réunis.

– Vous êtes les plus grands héros du millénaire, leur ai-je dit. Peu importe combien de monstres vous attaquent, battez-vous courageusement et nous vaincrons. (Là-dessus, j'ai brandi Turbulence et crié :) AU NOM DE L'OLYMPE !

Ils ont tous répondu à l'unisson, et l'écho de nos voix a résonné de building en building. Un bref instant, la clameur a vibré comme une vague de courage, hélas vite absorbée par le silence des dix millions de New-Yorkais endormis.

Annabeth et moi avions le choix, question voitures, sauf qu'elles étaient toutes coincées dans des embouteillages. Aucun moteur ne tournait, ce qui était assez étrange. Comme si les conducteurs avaient eu le temps de couper le contact avant de céder au sommeil. À moins que Morphée ait le pouvoir de mettre les moteurs en veilleuse eux aussi. Visiblement, la plupart des conducteurs avaient tenté de se ranger contre le trottoir quand ils avaient senti la fatigue leur tomber dessus, toutefois les rues étaient trop bouchonnées pour qu'on puisse circuler.

On a fini par trouver un coursier inconscient, calé contre un mur de briques, encore à cheval sur sa Vespa rouge. On l'a descendu du scooter et allongé sur le trottoir.

– Désolé, mon pote, ai-je dit.

Avec un peu de chance, je pourrais lui rapporter son scooter. Dans le cas contraire, ça n'aurait pas trop d'importance parce que ça voudrait dire que la ville serait détruite.

J'ai pris le guidon et Annabeth est montée derrière moi, se tenant à ma taille. On a descendu Broadway en zigzaguant. Notre moteur vrombissait dans le silence troublant de la ville. Les seuls bruits qu'on entendait étaient, de temps en temps, des sonneries de portables – comme si les téléphones s'appelaient l'un l'autre, comme si New York s'était changée en volière électronique géante.

On avançait lentement. Parfois, on croisait des piétons qui s'étaient endormis juste devant une voiture et on les déplaçait, par sécurité. Une fois, on s'est arrêtés pour éteindre un chariot de bretzels qui avait pris feu. Quelques minutes plus tard, on a dû sauver un landau qui dévalait tout seul la rue. En fin de compte, il n'y avait pas de bébé dedans, juste un caniche endormi. Allez comprendre. On l'a rangé sous le porche d'un immeuble et on a repris notre route.

On passait devant Madison Square Park quand Annabeth m'a lancé :

– Stop !

Je me suis arrêté au milieu de la 23e rue. Annabeth a sauté à terre et couru vers le square. Le temps que je la rattrape, elle contemplait une statue en bronze, sur un piédestal de marbre rouge. J'avais dû passer devant un million de fois, sans jamais vraiment la regarder.

C'était un gars assis dans un fauteuil, jambes croisées. Il portait un costume à l'ancienne – genre Abraham Lincoln, queue-de-pie, nœud pap, vous voyez le style. Quelques livres en bronze étaient empilés au pied de son fauteuil ; il tenait une plume d'oie dans une main, un grand parchemin de métal dans l'autre.

– Pourquoi on s'intéresse à... (J'ai plissé les yeux pour déchiffrer le nom gravé sur le piédestal.) William H. Steward ?

– Seward, a corrigé Annabeth. Il a été gouverneur de l'État de New York. Un demi-dieu mineur, fils d'Hébé, je crois. Mais ça n'a pas d'importance. C'est la statue qui m'intéresse.

Elle a grimpé sur un banc et examiné le socle de la statue.

– Me dis pas que c'est un automate ?

Annabeth a souri.

– Tu sais que la plupart des statues de Manhattan sont des automates ? Dédale les a placées là au cas où il aurait besoin d'une armée.

– Pour attaquer l'Olympe ou la défendre ?

Annabeth a haussé les épaules.

– L'un ou l'autre. C'était le plan vingt-trois. Il pouvait activer une statue, qui activerait à son tour ses frères et sœurs répartis dans la ville, jusqu'à lever une armée entière. Mais ce n'était pas sans danger. Comme tu le sais, les automates sont assez imprévisibles.

– Tu l'as dit. (On en avait fait les frais à plusieurs reprises.) Tu envisages sérieusement de l'activer ?

– J'ai les notes de Dédale. Je crois que je peux... Ah, voilà.

Elle a appuyé sur le bout de la botte de Seward et la statue s'est levée, prête à porter la plume sur le parchemin.

– Qu'est-ce qu'il va faire ? ai-je bougonné. Écrire un mémo ?

– Chut, a fait Annabeth. Bonjour, William.

– Appelle-le Bill, ai-je suggéré.

– Bill... oh, tais-toi.

La statue a incliné la tête et a braqué sur nous le regard vide de ses yeux métalliques.

Annabeth s'est éclairci la gorge.

– Bonjour, euh, monsieur le Gouverneur. Séquence de commandement : Dédale vingt-trois. Défendre Manhattan. Commencer activation.

Seward a sauté de son piédestal. Il a heurté le sol si fort que ses bottes ont craquelé le trottoir. Puis il a pris la direction de l'est en cliquetant.

– Il va sans doute réveiller Confucius, a dit Annabeth.

– Quoi ?

– Une autre statue, à Chinatown. Ce qu'elles vont faire, c'est se réveiller les unes les autres jusqu'à ce que toutes les statues soient activées.

– Et alors ?

– Alors, avec un peu de chance, elles défendront Manhattan.

– Est-ce qu'elles savent que nous ne sommes pas des ennemis ?

– Je crois.

– Très rassurant.

J'ai pensé à toutes les statues de bronze dans les squares et les jardins publics, sur les places et dans les cours des immeubles de New York. Il devait y en avoir des centaines, voire des milliers.

À ce moment-là, une boule de lumière verte a explosé dans le ciel du soir : du feu grec, quelque part au-dessus de l'East River.

– Faut qu'on se dépêche, ai-je dit.

Et on a couru vers la Vespa.

On s'est garés à l'entrée de Battery Park, un jardin public qui se trouve à la pointe sud de Manhattan, là où l'Hudson et l'East River se rejoignent et se jettent dans la baie.

– Attends-moi là, ai-je dit à Annabeth.

– Percy, tu ne devrais pas y aller seul.

– Ben, à moins que tu puisses respirer sous l'eau...

Elle a soupiré.

– Ce que tu peux être agaçant, quelquefois !

– Quand j'ai raison, par exemple ? Fais-moi confiance, ça va aller. Je porte la malédiction d'Achille, maintenant. Je suis invincible, tout ça.

Annabeth n'a pas eu l'air convaincue.

– Sois prudent. Je ne veux pas qu'il t'arrive quelque chose. Je veux dire qu'on a besoin de toi pour la bataille.

– Je reviens tout de suite, ai-je répondu en souriant.

Je suis descendu sur la berge et me suis avancé dans l'eau.

Mon conseil, pour vous autres qui n'êtes pas des dieux marins : évitez de nager dans le port de New York. Il n'est peut-être pas aussi crasseux que du temps de ma mère, mais tremper dans cette eau risquerait de vous faire pousser un troisième œil ou concevoir des petits mutants quand vous serez adultes.

J'ai plongé dans l'obscurité et nagé vers le fond. Je cherchais le point où les courants des deux fleuves étaient égaux, autrement dit le point où ils se rejoignaient pour former la baie. Ça me semblait le meilleur moyen d'attirer leur attention.

– Hé ! ai-je crié de ma plus belle voix sous-marine. J'ai appris que vous étiez tellement pollués, tous les deux, que vous n'osiez pas vous montrer. C'est vrai ?

Un courant froid a traversé la baie en brassant des détritus et de la vase.

– J'ai appris que l'East River était le plus toxique, ai-je continué, mais que l'Hudson empestait davantage. À moins que ce soit l'inverse ?

L'eau a scintillé. Une force puissante et rageuse m'observait. Je sentais une présence... ou deux présences, peut-être.

J'ai eu peur d'avoir manqué de mesure en dosant mes insultes. Et s'ils me dégommaient sans même se montrer ? Mais c'étaient des dieux fluviaux de New York. Leur instinct serait de chercher la confrontation directe.

Effectivement, deux formes géantes se sont dessinées devant moi. Au début, ce n'étaient que de sombres colonnes de vase, plus denses que l'eau qui les entourait. Puis des jambes leur sont poussées, des bras et des visages grimaçants.

La créature de gauche présentait une ressemblance troublante avec un telchine. Elle avait un faciès féroce et une allure de phoque, avec son pelage noir brillant et ses pattes et pieds palmés. Ses yeux lançaient des rayons vert fluo.

Le type de droite avait un look plus humanoïde. Il était habillé d'algues et de haillons, avec une sorte de cotte de mailles faite de capsules de bouteilles et de bagues plastique pour emballer les packs de canettes. Son visage était barbouillé de varech et il avait une barbe hirsute. Ses yeux bleu ultramarin brûlaient de rage.

Le phoque, qui devait être le dieu de l'East River, m'a lancé :

– T'essaies de te faire tuer, le môme, ou t'es particulièrement stupide ?

– C'est toi, l'expert en stupidité, East, s'est moqué l'esprit barbu de l'Hudson.

– Prends garde, Hudson, a grondé East. Reste de ton côté de l'île et mêle-toi de tes affaires.

– Sinon quoi ? Tu vas me jeter une nouvelle péniche à ordures ?

Ils se sont rapprochés l'un de l'autre, prêts à en découdre.

– Attendez ! ai-je hurlé. On a un problème plus grave.

– Le môme a raison, a éructé East. Tuons-le d'abord à nous deux, et ensuite on se battra.

– Ça me va, a opiné Hudson.

Je n'ai pas pu protester que déjà des milliers de détritus se soulevaient du fond et volaient vers moi, des deux côtés : des débris de verre, des pierres, des boîtes métalliques, des pneus.

Je m'y attendais, cependant. Devant moi, l'eau s'est épaissie pour former un bouclier contre lequel les projectiles ont ricoché. Un seul est parvenu à passer, un gros éclat de verre qui m'a frappé en pleine poitrine. Alors qu'il aurait sans doute dû me tuer, il s'est effrité contre ma peau.

Les deux dieux fluviaux m'ont dévisagé avec stupeur.

– Fils de Poséidon ? a demandé East.

J'ai fait oui de la tête.

– T'as fait trempette dans le Styx ? a demandé Hudson.

– Ouep.

Ils ont tous les deux poussé des grognements dégoûtés.

– Manquait plus que ça, a commenté East. Tu peux me dire comment on va le tuer, maintenant ?

– On pourrait l'électrocuter, a proposé Hudson. Si je pouvais trouver deux câbles de démarrage...

– Écoutez-moi ! ai-je interrompu. L'armée de Cronos envahit Manhattan !

– Tu crois qu'on est pas au courant ? a rétorqué East. À l'instant même, je sens ses bateaux. Ils ont presque fini de traverser.

– Ouais, a renchéri Hudson. Moi aussi, j'ai des monstres immondes qui traversent mes eaux.

– Ben arrêtez-les ! ai-je dit. Noyez-les. Coulez leurs bateaux.

– Et pourquoi on ferait ça ? a grommelé Hudson. Ils vont envahir l'Olympe. Et alors ? Qu'est-ce que ça peut nous faire ?

– Je peux vous payer.

Sur ces mots, j'ai sorti le dollar des sables que m'avait offert mon père pour mon anniversaire.

Les dieux ont écarquillé les yeux tous les deux.

– Je le veux ! a dit East. Donne-moi ça, le môme, et je te promets qu'aucune des racailles de Cronos ne traversera l'East River.

– Oublie ! a riposté Hudson. Ce dollar des sables est pour moi, sauf si tu veux que je laisse tous ces bateaux traverser l'Hudson !

– On va faire un compromis.

J'ai brisé le dollar des sables en deux. Une vague d'eau propre s'est échappée de la cassure, comme si la pollution de la baie se dissolvait.

– Une moitié chacun, ai-je expliqué. En échange, vous empêchez toutes les troupes de Cronos de rejoindre Manhattan.

– Oh, purée, a soupiré Hudson en tendant la main vers le dollar des sables. Ça fait si longtemps que je n'ai pas été propre !

– Le pouvoir de Poséidon, a murmuré East. C'est une andouille, mais une chose est sûre, il sait dépolluer.

Ils se sont regardés, puis ont déclaré d'une seule voix :

– Marché conclu.

Je leur ai donné à chacun une moitié du dollar des sables, qu'ils ont saisie avec déférence.

– Euh, les envahisseurs ?

East a fait un geste vif de la main et répondu :

– Ils viennent de couler.

Hudson a claqué des doigts.

– Une meute de chiens des Enfers vient de prendre le bouillon.

– Merci, tous les deux, ai-je dit. Restez propres sur vous.

Tandis que je remontais vers la surface, East m'a crié :

– Eh, le môme, dès que t'as un dollar des sables à dépenser, reviens. À supposer que tu survives.

– La malédiction d'Achille, a ricané Hudson. S'imaginent tous que ça va les sauver, pas vrai ?

– S'il savait, a renchéri Hudson.

Ils ont ri tous les deux, puis se sont dissous dans les flots.

Sur la berge, Annabeth parlait dans son portable mais elle a raccroché dès qu'elle m'a vu. Elle paraissait assez secouée.

– Ça a marché, lui ai-je annoncé. Les fleuves sont sûrs.

– Tant mieux, a-t-elle répondu. Parce qu'on a d'autres soucis. Michael Yew vient d'appeler. Il y a une autre armée qui traverse le pont de Williamsburg. Les Apollon ont besoin de renforts. Et... Percy, le monstre qui mène cette armée, c'est le Minotaure.

11 Nous cassons un pont

Heureusement, Blackjack était de service.

J'ai poussé mon meilleur sifflement, façon *je-hèle-un-taxi-à-trois-cents-mètres,* et quelques minutes plus tard, deux formes sombres sont apparues dans le ciel. De prime abord, on aurait pu les prendre pour des faucons, mais quand elles ont piqué vers le sol, j'ai distingué les longues pattes galopantes des pégases.

Yo, patron. (Blackjack s'est posé au trot, suivi de son copain Porky.) *J'te jure, j'ai bien cru que ces dieux des Vents allaient nous expédier en Pennsylvanie direct avant qu'on leur dise qu'on bossait pour toi !*

– Merci d'être venus, lui ai-je dit. Hé, pourquoi les pégases galopent en volant, à propos ?

Blackjack a henni.

Pourquoi les humains balancent les bras en marchant ? Ch'aipas, patron. Ça vient naturellement, c'est tout. On va où ?

– Il faut qu'on aille au pont de Williamsburg.

Blackjack a incliné le cou.

Bien vu, patron. On l'a survolé en venant, ben j'te dis pas, c'est chaud, là-bas. Allez, monte !

Pendant que nous volions vers le pont, j'avais l'estomac noué. Le Minotaure était le premier monstre que j'avais vaincu de ma vie. Il y a quatre ans, il avait failli tuer ma mère sur la colline des Sang-Mêlé et j'en faisais encore des cauchemars.

J'avais espéré qu'il resterait mort quelques siècles, mais j'aurais dû me douter que ma chance ne durerait pas.

Nous avons repéré le champ de bataille avant de pouvoir distinguer des combattants individuels. Il était bien minuit passé, à présent, mais le pont était illuminé. Des voitures brûlaient. Des arcs de feu fusaient dans les deux sens, portés par les flèches et javelots lance-flammes.

On s'est approchés en rase-mottes et j'ai vu que les Apollon battaient en retraite. Ils s'embusquaient derrière des voitures et tiraient sur l'armée qui avançait, envoyaient des flèches explosives, jetaient des chausse-trapes sur la chaussée, construisaient des barricades enflammées partout où ils pouvaient, sans oublier de sortir les conducteurs endormis de leurs voitures pour les mettre à l'abri. Mais l'ennemi poursuivait sa progression. Une phalange entière de drakainas venait en tête, boucliers dressés côte à côte, javelots hérissés. De temps à autre une flèche touchait un tronc reptilien, un cou ou le défaut d'une armure, et la femme-serpent malchanceuse se désintégrait, cependant la plupart des flèches des Apollon ricochaient contre le rempart de leurs boucliers. Une centaine d'autres monstres les suivaient.

De temps en temps, un chien des Enfers sortait des rangs d'un bond. La plupart étaient détruits par des flèches, mais l'un d'eux est arrivé à attraper un pensionnaire et l'a emporté. Je n'ai pas vu ce qui se passait ensuite. Je ne voulais pas savoir.

– Regarde ! Là-bas ! a crié Annabeth du haut de son pégase.

J'ai tourné la tête. Au milieu de la légion d'envahisseurs se trouvait ce vieux Viandox en personne.

La dernière fois que j'avais vu le Minotaure, il ne portait qu'un slip kangourou, allez savoir pourquoi. Peut-être qu'on l'avait tiré du lit pour l'envoyer me combattre. Cette fois-ci, il était en tenue de combat.

À partir de la taille, il portait la tenue classique du guerrier grec : une sorte de tablier de cuir avec des rabats de métal, des jambières de bronze et des sandales de cuir lacées serré. La partie supérieure de son corps était entièrement taureau : poil, cuir et muscle de taureau, surmontés par une tête si grosse qu'il aurait dû basculer en avant, emporté par le simple poids de ses cornes. Il avait l'air plus grand qu'à notre dernière rencontre : trois bons mètres de haut. Une hache de guerre était rangée dans son dos, mais il était trop impatient pour s'en servir. Dès qu'il m'a repéré dans le ciel au-dessus de ses troupes (il avait dû me renifler, en fait, car il avait très mauvaise vue), il a rugi et empoigné une limousine blanche.

– Blackjack, plonge ! ai-je hurlé.

Quoi ? s'est écrié le pégase. *Il va quand même pas... nom d'un picotin !*

On était à près de trente mètres dans le ciel, mais la limousine fusait vers nous en basculant sur ses pare-chocs, tel un boomerang de deux tonnes. Annabeth et Porky ont fait une embardée de dingue, tandis que Blackjack repliait les ailes et piquait vers le sol. La limousine m'est passée presque au ras de la tête. Elle a filé entre les câbles de suspension pour finir sa course dans les eaux de l'East River.

Sous les cris et les huées des monstres, le Minotaure a saisi une autre voiture.

– Dépose-nous derrière leurs rangs avec les Apollon, ai-je dit à Blackjack. Mets-toi à l'abri mais reste à portée de voix !

C'est toi qui commandes, patron !

Blackjack a piqué derrière un bus scolaire renversé ; deux pensionnaires étaient cachés à cet endroit. Annabeth et moi avons sauté à terre dès que les sabots de nos pégases ont effleuré le trottoir. Blackjack et Porky ont alors grimpé dans le ciel nocturne.

Michael Yew a couru à notre rencontre. C'était vraiment le commando le plus court sur pattes que j'aie jamais vu. Il avait un bras bandé. Son visage de furet était couvert de suie et son carquois presque vide, mais il souriait comme s'il s'éclatait un max.

– Je suis content que vous ayez pu venir, a-t-il dit. Où est le reste des renforts ?

– Pour le moment, ça se limite à nous, ai-je répondu.

– Alors on est foutus.

– Tu as toujours ton chariot volant ? a demandé Annabeth.

– Nan. J'l'ai laissé à la colo. J'ai dit à Clarisse qu'elle pouvait le prendre. Parce que quelle importance, après tout ? Ça vaut plus le coup de se battre pour ça. Mais elle a prétendu que c'était trop tard. On avait insulté son honneur une fois de trop, une débilité de ce genre.

– T'auras essayé, au moins, ai-je dit.

Michael a haussé les épaules.

– Ouais, bon, j'ai pas été trop aimable quand elle a dit qu'elle refusait toujours de se battre avec nous. Ça n'a pas dû aider.

Il a bandé son arc et décoché une flèche vers les rangs ennemis. Elle a fendu l'air avec un hurlement. Quand elle s'est fichée, elle a émis une déflagration semblable à un accord de puissance sur une guitare électrique amplifié par les plus grands haut-parleurs du monde. Les voitures voisines ont explosé. Les monstres ont lâché leurs armes et plaqué les mains sur les oreilles. Certains ont pris la fuite. D'autres se sont désintégrés sur place.

– C'était ma dernière flèche acoustique, a dit Michael.

– Un cadeau de ton père ? Le dieu de la Musique ?

Michael a souri méchamment.

– La musique peut être mauvaise pour la santé quand elle est trop forte. Malheureusement, ça ne tue pas toujours.

De fait, la plupart des monstres, remis de leur panique initiale, reprenaient leurs postes.

– Faut qu'on se replie, a dit Michael. J'ai Kayla et Austin qui placent des pièges plus bas sur le pont.

– Non, ai-je dit. Fais venir tes pensionnaires ici et attends mon signal. On va repousser l'ennemi sur Brooklyn.

Ça a fait rire Michael.

– Et comment tu comptes t'y prendre ?

J'ai dégainé mon épée.

– Percy, a dit Annabeth, laisse-moi t'accompagner.

– Trop dangereux, ai-je répondu. En plus, j'ai besoin que tu aides Michael à coordonner la ligne de défense. Je vais distraire les monstres. Vous vous regroupez ici. Vous évacuez les mortels endormis du champ de bataille. Ensuite vous pourrez vous mettre à dégommer les monstres pendant que je retiendrai leur attention. Vous êtes les seuls à pouvoir faire tout ça, si tant est que ce soit faisable.

– Merci beaucoup, a fait Michael en reniflant.

Je n'ai pas quitté Annabeth du regard.

– D'accord, a-t-elle fini par concéder à contrecœur. Très bien.

Avant de me dégonfler, j'ai dit :

– J'ai pas droit à un baiser pour me porter chance ? C'est une tradition, non ?

J'ai cru qu'elle allait me donner un coup de poing. Au lieu de quoi, elle a dégainé son poignard et rivé les yeux sur l'armée qui avançait vers nous.

– Reviens vivant, Cervelle d'Algues. On verra à ce moment-là.

Sachant que je ne pourrais sans doute pas en obtenir davantage, j'ai quitté notre abri, derrière le bus scolaire.

Et je me suis avancé sur le pont, bien visible, à la rencontre de l'ennemi.

Lorsque le Minotaure m'a vu, des pépites de haine se sont embrasées dans son regard. Il a rugi – un son qui tenait du hurlement, du meuglement et du plus sonore des rots.

– Hé, Viandox, ai-je crié, j't'ai pas déjà tué, toi là, une fois ?

Il a asséné le poing sur le capot d'une Lexus, qui s'est pliée comme une feuille d'alu.

Quelques drakainas m'ont lancé des javelots enflammés. Je les ai écartés d'un revers du bras. Un chien des Enfers a bondi vers moi, j'ai esquivé. J'aurais pu le transpercer, mais j'avais hésité.

Ce n'est pas Kitty O'Leary, me suis-je morigéné. *C'est un monstre sauvage. Il veut me tuer, moi et tous mes amis.*

Le molosse a attaqué de nouveau. Cette fois-ci, j'ai tracé un arc de cercle mortel avec Turbulence, et le chien des Enfers s'est pulvérisé.

D'autres monstres accouraient en renfort – des serpents, des géants, des telchines – mais le Minotaure les a chassés en rugissant.

– Tu veux un duel, hein ? lui ai-je lancé. Comme au bon vieux temps ?

Les narines de l'homme-taureau ont tremblé. Croyez-moi, ce gars avait grave besoin de garder des Kleenex dans sa poche d'armure ; il avait le nez tout rouge et mouillé, franchement pas ragoûtant. Il a détaché sa hache de guerre et l'a fait basculer devant lui.

L'arme n'était pas dénuée de beauté, dans le genre *je-vais-t'éviscérer-comme-un-poisson*. Chacune des deux lames avait la forme d'un omega – Ω –, la dernière lettre de l'alphabet grec. Peut-être parce que la hache était la dernière chose que voyaient ses victimes. La hampe était à peu près aussi haute que le Minotaure, en bronze revêtu de cuir. J'ai remarqué qu'il y avait de nombreux colliers attachés à la base de chaque lame ; des lacets de cuir enfilés de grosses perles. J'ai brusquement compris que c'étaient des colliers de la Colonie des Sang-Mêlé, pris sur les dépouilles de demi-dieux vaincus.

J'ai vu rouge. J'étais dans une telle rage que j'ai imaginé que mes yeux brûlaient exactement comme ceux du Minotaure. J'ai levé mon épée. L'armée de monstres a acclamé le Minotaure, mais la clameur s'est tue quand j'ai esquivé sa première attaque et tranché sa hache en deux, pile entre les lames.

– *Meuh* ? a-t-il grogné.

– HAAA !

J'ai pivoté sur moi-même et lui ai asséné un coup de pied dans le museau. Il a titubé vers l'arrière, repris son équilibre puis baissé la tête pour charger.

Je ne lui en ai pas laissé l'occasion. Mon épée a fendu l'air comme un éclair et fauché net une corne, puis l'autre.

Il a essayé de m'empoigner. Je me suis dérobé, attrapant au passage une moitié de sa hache cassée. Les autres monstres, réduits au silence par la stupeur, ont fait cercle autour de nous. Le Minotaure a poussé un rugissement de fureur. Il n'était déjà pas très malin au départ ; là, aveuglé par la colère, il perdait tout jugement. Il a chargé et j'ai couru vers le parapet du pont, en traversant une rangée de drakainas.

Le Minotaure a dû sentir la victoire. Il a cru que je tentais de m'enfuir. Ses sbires le soutenaient à grands cris. Parvenu au parapet, je me suis retourné et j'ai calé la hache contre la rambarde pour recevoir son assaut. Le Minotaure n'a même pas ralenti.

CRAC.

Surpris, il a regardé le manche de la hache qui dépassait de son plastron.

– Merci pour la partie de jeu, lui ai-je dit.

Là-dessus, je l'ai soulevé par les pieds et jeté par-dessus le parapet. Dans sa chute, déjà, il a commencé à se désintégrer : il se réduisait en poussière tandis que son essence regagnait le Tartare.

Je me suis retourné pour faire face à son armée. On n'était plus qu'à cent quatre-vingt-dix-neuf contre un, en gros, à présent. J'ai fait ce qui s'imposait naturellement. J'ai attaqué.

Vous devez vous demander comment « l'invincibilité » marchait, si j'évitais magiquement toutes les armes, ou si les armes me frappaient sans que ça me blesse. Honnêtement, je ne m'en souviens pas. Tout ce que je savais, c'est que je n'allais pas laisser ces monstres envahir ma ville.

Mon épée fendait les armures comme si elles étaient en papier. Les femmes-serpents explosaient. Les chiens des Enfers se dissipaient en fumée d'ombre. J'assénais mon épée, fendais, tranchais, virevoltais, et je crois même avoir poussé une ou deux fois un rire dément qui m'a fait au moins autant peur qu'à mes ennemis. J'avais conscience de la présence derrière moi des Apollon, qui lançaient des flèches et réduisaient à néant toute tentative des monstres de se rallier. Finalement, ces derniers ont pris la fuite – sur deux cents, il n'en restait plus qu'une vingtaine en vie.

Je les ai poursuivis, les Apollon sur mes talons.

– Ouais ! Ça c'est du boulot comme je l'aime ! a crié Michael Yew.

On les a repoussés sur la rive Brooklyn du pont. À l'est, le ciel pâlissait. Devant moi, j'apercevais les postes de péage.

– Percy ! a hurlé Annabeth. Tu les a déjà mis en déroute, replie-toi ! On s'écarte de notre plan, là !

Dans un coin de ma tête, je savais qu'elle avait raison, mais ça se passait si bien. J'avais envie de tuer les monstres jusqu'au dernier.

À ce moment-là, j'ai aperçu un attroupement au pied du pont. Les monstres en fuite couraient rejoindre leurs renforts. Lesquels consistaient en un petit groupe de trente à quarante demi-dieux en armure de combat, montés sur des chevaux-squelettes. L'un d'eux portait une bannière violette marquée de la faux noire de Cronos.

Le cavalier de tête s'est détaché du groupe en lançant sa monture au trot. Il a retiré son casque et j'ai reconnu le seigneur des Titans en personne, avec ses yeux d'or en fusion.

Annabeth et les Apollon ont accusé le coup. Les monstres qu'on pourchassait ont alors rejoint les rangs du Titan et se sont fondus dans sa petite armée. Cronos a porté le regard dans notre direction et, il avait beau être à quatre cents mètres de nous, je vous jure que je l'ai vu sourire.

– Maintenant, ai-je dit, on bat en retraite.

Les soldats du seigneur des Titans ont dégainé leurs épées et chargé. Les sabots de leurs chevaux-squelettes claquaient sur le bitume. Nos archers ont lancé une volée de flèches qui a fauché quelques ennemis, mais les autres ont continué d'avancer.

– Repliez-vous ! ai-je dit à mes amis. Je vais les retenir !

En quelques secondes, les sbires de Cronos sont arrivés à ma hauteur.

Michael et ses archers ont tenté de se retirer ; Annabeth, elle, est restée à mes côtés, se battant avec son poignard et son bouclier-miroir pendant qu'on reculait lentement sur le pont.

On était encerclés par les cavaliers de Cronos, à présent, et ils nous attaquaient en nous agonisant d'injures. Le Titan, quant à lui, avançait sans se presser, comme s'il avait tout son temps. Ce qui n'était pas faux, en fait, puisqu'il était le seigneur du Temps.

Je m'efforçais de blesser ses hommes, et non de les tuer. Ça me ralentissait, mais ce n'étaient pas des monstres. C'étaient des demi-dieux tombés sous l'emprise de Cronos. Je ne voyais pas leurs visages, sous les casques de combat, mais certains étaient sans doute d'anciens copains. Je frappais leurs chevaux aux jambes et les montures-squelettes se désintégraient.

Après avoir vu les premiers demi-dieux tomber, les autres ont préféré descendre de leurs montures et m'attaquer à pied.

Annabeth et moi restions côte à côte, mais tournés dans des directions opposées. Une forme sombre m'a survolé et j'ai osé lever rapidement les yeux. C'étaient Blackjack et Porky, qui piquaient en rase-mottes et envoyaient des coups de sabots dans les casques de nos ennemis, avant de repartir à tire-d'aile tels d'immenses pigeons kamikazes.

On était presque arrivés au milieu du pont quand il s'est produit une chose étrange. J'ai senti un frisson d'effroi parcourir mon échine, sans raison particulière. Une seconde plus tard, Annabeth a poussé un hurlement de douleur.

– Annabeth !

Je me suis retourné juste à temps pour la voir tomber au sol en agrippant son bras. Un demi-dieu armé d'un poignard ensanglanté se tenait au-dessus d'elle.

En un éclair, j'ai compris ce qui s'était passé. Il avait essayé de me frapper. Vu l'angle de sa lame, il m'aurait touché – peut-être par un pur hasard – au creux de mon dos, à mon unique point faible.

Annabeth avait intercepté le coup de couteau avec son propre corps.

Mais pourquoi ? Elle n'était pas au courant de mon point faible. Personne ne savait.

J'ai croisé le regard du demi-dieu ennemi. Il portait un bandeau sur un œil, sous son casque de guerre. C'était Ethan Nakamura, fils de Némésis. Il avait, qui sait comment, survécu à l'explosion du *Princesse Andromède*. Je lui ai asséné la poignée de mon épée en pleine figure, si fort que son casque s'est cabossé.

– Arrière ! (J'ai tracé un grand arc de cercle avec Turbulence et les autres demi-dieux se sont écartés d'Annabeth.) Personne n'y touche !

– Intéressant, a lancé Cronos.

Il me dominait, perché sur son cheval-squelette, sa faux à la main. Il examinait la scène comme s'il pouvait percevoir que je venais de frôler la mort, de la même façon qu'un loup sent la peur.

– Tu t'es battu courageusement, Percy Jackson, a-t-il dit. Mais l'heure est venue de te rendre, ou la fille meurt.

– Percy, non, a grogné Annabeth.

Son tee-shirt était imbibé de sang. Il fallait que je la tire de là.

– Blackjack ! ai-je hurlé.

À la vitesse de la lumière, le pégase a piqué du ciel et refermé les mâchoires sur les lanières de l'armure d'Annabeth. Ils ont fusé au-dessus du fleuve sans laisser le temps à l'ennemi de réagir.

– Un de ces jours, a grommelé Cronos, je me ferai une bonne soupe de pégase. Mais d'ici là... (Il a mis pied à terre. La lame de sa faux luisait dans la lumière de l'aube.) Je vais me contenter de la mort d'un autre demi-dieu.

J'ai paré son premier coup de faux avec Turbulence. L'impact a secoué le pont tout entier, mais je n'ai pas flanché. Cronos a perdu son sourire.

En hurlant, je lui ai balayé les jambes. Sa faux a cliqueté sur la chaussée. J'ai tenté de lui planter ma lame dans le corps, mais il a roulé sur le côté et s'est relevé. Sa faux est revenue d'elle-même entre ses mains.

– Ainsi... (Il m'a toisé, l'air légèrement contrarié.) Ainsi tu as eu le courage de te rendre au Styx. J'ai dû faire pression de bien des façons sur Luke pour le convaincre. Ah ! si c'était toi qui m'avais fourni un corps-hôte ! Enfin, peu importe. Je reste le plus puissant. Je suis un *TITAN*.

Il a frappé le manche de sa faux contre le pont et une vague de pure force m'a projeté en arrière. Des voitures sont parties en tonneau ; des demi-dieux, même parmi les hommes de Luke, ont été soufflés par-dessus le parapet. Les câbles de suspension claquaient et j'ai glissé vers Manhattan, jusqu'à mi-pont.

Je me suis relevé, les jambes chancelantes. Les Apollon qui restaient avaient presque atteint le bout du pont – sauf Michael Yew, qui était perché sur un des câbles, à quelques mètres de moi. Il tendait son arc, prêt à décocher sa dernière flèche.

– Michael, va-t'en ! ai-je hurlé.

– Percy ! Le pont ! Il est déjà fragile !

Au début je n'ai pas compris. Puis j'ai baissé les yeux et vu que le sol était fissuré. Par plaques, le bitume avait fondu sous les bombes de feu grec. Le pont avait méchamment souffert de la déflagration de Cronos et des flèches explosives.

– Casse-le ! a crié Michael. Sers-toi de tes pouvoirs !

C'était une idée désespérée. Ça ne marcherait jamais. Mais j'ai quand même planté Turbulence dans le pont. L'épée magique s'est enfoncée dans le bitume jusqu'à la garde. Un jet d'eau de mer a jailli de la fissure comme si j'avais touché un geyser. J'ai retiré ma lame et la brèche s'est agrandie. Le pont a tremblé, puis commencé à s'écrouler. Des morceaux gros comme des maisons sont tombés dans l'East River. Les demi-dieux de Cronos ont battu en retraite en poussant des cris d'alarme. Certains ont été renversés par la cohue. En quelques secondes, un gouffre de quinze mètres s'est ouvert au milieu du pont de Williamsburg, entre Cronos et moi.

Les vibrations ont cessé. Les hommes de Cronos se sont

approchés à pas prudents du bord et ont contemplé le vide, quatre mètres d'à-pic jusqu'aux eaux du fleuve.

Je ne me sentais pas en sécurité, pourtant. Les câbles de suspension tenaient toujours ; ils pouvaient traverser par là s'ils en avaient le courage. Et peut-être que Cronos disposait d'un moyen magique pour combler l'abîme.

Le seigneur des Titans a réfléchi à la situation. Il a jeté un coup d'œil au soleil qui se levait, derrière lui, puis s'est retourné vers moi et a souri. Il a brandi sa faux en parodie de salut militaire.

– À ce soir, Jackson.

Sur ces mots, il est monté en selle, a tourné bride et lancé son cheval au galop vers Brooklyn, suivi de ses guerriers.

Je me suis retourné pour remercier Michael Yew, et les mots me sont restés dans la gorge. À cinq ou six mètres, un arc gisait par terre. Et aucune trace de son propriétaire.

– Non !

J'ai fouillé les débris de mon côté du pont. Scruté les eaux du fleuve. Rien.

J'ai poussé un cri de rage impuissante. Dans le silence du matin, l'écho s'est étiré interminablement. J'allais siffler Blackjack et lui demander de m'aider à chercher quand le portable de ma mère a sonné. L'écran m'annonçait un appel de Finkelstein & Associés – sans doute un demi-dieu qui m'appelait d'un téléphone emprunté.

J'ai répondu, avec l'espoir de recevoir une bonne nouvelle. Je me trompais, bien sûr.

– Percy ? (À sa voix, je devinais que Silena avait pleuré.) Plaza Hotel. Viens vite et amène un guérisseur du bungalow d'Apollon. C'est... c'est Annabeth.

12 Rachel fait une mauvaise affaire

J'ai attrapé par la main Will Solace, du bungalow d'Apollon, et dit à ses frères et sœurs de continuer à chercher Michael Yew. On a emprunté une Yamaha FZ1 à un motard endormi et on est allés au Plaza à une vitesse qui aurait causé une crise cardiaque à ma mère. Je n'avais jamais conduit de moto jusqu'alors, mais ce n'était pas plus difficile que de monter à dos de pégase.

En route, j'ai remarqué de nombreux piédestaux privés de leurs statues. Visiblement, le plan vingt-trois fonctionnait. Je n'aurais pas su dire si c'était un bien ou un mal.

Il nous a suffi de cinq minutes pour arriver au Plaza, un vieil hôtel traditionnel en pierre blanche avec un toit bleu à pignons, situé au coin sud-est de Central Park.

D'un point de vue tactique, ce n'était pas le meilleur endroit pour établir son quartier général. Ce n'était ni le bâtiment le plus haut de la ville, ni le plus central. Mais le Plaza avait un cachet classique qui avait attiré beaucoup de demi-dieux célèbres au fil des ans, les Beatles et Alfred Hitchcock, pour ne citer qu'eux ; je me suis donc dit qu'on serait en bonne compagnie.

J'ai mordu le trottoir avec la Yamaha et fait une embardée pour venir m'arrêter à la fontaine qui était devant l'hôtel.

Will et moi avons sauté à terre. La statue qui chapeautait la fontaine s'est écriée :

– Parfait ! Je parie que vous allez me demander de garder votre moto, vous aussi !

C'était une statue en bronze, grandeur nature, debout dans une vasque de granit. Elle portait pour tout vêtement une draperie de bronze nouée sur les hanches et tenait entre ses mains une corbeille de fruits en métal. Je n'y avais jamais fait particulièrement attention avant. Il faut dire aussi qu'elle ne m'avait jamais adressé la parole jusque-là.

– Êtes-vous censée être Déméter ? lui ai-je demandé.

Une pomme de bronze est passée au ras de mon crâne.

– Tout le monde me prend pour Déméter ! s'est plainte la statue. Je suis Pomone, déesse romaine des Fruits et des Vergers. Mais tu t'en fiches, bien sûr ! Personne ne s'intéresse aux dieux mineurs. Si vous vous intéressiez aux dieux mineurs, vous ne seriez pas en train de perdre cette guerre ! Gloire à Hécate et Morphée !

– Surveillez la moto, lui ai-je dit.

Pomone a juré en latin et nous a lancé d'autres fruits à la tête, tandis que nous courions vers l'hôtel, Will et moi.

Je n'étais jamais entré au Plaza. Le hall de l'hôtel était impressionnant, avec ses lustres en cristal et ses riches clients endormis, mais je n'y ai pas vraiment fait attention. Deux Chasseresses nous ont indiqué les ascenseurs et nous sommes montés directement aux suites avec terrasses du dernier étage.

Les demi-dieux avaient entièrement investi les lieux. Il y avait des pensionnaires et des Chasseresses qui dormaient sur les canapés, d'autres qui se lavaient dans les salles de bains, déchiraient les tentures de soie pour panser leurs plaies ou se servaient à boire dans les minibars. Deux loups gris s'abreuvaient à même des cuvettes de W-C. J'ai vu avec soulagement que beaucoup de mes amis avaient survécu à la nuit, mais ils avaient tous l'air à bout de forces.

– Percy ! m'a dit Jake Mason en me donnant une tape sur l'épaule. Nous recevons des rapports...

– Plus tard. Où est Annabeth ?

– Sur la terrasse. Elle est en vie, mais...

Je l'ai bousculé pour me ruer sur la terrasse.

En temps ordinaire, j'aurais adoré la vue sur Central Park. Le jour s'était levé, clair et ensoleillé : l'idéal pour un pique-nique ou une promenade en plein air – pour n'importe quoi, en fait, à part combattre des monstres.

Annabeth était allongée sur un transat. Son visage était blême et perlé de sueur. Malgré les nombreuses couvertures, elle grelottait. Silena Beauregard lui épongeait le front avec une serviette fraîche.

Will et moi nous sommes frayé un passage entre les nombreux Athéna regroupés autour d'Annabeth. Will a défait les pansements d'Annabeth pour examiner la blessure et j'ai cru que j'allais m'évanouir. Le saignement avait cessé mais la plaie semblait profonde. Les lèvres de la blessure étaient d'une horrible teinte de vert.

– Annabeth...

Ma voix s'est étranglée. Ce coup de couteau m'était destiné. Comment avais-je pu la laisser le recevoir à ma place ?

– Y avait du poison sur le poignard, a-t-elle marmonné. J'ai pas été futée, sur ce coup, hein ?

Will Solace a poussé un soupir de soulagement.

– Ça va aller, Annabeth, a-t-il dit. Quelques minutes de plus et on aurait été embêtés, mais là, le venin ne s'est pas encore propagé au-delà de l'épaule. Essaie juste de rester sans bouger. Quelqu'un peut me donner du nectar ?

J'ai attrapé une gourde. Will a nettoyé la plaie avec le breuvage divin, tandis que je tenais la main d'Annabeth.

– Aïe ! a-t-elle fait. Aïe, aïe !

Elle serrait mes doigts si fort qu'ils ont viré au violet, mais elle restait immobile, comme le lui avait demandé Will. Silena murmurait des paroles d'encouragement. Will a appliqué un onguent argenté sur la plaie et psalmodié des mots en grec ancien – un hymne à Apollon. Puis il a refait un pansement neuf et s'est redressé, les jambes chancelantes.

La guérison avait dû pomper beaucoup de son énergie vitale, car il était aussi pâle qu'Annabeth.

– Ça devrait aller, a-t-il dit. Mais on va avoir besoin de fournitures pour mortels.

Il a attrapé une feuille de papier à lettres à l'en-tête de l'hôtel et griffonné une liste qu'il a tendue à un des Athéna.

– Il y a une grande parapharmacie sur la Cinquième Avenue, un Duane Reade, vous le connaissez ? En temps ordinaire je ne volerais jamais...

– Moi si, est intervenu Travis Alatir.

Will l'a regardé d'un œil sévère.

– Laisse de la monnaie ou des drachmes, lui a-t-il ordonné, laisse ce que tu as, mais il y a urgence. J'ai l'impression qu'on va avoir beaucoup d'autres personnes à soigner.

Personne ne l'a contredit. Quasiment aucun demi-dieu n'était sorti indemne des combats de cette nuit... à part moi.

– Venez, les gars, a dit Travis. Laissons Annabeth se reposer. On a un magasin à piller – euh, des courses à faire.

Les demi-dieux sont retournés à l'intérieur de l'hôtel. Au passage, Jake Mason m'a attrapé par l'épaule.

– On parlera plus tard, m'a-t-il dit, mais la situation est sous contrôle. Je me sers du bouclier d'Annabeth pour surveiller les mouvements. L'ennemi s'est replié au lever du soleil. On sait pas trop pourquoi, mais de toute façon, on a placé un guetteur devant chaque pont et chaque tunnel.

– Merci, vieux.

Jake a hoché la tête.

– Prends ton temps, mec.

Là-dessus, il a refermé la porte de la terrasse derrière lui, nous laissant seuls, Annabeth, Silena et moi.

Silena a appliqué une serviette humide sur le front d'Annabeth.

– Tout ça, c'est ma faute, a-t-elle dit.

– Non, a répondu Annabeth d'une voix faible. Silena, pourquoi ce serait ta faute ?

– J'ai jamais été bonne dans aucune matière, à la colonie. Pas comme toi ou Percy. Si j'étais meilleure au combat...

Ses lèvres tremblaient. Depuis la mort de Beckendorf, son état n'avait fait qu'empirer et chaque fois que je la regardais, je sentais se raviver la colère que m'avait causée la mort de notre camarade. Silena me faisait penser à du verre : si fragile qu'elle pouvait se briser d'un instant à l'autre. Je me suis juré que si je trouvais l'espion qui avait coûté la vie à son petit ami, je le donnerais en pâture à Kitty O'Leary.

– T'es une pensionnaire en or, Silena, lui ai-je dit. Tu es notre meilleure cavalière de pégase et tu as un don pour t'entendre avec tout le monde. Crois-moi, pour devenir l'ami de Clarisse, il faut un sacré talent.

Elle m'a regardé comme si je venais de lui donner une idée.

– C'est ça ! On a besoin des Arès. Je peux parler à Clarisse. Je pourrai la convaincre de nous aider, je le sais.

– Hou là ! Du calme, Silena ! Même si tu parvenais à quitter Manhattan, Clarisse est du genre buté. Une fois qu'elle est fâchée...

– S'il te plaît, a insisté Silena. Je pourrai prendre un pégase. Je *sais* que je pourrai rentrer à la colonie. Laisse-moi essayer.

J'ai échangé un regard avec Annabeth. Elle a hoché la tête doucement.

L'idée ne me plaisait pas. À mon avis, Silena n'avait aucune chance de convaincre Clarisse de se battre. D'un autre côté, là, elle était dans une telle détresse mentale que si elle devait se battre, elle se ferait certainement blesser. Peut-être que retourner à la colonie lui permettrait de concentrer ses pensées sur autre chose.

– D'accord, ai-je dit. Je pense que tu es la mieux placée pour essayer.

Silena m'a sauté au cou.

– Merci, Percy. Je ne te décevrai pas !

Après son départ, je me suis agenouillé au chevet d'Annabeth et j'ai mis la main sur son front. Il était encore brûlant.

– T'es mignon quand tu t'inquiètes, a-t-elle marmonné. Avec tes sourcils tout froncés.

– Je t'interdis de mourir tant que je te dois un service. Pourquoi as-tu intercepté ce coup de couteau ?

– T'en aurais fait autant.

C'était vrai. Je crois qu'on le savait tous les deux. Il n'empêche, j'avais l'impression de recevoir des coups au cœur, des coups métalliques et glacés.

– Comment tu as su ? lui ai-je demandé.

– Su quoi ?

J'ai balayé la terrasse du regard pour m'assurer qu'on était seuls. Puis je me suis rapproché encore davantage et je lui ai murmuré à l'oreille :

– Pour mon talon d'Achille. Si tu n'avais pas reçu ce coup de couteau à ma place, je serais mort.

Son expression s'est faite lointaine. Son haleine sentait le raisin, peut-être à cause du nectar.

– Je ne sais pas, Percy. J'ai juste senti que tu étais en danger. Où... où est ton point faible ?

Je n'étais censé le dire à personne. Mais c'était Annabeth. Si je ne pouvais pas lui faire confiance, je ne pouvais faire confiance à personne.

– Au creux de mon dos.

Elle a levé la main.

– Où ça ? Ici ?

Elle a posé la main sur ma colonne et j'ai senti ma peau me picoter. J'ai amené ses doigts sur l'endroit qui m'ancrait à ma vie mortelle. Ce que j'ai ressenti alors, c'était comme mille volts d'électricité traversant mon corps.

– Tu m'as sauvé la vie, ai-je dit. Merci.

Elle a retiré sa main mais je l'ai retenue dans la mienne.

– Alors tu as une dette envers moi, a-t-elle répondu d'une voix faible. Tu parles d'un scoop.

On a regardé le soleil se lever sur la ville. La circulation aurait dû être dense, à cette heure, mais il n'y avait aucune voiture qui klaxonnait, pas de piétons se pressant sur les trottoirs.

J'ai entendu, au loin, une alarme de voiture qui résonnait de rue en rue. Quelque part du côté de Harlem, une volute de fumée noire s'étirait dans le ciel. Je me suis demandé combien de cuisinières étaient restées allumées quand le sortilège de Morphée s'était abattu, combien de personnes avaient été frappées par le sommeil devant leurs casseroles, pendant qu'elles préparaient le dîner. Il y aurait bientôt d'autres incendies. Tout le monde, à New York, était en danger – et toutes ces vies dépendaient de nous.

– Tu m'as demandé pourquoi Hermès était en colère contre moi, a dit Annabeth.

– Hé, tu dois te reposer...

– Non, je veux te le dire. Ça fait un moment que ça me tracasse. (Elle a bougé l'épaule et grimacé de douleur.) L'année dernière, Luke m'a rendu visite à San Francisco.

J'ai pris la nouvelle comme un coup de massue en pleine figure.

– En personne ? Il est venu chez toi ?

– C'était avant qu'on descende dans le Labyrinthe. Avant... (Sa voix s'est étranglée, mais je savais qu'elle voulait dire : « avant qu'il se transforme en Cronos ».) Il est venu avec un drapeau blanc. Il m'a demandé de lui accorder cinq minutes, pas plus, pour me parler. Il avait l'air effrayé, Percy. Il m'a dit que Cronos allait se servir de lui pour s'emparer du monde. Il a dit qu'il voulait partir en cavale, comme autrefois. Il voulait que je vienne avec lui.

– Mais tu ne lui as pas fait confiance.

– Bien sûr que non. J'ai pensé que c'était un stratagème. En plus... disons que beaucoup de choses avaient changé, depuis autrefois. J'ai dit à Luke qu'il n'en était pas question. Il s'est mis en colère. Il m'a dit... il m'a dit que dans ce cas, j'avais intérêt à l'affronter là, tout de suite, parce qu'après, je n'en aurais plus jamais l'occasion.

Son front s'est de nouveau couvert de sueur. Raconter cette histoire éprouvait lourdement ses forces.

– C'est bon, ai-je dit. Essaie de te reposer.

– Tu ne comprends pas, Percy. Hermès avait raison. Peut-être que si j'étais partie avec lui, j'aurais pu le faire changer d'avis. Ou bien... j'avais un couteau. Luke n'était pas armé. J'aurais pu...

– Le tuer ? Tu sais que ça n'aurait pas été bien de le faire comme ça.

Elle a plissé les yeux très fort.

– Luke a dit que Cronos allait se servir de lui « comme d'un marchepied ». Ce sont ses mots. Cronos allait se servir de Luke pour devenir encore plus puissant.

– C'est ce qu'il a fait, ai-je dit. Il a pris possession du corps de Luke.

– Et si le corps de Luke n'était qu'une étape ? Et si Cronos avait un plan pour devenir encore plus puissant ? J'aurais pu l'arrêter. Cette guerre, c'est ma faute.

En l'entendant, j'avais l'impression d'être à nouveau plongé dans le Styx et de me dissoudre lentement. Je me suis souvenu de l'été dernier, quand Janus, le dieu à deux têtes, avait averti Annabeth qu'elle serait confrontée à un choix décisif – cela s'était passé *après* sa rencontre avec Luke. Pan lui avait dit quelque chose, lui aussi : « Tu joueras un grand rôle, bien que ce ne sera peut-être pas celui que tu avais imaginé. »

Je voulais l'interroger sur la vision qu'Hestia m'avait montrée, sur la période qu'elle avait partagée avec Luke et Thalia. Je savais qu'il y avait un rapport avec ma prophétie, mais je ne voyais pas lequel.

Avant que j'aie pu rassembler le courage de le faire, la porte de la terrasse s'est ouverte. Connor Alatir s'est avancé vers nous.

– Percy. (Il a jeté un coup d'œil à Annabeth, comme s'il ne voulait rien dire d'inquiétant en sa présence, mais je voyais bien qu'il n'était pas porteur de bonnes nouvelles.) Kitty O'Leary vient d'arriver avec Grover. Je crois que tu devrais aller le voir.

Grover prenait un en-cas dans la salle à manger. Il était en tenue de combat : une cotte faite d'écorces d'arbre et de tortillons, sa massue en bois et sa flûte de Pan accrochées à la ceinture.

Les Déméter avaient improvisé un buffet splendide en piochant dans les cuisines de l'hôtel – il y avait de tout, de la pizza jusqu'à la glace à l'ananas. Malheureusement, Grover mangeait le mobilier. Il avait déjà avalé le rembourrage d'un fauteuil de style et s'attaquait maintenant à l'accoudoir.

– Hé, mec ! On n'est pas chez nous, ici ! lui ai-je fait remarquer.

– Bêêê-êêê-êê ! (Il avait la figure pleine de crin de rembourrage.) Désolé, Percy. Mais le Louis XVI... c'est trop délicieux ! En plus je mange toujours des meubles quand je...

– Quand tu t'inquiètes, ouais, je sais. Alors, quelles nouvelles ?

Il s'est levé d'un bond.

– J'ai appris, pour Annabeth. Est-ce que... ?

– Elle se repose. Ça va aller.

Grover a poussé un soupir de soulagement.

– Ouf ! Heureusement. J'ai mobilisé la plupart des esprits de la nature présents dans la ville – du moins ceux qui ont bien voulu m'écouter. (Il s'est frotté le front.) Je n'avais aucune idée qu'un gland pouvait faire aussi mal. En tout cas, on aide autant qu'on peut.

Il m'a parlé des escarmouches qu'ils avaient essuyées. Ils avaient couvert principalement le nord de Manhattan, où nous manquions de demi-dieux. Des chiens des Enfers avaient surgi en plein d'endroits différents, s'infiltrant par vol d'ombres dans nos rangs, et les dryades et les satyres les avaient repoussés. Un jeune dragon avait débarqué à Harlem et douze nymphes sylvestres avaient péri avant que le monstre soit enfin terrassé.

Pendant que Grover faisait son rapport, Thalia est entrée avec deux de ses lieutenantes. Elle m'a salué d'un hochement de tête sévère, puis est montée voir Annabeth. À son retour, elle a écouté Grover terminer son récit – dont les détails ne faisaient qu'empirer.

– On a perdu vingt satyres en combattant des géants à Fort Washington, a-t-il dit d'une voix qui tremblait. Presque la moitié de ma famille. Des esprits fluviaux ont fini par noyer les géants, mais...

Thalia a passé son arc sur son épaule.

– Percy, a-t-elle dit, les troupes de Cronos continuent de se masser devant les ponts et les tunnels. Et Cronos n'est pas le seul Titan. Une de mes Chasseresses a repéré un homme immense, en armure dorée, qui rassemblait une armée sur la rive du New Jersey. Je ne sais pas qui c'est, mais le type de pouvoir qu'il dégage ne peut émaner que d'un Titan ou d'un dieu.

Je me suis souvenu du Titan d'or de mon rêve – celui du mont Othrys, qui avait explosé en gerbe de flammes.

– Super, ai-je commenté. Est-ce qu'il y a des bonnes nouvelles ?

Thalia a haussé les épaules.

– On a barré tous les tunnels de métro à leur entrée dans Manhattan. Mes meilleures trappeuses s'en sont chargées. Par ailleurs, il semblerait que l'ennemi attende le soir pour attaquer. Je crois que Luke, je veux dire Cronos, a besoin de temps entre les combats pour se régénérer. Il n'est pas encore très à l'aise dans son nouveau corps. Il consacre une grande part de son pouvoir à ralentir le temps tout autour de la ville.

Grover a hoché la tête et ajouté :

– La plupart de ses soldats sont plus puissants de nuit, eux aussi. Ils reviendront après le coucher du soleil.

J'ai essayé de mettre de l'ordre dans mes pensées.

– D'accord. Avons-nous des nouvelles des dieux ?

Thalia a haussé les épaules.

– Je sais que dame Artémis serait là si elle le pouvait. Athéna aussi. Mais Zeus leur a ordonné de rester à ses côtés. Aux dernières nouvelles, Typhon détruisait la vallée de l'Ohio. Il devrait arriver aux Appalaches aux alentours de midi.

– En somme, ai-je supputé, dans le meilleur des cas, on a deux jours avant qu'il arrive.

Jake Mason s'est éclairci la gorge. Il était resté tellement silencieux que je l'avais presque oublié.

– Percy, il y a autre chose, a-t-il dit. Cronos s'est présenté au pont de Williamsburg comme s'il savait que tu y serais. Et il a déplacé ses troupes vers nos points les plus faibles. Dès que nous nous sommes déployés, il a changé de stratégie. Il s'est à peine attaqué au Lincoln Tunnel, où les Chasseresses étaient en position de force. Il a ciblé nos points les plus faibles, comme s'il les connaissait.

– Comme s'il avait reçu des infos de l'intérieur, ai-je acquiescé. L'espion.

– Quel espion ? a demandé Thalia.

Je lui ai parlé de l'amulette en argent que Cronos m'avait montrée, l'outil de communication.

– Ça craint, a-t-elle dit. Ça craint un max.

– Ça pourrait être n'importe qui, a précisé Jake. Nous étions tous présents quand Percy a donné les ordres.

– Mais qu'est-ce qu'on peut faire ? a demandé Grover. Fouiller tous les demi-dieux jusqu'à ce qu'on trouve une breloque en forme de faux ?

Ils m'ont tous regardé, attendant que je prenne une décision. Je ne pouvais pas me permettre de laisser paraître ma panique, même si la situation me semblait désespérée.

– On continue le combat, ai-je dit. On ne va pas faire une fixette sur cet espion. Si on commence à se méfier les uns des autres, on est foutus. Vous avez assuré comme des bêtes, cette nuit. Je ne pourrais pas rêver d'une armée plus courageuse. On va organiser des tours de garde. Reposez-vous tant que vous le pouvez. La nuit promet d'être longue.

Mes camarades ont approuvé par un murmure, puis chacun est parti de son côté, dormir, manger ou réparer ses armes.

– Ça vaut pour toi aussi, Percy, a dit Thalia. On va monter la garde. Va t'allonger. On a besoin que tu sois en forme cette nuit.

Je n'ai pas trop protesté. Je suis entré dans la chambre la plus proche et je me suis écroulé sur le lit à baldaquin. Je pensais être trop tendu pour dormir, mais mes paupières se sont fermées presque immédiatement.

J'ai rêvé que Nico Di Angelo était seul dans les jardins d'Hadès. Il venait de creuser un trou dans une des plates-bandes de Perséphone, ce qui à mon avis allait déplaire à la reine.

Il a versé un verre de vin dans le trou et s'est mis à psalmodier :

– Que les morts retrouvent le goût. Qu'ils se lèvent et acceptent cette offrande. Maria Di Angelo, montre-toi !

Une fumée blanche s'est formée. Une silhouette humaine est apparue, mais ce n'était pas la mère de Nico. C'était une fille aux cheveux noirs et au teint mat, qui portait les vêtements argentés d'une Chasseresse.

– Bianca, a dit Nico. Mais...

N'invoque pas notre mère, Nico, a averti le spectre. *C'est le seul esprit qu'il t'est interdit de voir.*

– Pourquoi ? Que cache notre père ?

De la douleur, a dit Bianca. *De la haine. Une malédiction qui remonte à la Grande Prophétie.*

– Qu'est-ce que tu veux dire ? Il faut que je sache !

Ce savoir ne t'apportera que de la souffrance. Rappelle-toi ce que je t'ai dit : la rancune est le défaut fatal des enfants d'Hadès.

– Je le sais, a dit Nico. Mais je ne suis plus le même qu'avant, Bianca. Arrête d'essayer de me protéger !

Frère, tu ne comprends pas...

Nico a agité la main dans la brume et l'image de Bianca s'est dissipée.

– Maria Di Angelo, a-t-il répété. Parle-moi !

Une autre image s'est formée. C'était une scène, plutôt qu'un fantôme isolé. Dans la brume, j'ai distingué Nico et Bianca petits, dans le hall d'un hôtel chic, en train de jouer à chat entre les piliers de marbre.

Une femme était assise non loin, sur un canapé. Elle portait une robe noire, des gants et un chapeau noir à voilette, comme une star d'un vieux film des années 1940. Elle avait le sourire de Bianca et les yeux de Nico.

Dans un fauteuil, à côté d'elle, se trouvait un grand type baraqué en costume noir à fines rayures. Avec un choc, j'ai reconnu Hadès. Penché vers la femme, il parlait en agitant les mains, l'air très troublé.

– Je t'en prie, ma chérie, tu dois venir aux Enfers. Je me moque de ce que pense Perséphone ! Vous serez en sécurité, dans mon royaume.

– Non, mon amour. (La femme avait l'accent italien.) Élever nos enfants au pays des morts ? Je m'y refuse.

– Maria, écoute-moi. La guerre qui déchire l'Europe a dressé les autres dieux contre moi. Une prophétie a été prononcée. Mes enfants ne sont plus en sécurité. Poséidon et Zeus m'ont forcé à passer un accord avec eux. Aucun de nous trois ne doit plus jamais avoir d'enfants avec des mortelles.

– Mais tu as *déjà* Nico et Bianca. Sûrement que...

– Non ! La prophétie met en garde contre un demi-dieu atteignant l'âge de seize ans. Zeus a décrété que les enfants que j'ai actuellement devaient être menés à la Colonie des

Sang-Mêlé pour y recevoir « l'entraînement qui s'impose », mais je sais ce qu'il a en tête. Au mieux ils seront surveillés, enfermés et montés contre leur père. Le plus probable, c'est qu'il ne prendra pas de risque. Il ne laissera pas mes enfants demi-dieux atteindre l'âge de seize ans. Il trouvera le moyen de les tuer, et je ne lui donnerai pas cette possibilité !

– *Certamente*, a dit Maria. Nous allons rester ensemble. Zeus est *un imbecille*.

Je n'ai pas pu m'empêcher d'admirer son courage, mais Hadès a jeté un regard inquiet vers le plafond.

– Maria, s'il te plaît. Je t'ai dit que Zeus m'avait donné la *semaine dernière* comme date limite pour livrer les enfants. Sa colère sera terrible et je ne vais pas pouvoir te cacher indéfiniment. Tant que tu restes avec les enfants, tu es en danger toi aussi.

Maria a souri et, là encore, la forte ressemblance avec sa fille était troublante.

– Tu es un dieu, mon amour. Tu nous protégeras. Mais je refuse d'emmener Nico et Bianca aux Enfers.

Hadès s'est tordu les mains.

– Alors... il y a une autre solution. Je connais un endroit dans le désert où le temps s'arrête. Je pourrais y envoyer les enfants, temporairement seulement, pour les mettre en sécurité. Et nous pourrions rester ensemble. Je te construirai un palais doré au bord du Styx.

Maria Di Angelo a ri doucement.

– Tu es un homme de cœur, mon amour. Un homme généreux. Si les autres dieux te voyaient avec mes yeux, ils n'auraient pas si peur de toi. Mais Nico et Bianca ont besoin de leur mère. En plus, ce ne sont que des enfants. Les dieux ne leur feront pas de mal.

– Tu ne connais pas ma famille, a dit Hadès d'un ton lugubre. Maria, je t'en prie. Je ne veux pas te perdre.

Elle lui a effleuré les lèvres du bout des doigts.

– Tu ne vas pas me perdre. Attends-moi, je vais chercher mon sac. Surveille les enfants.

Sur ces mots, elle a embrassé le seigneur des Morts et s'est levée. Hadès l'a regardée monter l'escalier comme si chacun de ses pas le faisait souffrir.

Un instant plus tard, il s'est tendu. Les enfants ont cessé de jouer comme si eux aussi pressentaient quelque chose.

– Non ! a crié Hadès.

Même ses pouvoirs divins se sont avérés trop lents. Il a eu juste le temps d'ériger un mur d'énergie noire autour des enfants avant que l'hôtel explose.

La déflagration a été d'une telle force que l'image de brume s'est entièrement dissipée. Lorsqu'elle s'est reformée, j'ai vu Hadès agenouillé dans les ruines, tenant dans ses bras le corps disloqué de Maria Di Angelo. Des flammes brûlaient encore autour de lui. Des éclairs sillonnaient le ciel et le tonnerre grondait.

Les petits Nico et Bianca regardaient leur mère sans comprendre. Alecto la Furie est apparue derrière eux, en sifflant et agitant ses ailes parcheminées. Les enfants n'ont pas eu l'air de la remarquer.

Hadès a secoué le poing vers le ciel.

– Zeus ! Je t'écraserai ! Je la ramènerai à la vie !

– Seigneur, vous ne pouvez pas, lui a rappelé Alecto. Plus

qu'aucun autre immortel, vous vous devez de respecter les lois de la mort.

Hadès écumait de rage. J'ai cru qu'il allait se montrer sous sa forme véritable et pulvériser ses propres enfants, mais au dernier moment, il a repris le contrôle de lui-même.

– Emmène-les, a-t-il dit à Alecto en refoulant un sanglot. Efface leurs souvenirs dans les eaux du Léthé et emmène-les à l'hôtel Lotus. Zeus ne pourra pas leur faire de mal, là-bas.

– Comme vous le souhaitez, seigneur, a répondu Alecto. Et le corps de la femme ?

– Emmène-la elle aussi, a dit le dieu avec amertume. Accorde-lui les rites anciens.

Alecto, les enfants et le corps de Maria se sont dissipés parmi les ombres, laissant Hadès seul au milieu des ruines.

– Je vous avais prévenu, a dit une nouvelle voix.

Hadès s'est retourné. Une fille en robe de toutes les couleurs était debout devant les vestiges encore fumants du canapé. Elle avait des cheveux noirs, coupés court, et des yeux tristes. Elle était âgée d'une douzaine d'années. Je ne la connaissais pas, pourtant elle avait un air étrangement familier.

– Tu oses venir ici ? a grondé Hadès. Je devrais te réduire en poussière !

– Vous ne pouvez pas, a répondu la fille. Le pouvoir de Delphes me protège.

Avec un frisson, j'ai compris que j'avais devant les yeux l'Oracle de Delphes, au temps où elle était encore vivante et jeune. Curieusement, la voir dans cet état me donnait encore plus la chair de poule que sous sa forme de momie.

– Tu as tué la femme que j'aimais ! a rugi Hadès. Ta prophétie nous a amené cette catastrophe !

Il l'écrasait de sa haute stature, mais elle ne bronchait pas.

– Zeus a ordonné l'explosion pour tuer les enfants, a-t-elle dit, parce que vous avez bravé sa volonté. Je n'y suis pour rien. Et je vous avais averti de les cacher plus tôt.

– Je ne pouvais pas ! Maria ne me laissait pas faire ! En plus, ils étaient innocents.

– Il n'empêche que ce sont vos enfants, et cela suffit à les rendre dangereux. En les mettant à l'hôtel Lotus, vous ne faites que repousser le problème. Zeus n'autorisera jamais Nico et Bianca à regagner le monde des vivants, de crainte qu'ils atteignent l'âge de seize ans.

– À cause de ta soi-disant Grande Prophétie. Et tu m'as obligé à jurer que je n'aurais pas d'autres enfants. Tu m'as laissé sans rien !

– Je prévois l'avenir, a dit la fille. Je ne peux pas le changer.

Un feu noir a embrasé les yeux du dieu et j'ai compris que quelque chose de terrible approchait. J'aurais voulu hurler à la fille de se cacher ou de s'enfuir.

– Alors, Oracle, écoute les paroles d'Hadès, a grondé le seigneur des Morts. Je ne peux peut-être pas ramener Maria à la vie. Je ne peux peut-être pas te précipiter dans une mort précoce. Mais ton âme étant toujours mortelle, il y a une chose que je peux faire, c'est te maudire.

La fille a écarquillé les yeux.

– Vous ne...

– Je jure, a déclamé Hadès, que tant que mes enfants seront exclus, tant que je souffrirai sous la malédiction de ta Grande Prophétie, l'Oracle de Delphes n'aura pas d'autre hôte mortel. Tu ne reposeras jamais en paix. Personne ne te remplacera. Ton corps flétrira et mourra, mais l'esprit de l'Oracle demeurera prisonnier de ton enveloppe charnelle. Tu prononceras tes amères prophéties jusqu'au moment où tu tomberas en poussière, et l'Oracle disparaîtra avec toi !

La fille a hurlé, et l'image de brume volé en éclats. Nico est tombé à genoux dans le jardin de Perséphone, le visage livide. Debout devant lui se dressait le véritable Hadès, imposant et sévère dans ses robes noires, qui toisait son fils d'un œil mauvais.

– Peut-on savoir, a-t-il demandé à Nico, ce que tu fabriques ?

Une explosion noire a rempli mes rêves. Et le décor a changé.

Rachel Elizabeth Dare marchait le long d'une plage de sable blanc. Elle était en maillot de bain, un tee-shirt noué autour de la taille. Elle avait des coups de soleil sur le visage et les épaules.

Elle s'est accroupie et mise à tracer des lettres sur le rivage. J'ai essayé de les déchiffrer. J'ai cru que ma dyslexie me jouait des tours, jusqu'au moment où je me suis rendu compte qu'elle écrivait en grec ancien.

C'était impossible ! Le rêve devait être erroné.

Je sais lire le grec mais je n'ai reconnu qu'un seul mot avant que la mer ne l'efface : Περσεύς. Mon nom, « Perseus », ou Persée.

Rachel s'est relevée brusquement et s'est écartée de l'eau.

– Par les dieux ! C'est donc ça que ça signifie.

Elle a fait demi-tour et elle est partie en courant, soulevant du sable à chaque pas, vers la villa familiale.

Le souffle court, elle a grimpé les marches de la terrasse. Son père a levé le nez de son *Wall Street Journal*.

– Papa, a dit Rachel en se dirigeant droit sur lui. Faut qu'on rentre.

La bouche de son père s'est tordue, comme s'il essayait de se rappeler comment on fait pour sourire.

– Qu'on rentre ? Mais on vient d'arriver.

– Il y a des problèmes à New York. Percy est en danger.

– Il t'a appelée ?

– Non... pas à proprement parler. Mais je le sais. C'est une intuition.

M. Dare a replié son journal.

– Ta mère et moi attendions ces vacances depuis longtemps.

– Faux ! Vous détestez la plage tous les deux ! Vous êtes juste trop têtus pour l'admettre.

– Écoute, Rachel...

– Je te dis qu'il se passe quelque chose de grave à New York. La ville entière... Je ne sais pas ce qu'il y a au juste, mais c'est toute la ville qui est attaquée.

M. Dare a soupiré.

– La ville entière... tu ne crois pas qu'on en aurait parlé aux nouvelles ?

– Non, a insisté Rachel. Pas pour ce type d'offensive. As-tu reçu un seul coup de fil depuis qu'on est arrivés ?

– Non, a reconnu M. Dare en fronçant les sourcils. Mais c'est le week-end, en plein été, en plus.

– Tu reçois toujours des coups de fil. Avoue que c'est étrange !

M. Dare a hésité.

– On ne peut pas partir comme ça. On a dépensé beaucoup d'argent.

– Écoute, a dit Rachel. Papa... Percy a besoin de moi. Je dois lui transmettre un message. C'est une question de vie ou de mort.

– Quel message ? Qu'est-ce que tu racontes ?

– Je ne peux pas te dire.

– Alors tu ne peux pas partir.

Rachel a fermé les yeux, comme pour rassembler son courage.

– Papa… laisse-moi partir et je passerai un marché avec toi.

M. Dare s'est redressé dans son fauteuil. Les marchés, c'était le genre de choses qu'il comprenait.

– Je t'écoute.

– L'Institut Clarion pour jeunes filles. Je… je m'y rendrai à l'automne prochain. Je ne me plaindrai même pas. Mais il faut que tu me ramènes à New York *immédiatement*.

Le père de Rachel a gardé le silence plusieurs longues minutes. Puis il a ouvert son téléphone et composé un numéro.

– Douglas ? Préparez l'avion. Nous partons pour New York. Oui… immédiatement.

Rachel lui a sauté au cou et il a eu l'air surpris – sans doute n'avait-elle pas l'habitude de l'embrasser.

– Je te revaudrai ça, p'pa !

Il a souri, mais son expression était glaciale. Il l'examinait comme s'il n'avait pas sa fille sous les yeux, mais juste la jeune femme qu'il voulait qu'elle soit, après son formatage à l'Institut Clarion.

– Oui, Rachel, j'y compte bien.

La scène s'est évanouie. J'ai grommelé dans mon sommeil : « Rachel, non ! »

Je faisais encore des soubresauts dans mon lit quand Thalia m'a secoué.

– Percy, réveille-toi. C'est l'après-midi. On a de la visite.

Je me suis redressé, un peu perdu. Le lit était trop confortable et je déteste dormir le jour.

– De la visite ?

Thalia a hoché gravement la tête.

– Il y a un Titan qui veut te voir et il brandit le drapeau blanc. Il est porteur d'un message de Cronos.

13 Un titan m'apporte un cadeau

Le drapeau blanc se voyait à un bon kilomètre de distance. Il avait la superficie d'un terrain de foot et il était brandi par un géant de dix mètres de haut à la peau bleue et aux cheveux gris de glace.

– Un Hyperboréen, m'a expliqué Thalia. Un géant du Nord. Ils sont pacifistes, d'ordinaire. C'est mauvais signe qu'ils se soient ralliés au camp de Cronos.

– Tu les connais ?

– Mouais. Il y en a un grand groupe dans l'Alberta. Crois-moi, t'as pas envie de faire une bataille de boules de neige avec ces lascars.

Le géant se rapprochait et j'ai bientôt pu voir qu'il était flanqué de trois émissaires à taille humaine : un demi-dieu en armure, une démone *empousa* en robe noire et aux cheveux de feu et un grand type en smoking. L'*empousa* avait passé son bras sous celui du type en queue-de-pie, ce qui leur aurait donné l'allure d'un couple se rendant au théâtre ou au concert... sans les crocs et les mèches lance-flammes de la dame.

Le trio se dirigeait tranquillement vers l'aire de jeux Heckscher, à Central Park. Les balançoires et les terrains de kickball étaient vides. Le seul bruit qu'on entendait était le murmure de la fontaine.

J'ai regardé Grover et je lui ai demandé :

– Le type en smoking, c'est le Titan ?

Il a hoché la tête avec nervosité.

– Il a l'air d'un magicien. Je déteste les magiciens. Ils ont toujours des lapins avec eux.

– Tu as peur des lapins ?! J'y crois pas !

– Bêêê-êêê-êê ! C'est rien que des brutes. Toujours prêts à piquer le céleri des satyres sans défense !

Thalia a toussoté.

– Qu'est-ce qu'il y a ? a fait Grover.

– On travaillera sur ta phobie des lapins plus tard, ai-je dit. Les voici.

L'homme en smoking s'est avancé. Il devait bien faire deux mètres quinze – largement plus que la taille normale d'un humain, en tout cas. Ses cheveux noirs étaient attachés en catogan. Des lunettes noires cachaient ses yeux, mais ce qui m'a frappé, c'est la peau de son visage : elle était entièrement égratignée, comme s'il s'était fait attaquer par un petit animal à griffes – un hamster furibard, par exemple.

– Percy Jackson, a-t-il dit d'une voix suave. C'est un grand honneur.

Sa compagne *empousa* m'a gratifié d'un sifflement. Elle était probablement au courant que j'avais pulvérisé deux de ses consœurs l'été dernier.

– Chérie, lui a dit Mister Smoking, tu veux pas aller t'asseoir tranquillement ?

Elle lui a lâché le bras et s'est dirigée vers un des bancs du parc.

J'ai jeté un coup d'œil au demi-dieu en armure, derrière Mister Smoking. Je ne l'avais pas reconnu tout de suite à cause de son nouveau casque, mais c'était mon vieux pote le roi du coup en traître, Ethan Nakamura. Souvenir de notre combat sur le pont de Williamsburg, il avait le nez rouge et en compote comme une grosse tomate écrasée, ce qui m'a fait plutôt plaisir.

– Salut Ethan, l'ai-je nargué. T'as bonne mine !

Il m'a fusillé du regard pour toute réponse.

– Venons-en à notre affaire, a dit Mister Smoking en me tendant la main. Je suis Prométhée.

J'en suis resté trop sidéré pour lui serrer la main.

– Le voleur de feu ? Le gars enchaîné au rocher, assailli par les vautours ?

Prométhée a cillé et passé le bout des doigts sur les griffures de son visage.

– Ne parlons pas des vautours, s'il te plaît. Mais c'est exact, j'ai volé le feu aux dieux et je l'ai donné à tes ancêtres. Pour me punir, le toujours clément Zeus m'a enchaîné à un rocher et condamné à la torture pour l'éternité.

– Mais...

– Comment je me suis libéré ? C'est Héraclès qui m'a libéré, il y a des siècles de cela. Alors comme tu vois, j'ai gardé un faible pour les héros. Certains d'entre vous sont assez civilisés.

– Contrairement à certaines personnes dont tu t'entoures, ai-je fait remarquer.

Je regardais Ethan, mais Prométhée a cru que je voulais parler de l'*empousa*.

– Oh, les démons ne sont pas si mauvais bougres que ça, du moment qu'on veille à les nourrir convenablement. Bien, Percy Jackson, venons-en aux pourparlers.

Il a indiqué d'un geste une table à pique-nique et on s'y est assis tous les deux. Thalia et Grover se sont placés debout derrière moi.

Le géant bleu a calé son drapeau contre un arbre et s'est mis à jouer distraitement dans l'aire de jeux. Il a grimpé sur la cage à poules et elle s'est écroulée, mais ça n'a pas eu l'air de le contrarier. Il a juste froncé les sourcils et dit : « Oh-oh. » Ensuite il est monté sur la fontaine et la vasque de béton s'est cassée en deux sous son poids. « Oh-Oh. » L'eau a gelé au contact de son pied. Une ribambelle d'animaux en peluche pendait à sa taille – les modèles géants qu'on peut gagner dans les fêtes foraines. Il m'a rappelé Tyson et la pensée de me battre contre lui m'a attristé.

Prométhée a posé les coudes sur la table et croisé les mains. Il avait l'air sérieux, bienveillant et sage.

– Percy, ta position est faible. Tu sais que tu ne pourras pas arrêter le prochain assaut.

– On verra.

Prométhée a paru peiné, comme s'il se souciait vraiment de mon sort.

– Percy, je suis le Titan de la prévoyance. Je sais ce qui va se passer.

– Également le Titan de l'argument fallacieux, a glissé Grover. Insistons sur « fallacieux ».

Prométhée a haussé les épaules.

– Exact, satyre. Mais j'ai soutenu les dieux lors de la dernière guerre. J'ai dit à Cronos : « Tu ne fais pas le poids. Tu vas perdre. » Et j'avais raison. Comme vous le voyez, je sais choisir le camp des vainqueurs. Cette fois-ci, je suis du côté de Cronos.

– Parce que Zeus t'a enchaîné à un rocher, ai-je deviné.

– En partie, oui. Je ne nie pas mon désir de vengeance. Mais ce n'est pas la seule raison pour laquelle je soutiens Cronos. C'était le choix le plus avisé. Je suis venu ici parce que j'ai pensé que tu écouterais la voix de la raison.

Il a tracé une carte sur la table du bout de l'index. Des lignes brillantes et dorées apparaissaient sur le béton au contact de son doigt.

– Voilà Manhattan. Nous avons des armées ici, ici, ici et là. Nous connaissons vos effectifs. Nous sommes à vingt et un contre un.

– Ton espion te tient informé, ai-je supposé.

Prométhée a esquissé un sourire d'excuse.

– Bref, nos rangs grossissent de jour en jour. Ce soir, Cronos va attaquer. Vous serez écrasés. Vous vous êtes battus vaillamment, mais vous ne pourrez pas tenir Manhattan toute entière, c'est carrément impossible. Vous serez forcés de vous replier sur l'Empire State Building. Et là, vous serez exterminés. Je l'ai vu. C'est ce qui va se passer.

J'ai repensé au tableau que Rachel avait peint dans mes rêves : une armée au pied de l'Empire State Building. Je me suis rappelé les paroles de la jeune Oracle dans mon récent rêve : « Je prévois l'avenir. Je ne peux pas le changer. » Prométhée parlait avec une telle certitude qu'il était difficile de ne pas le croire.

– Ça ne se passera pas comme ça, ai-je déclaré, je ne le permettrai pas.

D'une chiquenaude, Prométhée a retiré un grain de poussière de son smoking.

– Essaie de comprendre, Percy. C'est la guerre de Troie qui

se rejoue aujourd'hui. Les schémas se répètent dans l'histoire. Ils reviennent, exactement comme les monstres. Un siège. Deux armées. La seule différence, c'est que cette fois-ci, vous êtes dans le camp qui se défend. Vous êtes Troie. Et tu sais ce qui est arrivé aux Troyens, dis-moi ?

– Tu vas fourrer un cheval en bois dans l'ascenseur de l'Empire State Building ? ai-je ironisé. Bonne chance.

Prométhée a souri.

– Troie a été rasée, Percy. Tu ne veux pas que ça se reproduise ici. Retire-toi et New York sera épargnée. Tes armées seront amnistiées. Je veillerai personnellement à ta sécurité. Laisse Cronos s'emparer de l'Olympe. Quelle importance ? De toute façon, Typhon va détruire les dieux.

– Je vois. Et je devrais croire que Cronos épargnerait la ville.

– Tout ce qu'il veut, c'est l'Olympe, a garanti Prométhée. La force des dieux est liée au siège de leur pouvoir. Tu as bien vu comment Poséidon a été affecté quand son palais sous-marin a été attaqué.

J'ai grimacé au souvenir de mon père, que j'avais vu si vieux et décrépit ce jour-là.

– Oui, a acquiescé tristement Prométhée. Je sais que ça a été dur pour toi. Lorsque Cronos détruira l'Olympe, les dieux déclineront. Leur faiblesse atteindra un tel degré qu'il sera facile de les vaincre. Cronos préférerait agir tant que Typhon occupe les Olympiens à l'ouest. Ce serait bien plus simple, ça coûterait beaucoup moins de vies. Mais ne rêve pas. Vous ne pouvez, au mieux, que nous ralentir. Après-demain, Typhon arrivera à New York et là, vous n'aurez aucune chance. Les dieux et le mont Olympe seront quand même détruits, mais avec beaucoup plus de dégâts. Ce sera bien pire pour toi et pour ta ville. D'une façon comme de l'autre, les Titans l'emporteront.

Thalia a tapé du poing sur la table.

– Je sers Artémis. Les Chasseresses se battront jusqu'à leur dernier souffle. Percy, ne me dis pas que tu vas prendre au sérieux ce que te raconte cette ordure ?

J'ai cru que Prométhée allait la pulvériser, mais il s'est contenté de sourire.

– Ton courage est tout à ton honneur, Thalia Grace.

Thalia s'est raidie.

– C'est le nom de famille de ma mère. Je ne le porte pas.

– À ta guise, a répliqué Prométhée avec désinvolture, mais j'ai senti qu'il l'avait touchée au vif.

C'était la première fois que j'entendais le nom de famille de Thalia. D'une certaine manière, il la rendait presque normale. Moins puissante, moins mystérieuse.

– De toute façon, a repris le Titan, vous n'avez aucune raison d'être contre moi. J'ai toujours aidé l'humanité.

– Ça, c'est du pipeau total, a dit Thalia. Lorsque les hommes ont commencé à faire des sacrifices aux dieux, tu les as embrouillés pour qu'ils te réservent la meilleure part. Tu nous as donné le feu pour une seule raison, casser les pieds aux dieux. Pas parce que tu t'intéresses à nous.

Prométhée a secoué la tête.

– Tu ne comprends pas. J'ai contribué à façonner la nature humaine.

Une boule d'argile frétillante a surgi entre ses mains. Il a formé une petite figurine, dotée de bras et de jambes. L'être de glaise n'avait pas d'yeux, mais il s'est mis à avancer à tâtons sur la table, en trébuchant contre les doigts de Prométhée.

– Je murmure à l'oreille de l'homme depuis le début de votre existence, a continué le Titan. Je représente votre curiosité, votre sens de l'exploration, votre inventivité. Aide-moi à vous sauver, Percy. Fais-le, et j'accorderai un nouveau don à l'humanité, une révélation qui vous fera autant progresser que jadis le feu. Vous ne pourrez jamais connaître une telle avancée sous le règne des dieux, ils ne vous le permettraient pas. Mais ce jour pourrait amorcer un nouvel âge d'or pour vous. Ou bien...

Prométhée a refermé la main et aplati d'un coup de poing l'homme d'argile.

« Oh-Oh », a fait le géant bleu. Sur son banc, l'*empousa* a souri en montrant les crocs.

– Percy, tu sais que les Titans et leurs rejetons ne sont pas tous mauvais, a repris Prométhée. Tu as rencontré Calypso.

J'ai senti mon visage s'empourprer.

– C'est différent.

– En quoi est-ce différent ? Comme moi, elle n'a rien fait de mal, pourtant elle a été exilée pour toujours au simple motif qu'elle était la fille d'Atlas. Nous ne sommes pas vos ennemis. Ne laissez pas le pire se produire. Nous vous offrons la paix.

J'ai regardé Ethan Nakamura.

– Ça doit t'exaspérer, lui ai-je lancé.

– Je comprends pas ce que tu veux dire.

– Si nous acceptons cet accord, tu n'auras pas ta vengeance. Tu n'auras pas l'occasion de nous tuer tous. C'est bien ce que tu veux, non ?

Son œil sain s'est enflammé.

– Tout ce que je veux, c'est qu'on me respecte, Jackson. Les dieux n'ont jamais daigné m'accorder leur respect. Tu voulais que j'aille à ta stupide colonie, que je végète avec tous les autres dans le bungalow d'Hermès parce que je suis pas important ? Même pas reconnu ?

Il parlait exactement comme Luke quand ce dernier avait essayé de me tuer dans les bois, à la colonie, quatre ans plus tôt. À ce souvenir, j'ai senti la cicatrice de ma main me chatouiller, là où le scorpion m'avait mordu.

– Ta mère est la déesse de la Vengeance, ai-je répondu à Ethan. Tu trouves que ça devrait nous inspirer le respect ?

– Némésis représente l'équilibre ! Quand les gens ont trop de chance, elle les démolit.

– Et c'est pour ça qu'elle t'a pris un œil ?

– C'était un paiement, a-t-il grommelé. En échange, elle m'a juré qu'un jour, j'aurai un poids dans la balance du pouvoir. Je ferai respecter les dieux mineurs. Un œil n'est pas cher payer pour cela.

– Super, ta reum.

– Elle tient ses paroles, elle, au moins. Pas comme les Olympiens. Elle paie toujours ses dettes, que ce soit en bien ou en mal.

– Ouais. Alors je t'ai sauvé la vie, et pour me remercier tu as ranimé Cronos. Sûr que c'est équitable.

Ethan a porté la main à la poignée de son épée, mais Prométhée l'a arrêté.

– Voyons, voyons, nous sommes en mission diplomatique.

Prométhée m'a dévisagé comme s'il cherchait à comprendre ma colère. Puis il a hoché la tête d'un air entendu.

– Ce qui est arrivé à Luke te turlupine, a-t-il tranché. Hestia ne t'a pas montré toute l'histoire. Peut-être que si tu comprenais...

Le Titan a tendu la main.

Thalia a poussé un cri pour me mettre en garde, mais avant que j'aie le temps de réagir, l'index de Prométhée se posait sur mon front.

Je me suis retrouvé d'un coup dans le salon de May Castellan. Il y avait des bougies disposées sur le manteau de la cheminée et leurs flammes vacillantes se reflétaient dans les miroirs, le long des murs. La porte de la cuisine était ouverte et j'ai aperçu Thalia, assise à la table, et Mme Castellan qui pansait sa jambe blessée. À côté d'elle, la petite Annabeth de sept ans jouait avec un bébé Méduse en peluche.

Hermès et Luke étaient debout dans le salon, face à face.

À la lumière des bougies, le visage du dieu paraissait liquide, comme s'il n'arrivait pas à se décider sur l'apparence qu'il voulait prendre. Il portait un survêtement bleu marine et des Reebok ailées.

– Pourquoi te montres-tu maintenant ? a demandé Luke, les épaules contractées comme s'il attendait la bagarre. Toutes ces années, je t'ai invoqué, j'ai prié pour que tu viennes... *nada*. Tu m'as laissé avec *elle*.

Il a pointé le doigt vers la cuisine, comme s'il ne supportait pas de regarder sa mère, encore moins de prononcer son nom.

– Luke, ne la déshonore pas, l'a tancé Hermès. Ta mère a fait de son mieux. Quant à moi, je ne pouvais pas intervenir. Les enfants des dieux doivent trouver leur voie par eux-mêmes.

– Alors c'était pour mon bien. Grandir dans la rue, me débrouiller tout seul, combattre les monstres, tout ça.

– Tu es mon fils, a dit Hermès. Je savais que tu en étais capable. Quand j'étais encore bébé, je suis sorti à quatre pattes de mon berceau et je suis parti pour...

– Je ne suis pas un dieu ! Tu aurais pu dire quelque chose, ne serait-ce qu'une fois. Tu aurais pu m'aider quand... (Il a repris son souffle avec effort et baissé la voix pour que personne ne l'entende de la cuisine.)... quand elle avait ses crises et qu'elle me secouait en me racontant des trucs délirants sur mon destin. Quand je me cachais dans le placard pour qu'elle ne me trouve pas avec ces... ces yeux phosphorescents. T'en avais quelque chose à faire, que je sois terrifié ? Est-ce que tu as su, même, pourquoi j'avais fini par fuguer ?

Dans la cuisine, Mme Castellan jacassait comme un moulin à paroles, servait de la limonade à Thalia et Annabeth et leur racontait des anecdotes sur Luke bébé. Thalia frottait nerveusement sa jambe bandée. Quant à Annabeth, elle a jeté un coup d'œil en direction du salon et levé un cookie brûlé pour le montrer à Luke. Elle a articulé silencieusement : *On s'en va ?*

– Luke, tout cela compte énormément pour moi, a dit lentement Hermès, mais les dieux ne doivent pas intervenir de façon directe dans les affaires des mortels. C'est une de nos Règles Anciennes. En particulier quand ta destinée...

Il n'a pas fini sa phrase. Son regard s'est porté sur les bougies comme si un souvenir désagréable lui était revenu à la mémoire.

– Quoi, ma destinée ?

– Tu n'aurais pas dû revenir, a marmonné Hermès. Ça ne sert qu'à vous bouleverser l'un et l'autre. Mais je me rends compte maintenant que tu commences à être trop grand pour fuir tout seul. Je vais parler à Chiron, à la Colonie des Sang-Mêlé, et lui demander d'envoyer un satyre te chercher.

– On se débrouille très bien sans ton aide, a rétorqué Luke. Qu'est-ce que tu disais au sujet de ma destinée ?

Les ailes des Reebok d'Hermès s'agitaient nerveusement. Le dieu regardait son fils comme s'il voulait graver ses traits dans sa mémoire et, soudain, une sensation de froid m'a parcouru. J'ai deviné qu'Hermès savait ce que signifiaient les délires de May Castellan. J'ignorais comment, mais à voir son expression, j'en ai eu la certitude absolue. Hermès comprenait ce qu'il adviendrait de Luke un jour, et comment il basculerait dans le mal.

– Mon fils, a-t-il dit, je suis le dieu des Voyageurs, le dieu des Routes. S'il y a une chose que je sais, c'est que tu dois parcourir le chemin qui est le tien, même si cela me déchire le cœur.

– Tu ne m'aimes pas.

– Je te promets que je... Je t'aime vraiment. Va à la colonie. Je veillerai à ce qu'on te confie rapidement une quête. Tu pourrais peut-être vaincre l'hydre ou voler les pommes des Hespérides. Tu auras l'occasion de devenir un grand héros avant...

– Avant quoi ? (La voix de Luke tremblait, à présent.) Qu'est-ce que ma mère a vu, pour perdre la raison ? Qu'est-ce qui va m'arriver ? Si tu m'aimes, dis-le-moi.

Le visage crispé, Hermès a répondu :

– Je ne peux pas.

– Alors c'est que tu t'en fiches ! a hurlé Luke.

Dans la cuisine, le silence s'est fait d'un coup.

– Luke ? a appelé May Castellan. C'est toi ? Comment va mon garçon ?

Luke a détourné le visage, mais j'ai vu les larmes qui perlaient à ses yeux.

– Je vais bien. J'ai une nouvelle famille. Je n'ai plus besoin d'aucun de vous deux.

– Je suis ton père, a insisté Hermès.

– Un père est censé être présent. Je ne t'ai jamais rencontré, pas même une fois ! Thalia, Annabeth, venez ! On s'en va !

– Mon garçon, ne pars pas ! s'est écriée May Castellan. Je t'ai préparé ton déjeuner !

Luke est sorti en trombe de la maison et Thalia et Annabeth ont dû courir pour le rattraper. May Castellan a voulu les suivre, mais Hermès l'a retenue.

Quand la porte d'entrée a claqué, May s'est effondrée dans les bras d'Hermès, secouée de tremblements. Ses yeux se sont rouverts – vert fluo – et elle a agrippé le dieu par les épaules avec l'énergie du désespoir.

– *Mon fils*, a-t-elle murmuré dans un chuintement rauque. *Danger ! Terrible destin !*

– Je sais, mon amour, a répondu Hermès. Crois-moi, je sais.

L'image s'est dissipée. Prométhée a écarté la main de mon front.

– Percy ? Qu'est-ce qui s'est passé ? a demandé Thalia avec une pointe d'inquiétude.

Je me suis rendu compte que j'étais moite de sueur.

Prométhée a hoché la tête avec compassion.

– Consternant, n'est-ce pas ? Les dieux savent ce qui va se produire, pourtant ils n'y font rien, même quand leurs enfants sont concernés. Ils ont mis combien de temps à te révéler ta prophétie, Percy Jackson ? Tu ne crois pas que ton père est déjà au courant de ce qui va t'arriver ?

Cette idée m'a tellement estomaqué que je suis resté sans voix.

– Perrrcy, m'a averti Grover, il t'embrouille, là. Il essaie de te mettre en colère.

Et comme Grover savait lire les émotions, il voyait sans doute que Prométhée était en train d'arriver à ses fins. Le Titan m'a relancé :

– Tu crois vraiment que ton ami Luke a eu tort ? Et toi, Percy ? Vas-tu te laisser contrôler par ton destin ? Cronos te fait une bien meilleure proposition.

J'ai serré les poings. J'avais beau être révolté par ce que Prométhée m'avait montré, je vomissais Cronos encore davantage.

– À mon tour de vous faire une proposition. Dis à Cronos d'annuler son offensive, de quitter le corps de Luke Castellan et de retourner dans la fosse du Tartare. Alors, je n'aurai peut-être pas besoin de le détruire.

L'*empousa* a grondé. Sa tignasse de flammes a redoublé d'ardeur et lancé des étincelles, mais Prométhée s'est contenté de pousser un soupir.

– Si tu changes d'avis, a-t-il dit, j'ai un cadeau pour toi.

Un vase grec est apparu sur la table. Il faisait trente centimètres de large pour presque un mètre de haut et il était orné de motifs géométriques noir et blanc. Le couvercle de céramique était retenu par des liens en cuir.

Grover a gémi en le voyant.

Thalia a hoqueté.

– Ce n'est pas...

– Si, a dit Prométhée. Tu l'as reconnu.

En regardant l'urne, j'éprouvais un étrange sentiment de peur, sans savoir pourquoi.

– Ceci appartenait à ma belle-sœur, a expliqué Prométhée. Pandore.

Une boule s'est formée dans ma gorge.

– La Pandore de la boîte de Pandore ?

Prométhée a fait oui de la tête.

– Je ne sais pas quand cette histoire de boîte a commencé, a-t-il ajouté. Il ne s'est jamais agi d'une boîte. C'étais un *pithos*, une jarre. Je suppose que le « pithos de Pandore » ne sonne pas aussi bien, mais passons. Oui, elle a bel et bien ouvert la jarre, qui contenait la plupart des démons qui hantent aujourd'hui l'humanité : la peur, la mort, la faim, la maladie.

– Ne m'oublie pas, a susurré l'*empousa*.

– Tu as raison, a concédé Prométhée. La première *empousa* était elle aussi enfermée dans la jarre, et elle a été libérée par Pandore. Mais il y a une chose que je trouve étrange dans cette histoire : on rejette toujours la faute sur Pandore. Elle a été punie pour sa curiosité. Les dieux voudraient que vous en tiriez la morale suivante : les humains ne doivent pas explorer. Ils ne doivent pas poser de questions. Ils doivent faire ce qu'on leur dit. En fait, Percy, la jarre était un piège conçu par Zeus et les autres dieux. C'était une vengeance dirigée contre moi et toute ma famille – mon pauvre benêt de frère, Épiméthée, et sa femme Pandore. Les dieux savaient qu'elle ouvrirait la jarre. Ils étaient prêts à punir l'humanité entière en même temps que nous.

J'ai repensé à mon rêve d'Hadès et Maria Di Angelo. Zeus avait détruit tout un hôtel pour éliminer deux enfants demi-dieux – pour sauver sa peau, parce qu'il avait peur d'une prophétie. Il avait tué une femme innocente et ça ne l'avait sans doute pas empêché de dormir. Hadès ne valait pas mieux. Comme il n'était pas assez puissant pour se venger de Zeus, il avait maudit l'Oracle, condamnant une jeune fille à un destin abominable. Quant à Hermès... pourquoi avait-il abandonné Luke ? Pourquoi ne l'avait-il pas averti, au moins ? Il aurait pu essayer de mieux l'élever pour l'empêcher de basculer dans le mal, non ?

Prométhée cherchait peut-être à m'embrouiller.

Mais s'il avait raison ? me disais-je dans un coin de ma tête. *En quoi les dieux sont-ils meilleurs que les Titans ?*

Prométhée a tambouriné sur le couvercle de la jarre du bout des doigts.

– Un seul esprit est resté à l'intérieur quand Pandore a ouvert le *pithos,* a-t-il dit.

– L'espoir, ai-je dit.

Prométhée a eu l'air content.

– Très bien, Percy. Elpis, l'esprit de l'Espérance, a refusé d'abandonner l'humanité. L'espérance ne part que si on lui en donne la permission. Seul un enfant de l'homme peut la relâcher.

Le Titan a poussé la jarre en travers de la table.

– Je te donne ceci pour te rappeler la véritable nature des dieux, m'a-t-il dit. Garde Elpis, si tu le souhaites. Mais quand tu estimeras que tu as vu assez de mort et de destruction, assez de vaines souffrances, ouvre la jarre. Laisse Elpis partir. Renonce à l'Espérance, et je saurai que tu te rends. Je te promets que Cronos sera clément. Il épargnera les survivants.

J'ai regardé la jarre et un sentiment horrible s'est emparé

de moi. J'ai deviné que Pandore devait être une hyperactive totale, comme moi. Je n'aimais pas la tentation ; je ne peux pas m'empêcher de toucher ce que je vois. Et si c'était cela, mon choix ? Peut-être que la prophétie se résumait à ma capacité à garder la jarre fermée ou à l'ouvrir.

– Je veux pas de ce truc, ai-je grommelé.

– Trop tard, a rétorqué Prométhée. Le cadeau a été offert. Il ne peut pas être repris.

Il s'est levé. L'*empousa* l'a rejoint et a glissé le bras sous le sien.

– Morrain ! a crié Prométhée au géant bleu. On s'en va. Prends ton drapeau.

– Oh-Oh, a fait le géant.

– Nous nous reverrons bientôt, Percy Jackson, a promis Prométhée. D'une façon ou d'une autre.

Ethan Nakamura m'a gratifié d'un dernier regard haineux. Puis le groupe porteur d'armistice a tourné les talons et s'est engagé d'un pas tranquille dans une allée du parc, comme si ce n'était qu'un dimanche ensoleillé parmi tant d'autres.

14 Cochon vole

Quand nous sommes rentrés au Plaza, Thalia m'a pris à part et demandé :

– Qu'est-ce que Prométhée t'a montré ?

À contrecœur, je lui ai raconté la vision de la scène qui s'était déroulée chez May Castellan. Thalia s'est frotté la cuisse comme si elle se souvenait de sa vieille blessure.

– Ça a été très pénible, cette soirée, a-t-elle admis. Annabeth était tellement petite qu'à mon avis, elle n'a pas vraiment compris ce qui se passait. Tout ce qu'elle a vu, c'est que Luke était bouleversé.

J'ai regardé Central Park par les fenêtres de l'hôtel. Il y avait encore quelques incendies au nord ; hormis cela, la ville semblait d'un calme anormal.

– Tu sais ce qui est arrivé à May Castellan ? Je veux dire...

– Oui, je vois ce que tu me demandes. Je ne l'ai jamais vue pendant une de ses... crises, disons, mais Luke m'avait parlé des yeux phosphorescents et des trucs bizarres qu'elle disait à ces moments-là. Il m'a fait promettre de ne jamais le raconter à personne. Je n'ai aucune idée de ce qui l'a détraquée, au départ. Luke le savait peut-être, mais il ne me l'a jamais dit.

– Hermès savait, ai-je dit. Il y a quelque chose qui a permis à May de voir certains éléments de l'avenir de Luke et Hermès a compris ce qui allait se passer – notamment que Luke se transformerait en Cronos.

Thalia a froncé les sourcils.

– Tu ne peux pas en être certain, a-t-elle objecté. N'oublie pas que Prométhée manipulait ce que tu voyais, Percy, qu'il te montrait les évènements passés sous le pire éclairage possible. Hermès aimait vraiment Luke. Je l'ai vu rien qu'à son visage. Et s'il était présent ce soir-là, c'est parce qu'il était venu voir comment allait May, qu'il s'occupait d'elle. Il n'était pas si horrible que ça.

– N'empêche que c'est pas juste, ai-je insisté. Luke n'était encore qu'un gamin. Hermès ne l'a jamais aidé, il ne l'a jamais empêché de fuguer.

Thalia a jeté son arc en bandoulière sur son épaule. Une fois de plus, j'ai été frappé de voir à quel point elle irradiait la force depuis qu'elle avait cessé de grandir. On pouvait presque voir un halo argenté autour d'elle : la bénédiction d'Artémis.

– Percy, m'a-t-elle dit, tu ne peux pas te mettre à compatir avec Luke. On vit tous des trucs durs, tous les demi-dieux. Nos parents ne sont presque jamais là. Mais Luke s'est trompé dans ses décisions. Personne ne l'a obligé à faire les choix qu'il a faits. D'ailleurs... (Elle a balayé le couloir du regard pour s'assurer qu'on était seuls.) Je me fais du souci pour Annabeth. Si elle est amenée à affronter Luke au combat, je ne sais pas comment elle y arrivera. Elle a toujours eu un faible pour lui.

Je me suis senti rougir.

– T'inquiète pas, ai-je dit, elle assurera.

– Je me demande. Tu sais, après cette soirée, après notre passage chez sa mère ? Luke n'a plus jamais été le même. Il est devenu lunatique et imprudent, comme s'il avait quelque chose à prouver. Avant que Grover nous trouve et essaie de nous ramener à la colonie... en fait, si on a eu tellement d'ennuis, c'est en partie parce que Luke refusait d'être prudent. Il cherchait la bagarre avec tous les monstres qu'on croisait. Annabeth ne trouvait rien à redire à ça. Luke était son héros. Tout ce qu'elle voyait, c'était que ses parents lui avaient fait de la peine, et elle était toujours prête à prendre sa défense. Et ça n'a pas changé, encore aujourd'hui, elle prend sa défense. Tout ce que je veux te dire, c'est de ne pas tomber dans ce piège. Luke s'est livré à Cronos. Nous ne pouvons pas nous permettre d'être indulgents avec lui.

J'ai regardé les incendies qui parsemaient le quartier de Harlem, au nord du parc, en me demandant combien de mortels endormis étaient en danger en cet instant même à cause des mauvaises décisions qu'avaient prises Luke.

– Tu as raison, ai-je soupiré.

Thalia m'a tapoté l'épaule.

– Je vais aller voir les Chasseresses, puis dormir un peu avant la tombée de la nuit. Tu devrais en faire autant.

– J'ai vraiment pas besoin de faire d'autres rêves, tu sais.

– Je sais, crois-moi. (À voir la gravité de son expression, je me suis demandé de quoi elle avait rêvé récemment. C'était un problème courant pour les demi-dieux : plus on était en danger, plus nos rêves étaient fréquents et terribles.) Seulement, Percy, qui sait quand tu auras de nouveau l'occasion de te reposer ? La nuit va être longue – et ce sera peut-être notre dernière nuit.

Ce n'était pas agréable à entendre, mais je savais qu'elle avait raison. J'ai hoché la tête avec lassitude et je lui ai tendu la jarre de Pandore.

– Rends-moi service, s'il te plaît. Tu peux mettre ça dans le coffre de l'hôtel ? Je crois que je suis allergique au *pithos*.

– Pas de problème, a répondu Thalia en souriant.

Je me suis allongé sur le premier lit que j'ai trouvé et je me suis aussitôt endormi. Mais, bien sûr, le sommeil n'a fait que m'apporter de nouveaux cauchemars.

J'ai vu le palais sous-marin de mon père. L'armée ennemie, qui s'était considérablement rapprochée, se tenait retranchée à quelques centaines de mètres du palais. Les remparts de la forteresse étaient rasés, le temple qui servait autrefois de QG à mon père livré aux flammes de feu grec.

J'ai zoomé sur l'armurerie, où mon frère et quelques autres Cyclopes prenaient leur pause-déjeuner, attablés devant d'énormes bocaux de beurre de cacahouètes (ne me demandez pas quel goût ça a sous l'eau, je préfère ne pas le savoir). Sous mes yeux la façade de l'armurerie a explosé. Un guerrier Cyclope est entré en titubant et s'est effondré sur la table. Tyson s'est penché pour l'aider, mais il était déjà trop tard. Le Cyclope s'est dissous en une flaque de vase marine.

Comme des géants ennemis se ruaient vers la brèche, Tyson a ramassé la massue du guerrier abattu. Il a hurlé quelques mots à ses compagnons de forge – sans doute « Pour Poséidon ! » mais comme il avait la bouche pleine, ça a donné un vague « POUH PTEH DON ! ». Les forgerons ont attrapé qui un marteau, qui un ciseau, et se sont tous lancés à l'attaque derrière Tyson, au cri de : « CA... CAHUÈTES ! »

La scène a changé. J'étais maintenant devant Ethan Nakamura, au campement ennemi. Ce que j'ai vu m'a donné la chair de poule, en partie parce que l'armée était fort nombreuse, en partie parce que je reconnaissais les lieux.

Nous étions au fin fond du New Jersey, en pleine forêt, sur une route délabrée bordée de fabriques désaffectées et de panneaux aux affiches en lambeaux. Devant moi, une grande cour pleine de statues en ciment, entourée d'une clôture. L'enseigne accrochée au-dessus de l'entrepôt était difficile à lire parce qu'elle était écrite à la main, en lettres rouges, mais je savais ce qui était marqué : *LE PALAIS DU NAIN DE JARDIN DE TATIE EM.*

Je n'avais plus repensé à cet endroit depuis des années. Il était visiblement à l'abandon. Les statues étaient cassées et couvertes de graffitis à la bombe. Un satyre en ciment – l'oncle Ferdinand de Grover – avait un bras en moins. Le toit de l'entrepôt était à moitié effondré. Un panneau jaune barrait la porte d'un seul mot : *CONDAMNÉ.*

Des centaines de tentes et de feux de camp étaient répartis tout autour du domaine. J'ai vu surtout des monstres, mais il y avait aussi quelques mercenaires humains en treillis de combat ainsi que des demi-dieux en armure. Un étendard noir et violet flottait à l'extérieur du complexe, gardé par deux gigantesques Hyperboréens bleus.

Ethan était accroupi devant un feu de camp, au premier plan. Deux autres demi-dieux, assis à ses côtés, aiguisaient leurs épées. Les portes de l'entrepôt se sont ouvertes et Prométhée en est sorti.

– Nakamura, a-t-il appelé. Le maître aimerait te parler.

Ethan s'est levé avec méfiance.

– Il y a un problème ?

– Tu lui demanderas, a rétorqué Prométhée avec un sourire.

Un des deux autres demi-dieux a ricané :

– Ravi d'avoir fait ta connaissance, Nakamura.

Ethan a rajusté son baudrier et s'est dirigé vers l'entrepôt.

À part le toit défoncé, les lieux étaient exactement comme dans mon souvenir. Des statues de personnes terrifiées, figées au milieu d'un hurlement. Dans la partie snack-bar, on avait poussé les tables contre les murs. Pile entre le distributeur de sodas et le micro-ondes à quiches, il y avait maintenant un trône en or. Cronos s'y prélassait, sa faux sur les genoux. L'air boudeur, en jean et tee-shirt, il paraissait presque humain – comme la version plus jeune de Luke que j'avais découverte dans ma vision, quand il suppliait Hermès de lui révéler sa destinée. Luke a soudain remarqué Ethan, et son visage s'est tordu en un sourire des plus inhumains. Ses yeux d'or se sont allumés.

– Eh bien, Nakamura. Que penses-tu de la mission diplomatique ?

Après une légère hésitation, Ethan a répondu :

– Le seigneur Prométhée est certainement mieux placé pour dire...

– C'est à toi que je pose la question.

De son œil sain, Ethan a rapidement jaugé les gardes qui flanquaient Cronos.

– Je... je crois que Jackson ne se rendra pas. Jamais.

Cronos a hoché la tête.

– As-tu autre chose à me dire ?

– Non, seigneur.

– Tu es bien nerveux, Ethan.

– Non, seigneur. C'est juste que... il paraît qu'on est dans l'ancien repaire de...

– De Méduse ? Tout à fait exact. Un endroit délicieux, tu ne trouves pas ? Malheureusement, Méduse ne s'est pas reformée depuis que Jackson l'a tuée ; tu n'as donc pas à craindre de finir dans sa collection. De toute façon, il y a dans cette salle des forces autrement plus dangereuses.

Cronos a porté le regard sur un géant Lestrygon qui se goinfrait de frites. Le Titan a agité la main et le géant s'est immobilisé, une frite suspendue à mi-parcours entre sa main et sa bouche.

– À quoi bon les pétrifier, a commenté Cronos, quand on peut figer le temps lui-même ?

Ses yeux dorés se sont vrillés sur le visage d'Ethan.

– Dis-moi encore une chose. Qu'est-ce qui s'est passé hier soir sur le pont de Williamsburg ?

Ethan tremblait. Des gouttes de sueur perlaient à son front.

– Je... je ne sais pas, seigneur.

– Si, tu le sais. (Cronos s'est levé de son trône.) Lorsque tu as attaqué Jackson, il s'est passé quelque chose. Un truc pas normal. La fille, Annabeth, s'est jetée en travers de ton chemin.

– Elle voulait le sauver.

– Mais il est invulnérable, a dit calmement Cronos. Tu l'as constaté par toi-même.

– Je ne sais pas comment expliquer ça. Elle avait peut-être oublié.

– Elle avait oublié ? Oui, ça doit être ça. « Oh là là, j'ai oublié que mon ami est invulnérable et j'ai essuyé un coup de couteau à sa place. Suis-je sotte ! » Dis-moi, Ethan, où visais-tu quand tu as voulu poignarder Jackson ?

Ethan a froncé les sourcils. Il a fermé la main comme s'il tenait un poignard et mimé une attaque.

– Je ne sais pas au juste, seigneur, a-t-il dit. Tout s'est passé si vite. Je ne visais aucun endroit en particulier.

Cronos a tambouriné des doigts sur la lame de sa faux.

– Je vois, a-t-il commenté d'un ton glacial. Si ta mémoire s'améliore, je compte sur toi pour...

Brusquement, le seigneur des Titans a grimacé. Le géant debout dans le coin s'est ranimé et la frite est tombée dans sa bouche. Cronos a titubé et s'est écroulé sur son trône, à la renverse.

– Seigneur ?

– Je...

La voix était faible, mais durant ce court instant, ce fut celle de Luke. Puis l'expression de Cronos s'est durcie. Il a levé la main et plié lentement les doigts comme s'il les forçait à lui obéir.

– Ce n'est rien, a-t-il dit, d'une voix à nouveau dure et glaciale. Un désagrément mineur.

Ethan s'est passé la langue sur les lèvres.

– Il vous résiste encore, n'est-ce pas ? Luke...

– N'importe quoi ! a craché Cronos. Si tu répètes ce mensonge, je te coupe la langue. J'ai écrasé l'âme du garçon. Il faut juste que je m'adapte aux limites de cette nouvelle enveloppe corporelle. Elle a besoin de repos. C'est agaçant, mais rien de plus qu'un inconvénient passager.

– Comme... comme vous le dites, seigneur.

– Toi ! (Cronos a pointé sa faux en direction d'une drakaina en armure verte, coiffée d'une couronne verte assortie.) Reine Sess, c'est ça ?

– Oui, ssssseigneur.

– Notre petite surprise est-elle prête à être lâchée ?

La reine drakaina a dégarni les crocs.

– Oh oui, ssssseigneur. Une bien charmante sssssurprise.

– Parfait. Dis à mon frère Hypérion de déplacer notre armée principale vers le sud, en avançant dans Central Park. La confusion sera si grande dans les rangs des sang-mêlé qu'ils ne pourront pas se défendre. Pars, maintenant, Ethan. Travaille à ta mémoire. On se reparlera quand nous aurons pris Manhattan.

Ethan s'est incliné et mon rêve a changé une fois de plus. J'ai vu la Grande Maison, à la colonie, mais c'était à une autre époque. La façade était peinte en rouge, et non en bleu. Les pensionnaires qui jouaient sur le terrain de volley avaient des coupes de cheveux des années 1990, une initiative sans doute judicieuse pour tenir les monstres à distance.

Chiron, debout près de la terrasse, parlait avec Hermès et une femme qui tenait un bébé dans ses bras. Hermés portait un jogging et des baskets ailées, comme d'habitude. La femme était grande et jolie. Elle était blonde, avec des yeux pétillants et un sourire chaleureux. Le bébé qu'elle tenait dans ses bras gigotait dans sa couverture comme s'il n'était vraiment pas content d'être à la Colonie des Sang-Mêlé.

– C'est un honneur de vous recevoir, a dit Chiron, dont la voix dénotait pourtant une certaine nervosité. Cela fait longtemps qu'un mortel n'a pas été autorisé à la colonie.

– Ne l'encourage pas, a grommelé Hermès. May, tu ne peux pas faire ça.

Stupéfait, j'ai réalisé que je regardais May Castellan. Elle ne ressemblait aucunement à la vieille femme que j'avais rencontrée. Elle semblait pleine de vie, le genre de personne souriante qui fait partager sa bonne humeur à son entourage.

– Ne t'inquiète pas tant, a dit May en berçant le bébé. Vous avez besoin d'un Oracle, n'est-ce pas ? L'ancienne est morte depuis vingt ans, c'est ça ?

– Plus, a répondu gravement Chiron.

Hermès a jeté les bras au ciel, exaspéré.

– Je ne t'ai pas raconté cette histoire pour que tu postules. C'est dangereux. Chiron, dis-le-lui.

– C'est effectivement dangereux, l'a avertie Chiron. Voilà de nombreuses années que j'interdis à quiconque d'essayer. Je ne sais pas au juste ce qui s'est passé. L'humanité semble avoir perdu la faculté de recevoir l'Oracle.

– On en a déjà parlé, a dit May. Et je sais que j'en suis capable. Hermès, pour moi, c'est l'occasion ou jamais d'accomplir quelque chose de bien dans ma vie. Il doit y avoir une raison, si je suis née avec le don de la vision claire.

Je voulais hurler à May Castellan d'arrêter. Je savais ce qui allait se passer. Je venais enfin de comprendre ce qui avait brisé cette femme. Mais je ne pouvais ni parler, ni bouger.

Hermès paraissait plus blessé qu'inquiet.

– Tu ne pourras pas te marier si tu deviens l'Oracle. Tu ne pourras plus me voir, s'est-il plaint.

May a mis la main sur son bras.

– Je ne pourrai pas t'avoir pour toujours, de toute façon, si ? Tu vas poursuivre ta route. Tu es immortel.

Il a voulu protester, mais elle lui a posé la main sur la poitrine.

– Tu sais bien que c'est vrai ! N'essaie pas de me ménager. En plus, nous avons un enfant merveilleux. Je pourrai toujours élever Luke si je suis l'Oracle, n'est-ce pas ?

Chiron a toussoté avant de répondre :

– Oui, mais en toute honnêteté, je ne sais pas comment cela affectera l'esprit de l'Oracle. Une femme qui a déjà enfanté... à ma connaissance, cela ne s'est encore jamais fait. Si l'esprit ne prend pas...

– Il prendra, a insisté May.

Je voulais crier : « Non ! Ça ne marchera pas ! »

May Castellan a embrassé son bébé et tendu le ballot à Hermès.

– Je reviens tout de suite.

Elle leur a adressé un dernier sourire confiant, puis elle a gravi les marches du perron.

Chiron et Hermès ont fait les cent pas en silence. Le bébé se tortillait dans ses langes.

Une lumière verte a éclairé les fenêtres de la maison. Les pensionnaires qui jouaient au volley-ball se sont arrêtés et ont levé les yeux vers le grenier. Un vent froid a parcouru les champs de fraisiers.

Hermès a dû le sentir, lui aussi.

– Non, NON ! s'est-il écrié.

Il a jeté le bébé dans les bras de Chiron et couru vers les marches. Avant qu'il atteigne la porte d'entrée, le cri de terreur de May Castellan a déchiré le calme de l'après-midi ensoleillé.

Je me suis redressé si brusquement que ma tête a heurté le bouclier de je ne sais qui.

– Aïe !

– Désolée, Percy. (Annabeth était debout près de mon lit.) J'allais te réveiller.

Je me suis frotté le crâne pour essayer de dissiper les visions troublantes de mon sommeil. Soudain, je comprenais beaucoup de choses : May Castellan avait essayé de devenir l'Oracle. Elle n'était pas au courant de la malédiction d'Hadès qui interdisait à l'esprit de Delphes de changer d'hôte humain. Chiron et Hermès non plus. Ils ne s'étaient pas rendu compte que la tentative ferait basculer May dans la folie, en lui provoquant des crises où ses yeux deviendraient vert fluo et où elle verrait des fragments de l'avenir de son enfant.

– Percy ? a demandé Annabeth. Qu'est-ce qu'il y a ?

– Rien, ai-je menti. Qu'est-ce que tu fabriques en armure ? Tu devrais te reposer.

– Oh, je vais bien, t'inquiète, a-t-elle affirmé – même si elle était encore très pâle et bougeait à peine le bras droit. Le nectar et l'ambroisie m'ont requinquée.

– Mouais... Ne me dis pas que tu penses sérieusement à sortir te battre ?

Elle a tendu la main gauche et m'a aidé à me lever. Le sang me battait aux tempes. Dehors, le ciel s'embrasait de rouge et de violet.

– Tu vas avoir besoin de tous les combattants dont tu disposes, a-t-elle dit. Je viens de regarder dans mon bouclier. Il y a une armée...

– ... qui marche vers le sud et va entrer dans Central Park. Ouais, je sais.

Je lui ai raconté une partie de mes rêves. En omettant la vision de May Castellan, parce qu'elle était trop perturbante.

J'ai aussi passé sous silence les conjectures d'Ethan sur Luke qui lutterait contre Cronos à l'intérieur de son corps – je ne voulais pas donner de faux espoirs à Annabeth.

– À ton avis, m'a-t-elle demandé, est-ce qu'Ethan se doute que tu as un talon d'Achille ?

– Je ne sais pas. Il n'a rien dit à Cronos, mais s'il le devine...

– On ne peut pas permettre ça.

– Je lui taperai plus fort sur la caboche la prochaine fois. Tu as une idée de ce que peut être la surprise dont parlait Cronos ?

Annabeth a fait non de la tête.

– Je n'ai rien vu dans le bouclier, mais je n'aime pas les surprises.

– Je suis bien d'accord.

– Alors, tu vas me faire une scène pour que je reste me reposer ?

– Nan, tu me collerais une beigne.

Elle a ri, ce qui m'a réchauffé le cœur. J'ai attrapé mon épée et on est allés rassembler les troupes.

Thalia et les Grands Conseillers nous attendaient devant le Réservoir, le plus grand plan d'eau de Central Park. C'était le crépuscule et les lumières de la ville commençaient à clignoter. Beaucoup d'entre elles s'allumaient automatiquement, ai-je supposé. Les réverbères qui entouraient le lac conféraient à l'eau et aux arbres un aspect encore plus lugubre.

– Ils arrivent, a confirmé Thalia en pointant le nord avec une flèche argentée. Une de mes éclaireuses vient de signaler qu'ils ont traversé la Harlem River. On ne pourra jamais les repousser. Cette armée... (Elle a haussé les épaules.) Ils sont incroyablement nombreux.

– On les repoussera au parc, ai-je dit. Grover, vous êtes prêts ?

Il a hoché la tête.

– Plus prêts que jamais. S'il y a un endroit où mes esprits de la nature peuvent les repousser, c'est ici.

– On les repoussera ! a lancé une autre voix.

Un gros satyre, bedonnant et très vieux, a fendu la foule en se prenant les pieds dans sa propre lance. Son armure d'écorce d'arbre ne couvrait que la moitié de son ventre.

– Lénée ? ai-je fait.

– Ne sois pas si surpris ! Je suis un chef du Conseil et tu m'as demandé de retrouver Grover. Eh bien je l'ai retrouvé et je ne vais pas laisser un simple *paria* diriger les satyres sans mon aide !

Grover, dans le dos de Lénée, mimait des haut-le-cœur, mais le vieux satyre souriait comme s'il était le sauveur de la planète.

– Soyons sans peur ! On va leur montrer, à ces Titans !

Je ne savais pas trop s'il fallait en rire ou se fâcher, mais je suis parvenu à rester imperturbable.

– Ouais, bon... Eh bien, Grover, tu ne seras pas seul. Annabeth et les « Athéna » vont prendre position ici. Moi et... Thalia ?

Elle m'a tapoté l'épaule.

– N'en dis pas davantage. Les Chasseresses sont prêtes.

J'ai regardé les autres conseillers.

– Ce qui vous laisse à vous tous une mission d'une égale importance : vous devez garder les autres entrées de

Manhattan. Vous savez comme Cronos est rusé. Il espère certainement nous distraire avec cette grande armée et faire entrer en douce des troupes par un autre accès. À vous d'empêcher ça. Chaque bungalow a-t-il choisi un pont ou un tunnel ?

Les conseillers ont hoché gravement la tête.

– Alors, allons-y ! Bonne chasse à tous !

On a entendu l'armée approcher avant de la voir.

Le bruit tenait du tir de barrage au canon et de la clameur d'un stade de foot – un peu comme si tous les supporters des Patriots de la Nouvelle-Angleterre nous attaquaient avec des bazookas.

À l'extrémité nord du Réservoir, l'avant-garde ennemie a surgi du bois : un guerrier en armure dorée, à la tête d'un bataillon de géants Lestrygons maniant d'immenses haches de guerre en bronze. Des centaines d'autres monstres déferlaient entre les arbres à leur suite.

– Positions de combat ! a hurlé Annabeth.

Ses compagnons de bungalow se sont déployés. L'idée, c'était de pousser l'armée ennemie à se disperser tout autour du Réservoir. Pour nous atteindre, il leur faudrait prendre les pistes, ce qui les obligerait à avancer en file étroite d'un côté ou de l'autre de l'eau.

Au début, le plan a fonctionné. Les troupes ennemies se sont divisées et ont afflué vers nous en longeant la rive. Quand elles sont arrivées à mi-parcours, notre défense est entrée en scène. Une traînée de feux grecs a explosé le long de la piste de jogging et de nombreux monstres ont grillé instantanément. D'autres, pris dans les flammes vertes, agitaient désespérément les pattes. Les Athéna ont harponné les plus grands géants avec des grappins et les ont jetés à terre.

Les Chasseresses, embusquées dans les bois du côté droit, ont décoché une volée de flèches sur les rangs ennemis, fauchant vingt ou trente drakainas d'un coup, mais il en restait d'autres qui déferlaient par-derrière. Un éclair s'est abattu du ciel et a réduit en cendres un Lestrygon, et j'ai compris que c'était Thalia qui la jouait « fille de Zeus ».

Grover a porté sa flûte de Pan à ses lèvres et attaqué un air rapide. Un ample rugissement est monté des bois, des deux côtés du Réservoir : de chaque arbre, chaque rocher et chaque buisson jaillissait un esprit. Dryades et satyres, massue à la main, sont passés à l'attaque. Les arbres entouraient leurs branches autour des monstres et les étranglaient. Les herbes se vrillaient autour des chevilles des archers de Cronos. Les pierres fendaient l'air et frappaient les drakainas en pleine figure.

L'ennemi s'obstinait à avancer. Des géants foulaient des arbres aux pieds et des naïades s'éteignaient dans l'air, privées de leur source vitale. Des chiens des Enfers se jetaient sur des loups gris et les terrassaient. Les archers ennemis ripostaient et une Chasseresse est tombée d'une haute branche.

– Percy !

Annabeth m'a empoigné par le bras et a pointé le doigt vers le Réservoir. Le Titan en armure d'or n'attendait pas que ses troupes contournent le plan d'eau. Il chargeait, droit sur nous, en marchant à la surface du lac.

Une bombe de feu grec a explosé juste au-dessus de sa tête, mais il a tendu la paume et absorbé les flammes au creux de sa main.

– Hypérion, a murmuré Annabeth, impressionnée. Le seigneur de la Lumière. Titan de l'est.

– Ça craint ?

– Après Atlas, c'est le plus grand guerrier des Titans. Jadis, ils étaient quatre Titans à contrôler les quatre coins du monde. Hypérion était l'est, le plus puissant. C'était le père d'Hélios, le premier dieu du Soleil.

– Je vais l'occuper, ai-je promis.

– Percy, même toi, tu ne peux pas...

– Garde le contrôle de nos troupes.

Ce n'était pas par hasard qu'on s'était positionnés devant le Réservoir. Je me suis concentré sur l'eau et j'ai senti son pouvoir monter en moi.

Je me suis avancé vers Hypérion en courant à la surface de l'eau. *Ouais, mon gars, moi aussi je peux jouer à ce petit jeu.*

À cinq ou six mètres de moi, Hypérion a brandi son épée. Ses yeux étaient exactement comme dans mon rêve : du même or que ceux de Cronos, mais encore plus brillants, comme des soleils miniatures.

– Le sale môme du dieu de la Mer, m'a-t-il lancé d'un ton badin. C'est toi qui as coincé Atlas sous le ciel pour la deuxième fois ?

– J'ai pas eu beaucoup de mérite. Vous autres les Titans, vous avez la vivacité d'une vieille paire de chaussettes.

– Ah, tu veux de la vivacité ? a grondé Hypérion.

Son corps s'est transformé en colonne de lumière et de chaleur. J'ai eu beau détourner aussitôt le regard, ça m'a aveuglé. Instinctivement j'ai levé Turbulence – bien m'en a pris. L'épée d'Hypérion s'est abattue contre la mienne. L'onde de choc a fait courir un anneau de trois mètres de diamètre à la surface de l'étang.

Mes yeux brûlaient toujours. Il fallait que je trouve le moyen d'éteindre cette lumière.

Je me suis concentré sur le raz-de-marée en formation et je l'ai forcé à s'inverser. Juste avant l'impact, j'ai sauté à la verticale sur un jet d'eau.

– AHHHH !

Les vagues ont frappé Hypérion de plein fouet et l'ont submergé, noyant sa lumière.

Je suis redescendu me poser à la surface du plan d'eau au moment où Hypérion se relevait avec effort. Son armure dorée dégoulinait. Ses yeux ne rayonnaient plus, mais ils étaient toujours assassins.

– Je vais te rôtir, Jackson ! a-t-il rugi.

Nos épées se sont entrechoquées de nouveau et l'air s'est chargé d'ozone.

La bataille faisait toujours rage autour de nous. Sur le flanc droit, Annabeth menait l'assaut avec ses frères et sœurs. Sur le flanc gauche, Grover et ses esprits de la nature, rassemblant leurs forces, emmêlaient les ennemis dans leurs herbes et leurs taillis.

– Assez joué, m'a dit Hypérion. Battons-nous sur la terre ferme.

Je m'apprêtais à faire une riposte finaude, du style : « Non », quand le Titan a hurlé. Un mur de force m'a propulsé dans l'air, exactement le même coup que m'avait fait Cronos sur le pont. J'ai parcouru au moins trois cents mètres en arrière avant de m'écraser au sol. Sans mon invulnérabilité fraîchement acquise, je me brisais tous les os.

Je me suis relevé en grognant.

– Ça m'agace trop quand vous me faites ça, les Titans !

Hypérion m'a rejoint à une vitesse aveuglante.

Je me suis concentré sur l'eau pour y puiser des forces.

Hypérion est passé à l'attaque. Il était rapide et puissant, pourtant aucun de ses coups ne semblait porter. Des flammes jaillissaient sans cesse à ses pieds, mais je les éteignais tout aussi vite.

– Arrête ça ! a rugi Hypérion. Arrête-moi cette tornade !

Je n'ai pas bien compris ce qu'il racontait ; j'étais trop occupé à me battre.

Hypérion s'est mis à trébucher comme si quelqu'un le poussait. L'eau éclaboussait son visage et lui piquait les yeux. Le vent a redoublé d'intensité et Hypérion a reculé en titubant.

– Percy ! s'est écrié Grover avec stupeur. Comment fais-tu ?

Comment je fais quoi ? me suis-je demandé.

J'ai enfin baissé les yeux et j'ai vu que j'étais debout dans l'œil de mon ouragan perso. Des nuages de vapeur d'eau tourbillonnaient autour de moi, formant des vents assez puissants pour repousser Hypérion et aplatir l'herbe dans un rayon de vingt mètres. Des guerriers ennemis me lançaient des javelots, mais la tornade les envoyait voltiger.

– Cool, ai-je murmuré. On monte d'un cran ?

La foudre s'est mise à crépiter autour de moi. Les nuages se sont assombris ; la pluie a tourbillonné encore plus vite. J'ai fondu sur Hypérion et l'ai jeté à terre.

– Percy ! m'a lancé Grover. Amène-le par ici !

Je me suis mis à ferrailler en laissant mes réflexes prendre le contrôle du combat. Hypérion parvenait tout juste à se défendre. Il essayait sans cesse de rallumer les flammes de ses yeux, mais l'ouragan les éteignait à chaque fois.

Je n'allais pas pouvoir maintenir longtemps une tempête de cette intensité, cependant. Je sentais déjà mes pouvoirs s'affaiblir. Dans un dernier effort, j'ai propulsé Hypérion en travers du champ, l'envoyant pile là où Grover attendait.

– Je ne suis pas un jouet ! a tonné Hypérion.

Il est parvenu à se relever une fois de plus, mais Grover a porté sa flûte de Pan à ses lèvres et s'est mis à jouer. Lénée a fait de même, vite imité par tous les satyres présents dans le bosquet. C'était une mélodie sinistre, un tintement de ruisseau sur des galets. Le sol s'est craquelé aux pieds d'Hypérion. Des racines noueuses se sont enroulées autour de ses jambes.

– Qu'est-ce que c'est que ça ? a-t-il protesté.

Il a tenté de se débarrasser des racines, mais il était encore faible. Les souches ont épaissi et, en quelques instants, il s'est retrouvé comme chaussé de bottes en bois.

– Arrêtez ! a-t-il crié. Votre magie sylvestre ne peut rien contre un Titan !

Il n'empêche que plus il se débattait, plus les racines poussaient. Elles se vrillaient en spirale autour de son corps, s'épaississaient, se changeaient en écorce. L'armure dorée d'Hypérion s'est fondue dans le bois, pour devenir partie intégrante d'un gros tronc.

La musique continuait. Les troupes du Titan ont pilé, stupéfaites de voir leur chef ainsi absorbé par la force végétale. Hypérion a tendu les bras et ils se sont transformés en branches, d'où ont jailli des rameaux qui se sont couverts de feuilles. L'arbre poussait en hauteur et en épaisseur, et au bout d'un moment, il n'est plus resté que le visage du Titan de visible, au milieu du tronc.

– Vous ne pouvez pas m'emprisonner ! a-t-il rugi. Je suis Hypérion ! Je suis...

L'écorce s'est refermée sur son visage.

Grover a écarté la flûte de Pan de sa bouche et dit :

– Tu fais un très bel érable.

Parmi les satyres, plusieurs se sont évanouis de fatigue, mais ils avaient fait du bon boulot. Le Titan était entièrement enfermé dans un énorme érable. Le tronc devait faire au moins six mètres de diamètre, et les branches rivalisaient de hauteur avec celles des autres arbres du parc. On aurait pu croire que cet érable trônait là depuis des siècles.

L'armée du Titan a battu en retraite. Les Athéna ont poussé une clameur, mais hélas, notre victoire fut de courte durée.

Car c'est à ce moment-là que Cronos a lâché sur nous sa surprise.

GROINK !!

Le cri a résonné dans le nord de Manhattan. Demi-dieux et monstres, tout le monde s'est figé d'effroi.

Grover m'a jeté un regard paniqué.

– Pourquoi ça me rappelle... C'est impossible !

Je savais à quoi il pensait. Deux ans plus tôt, Pan nous avait envoyé un « cadeau » – un immense sanglier qui nous avait portés dans le Middle West (après avoir tenté de nous tuer). Le sanglier avait un cri assez ressemblant, sauf que ce qu'on entendait maintenant était plus strident, plus aigu, presque comme si notre cochon sauvage avait une petite copine en colère.

GROINK !!

Une immense créature rose a fusé dans le ciel, au-dessus du Réservoir. Une sorte de dirigeable cauchemardesque équipé d'une paire d'ailes.

– Une truie volante ! a crié Annabeth. Tous à couvert !

Les demi-dieux se sont éparpillés tandis que dame cochonne piquait vers le sol. Ses ailes étaient roses comme celles d'un flamant, admirablement assorties à sa peau, mais quand elle s'est posée en plantant les sabots dans le sol, manquant de peu un des frères d'Annabeth, aucun de nous ne l'aurait qualifiée de « mignonne ». La truie a décrit un grand cercle en piétinant les arbres sous ses sabots ; elle éructait des nuages de gaz pestilentiels. Soudain elle est repartie en flèche, puis s'est remise à tourner en rond pour préparer son prochain assaut.

– Ne me dis pas que cette créature sort de la mythologie grecque, ai-je gémi.

– Hélas si, a répondu Annabeth. La truie de Crommyon. Elle terrorisait les cités grecques, à l'époque.

– Laisse-moi deviner. Héraclès l'a vaincue.

– Non, a dit Annabeth. À ma connaissance, aucun héros ne l'a jamais vaincue.

– Parfait, ai-je marmonné.

L'armée du Titan se remettait du choc initial. Je crois que ses sbires avaient compris que la truie n'allait pas les attaquer.

Nous ne disposions que de quelques secondes avant qu'ils soient prêts à se battre, or la panique régnait toujours dans nos rangs. Chaque fois que la truie rotait, les esprits de la nature de Grover glapissaient et se repliaient dans leurs arbres.

– Faut qu'on se débarrasse de ce cochon, ai-je dit en prenant le grappin d'un des Athéna. Les gars, je vous confie le reste des ennemis. Repoussez-les !

– Mais, Percy, a objecté Grover, et si on n'y arrive pas ?

Je voyais bien qu'il était à bout de forces. La magie sylvestre l'avait épuisé. Annabeth ne payait pas de mine non plus, après avoir combattu avec une mauvaise blessure à l'épaule. Quant aux Chasseresses, je ne savais pas dans quelle forme elles étaient, car l'aile droite de l'armée ennemie se dressait maintenant entre elles et nous.

Je ne voulais pas abandonner mes amis dans cet état, mais la truie était le plus gros danger. Si on la laissait faire, elle détruirait tout sur son passage : les bâtiments, les arbres, les humains endormis. Il fallait l'arrêter.

– Repliez-vous s'il le faut, ai-je dit. Essayez juste de les ralentir. Je reviens le plus vite possible.

Sans me laisser le temps de changer d'avis, j'ai balancé le grappin comme un lasso. Et quand la truie est passée en rase-mottes pour sa prochaine offensive, je l'ai lancé de toutes mes forces. Le crochet s'est coincé à la naissance de l'aile de la truie. Avec un couinement rageur, elle a viré de cap en entraînant la corde dans le ciel, et moi avec.

Si vous voulez rejoindre le sud de Manhattan en partant de Central Park, mon conseil : prenez le métro. Les cochons volants sont plus rapides, mais beaucoup plus dangereux.

La truie a survolé le Plaza Hotel, puis s'est engagée dans le long canyon que forme la Cinquième Avenue. Mon plan ingénieux consistait à grimper le long de la corde et monter sur le dos de la truie. Malheureusement, j'étais trop occupé à virevolter sur moi-même pour éviter les lampadaires et les façades des immeubles.

J'ai découvert un autre truc : c'est une chose de grimper à la corde en cours de gym. C'en est une tout autre de grimper à une corde attachée à l'aile d'un cochon volant quand vous foncez à cent cinquante kilomètres à l'heure.

On a zigzagué sur plusieurs pâtés de maisons, avant de tourner dans Park Avenue et de continuer vers le sud.

Patron ! Yo, Patron !

Du coin de l'œil, j'ai aperçu Blackjack qui filait bon train à côté de nous, en faisant des embardées pour éviter les coups d'aile de la truie.

– Attention ! lui ai-je crié.

Saute ! a henni Blackjack. *Je peux t'attraper – je crois.*

Ce n'était pas très rassurant. La gare de Grand Central était droit devant nous. Au-dessus de l'entrée principale se dressait la statue géante d'Hermès, qui n'avait sans doute pas été activée à cause de son emplacement en hauteur. Je volais droit vers lui à une vitesse qui me promettait l'écrabouillement.

– Prépare-toi ! ai-je dit à Blackjack. J'ai une idée.

J'aime pas trop tes idées.

Je me suis déporté sur le côté de toutes mes forces. Au lieu de m'écraser contre la statue d'Hermès, je l'ai contournée en glissant la corde sous ses bras au passage. Je pensais que ça allait arrimer le cochon, mais j'avais sous-estimé l'élan d'une truie de trente tonnes en plein vol. À l'instant où la truie a arraché la statue de son piédestal, j'ai lâché prise. Hermès est parti en balade à ma place, tandis que je tombais en chute libre vers la rue.

Dans cette fraction de seconde, je me suis rappelé l'époque où ma mère était vendeuse à la confiserie de Grand Central. Je me suis dit que ce serait de très mauvais goût de finir en tache de gras sur le trottoir.

Alors une ombre s'est glissée sous moi et *Schdoung !* je me suis retrouvé à califourchon sur le dos de Blackjack. Ce ne fut pas un atterrissage en douceur, loin de là. D'ailleurs, quand j'ai hurlé « Aïe ! » ma voix avait grimpé d'un octave.

Désolé, patron, a murmuré Blackjack.

– Y a pas de souci, ai-je couiné. Suis ce cochon !

La truie avait tourné à droite dans la 42e rue et revenait vers la Cinquième Avenue. Quand elle a survolé les toits, j'ai vu plusieurs incendies qui faisaient rage dans la ville. Apparemment, mes amis avaient du fil à retordre. Cronos attaquait sur plusieurs fronts. Mais pour le moment, j'avais mes propres problèmes.

La statue d'Hermès, toujours en laisse, se cognait contre les façades des buildings. La truie a survolé un immeuble de bureaux et Hermès a percuté de plein fouet le château d'eau qui était sur le toit, déclenchant une explosion de jets d'eau et de débris de bois.

Ça m'a donné une idée.

– Rapproche-toi, ai-je dit à Blackjack.

Il a poussé un hennissement de protestation.

– Juste à portée de voix, ai-je insisté. J'ai besoin de parler à la statue.

D'accord, patron. Maintenant je sais que t'as pété un câble, a dit Blackjack, qui a néanmoins obtempéré.

Lorsque je me suis trouvé assez près pour distinguer le visage de la statue, j'ai crié :

– Bonjour Hermès ! Séquence de commandement : Dédale vingt-trois. Tuer cochons volants ! Commencer activation !

Immédiatement, la statue a agité les jambes. Elle a paru déroutée de s'apercevoir qu'elle n'était plus sur le dessus de la gare de Grand Central, mais promenée en plein ciel, au bout d'une corde, par une immense truie ailée. Elle a heurté le côté d'un immeuble en briques et je crois que ça l'a mise un peu en colère. Secouant la tête, elle a commencé à grimper le long de la corde.

J'ai jeté un coup d'œil vers la rue. On arrivait à la hauteur de la bibliothèque municipale, avec son grand perron flanqué de deux lions en marbre. Brusquement, j'ai été pris d'une idée incongrue : des statues de *pierre* pouvaient-elles être des automates ? Ça paraissait un peu tiré par les cheveux, mais...

– Plus vite ! ai-je dit à Blackjack. Passe devant la truie ! Nargue-la !

Euh, patron...

– Fais-moi confiance. Je peux réussir ce coup – je crois.

C'est ça. Moque-toi du bourrin.

Blackjack a mis le turbo. Il pouvait voler sacrément vite quand il voulait. Il est allé se placer devant la truie, laquelle avait maintenant un Hermès en métal sur le dos.

Tu sens le pâté ! a henni Blackjack à l'adresse de la truie volante, et ni une ni deux, il lui a envoyé un coup de sabot arrière dans le groin, avant de piquer en plongeon. Avec un hurlement de rage, la truie s'est lancée à sa poursuite.

On fonçait vers les marches de la bibliothèque. Blackjack a ralenti juste assez pour me permettre de sauter à terre, puis il a poursuivi son vol, direction la porte principale.

J'ai hurlé :

– Lions ! Séquence de commandement : Dédale vingt-trois. Tuer cochons volants ! Commencer activation !

Les lions se sont levés et m'ont regardé. Ils croyaient sans doute que je voulais rire. Mais à ce moment-là...

GROINK !

L'énorme monstre rose a atterri bruyamment, fissurant le trottoir sous son poids. Les lions ont écarquillé les yeux, ne croyant pas leur chance, puis ils ont bondi. Au même moment, une statue d'Hermès très cabossée a grimpé sur la tête de la truie et s'est mise à la frapper sans pitié avec un caducée. Ces lions avaient de méchantes griffes...

J'ai dégainé Turbulence, mais il ne me restait pas grand-chose à faire. La truie s'est désintégrée sous mes yeux. Elle m'a presque fait de la peine. Je lui ai souhaité de rencontrer le verrat de ses rêves au Tartare.

Une fois le monstre entièrement réduit en poussière, les lions et la statue d'Hermès ont paru déroutés.

– Vous pouvez défendre Manhattan, maintenant, leur ai-je dit.

Mais ils n'ont pas eu l'air d'entendre. Ils se sont engouffrés dans Park Avenue, et j'ai imaginé qu'ils allaient continuer à chercher des cochons volants jusqu'à ce que quelqu'un les désactive.

Yo, patron, a dit Blackjack, *on peut faire une pause-beignets ?*

J'ai essuyé la sueur de mon front.

– J'aimerais bien, mon grand, mais la bataille n'est pas finie.

En fait, je l'entendais qui se rapprochait. Mes amis avaient besoin d'aide. J'ai sauté sur le dos de Blackjack et on a mis le cap sur le nord, d'où nous venaient des bruits d'explosion.

15 Chiron organise une teuf

Le centre de Manhattan était transformé en immense champ de bataille. En le survolant, on a vu des escarmouches un peu partout. Dans le square voisin de la bibliothèque, un géant arrachait des arbres à tour de bras, tandis que des dryades le criblaient de noix. Devant l'hôtel Waldorf Astoria, une statue de bronze de Benjamin Franklin dérouillait un chien des Enfers avec un journal plié en quatre. Sur l'esplanade du Rockefeller Center, trois Héphaïstos étaient aux prises avec une escouade de drakainas.

À chaque fois, j'étais tenté de descendre leur prêter main-forte, mais à en juger par la fumée et le bruit, c'était plus au sud que le combat faisait rage. Nos défenses s'écroulaient. L'ennemi se refermait sur l'Empire State Bulding.

On a opéré un rapide survol du périmètre du gratte-ciel. Côté nord, les Chasseresses avaient dressé une ligne de défense sur la 37e rue, à deux blocs de l'Olympe. Côté est, sur Park Avenue, Jake Mason et quelques autres Héphaïstos menaient une armée de statues contre l'ennemi. Sur le flanc ouest, le bungalow de Déméter et les esprits de la nature de Grover avaient transformé la Sixième Avenue en jungle pour faire barrage à un escadron de demi-dieux de Cronos. Le flanc sud était encore libre, mais plus pour longtemps : des troupes armées l'approchaient en tenaille. Encore quelques minutes et nous serions complètement encerclés.

– Il faut qu'on se pose là où on a le plus besoin de nous, ai-je marmonné.

Tu veux dire partout, patron.

J'ai alors aperçu une bannière familière, à l'effigie de la chouette argentée, à l'angle sud-est du combat – au coin de la 33e et du tunnel de Park Avenue. Annabeth et deux autres Athéna repoussaient un géant Hyperboréen.

– Là ! ai-je crié à Blackjack.

Il a piqué vers la bataille. J'ai sauté de son dos et atterri sur la tête du géant. Lorsque ce dernier a levé les yeux, je me suis laissé glisser sur son visage en lui écrasant le nez avec mon bouclier au passage.

– AARGH !!

Le géant a reculé en titubant ; des filets de sang bleuté coulaient de ses narines.

J'ai touché le sol. L'Hyperboréen a soufflé un nuage de brume blanche, et la température a chuté immédiatement. L'endroit où je m'étais posé était maintenant recouvert d'une couche de glace ; quant à moi, j'étais givré comme un beignet au sucre.

– Hé, l'affreux ! a crié Annabeth – j'ai espéré qu'elle parlait au géant, et non à moi.

Gros Bleu s'est tourné vers elle avec un rugissement rageur, exposant l'arrière de ses jambes qui n'était pas protégé. J'ai chargé et lui ai enfoncé ma lame derrière le genou.

– AOUH !!

Les jambes de l'Hyperboréen ont ployé. Je m'attendais à ce

qu'il tente de faire volte-face, mais il s'est figé. Il a *gelé* sur place, pour être plus précis. À partir de l'endroit où je l'avais frappé, des fissures se sont formées sur son corps. Elles se sont allongées et élargies, jusqu'au moment où le géant s'est effondré, réduit en un tas de glaçons bleutés.

Annabeth a repris son souffle en grimaçant légèrement.

– Merci, a-t-elle dit. Et la truie ?

– Chair à pâté.

– Bien. (Elle a bougé l'épaule. Manifestement, la plaie la faisait encore souffrir, mais elle a surpris mon regard et levé les yeux au ciel.) Ça va, Percy, je t'assure ! Viens, il nous reste un max d'ennemis.

Elle avait raison. L'heure qui a suivi est passée comme dans un brouillard. Je me suis battu comme jamais. Je décimais des légions de drakainas, supprimais des dizaines de telchines à chaque coup d'épée, trucidais des *empousai* à tour de bras, assommais des demi-dieux ennemis. Mais j'avais beau éliminer des sbires de Cronos, d'autres surgissaient sans cesse pour les remplacer.

Avec Annabeth, on courait d'un poste à l'autre en essayant de consolider nos défenses. Trop de nos amis gisaient, blessés, dans les rues ; trop d'entre eux avaient disparu.

À mesure que la nuit avançait et que la lune grimpait dans le ciel, on reculait tous, pied à pied. Sur les quatre côtés, nous n'étions plus maintenant qu'à une rue de l'Empire State Building. À un moment donné, j'avais Grover près de moi, qui dessoudais des femmes-serpents à coups de gourdin. Puis il s'est perdu dans la foule, et c'est Thalia qui a pris sa place, repoussant les monstres avec la force de son bouclier magique. Kitty O'Leary, surgie de nulle part, a attrapé un Lestrygon dans sa gueule et l'a projeté en l'air comme un Frisbee. Quant à Annabeth, elle se servait de sa casquette d'invisibilité pour s'insinuer dans les rangs ennemis. Chaque fois qu'un monstre se désintégrait sans raison apparente mais avec une expression de surprise, je savais qu'Annabeth venait de passer par là.

Pourtant, ce n'était pas suffisant.

– Tenez vos lignes ! a crié Katie Gardner, quelque part sur ma gauche.

Le problème, c'est qu'on n'était pas assez nombreux pour défendre des positions, quelles qu'elles soient. L'entrée de l'Olympe n'était plus qu'à cinq ou six mètres derrière moi. Un cercle de demi-dieux, Chasseresses et esprits de la nature en gardait courageusement les portes. Je pourfendais et trucidais à tour de bras, mais je ne pouvais pas être partout à la fois et même moi, je commençais à fatiguer.

Derrière les légions ennemies, à quelques pâtés de maisons à l'est, une vive lumière a pointé. J'ai pensé que le soleil se levait. Puis je me suis rendu compte que c'était Cronos qui venait vers nous, sur un char de guerre doré. Douze Lestrygons le précédaient, porteurs de flambeaux ; deux autres brandissaient ses étendards noir et violet. Le seigneur des Titans paraissait frais et dispos, au summum de ses pouvoirs. Il prenait tout son temps et me laissait m'épuiser.

Annabeth a surgi à mes côtés.

– Il faut qu'on se replie sur l'entrée du building, m'a-t-elle dit. Qu'on la défende à tout prix !

Elle avait raison. J'allais donner l'ordre de la retraite quand j'ai entendu le cor de chasse.

Il fendait le vacarme des combats tel le hurlement d'une sirène. Un chœur de cors lui a répondu, fusant de toutes parts autour de nous, résonnant d'immeuble en immeuble.

J'ai jeté un coup d'œil à Thalia, qui a froncé les sourcils.

– C'est pas les Chasseresses, a-t-elle affirmé. On est toutes là.

– Qui ça peut être ?

Le son des cors se rapprochait. J'étais incapable de dire d'où il provenait à cause de l'écho, mais on avait l'impression qu'une armée entière avançait.

J'ai craint qu'il s'agisse d'un nouveau contingent ennemi, cependant les sbires de Cronos paraissaient aussi déconcertés que nous. Les géants baissaient leurs massues. Les drakainas sifflaient vainement. Même la garde d'honneur de Cronos avait l'air prise de court.

À ce moment-là, sur notre gauche, une centaine de monstres a hurlé d'une seule voix. Le flanc nord de l'armée de Cronos se jetait en avant, d'un seul bloc. J'ai cru qu'on était fichus, mais ils ne nous ont pas attaqués. Ils sont passés devant nous au pas de charge et se sont écrasés contre les rangs de leurs alliés du flanc sud.

Une nouvelle déferlante de cors de chasse a fendu la nuit. L'air a vibré. Et, dans un halo flou, une cavalerie tout entière a surgi, comme tombée du ciel à la vitesse de la lumière.

– C'est la *TEUF !* a tonné une voix.

Une volée de flèches a décrit un arc de cercle au-dessus de nos têtes et s'est abattue sur l'ennemi, pulvérisant des centaines de démons. Ce n'étaient pas des flèches normales. Elles émettaient des mélodies et des sifflements en volant ; certaines se terminaient par des moulins à vent, d'autres par des gants de boxe.

– Des centaures ! a crié Annabeth.

L'armée des Poneys Fêtards a déboulé dans nos rangs en une explosion de couleurs : tee-shirts chamarrés, perruques afro arc-en-ciel, lunettes de soleil géantes et peinture de guerre sur les visages. Certains centaures avaient tracé des slogans sur leurs flancs, du genre : *CRONOS PUE DE LA GUEULE* ou *TROP FORTS LES CHEVAUX*.

Par centaines, ils ont envahi le pâté de maisons. Mon cerveau n'arrivait pas à traiter tout ce que je voyais, mais je sais qu'à la place de l'ennemi, j'aurais pris la fuite.

– Percy ! a crié Chiron, de l'autre côté de la mer de centaures déchaînés. (Il était en armure de combat à partir de la taille, son arc à la main, et affichait un sourire rayonnant.) Désolé pour le retard !

– MEC ! a hurlé un autre centaure. Tu causeras plus tard. ON VA ÉCLATER LES MONSTRES !

Sur ce, il a chargé un pistolet à peinture à deux coups et vaporisé un chien des Enfers de rose fuchsia. Il devait y avoir de la poussière de bronze céleste ou une substance du même ordre dans la peinture, car le monstre, à peine touché, a glapi et s'est réduit en flaque noir et rose.

– PONEYS FÊTARDS ! a crié un centaure. DIVISION DE FLORIDE DU SUD !

Quelque part sur le champ de bataille, une voix nasillarde a rétorqué :

– DIVISION DU TEXAS !

– HAWAÏ VOUS DÉCHIRE LA TRONCHE ! a hurlé une troisième.

Je n'avais jamais rien vu d'aussi beau. L'armée du Titan a tourné les talons comme un seul homme et fui sous les billes de paint-ball et les flèches, les estocades à l'épée et les coups de batte de base-ball. Les centaures piétinaient tout sur leur passage.

– Arrêtez de fuir, imbéciles ! a hurlé Cronos. Arrêtez-vous et... AARGH !

Un Hyperboréen, titubant sous l'effet de la panique, venait de tomber à la renverse sur Cronos. Le seigneur du Temps a disparu sous un gigantesque postérieur bleu.

On a continué à charger sur plusieurs pâtés de maisons, jusqu'à ce que Chiron hurle :

– STOP ! Rappelez-vous votre promesse ! REPLI !

Ce ne fut pas facile, mais l'ordre a fini par se transmettre dans les rangs des centaures, qui ont battu en retraite et laissé fuir l'ennemi.

– Chiron est intelligent, m'a expliqué Annabeth en essuyant la sueur de son front. Si on avançait davantage, on se disperserait. Il faut qu'on se regroupe.

– Mais l'ennemi...

– N'est pas vaincu, a-t-elle concédé. Il n'empêche que l'aube approche. On a gagné du temps, c'est déjà ça.

Il m'en coûtait de voir nos forces se replier, mais je savais qu'elle avait raison. J'ai regardé les derniers telchines courir vers l'East River. Puis, à contrecœur, j'ai tourné les talons et je me suis dirigé vers l'Empire State Building.

On a établi un périmètre de sécurité de deux blocs de profondeur et dressé la tente de commandement à l'Empire State Building. Chiron nous a raconté que les Poneys Fêtards avaient envoyé des divisions de presque tous les États des États-Unis : quarante de Californie, deux de Rhode Island, trente de l'Illinois. Ils étaient environ cinq cents à avoir répondu à notre appel, pourtant même avec un contingent pareil, nous ne pouvions pas défendre plus que quelques pâtés de maisons.

– Les gars, a déclaré un centaure prénommé Larry, que son tee-shirt identifiait comme « SUPER BIG CHEF, DIVISION DU NOUVEAU-MEXIQUE », c'était carrément plus fun que notre dernière convention à Las Vegas !

– Ouais, a renchéri Owen, du Dakota du Sud, qui arborait un blouson de cuir noir et un vieux casque de la Seconde Guerre mondiale. Comme on les a éclatés, là !

Chiron a tapoté Owen dans le dos.

– Vous avez brillé, mes amis, mais ne devenez pas imprudents. Il ne faut pas sous-estimer Cronos. Maintenant, vous ne voulez pas aller au café de la 33e rue prendre un bon petit déj' ? Il paraît que la division du Delaware a trouvé des caisses de racinette !

– Oh ouais, de la racinette ! ont crié plusieurs centaures.

Et, dans une bousculade joyeuse, ils sont tous partis au galop.

Chiron a souri. Annabeth l'a embrassé et Kitty O'Leary lui a donné un grand coup de langue.

– Hum, le chien, a-t-il grommelé, ça suffit. Moi aussi, je suis content de te voir.

– Chiron, merci, ai-je dit. Tu nous a vraiment sauvé la mise.

Il a haussé les épaules.

– Désolé que ça ait pris aussi longtemps. Les centaures se déplacent vite, comme vous le savez. Nous pouvons réfracter la distance en galopant. La difficulté, ça a été de les rassembler. Les Poneys Fêtards ne sont pas ce qu'on appelle organisés.

– Comment avez-vous franchi les défenses magiques de la ville ? a demandé Annabeth.

– Elles nous ont un peu ralentis, a reconnu Chiron, mais je crois qu'elles sont surtout conçues pour tenir les mortels à l'écart. Cronos ne veut pas que de chétifs mortels se mettent en travers de sa grande victoire.

– Alors peut-être que d'autres renforts peuvent venir nous prêter main-forte, ai-je suggéré avec espoir.

Chiron s'est caressé la barbe.

– Peut-être, mais le temps est compté. Dès que Cronos aura regroupé ses troupes, il reviendra à l'attaque. Et nous ne pourrons plus jouer de l'effet de surprise...

J'ai compris ce qu'il voulait dire. Cronos n'était pas battu, loin s'en fallait. Je m'étais laissé aller à espérer qu'il ait péri étouffé sous le derrière de l'Hyperboréen, mais en réalité je savais bien qu'il y avait peu de chances pour ça. Cronos allait refaire son apparition, au plus tard ce soir.

– Et Typhon ? ai-je demandé.

Chiron s'est assombri.

– Les dieux sont fatigants. Hier, Dionysos était absent au combat. Typhon avait écrasé son char et le dieu du Vin est tombé quelque part dans les Appalaches. Depuis, personne ne l'a vu. Héphaïstos est hors service lui aussi. Il a été jeté si violemment du champ de bataille qu'il a créé un nouveau lac en Virginie en touchant terre. Il va s'en remettre, mais pas assez vite pour nous aider. Les autres se battent encore. Ils arrivent à ralentir Typhon, mais il est impossible d'arrêter le monstre. Il arrivera à New York d'ici à demain, même heure. Quand Cronos et lui uniront leurs forces...

– Il nous reste quoi comme chances, alors ? ai-je demandé. On peut pas tenir un jour de plus.

– Il faudra bien, a dit Thalia. Je vais tâcher de poser d'autres pièges sur le périmètre.

Elle avait l'air épuisée. Son blouson était maculé de bave et de poussière de monstre, mais elle est parvenue à se relever et s'est éloignée d'un pas chancelant.

– Je vais l'aider, a dit Chiron. Il faut aussi que j'empêche mes frères d'y aller trop fort sur la racinette.

Je me suis dit que « y aller trop fort » résumait assez bien la philosophie de vie des centaures, mais Chiron est parti au trot, nous laissant seuls, Annabeth et moi.

Elle a essuyé la lame de son poignard, couverte de bave de monstre. Je l'avais vue faire ce geste des centaines de fois, sans jamais me demander pourquoi elle tenait tant à ce poignard.

– Au moins ta mère va bien, ai-je commenté.

– Oui, si tu appelles se battre contre Typhon « aller bien ». (Elle m'a regardé dans les yeux.) Percy, même avec le renfort des centaures, je commence à penser que...

– Je sais. (J'avais l'horrible impression que c'était peut-être la dernière possibilité que nous avions de nous parler, et qu'il me restait un million de choses à lui dire.) Écoute, Hestia m'a montré des... des visions.

– Tu veux dire sur Luke ?

Je peux me tromper, mais je crois qu'Annabeth savait ce que je lui avais tu. Elle avait peut-être fait des rêves, elle aussi.

– Ouais. Sur toi, Thalia et Luke. Sur votre première rencontre. Et sur votre rencontre avec Hermès.

Annabeth a glissé le poignard dans son fourreau.

– Luke a promis qu'il ne laisserait jamais personne me faire du mal. Il a dit... il a dit qu'on formerait une nouvelle famille, une qui marcherait mieux que la sienne.

Son expression m'a rappelé cette petite fille de sept ans que j'avais vue dans la ruelle : effrayée, en colère, affamée d'affection.

– Je discutais avec Thalia tout à l'heure, ai-je dit. Elle a peur...

– Que je ne puisse pas affronter Luke, a terminé Annabeth d'une voix triste.

J'ai hoché la tête.

– Mais il y a autre chose que tu dois savoir, ai-je repris. Ethan Nakamura a l'air de croire que Luke est toujours vivant à l'intérieur de son corps, et peut-être même qu'il lutte contre Cronos pour en reprendre le contrôle.

Annabeth a eu beau tenter de le cacher, j'ai presque vu les rouages de son esprit tirer des conclusions, voire formuler un espoir.

– Je ne voulais pas te le dire, ai-je avoué.

Elle a levé les yeux vers la flèche de l'Empire State Building.

– Percy, pendant si longtemps, dans ma vie, j'ai eu l'impression que tout changeait constamment. Je ne pouvais compter sur personne.

J'ai hoché la tête. C'était quelque chose que la plupart des demi-dieux pouvaient comprendre.

– J'ai fugué de chez moi à l'âge de sept ans, a continué Annabeth. Ensuite, avec Luke et Thalia, j'ai cru que j'avais trouvé une famille, mais ça s'est cassé la figure presque tout de suite. Ce que j'essaie de t'expliquer, c'est que... J'ai horreur que les gens me laissent tomber ; je déteste le temporaire. Je crois que c'est pour ça que je veux être architecte.

– Pour construire du permanent. Un monument qui dure mille ans.

Elle m'a regardé dans les yeux.

– Revoilà mon péché mortel, on dirait.

Quelques années plus tôt, dans la mer des Monstres, Annabeth m'avait révélé que son plus grand défaut était l'orgueil : croire qu'elle pouvait tout réparer. J'avais même entrevu son désir le plus secret, que les Sirènes m'avaient montré grâce à leur magie. Annabeth avait imaginé son père et sa mère réunis, debout ensemble devant un Manhattan récemment reconstruit, entièrement conçu par Annabeth. Luke était présent, lui aussi ; il s'était reconverti à la bonne cause et lui souhaitait la bienvenue.

– Je crois que je comprends ce que tu ressens, ai-je dit, mais Thalia a raison. Luke t'a déjà trahie tant de fois. Il était devenu mauvais avant Cronos. Je ne veux plus qu'il te fasse du mal.

Annabeth a pincé les lèvres. Je voyais bien qu'elle faisait un effort pour garder son calme.

– Et tu comprendras que je continue d'espérer qu'il y ait une chance pour que tu te trompes.

J'ai détourné les yeux. J'avais le sentiment d'avoir fait de mon mieux, mais je ne me sentais pas plus tranquille pour autant.

Sur le trottoir d'en face, les Apollon avaient dressé une antenne médicale pour soigner les blessés : une dizaine de pensionnaires et presque autant de Chasseresses. Je regardais les soignants travailler, tout en songeant à nos maigres chances de tenir le mont Olympe...

Et brusquement : je n'étais plus là.

J'étais debout dans un bar miteux, tout en longueur, avec des murs noirs et des enseignes au néon. Un petit groupe d'adultes faisait la fête ; au-dessus du bar, une grande bannière proclamait *BON ANNIVERSAIRE, BOBBY EARL*. Les hauts-parleurs déversaient de la musique country. Des gaillards baraqués, en jeans et chemises à carreaux, s'attroupaient devant le comptoir. Les serveuses circulaient avec des plateaux et s'interpellaient en criant. C'était assez bien le genre de bar où ma mère ne me laisserait jamais mettre les pieds.

J'étais coincé tout au fond de la salle, à côté des toilettes (bonjour l'odeur) et de deux vieux jeux vidéo.

– Ah, bien ! Te voilà ! s'est écrié le type qui jouait à Pac-Man. Commande-moi un Coca light.

C'était un homme bedonnant, affublé d'une chemise hawaïenne à motifs léopard, d'un short violet, de chaussures de course rouges et de chaussettes noires – tenue qui faisait tache dans l'assemblée. Il avait le nez rouge vif et une bande Velpeau enroulée autour de ses cheveux noirs et bouclés, comme s'il se remettait d'une commotion cérébrale.

J'ai écarquillé les yeux.

– Monsieur D. ?

Il a soupiré sans quitter le jeu des yeux.

– Franchement, Peter Johnson, combien de temps il va te falloir encore pour me reconnaître du premier coup ?

– À peu près autant que vous pour mémoriser mon nom, ai-je grommelé. Où est-ce qu'on est ?

– Ben, à l'anniversaire de Bobby Earl. Quelque part dans la douce campagne américaine.

– Je croyais que Typhon vous avait fait tomber du ciel. Que vous vous étiez écrasé à terre.

– Ton inquiétude me touche. Je me suis écrasé, effectivement. Une chute très douloureuse. D'ailleurs, à l'heure actuelle, une partie de moi est encore ensevelie sous des mètres de gravats, dans une mine de charbon abandonnée. Il va me falloir encore plusieurs heures pour rassembler mes forces et me rétablir. En attendant, une part de ma conscience est ici.

– Dans un bar, à jouer à Pac-Man.

– Le temps de la fête, a fait Dionysos. Tu as dû en entendre parler. Dans toutes les fêtes, ma présence est invoquée. C'est pour cette raison que je peux exister dans beaucoup de lieux différents à la fois. Le seul problème a été de trouver une fête. Je ne sais pas si tu te rends compte de la gravité de la situation, en dehors de votre petit havre de tranquillité à New York...

– Notre petit havre de tranquillité ?

– ... mais crois-moi, les mortels, ici dans l'Amérique profonde, sont en proie à la panique totale. Typhon les a terrifiés. Ils ne sont pas nombreux à donner des fêtes, mais heureusement, Bobby Earl et ses copains sont un peu lents du cerveau. Ils n'ont pas encore pigé que c'était la fin du monde.

– Alors... je ne suis pas là pour de vrai ?

– Non. Dans un instant, je vais te renvoyer à ton insignifiante vie habituelle, et ce sera comme s'il ne s'était rien passé.

– Et *pourquoi* m'avez-vous fait venir ?

Dionysos a reniflé.

– Je ne te voulais pas toi en particulier. N'importe lequel d'entre vous, stupides héros, aurait fait l'affaire. Cette Annie...

– Annabeth.

– L'important, c'est que je t'aie attiré dans le temps de la fête pour vous adresser un avertissement. Nous sommes en *danger*.

– C'est dingue ! J'aurais jamais deviné. Merci.

Il m'a fusillé du regard, délaissant un instant son jeu. Pac-Man s'est fait gober par le fantôme rouge.

– *Erre es korakas*, Blinky ! a pesté Dionysos. J'aurai ton âme.

– Euh... c'est un personnage de jeu vidéo.

– C'est pas une raison ! Et tu m'empêches de jouer, Jorgenson !

– Jackson.

– C'est pareil ! Maintenant, écoute-moi. La situation est plus grave que tu le crois. Si l'Olympe tombe, ce ne sont pas seulement les dieux qui vont s'éteindre, mais aussi tout ce qui est relié à notre héritage, qui va commencer à se déliter. L'essence même de votre petite civilisation minable...

La console de jeux a émis un air musical et Monsieur D. a grimpé au niveau 256.

– Ha ! s'est-il exclamé. Prenez ça dans les dents, les petits amis !

– Euh, l'essence de la civilisation ? l'ai-je relancé.

– Oui, oui. C'est votre société tout entière qui va se disloquer. Peut-être pas tout de suite, mais écoute bien ce que je te dis : le chaos des Titans entraînera la fin de la civilisation occidentale. L'art, la loi, les dégustations de vin, la musique, les jeux vidéo, les chemises en soie... toutes ces choses qui font que la vie mérite d'être vécue disparaîtront !

– Alors pourquoi les dieux n'accourent-ils pas pour nous aider ? ai-je demandé. On devrait unir nos forces pour sauver l'Olympe. Laissez tomber Typhon !

Dionysos a claqué des doigts avec impatience.

– Tu as oublié mon Coca light.

– Dieu, que vous êtes agaçant.

J'ai fait signe à une serveuse et commandé son stupide Coca. Je l'ai fait mettre sur l'ardoise de Bobby Earl.

Monsieur D. a bu une grande lampée. Il n'a pas détaché le regard du jeu vidéo.

– La vérité, Pierre...

– Percy.

– ... les autres dieux ne le reconnaîtraient jamais, il n'empêche qu'en fait nous avons *besoin* que ce soit vous, les mortels, qui sauviez l'Olympe. Parce que tu comprends, nous sommes des manifestations de votre culture. Si vous ne vous sentez pas assez concernés pour vouloir sauver l'Olympe par vous-mêmes...

– Comme Pan, qui dépend des satyres pour sauver la nature.

– Exactement. Je nierai avoir jamais dit ça, bien sûr, mais les dieux ont *besoin* des héros. Ils en ont toujours eu besoin. Sinon, pourquoi garderait-on des sales mômes comme vous en vie ?

– Je me sens tellement désiré. Merci.

– Sers-toi de la formation que je t'ai prodiguée à la colonie.

– Quelle formation ?

– Tu sais bien. Toutes ces techniques de héros, et... Non ! (Monsieur D. a asséné une grande claque sur la console.) *Na pari i eychi !* Le dernier niveau !

Il m'a regardé et des flammes violettes ont dansé dans ses yeux.

– Si mes souvenirs sont exacts, je t'ai prédit un jour que tu deviendrais aussi égoïste que tous les autres héros humains. Eh bien, voilà ta chance de prouver que j'avais tort.

– Ouais, faire votre fierté, c'est vraiment dans mes priorités.

– Vous devez sauver l'Olympe, Pedro ! Laissez les Olympiens s'occuper de Typhon et sauvez le siège de notre pouvoir. C'est ainsi que ça doit s'accomplir !

– Formidable. Merci pour la conversation. Maintenant si ça ne vous ennuie pas, mes amis doivent se demander...

– C'est pas tout, a embrayé Monsieur D. Cronos n'a pas encore atteint la pleine mesure de son pouvoir. Le corps du mortel n'est qu'une étape.

– On l'avait deviné.

– Est-ce que vous aviez aussi deviné que dans un jour au plus tard, Cronos aura brûlé ce corps mortel et pris la forme véritable d'un roi Titan ?

– Et ça voudrait dire que...

Dionysos a inséré une pièce de vingt-cinq cents dans la fente.

– Tu sais ce qu'il en est des dieux sous leur forme véritable.

– Ouais. On ne peut pas les regarder sans être aussitôt carbonisé.

– Cronos serait dix fois plus puissant. Sa simple présence vous réduirait en cendres. Une fois qu'il aura fait ça, il renforcera le pouvoir des autres Titans. Ils sont faibles, maintenant, comparés à ce qu'ils seront bientôt si vous ne faites rien. Le monde s'écroulera, les dieux mourront, et je n'obtiendrai jamais un score parfait sur cette machine à la gomme.

J'aurais peut-être dû être terrifié mais, honnêtement, à ce stade, j'avais déjà atteint mon niveau maximum de peur.

– Je peux y aller, maintenant ?

– Une dernière chose. Mon fils Pollux. Est-ce qu'il est vivant ?

J'ai battu des paupières, surpris par la question.

– Euh ouais, la dernière fois que je l'ai vu...

– Ben j'aimerais beaucoup que tu t'arranges pour qu'il le reste. J'ai perdu son frère Castor l'année dernière et...

– Je me souviens. (Je l'ai dévisagé, essayant de me faire à l'idée que Dionysos pouvait être un père aimant. Je me suis demandé combien d'autres Olympiens pensaient à leurs enfants demi-dieux en ce moment.) Je ferai de mon mieux.

– De ton mieux, a marmonné Dionysos. Ben si c'est pas rassurant, ça ! File, maintenant. Tu as de vilaines surprises qui t'attendent, et moi je dois battre Blinky !

– De vilaines surprises ?

Il a agité la main et le bar a disparu.

J'étais de retour sur la Cinquième Avenue. Annabeth n'avait pas bougé. Aucun signe, dans son attitude, ne donnait à croire que je m'étais absenté.

Elle s'est aperçue que je l'examinais et elle a froncé les sourcils.

– Qu'est-ce qu'il y a ?

– Euh... rien, on va dire.

J'ai balayé l'avenue du regard en me demandant ce que Monsieur D. voulait dire par « mauvaises surprises ». Je ne voyais pas comment les choses pouvaient empirer.

Mes yeux se sont arrêtés sur une voiture bleue toute déglinguée. Le capot était entièrement cabossé, comme si on avait essayé d'aplanir d'énormes cratères à coups de marteau. J'ai senti des picotements me parcourir. Cette voiture me disait quelque chose... pourquoi ? Soudain, je me suis rendu compte que c'était une Prius.

La Prius *de Paul.*

Je me suis mis à courir.

– Percy ! a crié Annabeth. Où tu vas ?

Paul, derrière le volant, était inconscient. Ma mère ronflait à côté de lui. J'ai eu l'impression d'avoir du coton dans la tête. Comment avais-je fait pour ne pas les voir plus tôt ? Depuis plus d'une journée, ils dormaient dans une file de voitures, au milieu des combats qui faisaient rage, et je ne m'en étais même pas aperçu.

– Ils... ils ont dû remarquer les lumières bleues dans le ciel. (Je me suis escrimé contre les portières, mais elles étaient verrouillées.) Il faut que je les sorte de là.

– Percy, a dit doucement Annabeth.

– Je ne peux pas les laisser là ! (Ma voix frisait l'hystérie. Je me suis mis à tambouriner sur le pare-brise.) Il faut que je les déplace. Il faut que...

– Percy, écoute... attends une seconde. (Annabeth a fait signe à Chiron, qui discutait avec quelques centaures au coin de l'avenue.) On peut pousser la voiture dans une rue latérale, d'accord ? Ils craindront rien.

J'avais les mains qui tremblaient. Après tout ce que j'avais vécu ces derniers jours, je me sentais faible et bête, mais à la vue de mes parents, j'étais à deux doigts de craquer.

Chiron est arrivé au galop.

– Qu'est-ce qui... Ah ! je vois.

– Ils venaient me chercher, ai-je dit. Ma mère a dû sentir que quelque chose clochait.

– Certainement, a acquiescé Chiron. Mais ne t'inquiète pas pour eux, Percy. Ce que nous avons de mieux à faire, dans leur intérêt, c'est de rester concentrés sur notre mission.

À ce moment-là, j'ai remarqué quelque chose sur la banquette arrière de la voiture, et mon cœur a flanché.

Derrière ma mère, retenue par une ceinture de sécurité, il y avait une amphore grecque noir et blanc de près d'un mètre de haut. Son couvercle était recouvert de liens en cuir.

– J'y crois pas, ai-je murmuré.

Annabeth a plaqué la main contre la vitre.

– Impossible ! Je croyais que tu l'avais laissée au Plaza ?

– Dans le coffre-fort, ai-je confirmé.

Chiron a vu l'amphore et écarquillé les yeux.

– Ce n'est pas...

– Si, ai-je interrompu. C'est l'amphore de Pandore.

Et je lui ai raconté ma rencontre avec Prométhée.

– Alors l'amphore est à toi, a dit gravement Chiron. Peu importe où tu la mets, elle te suivra et te donnera la tentation de l'ouvrir. Elle apparaîtra aux moments où tu te sentiras le plus faible.

Comme maintenant, ai-je pensé. *Quand je vois mes parents exposés au danger.*

Je me suis imaginé Prométhée en train de sourire, si désireux de nous aider, pauvres mortels. « Renonce à l'Espérance, et je saurai que tu te rends. Je te promets que Cronos sera clément. »

Une vague de colère est montée en moi. J'ai dégainé Turbulence et découpé la vitre du côté conducteur comme si c'était du film plastique.

– On va la mettre au point mort, ai-je dit, et les pousser en lieu sûr. Et puis on emportera cette stupide amphore à l'Olympe.

– C'est un bon plan, a acquiescé Chiron. Mais, Percy...

Je ne sais pas ce qu'il allait dire, car les mots se sont étranglés dans sa gorge. Du fond du ciel, un battement de tambour mécanique se rapprochait de nous – le *tchac-tchac-tchac* d'un hélicoptère.

Par un lundi matin normal à New York, ça n'aurait rien eu de remarquable, mais là, après deux jours de silence, le grondement d'un hélicoptère de mortels était le son le plus étrange que j'aie jamais entendu. Quelques rues plus loin, sur l'est, l'armée des monstres a poussé des clameurs et des quolibets quand l'hélico est entré dans son champ de vision. C'était un modèle civil, rouge foncé, avec un logo vert vif, *« D.E. »*, sur le flanc. L'inscription tracée sous le logo était en lettres trop petites pour qu'on puisse la lire, mais je la reconnaissais : *DARE ENTREPRISES.*

Ma gorge s'est serrée. J'ai jeté un coup d'œil à Annabeth et vu qu'elle aussi reconnaissait le logo. Ses joues sont devenues aussi rouges que l'hélico.

– Qu'est-ce qu'elle fabrique là, celle-là ? a demandé Annabeth. Comment a-t-elle franchi la barrière ?

– Qui ça ? (Chiron semblait perplexe.) Quel mortel serait assez fou pour...

Soudain, l'hélicoptère a piqué du nez.

– Le sortilège de Morphée ! s'est écrié Chiron. Ce pauvre imbécile de pilote s'est endormi.

Sous mes yeux horrifiés, l'hélicoptère a tangué et obliqué vers une rangée d'immeubles de bureaux. Même s'il ne s'écrasait pas, les dieux de l'Air le détruiraient d'une chiquenaude pour s'être trop approché de l'Empire State Building.

J'étais paralysé, incapable de bouger, mais Annabeth a sifflé et Guido le pégase a fondu au sol, surgi de nulle part.

Vous avez appelé un bel étalon ailé ? a-t-il demandé.

– Viens, Percy, a grogné Annabeth. Il faut qu'on sauve ta *copine.*

16 Nous nous faisons aider par un voleur

Voici ma définition de « pas marrant » : essayer de rattraper à dos de pégase un hélicoptère qui n'a pas de pilote aux manettes. Si Guido n'était pas aussi agile, on aurait été réduits en confettis par les pales.

J'entendais Rachel hurler à l'intérieur. Allez savoir pourquoi, elle ne s'était pas endormie, contrairement au pilote écroulé sur les commandes, que les à-coups de l'hélico, dans sa folle course vers un immeuble de bureaux, ballottaient d'avant en arrière.

– Des idées ? ai-je demandé à Annabeth.

– Tu vas devoir prendre Guido et te sauver.

– Et toi, qu'est-ce que tu vas faire ?

Pour toute réponse, elle a poussé un cri de Pokémon et Guido a plongé à la verticale.

– Baisse la tête ! a hurlé Annabeth.

On est passés si près des rotors que j'ai senti le souffle des pales happer mes cheveux. Puis on a longé à toute vitesse le flanc de l'hélico et Annabeth a attrapé la poignée de la porte.

C'est là que les choses se sont gâtées.

L'aile de Guido a heurté de plein fouet l'hélicoptère. Le pégase a dégringolé vers le sol, moi sur son dos, tandis qu'Annabeth restait pendue à la poignée.

J'étais tellement terrifié que je pouvais à peine réfléchir, mais alors qu'on piquait en vrille vers le sol, j'ai aperçu du coin de l'œil Rachel qui tirait Annabeth à l'intérieur de l'hélico.

– Accroche-toi ! ai-je crié à Guido.

Mon aile, a-t-il gémi. *Elle est fichue.*

– Tiens bon, tu peux y arriver ! (J'essayais désespérément de me rappeler ce que Silena nous disait pendant les leçons d'équitation volante.) Détends bien ton aile. Déplie-la et laisse glisser.

On tombait en chute libre, comme une pierre, vers le trottoir qui s'étendait cent mètres en dessous. Au dernier moment, Guido a ouvert les ailes. J'ai vu les visages de centaures qui nous regardaient, bouche bée. Notre plongeon vertical s'est ralenti, et nous avons glissé sur une cinquantaine de mètres, avant de tomber pêle-mêle sur le bitume.

Aïe ! a gémi Guido. *Mes pattes. Ma tête. Mes ailes.*

Chiron est arrivé au galop avec sa trousse médicale et s'est tout de suite mis à soigner le pégase.

Je me suis relevé. Quand j'ai tourné les yeux vers le ciel, ma gorge s'est serrée. L'hélico n'était plus qu'à quelques secondes de l'immeuble de bureaux. Il allait s'écraser.

Alors, par miracle, l'hélicoptère s'est redressé. Il a décrit un cercle et s'est mis à planer. Très lentement, il a amorcé sa descente.

Ça m'a paru prendre une éternité, mais l'hélicoptère a fini par atterrir avec un bruit sourd au milieu de la Cinquième

Avenue. J'ai regardé par le pare-brise et je n'en ai pas cru mes yeux. Annabeth était aux commandes.

J'ai couru vers l'hélico, dont les rotors s'immobilisaient. Rachel a ouvert la portière et traîné le pilote sur le trottoir.

Elle était encore dans sa tenue de vacances, en short de plage avec un tee-shirt et des sandales. Ses cheveux étaient tout emmêlés et elle avait le teint carrément vert, après sa balade dans les airs.

Annabeth est sortie en dernier.

Je l'ai regardée avec admiration.

– J'ignorais que tu savais piloter un hélico, lui ai-je dit.

– Moi aussi. Mais mon père est un mordu d'aviation. En plus Dédale avait quelques notes sur des machines volantes dans son portable. J'y suis allée au jugé, c'est tout.

– Tu m'as sauvé la vie, a dit Rachel.

Annabeth a bougé doucement son épaule blessée.

– Ouais, a-t-elle répondu. Ben il faudrait pas que ça devienne une habitude. Qu'est-ce que tu fabriques ici, Dare ? Tu ne pourrais pas trouver autre chose à faire que débarquer en zone de guerre ?

– Je... (Rachel m'a jeté un coup d'œil.) Il fallait que je vienne. Je savais que Percy était en danger.

– Bien vu, a grommelé Annabeth. Maintenant, tu m'excuseras, mais il faut que j'aille soigner des amis qui sont blessés. Merci d'être passée, Rachel.

– Annabeth... ai-je commencé.

Mais elle s'est éloignée à grands pas.

Rachel s'est laissée tomber sur le trottoir et s'est pris la tête entre les mains.

– Je suis désolée, Percy. Je ne voulais pas... J'ai l'impression que je te crée toujours des problèmes.

Difficile de la contredire, même si j'étais content qu'elle soit saine et sauve. J'ai regardé dans la direction qu'avait prise Annabeth, mais elle s'était perdue dans la foule. J'étais sidéré par ce qu'elle venait de faire : sauver la vie de Rachel, faire atterrir un hélicoptère, et puis s'en aller comme s'il n'y avait rien d'extraordinaire à tout ça.

– No souci, ai-je dit à Rachel sans grande conviction. Alors, c'est quoi, le message que tu voulais me transmettre ?

Elle a froncé les sourcils.

– Comment es-tu au courant ?

– Un rêve.

Ça n'a pas eu l'air d'étonner Rachel. Elle a tiré sur un pan de son short de plage. Il était couvert de dessins, ce qui était dans ses habitudes, sauf que là, j'ai reconnu les symboles : des lettres grecques, des images des perles de la colonie, des croquis de monstres et des visages de dieux. Rachel n'avait jamais mis les pieds à la Colonie des Sang-Mêlé, et encore moins à l'Olympe. Je n'arrivais pas à comprendre d'où elle connaissait toutes ces choses qu'elle dessinait.

– Moi aussi, je vois des choses, ces derniers temps, a-t-elle dit à mi-voix. Je veux dire, pas juste à travers la Brume. Là, c'est différent. Je fais des dessins, je trace des phrases...

– En grec ancien, l'ai-je interrompue. Tu comprends leur sens ?

– C'est de ça que je voulais qu'on parle. J'espérais... enfin, si tu étais venu en vacances avec nous, j'espérais que tu aurais pu m'aider à comprendre ce qui m'arrive.

Elle m'a regardé d'un air implorant. Elle avait le visage

brûlé par le soleil de la plage, et le nez qui pelait. Je ne m'étais pas encore remis de la voir ici, en chair et en os. Elle avait forcé ses parents à interrompre leurs vacances, accepté d'aller dans une école abominable et rallié un champ de bataille en hélicoptère, tout ça rien que pour me voir. À sa façon, elle était aussi courageuse qu'Annabeth.

Mais ces visions qu'elle avait me donnaient vraiment froid dans le dos. Ça arrivait peut-être à tous les mortels qui peuvent voir à travers la Brume, sauf que ma mère n'avait jamais fait allusion à quoi que ce soit de pareil. Et les paroles d'Hestia sur la mère de Luke me trottaient dans la tête : « May Castellan est allée trop loin. Elle a essayé d'en voir trop. »

– Rachel, ai-je dit. J'aimerais bien le savoir. On devrait peut-être demander à Chiron...

Elle a sursauté comme si elle venait de recevoir une décharge électrique.

– Percy, il va se passer quelque chose. Une ruse qui se soldera par une mort.

– Comment ça ? La mort de qui ?

– Je ne sais pas. (Elle a jeté des regard inquiets autour d'elle.) Tu ne le sens pas ?

– C'est ça, le message que tu voulais me donner ?

– Non. (Elle a hésité.) Je suis désolée, je suis incohérente, mais cette pensée vient juste de me traverser l'esprit. Le message que j'ai écrit sur la plage était différent. Il contenait ton nom.

– Persée, me suis-je souvenu. En grec ancien.

Rachel a hoché la tête.

– Je ne sais pas ce qu'il signifie, a-t-elle ajouté. Mais je sais que c'est important. Il faut que tu l'entendes. Le voilà : *Persée, tu n'es pas le héros.*

Je l'ai regardée comme si elle venait de me gifler.

– Tu as fait des milliers de kilomètres pour me dire que *je ne suis pas le héros* ?

– C'est important, a-t-elle insisté. Ça aura une influence décisive sur ce que tu feras.

– Pas le héros de la prophétie ? ai-je demandé. Pas le héros qui vaincra Cronos ? Qu'est-ce que tu veux dire ?

– Je... je suis désolée, Percy. Je n'en sais pas plus. Il fallait que je te le dise parce que...

– Eh bien ! s'est exclamé Chiron, qui nous rejoignait au petit trot. Mademoiselle Dare, je suppose ?

J'avais envie de lui crier de s'en aller, mais il n'en était pas question, bien sûr. J'ai essayé de maîtriser mes émotions. Je me sentais pris dans un ouragan personnel. En plein désarroi, j'ai fait les présentations.

– Chiron, Rachel Dare. Rachel, Chiron est mon professeur.

– Bonjour, a dit Rachel d'un ton abattu, nullement surprise que Chiron soit un centaure.

– Vous n'êtes pas endormie, mademoiselle Dare, a observé Chiron. Et pourtant, vous êtes mortelle, n'est-ce pas ?

– Je suis mortelle, a-t-elle confirmé, comme si c'était une pensée affligeante. Le pilote s'est endormi dès qu'on a survolé le fleuve. Pas moi, et j'ignore pourquoi. Tout ce que je savais, c'était qu'il fallait que je vienne ici, pour avertir Percy.

– Avertir Percy ?

– Elle voit des choses, ai-je expliqué. Elle écrit des phrases et fait des dessins.

Chiron a dressé un sourcil.

– Vraiment ? Dites-m'en davantage.

Rachel lui a raconté les mêmes choses qu'à moi.

Chiron s'est caressé la barbe.

– Mademoiselle Dare... je crois que nous devons parler, vous et moi.

– Chiron ! me suis-je exclamé. (Soudain me sont revenus à l'esprit l'image terrible de la Colonie des Sang-Mêlé dans les années 1990, et le cri de May Castellan fusant du grenier.) Tu... tu vas *aider* Rachel, n'est-ce pas ? Je veux dire, tu vas la prévenir qu'elle doit être prudente avec ces trucs-là. Qu'elle ne doit pas aller trop loin.

Chiron a agité la queue, un signe d'anxiété chez lui.

– Oui, Percy. Je ferai de mon mieux pour comprendre ce qui se passe et conseiller Mlle Dare, mais cela risque de prendre un moment. Entre-temps, tu devrais te reposer. Nous avons mis la voiture de tes parents à l'abri. Pour l'heure, l'ennemi ne semble pas prêt à bouger. On a installé des lits de camp à l'Empire State Building. Va dormir un peu.

– Tout le monde passe son temps à me dire de dormir, ai-je bougonné. J'ai pas besoin de dormir.

Chiron s'est efforcé de sourire.

– Tu t'es regardé dans la glace, récemment, Percy ?

J'ai baissé les yeux sur mes vêtements : déchirés, brûlés, en lambeaux après une nuit de combats incessants.

– J'ai une mine de déterré, ai-je admis. Mais tu crois que je peux dormir après ce qui vient de se passer ?

– Tu es peut-être invulnérable au combat, m'a grondé Chiron, mais cela a pour effet que ton corps se fatigue plus vite. Je me souviens d'Achille. Dès qu'il cessait de se battre, ce garçon dormait. Il devait faire une vingtaine de siestes par jour. Et toi, Percy, tu as besoin de repos. Tu es peut-être notre seul espoir.

Je voulais protester que je n'étais pas leur seul espoir. D'après Rachel, je n'étais même pas le héros. Mais l'expression de Chiron me disait clairement qu'il n'était pas prêt à négocier.

– D'accord, ai-je grommelé. Allez discuter.

Je suis parti en traînant les pieds vers l'Empire State Building. Quand j'ai tourné la tête, Rachel et Chiron marchaient côte à côte, plongés dans une conversation très grave, comme s'ils prenaient des dispositions pour un enterrement.

Dans le hall du gratte-ciel, j'ai trouvé un lit de camp vide et je m'y suis effondré, convaincu que je ne pourrais jamais m'endormir. Une seconde plus tard, mes paupières se fermaient.

Dans mon rêve, j'étais de retour dans le jardin d'Hadès. Le seigneur des Morts faisait les cent pas, les mains plaquées sur les oreilles, tandis que Nico le suivait en agitant les bras.

– Tu *dois* le faire ! insistait Nico.

Déméter et Perséphone étaient assises à la table du petit déjeuner. Elles avaient toutes les deux l'air de s'ennuyer. Déméter versait des céréales dans quatre grands bols. Perséphone modifiait magiquement les bouquets de fleurs disposés sur la table, colorant les pétales tantôt en rouge, tantôt en jaune, tantôt avec des pois.

– Je ne *dois* rien faire ! a répliqué Hadès, le regard furieux. Je suis un dieu !

– Père, a dit Nico, si l'Olympe tombe, la sécurité de ton palais n'aura plus aucun sens. Tu t'éteindras, toi aussi.

– Je ne suis pas un Olympien ! Ma famille me l'a bien fait comprendre.

– Si, tu en es un, que cela te plaise ou non.

– Tu as vu ce qu'ils ont fait à ta mère, a dit Hadès. Zeus l'a tuée. Et tu voudrais que je les aide ? Ils méritent ce qui leur arrive !

Perséphone a soupiré. Elle a passé les doigts sur la table et changé, d'un geste distrait, les couverts en roses.

– Est-ce qu'on pourrait éviter de parler de cette femme, s'il vous plaît ?

– Vous savez ce qui ferait du bien à ce garçon ? a dit Déméter d'un ton songeur. Les travaux de la ferme.

Perséphone a levé les yeux au ciel.

– Mère...

– Six mois derrière une charrue. Rien de tel pour te forger le caractère.

Nico s'est planté devant son père, l'obligeant à le regarder.

– Ma mère, a-t-il dit, comprenait ce que c'est qu'une famille. C'est pour cela qu'elle ne voulait pas nous quitter. Tu ne peux pas abandonner tes proches juste parce qu'ils ont commis un acte terrible. Toi aussi, tu leur as fait des choses horribles.

– Maria est morte ! a rappelé Hadès.

– Tu ne peux pas couper avec les autres dieux !

– J'y arrive très bien depuis des milliers d'années.

– Et tu t'en portes vraiment mieux ? a demandé Nico. En quoi ça t'a aidé de maudire l'Oracle ? La rancœur est un défaut fatal. Bianca m'avait averti et elle avait raison.

– Oui, pour les demi-dieux ! Mais moi je suis immortel et tout-puissant ! Je refuserais d'aider les autres dieux même s'ils me suppliaient, même si Percy Jackson en personne venait m'implorer...

– Tu es un exclu, exactement comme moi ! a hurlé Nico. Arrête de ressasser ta colère et fais quelque chose d'utile, pour une fois. C'est la seule façon dont tu gagneras leur respect !

La paume d'Hadès s'est remplie de flammes noires.

– Vas-y, a dit Nico. Carbonise-moi. C'est exactement ce que les autres dieux s'attendraient à te voir faire. Donne-leur raison.

– Oui, s'il te plaît, a geint Déméter. Fais-le taire.

Perséphone a soupiré.

– Oh, ch'aipas, moi. Je préférerais prendre part à cette guerre, plutôt que de continuer à manger des céréales. On s'ennuie.

Hadès a poussé un rugissement rageur. Sa boule de feu s'est écrasée contre un arbre argenté, juste à côté de Nico, et l'a réduit en une flaque de métal liquide.

Et mon rêve a changé.

Je me trouvais maintenant devant le bâtiment des Nations unies, qui se trouve à un peu moins de deux kilomètres au nord-est de l'Empire State Building. L'armée du Titan avait établi son campement tout autour du complexe. D'horribles trophées étaient pendus aux mâts des drapeaux : des casques et des pièces d'armures de pensionnaires vaincus. Tout le long de la Première Avenue, des géants aiguisaient leurs haches de guerre. Des telchines réparaient des armures devant des forges de fortune.

Quant à Cronos, il arpentait l'esplanade en balançant sa faux, ce qui obligeait ses drakainas-gardes du corps à se tenir à distance respectueuse. Ethan Nakamura et Prométhée étaient présents, eux aussi hors du rayon de la faux. Ethan tripotait nerveusement les courroies de son bouclier, mais Prométhée, en smoking, avait l'air plus calme et posé que jamais.

– Je déteste cet endroit, a grondé Cronos. Les *Nations unies*. Comme si l'humanité pouvait jamais s'unir. Rappelez-moi de détruire ce bâtiment quand nous aurons rasé l'Olympe.

– Oui, seigneur. (Prométhée a souri, visiblement amusé par la colère de son maître.) Veux-tu qu'on démolisse les écuries de Central Park, également ? Je sais à quel point les chevaux peuvent t'agacer.

– Ne te moque pas de moi, Prométhée ! Ces maudits centaures regretteront de s'être mêlés de mes affaires. Je les jetterai en pâture aux chiens des Enfers, à commencer par mon freluquet de fils, Chiron.

Prométhée a haussé les épaules.

– Ce freluquet, a-t-il commenté, a décimé une légion entière de telchines avec ses flèches.

D'un coup de faux, Cronos a décapité un mât de drapeau. Les couleurs nationales du Brésil ont chu sur l'armée, assommant une drakaina.

– Nous allons les anéantir ! a rugi Cronos. Il est temps de lâcher le drakôn. Nakamura, tu t'en occuperas.

– Ou-oui, seigneur. Au coucher du soleil ?

– Non. Immédiatement. Les défenseurs de l'Olympe sont gravement blessés. Ils ne s'attendent pas à une attaque rapide. En plus, nous connaissons un drakôn qu'ils ne peuvent pas vaincre.

Nakamura a paru dérouté.

– Seigneur ?

– Ne t'inquiète pas, Nakamura. Fais simplement ce que je te demande. Je veux voir l'Olympe en ruine avant l'arrivée de Typhon à New York. Nous allons totalement briser les dieux !

– Mais, seigneur, a dit Nakamura. Et votre régénération ?

Cronos a pointé le doigt sur Ethan et ce dernier s'est figé.

– As-tu l'impression, a sifflé Cronos entre ses dents, que j'ai *besoin* de me régénérer ?

Ethan n'a pas répondu. Il faut dire que, suspendu dans le temps, ce n'était pas évident de parler.

Cronos a claqué des doigts et Ethan s'est effondré comme une poupée de chiffon.

– Bientôt, a grondé le Titan, ce corps ne me sera plus nécessaire. Je ne vais pas me reposer alors que la victoire est à portée de main. Va, maintenant.

Ethan a détalé.

– C'est dangereux, seigneur, a prévenu Prométhée. Pas de précipitation.

– Pas de précipitation ? J'ai croupi trois mille ans dans les profondeurs du Tartare et tu trouves que j'agis avec précipitation ? Je vais découper Percy Jackson en mille morceaux.

– Tu l'as déjà combattu trois fois, a observé Prométhée. Et pourtant, tu avais toujours dit qu'un Titan ne s'abaisse pas à affronter un simple mortel. Je me demande si ton enveloppe mortelle n'a pas une influence sur toi, si elle n'affaiblit pas ton jugement.

Cronos a braqué ses yeux d'or sur l'autre Titan.

– Tu me traites de faible ?

– Non, seigneur. Je voulais simplement dire que...

– Te sentirais-tu partagé, par hasard ? Peut-être que tes anciens amis les dieux te manquent. Voudrais-tu les rejoindre ?

Prométhée a blêmi.

– Je me suis mal exprimé, seigneur. Tes ordres seront exécutés. (Il s'est tourné vers les troupes et a crié :) PRÉPARÉZ-VOUS POUR LE COMBAT !

Les légions de Cronos ont commencé à s'ébranler.

Derrière le complexe des Nations unies, un rugissement rageur a secoué la ville – le grondement d'un drakôn qui se réveille. Le bruit était si effrayant qu'il m'a réveillé, et je me suis alors rendu compte que je l'entendais encore, à près de deux kilomètres de distance.

Grover était debout à côté de moi, l'air inquiet.

– C'est quoi, ce bruit ?

– Ils arrivent, ai-je répondu. Et on est mal.

les Héphaïstos étaient en panne de feu grec. Les Apollon et les Chasseresses comptaient leurs dernières flèches. La plupart d'entre nous avaient déjà avalé tellement d'ambroisie et de nectar que nous n'osions plus en reprendre.

Il nous restait seize pensionnaires, quinze Chasseresses et une demi-douzaine de satyres en état de se battre. Les autres s'étaient réfugiés à l'Olympe. Les Poneys Fêtards ont essayé de former des rangs, mais ils titubaient et pouffaient de rire et sentaient tous la racinette. Les Texans donnaient des coups de boule aux centaures du Colorado. La division du Missouri se chamaillait avec celle de l'Illinois. Bref, les Poneys Fêtards étaient bien partis pour se bagarrer entre eux en oubliant d'attaquer l'ennemi.

Chiron est arrivé au trot, Rachel sur son dos. J'ai ressenti un léger agacement parce qu'il est rare que Chiron transporte quelqu'un, et en tout cas jamais de mortel.

– Ton amie que voici a quelques intuitions utiles, Percy, a-t-il dit.

Rachel a rougi.

– Juste des choses que j'ai vues dans ma tête, a-t-elle expliqué.

– Un drakôn, a dit Chiron. Un drakôn de Lydie, pour être précis. C'est l'espèce la plus ancienne et la plus dangereuse.

– Comment l'as-tu su ? ai-je demandé à Rachel en la regardant avec stupeur.

– Je ne saurais pas dire, a avoué Rachel. Mais ce drakôn connaîtra un sort particulier. Il sera tué par un enfant d'Arès.

Annabeth a croisé les bras et s'est exclamée :

– Je ne vois vraiment pas comment tu peux savoir ça !

– C'est une vision que j'ai eue. Je ne peux pas l'expliquer.

– Ben j'espère que tu te trompes, ai-je dit. Parce qu'on est un peu à court d'enfants d'Arès.

Une horrible pensée m'est venue à l'esprit et j'ai juré en grec ancien.

– Qu'est-ce qu'il y a ? a demandé Annabeth.

– L'espion. Cronos a dit : « Nous connaissons un drakôn qu'ils ne peuvent pas vaincre. » L'espion l'a tenu informé. Cronos sait que les Arès ne sont pas avec nous. Il a fait exprès de choisir un monstre que nous ne pourrons pas tuer.

Thalia a grimacé.

– Votre espion, là, si jamais je l'attrape, il va passer un sale quart d'heure. Peut-être qu'on pourrait envoyer un autre messager à la colonie...

– Je l'ai déjà fait, a interrompu Chiron. Blackjack est en route. Mais si même Silena ne parvient pas à convaincre Clarisse, je doute que Blackjack puisse...

Un rugissement a fait vibrer le sol. Il semblait horriblement proche.

– Rachel, ai-je dit, rentre dans le building.

– Je veux rester.

Une ombre a voilé le soleil. De l'autre côté de la rue, le drakôn se laissait glisser sur le côté d'un gratte-ciel. Il a rugi et mille vitres ont volé en éclats.

– En fin de compte, a dit Rachel dans un filet de voix, je vais rentrer.

Que je vous explique : il y a les *dragons*, et puis il y a les *drakôns*.

Les drakôns remontent à quelques millénaires de plus que les dragons et ils sont *beaucoup* plus grands. La plupart n'ont pas d'ailes. La plupart ne crachent pas de flammes (sauf quelques-uns). Ils sont tous venimeux. Ils sont tous d'une force incommensurable, et protégés par des écailles plus dures que le titane. Leur regard peut vous paralyser – pas sur le mode *je-vais-te-pétrifier* cher à Méduse, plutôt sur le mode *oh-par-les-dieux-ce-gros-serpent-va-me-bouffer-ne-bougeons-plus*, ce qui n'est pas mieux.

À la colonie, on avait des cours de combat contre les drakôns, mais aucun cours ne peut vous préparer à la vision d'un serpent de soixante-dix mètres de long, gros comme un autocar, qui glisse le long d'un immeuble, les yeux jaunes comme des projecteurs et la gueule pleine de crocs pointus assez grands pour croquer des éléphants.

Pour un peu, j'allais regretter la truie volante.

Entre-temps, l'armée ennemie descendait la Cinquième Avenue dans notre direction. On avait fait de notre mieux pour ôter les voitures du chemin afin de protéger les mortels, mais ça facilitait l'avancée des troupes ennemies. Les Poneys Fêtards agitaient nerveusement la queue. Chiron parcourait leurs rangs au galop et leur criait des paroles d'encouragement où il était question de montrer qu'on est un dur et de victoire arrosée à la racinette, mais je sentais que d'une seconde à l'autre, ils céderaient à la panique et se sauveraient.

– Je m'occupe du drakôn, ai-je dit d'une voix qui tenait du couinement de souris. (Je me suis repris et j'ai crié :) JE M'OCCUPE DU DRAKÔN ! Tous les autres, faites front contre l'armée ennemie !

Annabeth était à mes côtés. Elle avait rabattu son casque-chouette sur le visage, mais je voyais qu'elle avait les yeux rouges.

– Tu vas m'aider ? lui ai-je demandé.

– Bien obligée, m'a-t-elle répondu d'un ton malheureux. J'aide toujours mes amis.

Je me suis fait l'effet d'un imbécile fini. J'aurais voulu la prendre à part et lui expliquer que la venue de Rachel, ce n'était pas mon idée, mais on n'avait pas le temps.

– Rends-toi invisible, lui ai-je dit. Cherche les maillons faibles de son armure pendant que je l'occupe. Mais sois prudente.

J'ai sifflé.

– Kitty O'Leary, au pied !

– *OUARF !*

Ma chienne des Enfers a sauté par-dessus un rang de centaures et m'a gratifié d'un coup de langue qui sentait étrangement la pizza.

J'ai dégainé mon épée et on a chargé.

Le drakôn, qui nous dominait de trois étages, glissait toujours en biais sur la façade du gratte-ciel, tout en jaugeant nos effectifs. Partout où il portait le regard, les centaures se figeaient, paralysés par la peur.

Côté nord, l'armée ennemie a enfoncé les rangs des Poneys Fêtards. Le drakôn a tendu le cou et englouti trois centaures californiens en une bouchée, avant même que j'aie pu m'approcher.

Kitty O'Leary s'est propulsée dans l'air, telle une ombre noire meurtrière hérissée de griffes et de crocs. D'ordinaire, un chien des Enfers qui attaque est une vision terrifiante, mais là, à côté du drakôn, Kitty O'Leary avait l'air d'un doudou de gamin.

Ses griffes ont crissé sur les écailles du dragon sans parvenir à s'y planter. Elle a refermé les mâchoires sur la gorge du monstre, en vain aussi. En revanche son poids a suffi pour décrocher le drakôn de la paroi du building. Il a gigoté maladroitement puis s'est écrasé sur le trottoir – drakôn et chien des Enfers pêle-mêle. Le drakôn se tortillait et essayait de mordre Kitty O'Leary, mais elle était trop proche de sa gueule. Il crachait du poison dans tous les sens, et autour de lui, des centaures touchés tombaient, réduits en poussière, ainsi que bon nombre de monstres. Quant à Kitty O'Leary, elle s'acharnait toujours sur sa tête à coups de griffe et de crocs.

– YAAAH !

J'ai enfoncé Turbulence de toutes mes forces dans l'œil gauche du monstre. Le projecteur jaune s'est éteint. Le drakôn s'est cabré en sifflant pour m'attaquer, mais j'ai roulé sur le côté.

Ses mâchoires se sont refermées sur le trottoir, emportant un morceau de macadam de la taille d'une piscine. Il s'est tourné vers moi en me cherchant de son œil sain, et j'ai rivé le regard sur ses crocs pour ne pas me laisser paralyser par l'effroi. Kitty O'Leary redoublait d'efforts pour créer une diversion. Agrippée à la tête de serpent du monstre, elle le griffait et grondait rageusement. On aurait dit une perruque noire prise de folie mécanique.

Le reste de la bataille ne se passait pas bien. Les assauts des géants et des démons créaient la panique parmi les centaures. De temps à autre, un tee-shirt orange de la colonie s'apercevait sur la mer de combats, mais il était vite englouti. Les flèches hurlaient. Des boules de feu explosaient dans les deux camps, mais, progressivement, le champ de bataille se déplaçait le long de la rue pour se rapprocher de l'entrée de l'Empire State Building. Nous étions en train de perdre du terrain.

Soudain, Annabeth s'est matérialisée sur le dos du drakôn. Sa casquette d'invisibilité est tombée de sa tête quand elle a planté son poignard de bronze dans un interstice entre deux écailles.

Le drakôn a rugi. Il a ondoyé, projetant Annabeth au sol.

Je l'ai rejointe à l'instant où elle touchait le pavé et l'ai tirée en arrière une fraction de seconde avant que le serpent ne roule sur lui-même et n'écrase un lampadaire, juste à côté de l'endroit où elle était tombée.

– Merci, m'a-t-elle dit.

– Je t'avais dit de faire attention !

– Ouais, ben... BAISSE-TOI !

À son tour de me sauver. Elle m'a attrapé à bras-le-corps et les mâchoires du monstre ont claqué dans le vide, au ras de ma tête. Kitty O'Leary a donné un coup de boule en pleine figure du serpent pour détourner son attention et on s'est écartés vite fait.

Entre-temps, nos alliés s'étaient repliés devant la porte de l'Empire State Building. L'armée ennemie tout entière les encerclait.

Nous avions grillé toutes nos cartouches. Il ne fallait plus compter sur des renforts. Et on allait devoir battre en retraite, Annabeth et moi, si on ne voulait pas se retrouver coupés du mont Olympe.

C'est alors que j'ai entendu un grondement en provenance du sud. Ce n'était pas un bruit qu'on entend souvent à New York, mais je l'ai tout de suite reconnu : des roues de char.

Une voix de fille a hurlé :

– ARÈS !

Et une douzaine de chars de guerre a chargé. Chacun portait l'étendard rouge estampillé d'une tête de sanglier. Chacun était tiré par des chevaux-squelettes aux crinières de flammes. Au total, trente guerriers et guerrières, frais au combat, l'armure étincelante et la prunelle brillant de haine, ont abaissé leurs lances dans un même mouvement – le bruissement d'une herse de mort qui s'abat.

– Les enfants d'Arès ! s'est écriée Annabeth, stupéfaite. Comment Rachel l'a-t-elle su ?

Je n'avais pas de réponse.

Une fille à l'armure rouge bien connue de nous tous, le visage masqué par son casque en forme de tête de sanglier, menait l'assaut. Elle brandissait une lance qui crépitait d'électricité. Clarisse en personne était venue à la rescousse. Tandis que six chars chargeaient l'armée des monstres, Clarisse lançaient les six autres droit sur le drakôn.

Le serpent s'est cabré et il est arrivé à se débarrasser de Kitty O'Leary. Mon pauvre toutou s'est écrasé contre le building en glapissant. J'ai couru à sa rescousse, mais le drakôn se concentrait déjà sur le nouveau danger. Même d'un seul œil, son regard a suffi pour paralyser les conducteurs de deux chars, qui ont tourné bride et se sont écrasés dans une file de voitures. Les quatre autres chars ont continué de charger. Le monstre a dégarni les crocs pour attaquer et s'est mangé une volée de javelots de bronze.

– *IIIIISSSS !!!!* a-t-il hurlé, ce qui devait signifier « aïe-aïe-aïe » en drakôn.

– Arès, à moi ! a crié Clarisse, d'une voix plus haut perchée que d'habitude, mais je me suis dit que vu l'ennemi qu'elle affrontait, ça n'avait rien de surprenant.

En face, l'arrivée des six chars donnait un regain d'espoir aux Poneys Fêtards. Ils se sont regroupés devant les portes de l'Empire State Bulding et l'armée ennemie a connu un moment de déroute.

Pendant ce temps, les chars de Clarisse encerclaient le drakôn. Des lances se fracassaient contre la peau du monstre. Les chevaux-squelettes crachaient des flammes en hennissant. Deux autres chars ont versé, mais les guerriers se sont aussitôt relevés, pour dégainer leurs épées et passer à l'attaque. Ils visaient les interstices entre les écailles du monstre, évitaient les jets de poison comme s'ils s'y étaient entraînés toute leur vie, ce qui était bien sûr le cas.

Personne n'aurait pu dire que les Arès n'étaient pas courageux. Clarisse se tenait au premier rang et donnait des coups de lance en visant le visage du dragon pour lui crever l'autre œil. Mais les choses ont commencé à se gâter. Le drakôn a englouti un Arès d'une seule bouchée. Il en a renversé un deuxième et aspergé de poison un troisième, qui a battu en retraite, paniqué de voir son armure fondre sur lui.

– Faut qu'on les aide, a dit Annabeth.

Elle avait raison. Tout ce temps, la stupeur m'avait cloué sur place. Kitty O'Leary a essayé de se relever, mais un gémissement lui a échappé. Une de ses pattes saignait.

– Reste là, ma grande, lui ai-je ordonné. Tu as déjà fait plus que ta part.

Avec Annabeth, on a sauté sur le dos du monstre et couru vers sa tête pour détourner son attention de Clarisse.

Ses compagnons de bungalow lançaient des javelots à la tête du drakôn ; la plupart se brisaient mais certains se plantaient entre les crocs du monstre. Ce dernier claquait rageusement des mâchoires, tant et si bien que sa gueule est devenue un fouillis de sang vert, de poison jaune et de débris de javelots.

– Tu peux y arriver ! ai-je crié à Clarisse. Son destin est de mourir de la main d'un enfant d'Arès !

À travers le casque de guerre, je ne voyais que ses yeux – mais je me suis rendu compte que quelque chose clochait. La peur brillait dans ses yeux bleus. Or Clarisse ne connaissait pas la peur. En plus, elle n'avait pas les yeux bleus.

– ARÈS ! a-t-elle crié de cette voix étrangement stridente.

Et, abaissant sa lance, elle a chargé le drakôn.

– Non, ai-je marmonné. ATTENDS !

Le monstre l'a toisée de haut – presque avec mépris – et lui a craché du poison en pleine figure.

Elle est tombée à la renverse avec un hurlement.

– Clarisse !

Annabeth a sauté à terre et couru prêter renfort aux autres Arès qui tentaient de défendre leur chef de bungalow. J'ai planté Turbulence entre deux écailles de la créature et suis parvenu à attirer son attention sur moi.

Le drakôn m'a éjecté, mais je suis tombé sur mes pieds.

– ALLEZ, stupide ver de terre ! Regarde-moi !

Les quelques minutes qui ont suivi, je n'ai vu que des dents. J'ai battu en retraite et esquivé les jets de poison, mais je n'arrivais absolument pas à blesser le monstre.

À la lisière de mon champ de vision, j'ai aperçu un chariot ailé qui se posait sur la Cinquième Avenue.

Puis quelqu'un a couru vers nous. Une voix de fille, déformée par la douleur, a crié :

– NON ! Espèce de dingue, POURQUOI ?

J'ai risqué un coup d'œil, mais ce que j'ai vu était absurde. Clarisse gisait au sol, là où elle était tombée. La fumée du poison montait de son armure. Annabeth et les Arès essayaient de détacher son casque. Et, agenouillée près d'elle, le visage barbouillé de larmes, il y avait une fille en tee-shirt orange de la colonie. C'était... Clarisse.

J'ai eu le tournis. Comment n'avais-je rien remarqué ? La fille qui portait l'armure de Clarisse était beaucoup plus mince et moins grande. Mais qui avait bien pu vouloir se faire passer pour Clarisse ?

J'étais tellement sidéré que le drakôn a failli me croquer. J'ai esquivé son attaque de justesse et le monstre a enfoncé la tête dans un mur de briques.

– POURQUOI ? a demandé la véritable Clarisse, qui tenait l'autre fille dans ses bras, tandis que les pensionnaires redoublaient d'efforts pour retirer le casque rongé par le poison.

Chris Rodriguez est arrivé en courant du char volant. Clarisse et lui avaient dû s'en servir pour venir de la colonie, accompagnant les Arès qui avaient suivi l'autre fille par erreur, en la prenant pour Clarisse. Mais ça demeurait absurde.

Le drakôn a extirpé la tête du mur de briques et poussé un rugissement rageur.

– Attention ! a crié Chris.

Au lieu de se tourner vers moi, le drakôn a fait volte-face dans la direction de la voix de Chris. Il a toisé le groupe de demi-dieux en montrant les crocs.

La véritable Clarisse a regardé le dragon. La haine à l'état pur a envahi son visage. Je n'avais vu pareille expression qu'une seule et unique fois dans ma vie. C'était celle qu'arborait son père, Arès, le jour où je l'avais affronté en duel.

– TU VEUX LA MORT ? a hurlé Clarisse au drakôn. EH BIEN APPROCHE !

Elle a repris sa lance, qui gisait près de la fille allongée. Sans armure, sans bouclier, elle a chargé le drakôn.

J'ai essayé de couvrir la distance qui me séparait d'eux, mais Clarisse a été plus rapide. Elle a fait un bond de côté quand le monstre a frappé, creusant un cratère dans le sol devant elle. Puis elle s'est propulsée sur la tête de la créature. Quand le drakôn s'est cabré, Clarisse a planté sa lance électrique dans son œil sain avec une telle force que la hampe a vibré et déchargé toute la puissance de l'arme magique.

Un arc électrique a parcouru la tête du drakôn et secoué son corps entier. Clarisse a sauté à terre et roulé sur le trottoir, loin de la fumée qui s'échappait en bouillonnant de la gueule du drakôn. La chair de ce dernier s'est dissoute et il s'est effondré, réduit à une simple enveloppe d'écailles vide.

Nous regardions tous Clarisse avec admiration. Je n'avais jamais vu personne tuer à soi tout seul un monstre aussi gigantesque. Mais Clarisse n'en avait rien à faire. Elle est retournée en courant auprès de la fille blessée qui lui avait volé son armure.

Annabeth a enfin réussi à retirer le casque de la fille. On s'est tous rassemblés autour d'elle – les Arès, Chris, Clarisse, Annabeth et moi. La bataille faisait encore rage sur la Cinquième Avenue, mais pour l'instant, rien d'autre n'existait que notre petit cercle et la fille qui gisait à terre.

Ses traits, jadis ravissants, étaient grièvement brûlés par le poison. J'ai vu tout de suite qu'aucune dose de nectar ni d'ambroisie ne pourrait la sauver.

Les paroles de Rachel m'ont tinté aux oreilles. « Il va se passer quelque chose. Une ruse qui se soldera par une mort. »

Je comprenais maintenant ce que cela signifiait, et je connaissais l'héroïne qui avait mené les Arès au combat.

J'avais sous les yeux le visage agonisant de Silena Beauregard.

17 Je m'assieds dans le siège éjectable

Clarisse tenait la tête de Silena dans ses bras.

– Mais qu'est-ce qui t'a pris ?

Silena a essayé de ravaler sa salive, mais ses lèvres étaient sèches et fissurées.

– Ils... m'écoutaient pas. Le bungalow... ne voulait suivre personne d'autre que toi.

– Alors, a dit Clarisse, encore stupéfaite, tu as attendu qu'on parte patrouiller, Chris et moi, tu as volé mon armure et tu t'es fait passer pour moi. (Clarisse a foudroyé du regard ses frères et sœurs.) Et aucun de vous n'a rien remarqué ?

Les Arès ont tous manifesté un intérêt soudain pour le bout de leurs godillots.

– Te fâche pas contre eux, a dit Silena. Ils voulaient... croire que j'étais toi.

– Stupide fille d'Aphrodite ! a répondu Clarisse, des sanglots dans la voix. Tu as attaqué un drakôn ? Mais pourquoi ?

– Tout est ma faute. (Silena a essuyé une larme sur sa joue.) Le drakôn, la mort de Charlie... la colonie en danger...

– Arrête ! s'est écriée Clarisse. C'est pas vrai !

Silena a ouvert la main. Au creux de sa paume, elle tenait un bracelet en argent avec une breloque en forme de faux – la marque de Cronos.

Un poing de glace s'est refermé sur mon cœur.

– C'était toi, l'espionne, ai-je murmuré.

Silena a tenté de hocher la tête.

– Avant... avant que je sois avec Charlie, Luke était gentil avec moi. Il était tellement... charmant. Et beau. Plus tard, j'ai voulu cesser de l'aider, mais il m'a menacée de tout raconter. Il a promis... il a promis que je sauvais des vies. Que grâce à moi, moins de gens se feraient tuer. Il m'a dit qu'il ne ferait jamais de mal à Charlie. Il m'a menti.

J'ai croisé le regard d'Annabeth. Elle était livide. On aurait dit que son monde venait de s'écrouler d'un coup.

Derrière nous, la bataille faisait rage.

Clarisse s'est tournée vers ses camarades de bungalow avec un rictus.

– Allez aider les centaures. Protégez les portes. FISSA !

Les Arès ont couru rejoindre les combats.

Silena a respiré avec effort, douloureusement.

– Pardonnez-moi, a-t-elle murmuré.

– Tu ne vas pas mourir, a insisté Clarisse.

– Charlie... (Le regard de Silena était déjà à un million de kilomètres.) Je vais retrouver Charlie...

Ce furent ses derniers mots.

Clarisse, qui berçait toujours Silena dans ses bras, pleurait. Chris lui a posé la main sur l'épaule.

C'est Annabeth, finalement, qui a fermé les yeux de Silena.

– Nous devons combattre, a-t-elle dit alors, d'une voix brisée par l'émotion. Elle a donné sa vie pour nous aider. Nous devons lui rendre honneur.

Clarisse a reniflé et s'est essuyé le nez d'un revers de main.

– C'était une héroïne, pigé ? Une héroïne.

J'ai fait oui de la tête, ajoutant :

– Allez, viens, Clarisse.

Elle a ramassé l'épée d'un de ses frères mort au combat.

– Cronos va payer, a-t-elle lâché entre ses dents.

J'aimerais pouvoir dire que j'ai repoussé l'ennemi qui se massait devant l'Empire State Building. La vérité, c'est que tout le mérite en revient à Clarisse. Même sans son armure et sa lance, elle se battait comme un démon. Dressée sur son char, elle a foncé droit dans l'armée du Titan en écrasant tout sur son passage.

Elle dégageait une telle ardeur que même les centaures paniqués sont revenus se battre. Les Chasseresses récupéraient des flèches sur les corps des victimes et criblaient l'ennemi sans répit. Les Arès taillaient et pourfendaient, ce qui avait toujours été leur méthode préférée. Et les monstres ont commencé à battre en retraite vers la 35e rue.

Clarisse s'est approchée de la dépouille du drakôn et a projeté un grappin dans ses orbites. Puis elle a lancé ses chevaux au galop, traînant le drakôn derrière son char comme un dragon de parade de nouvel an chinois. Elle a chargé l'ennemi en criant des insultes et des défis. Je me suis rendu compte qu'elle flamboyait littéralement. Une aura de feu rouge clignotait tout autour d'elle.

– La bénédiction d'Arès, a dit Thalia, à mes côtés. C'est la première fois que je la vois de mes yeux.

Pour l'instant, Clarisse était aussi invincible que moi. L'ennemi la criblait de lances et de flèches ; rien ne la touchait.

– JE SUIS CLARISSE, POURFENDEUSE DE DRAKÔNS ! hurlait-elle. Je vais TOUS vous tuer ! Où est Cronos ? Amenez-le ! C'est un lâche ou quoi ?

– Clarisse, ai-je crié. Arrête ! Replie-toi !

– C'est quoi ton problème, seigneur des Titans ? continuait Clarisse. Vas-y, j't'attends !

Aucune réponse du côté des ennemis. Progressivement, ils se sont abrités derrière un rempart de drakainas, tandis que Clarisse décrivait des cercles dans la Cinquième Avenue en défiant quiconque de croiser son chemin. La dépouille du drakôn, qui traînait ses soixante mètres de long sur la chaussée, faisait un crissement rauque, comme le frottement d'un millier de couteaux.

Pendant ce temps, nous autres, on s'occupait de nos blessés, qu'on ramenait dans l'entrée de l'immeuble. Longtemps après que les forces ennemies avaient disparu du champ de bataille, Clarisse a continué de parcourir l'avenue en traînant son horrible trophée derrière son char, exhortant Cronos à venir l'affronter.

– Je la surveille, a dit Chris. Elle finira bien par se fatiguer. Je la ferai rentrer.

– Et la colonie ? ai-je demandé. Il reste du monde, là-bas ?

– Seulement Argos et les esprits de la nature, a répondu Chris. Et Peleus le dragon garde toujours l'arbre.

– Ils ne vont pas tenir longtemps. Mais heureusement que vous êtes venus.

Chris a hoché tristement la tête.

– Je suis désolé que ça nous ait pris si longtemps. J'ai tout fait pour raisonner Clarisse. Je lui ai dit : « Ça ne sert à rien de défendre la colonie si les autres meurent. Tous nos amis sont là-bas. » C'est malheureux qu'il ait fallu que Silena...

– Mes Chasseresses vous aideront à monter la garde, a dit Thalia. Annabeth et Percy, vous devriez aller à l'Olympe. J'ai l'impression qu'ils auront besoin de vous là-haut – pour ériger les dernières défenses.

Le portier avait déserté le hall du building. Son livre était retourné sur le bureau, et son fauteuil vide. Le reste du hall, en revanche, était plein de pensionnaires, de Chasseresses et de satyres blessés.

Connor et Travis Alatir nous ont rejoints devant les ascenseurs.

– C'est vrai, pour Silena ? a demandé Connor.

J'ai fait oui de la tête et répondu :

– Elle est morte en héroïne.

Travis piétinait sur place, l'air mal à l'aise.

– Euh, j'ai aussi entendu dire que...

– C'est comme je te le dis. Point barre.

– D'accord, a grommelé Travis. Écoute, c'est évident que les soldats du Titan auront du mal à monter par l'ascenseur. Ils seront obligés de le prendre par petits groupes. Quant aux géants, ils ne pourront carrément pas y entrer.

– Oui, c'est notre grand avantage, ai-je acquiescé. Y a-t-il moyen de désactiver l'ascenseur ?

– Il est magique, a expliqué Travis. D'habitude il faut une carte-clé, mais le portier a disparu. C'est signe que les défenses s'écroulent. N'importe qui peut entrer dans l'ascenseur et monter jusqu'en haut, maintenant.

– Alors on doit les empêcher d'approcher des portes, ai-je dit. Il faut les contenir dans le hall.

– Il nous faut des renforts. Ils vont continuer d'affluer ; ils finiront par prendre le dessus, c'est obligé.

– Le problème, c'est qu'il y a pas de renforts, est intervenu Connor.

J'ai jeté un coup d'œil à Kitty O'Leary, dehors, qui soufflait contre les portes vitrées et les couvrait de bave de chien des Enfers.

– Il y a peut-être une solution, ai-je rétorqué.

Je suis sorti et j'ai posé la main sur le museau de Kitty O'Leary. Chiron lui avait bandé la patte, mais elle boitait toujours. Son poil était tout collant de boue, de feuilles mortes, de tranches de pizza et de sang de monstre séché.

– Hé, ma grande, ai-je dit d'une voix qui se voulait enjouée. Je sais que tu es crevée, mais j'ai encore une grande faveur à te demander.

Je me suis penché près d'elle et lui ai murmuré quelques mots à l'oreille.

Une fois Kitty O'Leary partie en vol d'ombres, j'ai rejoint Annabeth dans le hall. En chemin vers l'ascenseur, on a aperçu Grover, agenouillé près d'un gros satyre blessé.

– Lénée ! me suis-je exclamé.

Le vieux satyre avait l'air au bout du rouleau. Ses lèvres étaient bleues. Une lance brisée dépassait de son ventre et ses jambes de chèvre dessinaient un angle anormal.

Il a essayé de concentrer son regard sur nous, mais je ne crois pas qu'il nous ait vus.

– Grover ? a-t-il murmuré.

– Je suis là, Lénée.

Grover retenait ses larmes, malgré toutes les horreurs que Lénée avait dites à son sujet.

– Est-ce... est-ce qu'on a gagné ?

– Euh... oui, a menti Grover. Grâce à toi, Lénée. On a repoussé l'ennemi.

– J't'avais dit, a grommelé Lénée. Un vrai chef. Vrai...

Sur ces mots, Lénée a fermé les yeux pour la dernière fois.

Grover a ravalé sa salive. Posant la main sur le front de Lénée, il a proféré une ancienne bénédiction. Le corps du vieux satyre s'est dissous, pour se réduire bientôt en un minuscule arbrisseau sur une motte de terre fraîche.

– Un laurier, a dit Grover, impressionné. Quelle chance il a, le vieux bouc.

Il a pris la jeune pousse entre ses mains.

– Il faut que je le plante, a-t-il expliqué. À l'Olympe, dans les jardins.

– On y va aussi, ai-je dit. Viens.

Une musique d'interlude accompagnait le trajet dans l'ascenseur. Je me suis rappelé ma première visite au mont Olympe, quand j'avais douze ans. Annabeth et Grover étaient avec moi, ce jour-là, et j'étais heureux qu'ils soient présents aujourd'hui aussi. J'avais l'horrible pressentiment que ce serait notre dernière aventure ensemble.

– Percy, a dit calmement Annabeth. Tu avais raison pour Luke.

C'étaient les premières paroles qu'elle prononçait depuis la mort de Silena Beauregard. Elle gardait les yeux rivés sur les voyants de l'ascenseur, qui atteignaient en clignotant les nombres magiques : 400, 450, 500.

Grover et moi avons échangé un regard.

– Annabeth, ai-je dit. Je suis désolé...

– Tu as essayé de me prévenir. (Sa voix tremblait.) Luke est pourri jusqu'au trognon. Je ne voulais pas te croire, jusqu'à ce que Silena nous apprenne comment il s'était servi d'elle. Maintenant, je sais. J'espère que tu es content.

– Non, pas spécialement.

Elle a appuyé la tête contre le mur de l'ascenseur et refusé obstinément de me regarder.

Grover, qui tenait délicatement le laurier entre ses mains, a commenté :

– Ah... c'est super d'être réunis tous les trois. On s'embrouille, on crève de trouille, on est à deux doigts de mourir... trop cool. Tenez, c'est notre étage.

La porte s'est ouverte avec un *ding !* et nous sommes sortis sur la passerelle aérienne.

« Morne » n'est pas le mot, d'ordinaire, pour décrire l'Olympe, mais là, il ne s'appliquait que trop bien. Les braseros étaient tous éteints, les fenêtres sombres. Les rues étaient désertes et les portes condamnées. Seuls les squares, parce qu'ils avaient été transformés en hôpitaux de campagne, étaient animés. Will Solace et les autres Apollon s'affairaient auprès des malades. Des naïades et des dryades essayaient de les aider en psalmodiant des chants magiques de la nature pour guérir les brûlures et les empoisonnements.

Pendant que Grover allait planter la pousse de laurier, Annabeth et moi avons fait le tour des blessés en essayant de leur remonter le moral. Je suis passé devant un satyre à la jambe cassée, un demi-dieu couvert de pansements de la tête aux pieds et un corps enveloppé du linceul doré du bungalow d'Apollon. Je ne savais pas qui s'y trouvait – et je ne voulais pas le savoir.

Mon cœur pesait comme une pierre dans ma poitrine, mais on se creusait la tête, Annabeth et moi, pour trouver des paroles encourageantes.

– Tu vas retourner combattre les Titans en moins de deux ! ai-je promis à un pensionnaire.

– Tu as bonne mine, a menti Annabeth à un autre.

– Lénée s'est changé en arbuste ! a dit Grover à un satyre qui gémissait.

J'ai repéré Pollux, le fils de Dionysos, appuyé contre un arbre. Il avait un bras cassé, mais rien de plus.

– Je peux toujours me battre avec l'autre main, a-t-il dit en serrant les dents.

– Non, lui ai-je dit. Tu en as fait bien assez. Je veux que tu restes ici et que tu aides à soigner les blessés.

– Mais...

– Promets-moi de pas te mettre en danger, d'accord ? S'il te plaît, fais-le pour moi.

Il a froncé les sourcils sans bien comprendre. On n'était pas particulièrement copains, mais je ne pouvais pas non plus lui dire que c'était une requête de son père ; ça ne ferait que le gêner. Il a fini par me donner sa parole, et, quand il s'est rassis contre le tronc d'arbre, j'ai vu qu'il était plutôt soulagé.

Annabeth, Grover et moi sommes repartis vers le palais. Ce serait la première cible de Cronos. Dès qu'il aurait monté l'ascenseur – et je ne doutais pas une seconde qu'il y parvienne, d'une façon ou d'une autre –, il détruirait la salle des trônes, cœur du pouvoir des dieux.

Les portes de bronze se sont ouvertes en grinçant. Nos pas ont résonné sur le sol de marbre. Au plafond de la vaste salle, les constellations brillaient d'un éclat froid. Le foyer était réduit à quelques braises rougeoyantes. Hestia, sous sa forme de fillette en robe brune, était recroquevillée devant le feu et frissonnait. L'Ophiotaurus nageait tristement dans sa bulle d'eau. À ma vue, il a poussé un *Meuh* dépourvu de conviction.

Dans cette faible lueur, les trônes jetaient des ombres menaçantes, tordues comme des mains de harpie.

Debout au pied du trône de Zeus, le visage tourné vers les étoiles, se trouvait nulle autre que Rachel Elizabeth Dare. Elle tenait un vase de céramique grecque entre les mains.

– Rachel ? Euh, qu'est-ce que tu fais avec ça ?

Elle m'a regardé comme si elle s'arrachait à un rêve.

– Je l'ai trouvée. C'est l'amphore de Pandore, n'est-ce pas ?

Ses yeux brillaient plus que d'ordinaire et j'ai eu un mauvais flash-back de sandwichs moisis et cookies brûlés.

– S'il te plaît, ai-je dit, pose l'amphore.

– Je vois l'Espoir à l'intérieur. (Rachel a passé les doigts sur les motifs de la poterie.) Si fragile.

– *Rachel.*

Ma voix a paru la ramener à la réalité. Elle a tendu l'amphore et je m'en suis emparé. La terre cuite était froide comme de la glace.

– Grover, a marmonné Annabeth. Allons faire un rapide repérage. Peut-être qu'on pourra trouver du feu grec ou des pièges d'Héphaïstos dans le palais.

– Mais...

Annabeth lui a donné un coup de coude.

– D'accord, a-t-il glapi. J'adore les pièges !

Il est sorti de la salle, traîné par Annabeth.

Devant le foyer, Hestia, pelotonnée dans sa robe, se balançait sur les talons.

– Viens, ai-je dit à Rachel. Je voudrais te présenter quelqu'un.

On s'est assis à côté de la déesse.

– Dame Hestia, ai-je dit.

– Bonjour, Percy Jackson, a murmuré la déesse. Il commence à faire froid. C'est de plus en plus dur d'entretenir la flamme.

– Je sais. Les Titans approchent.

Hestia a porté le regard sur Rachel.

– Bonjour, ma chérie. Tu es enfin venue à notre foyer.

Rachel a écarquillé les yeux.

– Vous m'attendiez ?

Pour toute réponse, Hestia a tendu les mains et les braises ont rougeoyé en lançant des flammèches. J'ai vu des images dans le feu : ma mère, Paul et moi en train de réveillonner à la table de la cuisine ; mes amis et moi autour du feu de camp à la Colonie des Sang-Mêlé, qui chantions et faisions griller des marshmallows ; Rachel et moi au volant de la Prius de Paul, sur la plage.

J'ignorais si Rachel voyait les mêmes images, mais la tension est tombée de ses épaules. La chaleur du feu semblait se répandre dans son corps.

– Pour revendiquer ta place au foyer, lui a dit Hestia, tu dois te libérer des distractions. C'est la seule façon dont tu pourras survivre.

Rachel a hoché la tête.

– Je... je comprends, a-t-elle acquiescé.

– Une seconde, ai-je dit. De quoi parle-t-elle ?

Rachel a inspiré avec effort.

– Percy, quand je suis venue ici... je pensais que je venais pour toi. En fait, non. Toi et moi...

Elle a secoué la tête.

– Attends. Je suis une *distraction*, maintenant ? Est-ce parce que je ne suis « pas le héros », ou quoi ?

– Je ne sais pas si je vais arriver à l'exprimer avec des mots. J'étais attirée par toi parce que... parce que tu m'as ouvert la porte à tout ça. (Elle a désigné la salle des trônes d'un geste.) J'avais besoin de comprendre ma vision véritable. Mais toi et moi, ça n'en fait pas partie. Nos destins ne sont pas liés. Je crois qu'au fond de toi, tu l'as toujours su.

Je l'ai regardée longuement. Je n'étais peut-être pas le plus dégourdi des gars sur terre, côté filles, mais j'étais presque sûr que Rachel venait de me larguer, ce qui était un peu dur à avaler, dans la mesure où on n'avait jamais vraiment été ensemble.

– Alors... quoi ? Merci de m'avoir amenée à l'Olympe et on garde le contact, c'est ça que t'es en train de me dire ?

Rachel a rivé le regard sur le feu.

– Percy Jackson, est intervenue Hestia. Rachel t'a dit tout ce qu'elle était en mesure de te dire. Son grand moment approche, mais le temps de ta décision approche encore plus vite. Es-tu prêt ?

J'avais envie de me plaindre que non, j'étais tout sauf prêt.

J'ai regardé l'amphore de Pandore et, pour la première fois, j'ai eu envie de l'ouvrir. L'espoir me semblait bien vain, soudain. Tant de mes amis étaient morts. Rachel me laissait tomber. Annabeth m'en voulait. Mes parents étaient endormis quelque part dans la rue, alors qu'une armée de monstres encerclait le gratte-ciel. L'Olympe était sur le point de tomber, et j'avais vu tant de cruautés accomplies par les dieux : Zeus tuant Maria Di angelo, Hadès maudissant la dernière pythie, Hermès tournant le dos à son fils Luke alors même qu'il savait que celui-ci allait sombrer dans le mal.

Rends-toi, a murmuré la voix de Prométhée à mon oreille. *Sinon ta maison sera détruite. Ta précieuse colonie brûlera.*

Alors j'ai regardé Hestia. Ses yeux rouges brillaient avec chaleur. Je me suis souvenu des images que j'avais vues dans son foyer : mes amis, ma famille, tous ceux qui comptaient pour moi.

Je me suis rappelé une chose qu'avait dite Chris Rodriguez : « Ça ne sert à rien de défendre la colonie si les autres meurent. Tous nos amis sont là-bas. » Et Nico, bravant son père : « Si l'Olympe tombe, la sécurité de ton palais n'aura plus aucun sens. »

J'ai entendu des pas. Annabeth et Grover, qui venaient d'entrer dans la salle des trônes, ont pilé net en nous voyant. Je devais avoir une drôle d'expression.

– Percy ? (À en juger par sa voix, Annabeth n'était plus en colère, mais inquiète.) Si, euh, on repartait ?

Soudain, j'ai eu l'impression qu'on m'avait injecté de l'acier dans les veines. J'ai su ce que je devais faire.

Je me suis tourné vers Rachel.

– Tu ne vas pas faire d'imprudence, hein ? Je veux dire, tu as parlé avec Chiron ?

Elle a esquissé un sourire.

– Tu as peur que moi, je fasse une imprudence ?

– Mais je veux dire... ça va aller, tu crois ?

– Je ne sais pas, a-t-elle avoué. Ça dépend un peu de si tu sauves le monde ou non, héros.

J'ai saisi l'amphore de Pandore. L'esprit de l'Espoir palpitait à l'intérieur, s'efforçant de réchauffer la céramique.

– Hestia, je vous donne ceci en offrande.

La déesse a penché la tête.

– Je suis le plus humble des dieux. Pourquoi me confierais-tu ceci ?

– Vous êtes le dernier des Olympiens. Et le plus important.

– Et pourquoi cela, Percy Jackson ?

– Parce que c'est au foyer que l'Espoir survit le mieux, ai-je répondu. Gardez-le pour moi et je ne serai plus tenté de l'abandonner de nouveau.

La déesse a souri. Elle a pris l'amphore et, aussitôt, celle-ci s'est mise à rougeoyer entre ses mains. Les flammes du foyer se sont un peu ravivées.

– Bien joué, Percy Jackson, a dit Hestia. Que les dieux te bénissent.

– Je vais vite savoir si j'ai leur bénédiction. (Je me suis tourné vers Annabeth et Grover.) Venez, les gars.

Et je me suis dirigé vers le trône de mon père.

Le trône de Poséidon se trouvait à la droite de celui de Zeus, mais il était beaucoup moins majestueux. Le siège en cuir moulé se rattachait à un pied pivotant, et le bras du fauteuil comportait quelques anneaux métalliques où ranger sa canne à pêche – ou son trident. En gros, il avait l'allure d'un fauteuil de bateau de pleine mer, le genre dans lequel on s'assied pour chasser le requin, le marlin ou les monstres marins.

Les dieux, sous leur forme naturelle, mesurent dans les six mètres de haut, de sorte qu'en tendant les bras, j'atteignais à peine le bord du siège.

– Aidez-moi à monter, ai-je demandé à Annabeth et Grover.

– T'es malade ? a fait Annabeth.

– Possible, ai-je avoué.

– Percy, a dit Grover, les dieux n'apprécient pas, mais alors pas du tout, qu'on s'asseye dans leur trône. C'est un coup à te faire réduire en cendres, tu m'entends ?

– Il faut que j'attire son attention, ai-je protesté. C'est le seul moyen.

Grover et Annabeth ont échangé un regard hésitant.

– Sûr que ça attirera son attention, a fait Annabeth.

Ils m'ont fait la courte échelle et m'ont propulsé sur le trône. J'avais l'impression d'être un bébé, avec mes jambes qui pendaient dans le vide, si loin du sol. J'ai jeté un coup d'œil aux autres trônes, vides et sinistres, en m'imaginant ce que ça pouvait signifier de siéger au Conseil de l'Olympe : tant de pouvoir, mais aussi tant de querelles, et toujours onze autres dieux cherchant à faire prévaloir leur vision à eux des choses. Je risquerais de devenir parano, à cette place, et de ne plus songer qu'à mes propres intérêts, surtout si j'étais Poséidon. Assis sur son trône, j'avais l'impression d'avoir toutes les mers à mes ordres – des kilomètres cubes d'océan charriant force et mystère. Pourquoi Poséidon écouterait-il les autres ? Pourquoi ne serait-il pas le plus grand des douze ?

Puis j'ai secoué la tête. *Concentre-toi.*

Le trône a vibré. Une rafale de tempête s'est abattue sur mon esprit :

QUI OSE...

La voix s'est tue abruptement. La colère s'est repliée, ce qui était une bonne chose car ces deux mots avaient failli réduire mon esprit en lambeaux à eux seuls.

Percy. La voix de mon père exprimait maintenant une irritation contrôlée. *Peut-on savoir ce que tu fabriques sur mon trône, au juste ?*

– Excuse-moi, père, ai-je dit. J'avais besoin d'attirer ton attention.

C'était très risqué de faire ça. Même pour toi. Si je n'avais pas regardé avant de frapper, tu ne serais plus qu'une flaque d'eau de mer, à présent.

– Excuse-moi, ai-je répété. Écoute, ça va pas fort, ici.

Je lui ai raconté ce qui se passait. Puis je lui ai exposé mon plan.

Un long silence a suivi.

Percy, a dit enfin sa voix, *ce que tu demandes est impossible. Mon palais...*

– Papa, Cronos a fait exprès d'envoyer une armée contre toi. Il veut te séparer des autres dieux parce qu'il sait que tu peux faire pencher la balance.

Il n'empêche qu'il attaque ma maison.

– Elle est ici, ta maison. À l'Olympe.

Le sol a tremblé. Une vague de colère a balayé mon esprit. Je me suis dit que j'étais allé trop loin, mais la secousse s'est calmée. Dans l'arrière-fond sonore de mon lien mental résonnaient des explosions sous-marines et des cris de bataille : des Cyclopes qui tonnaient, des tritons qui hurlaient.

– Tyson va bien ? ai-je demandé.

La question a paru prendre mon père de court.

Il va bien. Il se débrouille bien mieux que je n'avais imaginé. Même si « cacahouètes » est un drôle de cri de guerre.

– Tu l'autorises à combattre ?

Arrête de changer de sujet ! Tu te rends compte de ce que tu me demandes ? Mon palais sera détruit.

– Et l'Olympe pourrait être sauvée.

Tu as une idée du temps que j'ai passé à refaire ce palais ? Rien que la salle de jeu m'a pris six cents ans !

– Papa...

Très bien ! Il en sera comme tu le dis. Mais, mon fils, prie pour que ça marche.

– Je suis en train de prier. Je te parle, non ?

Ah oui. Bien vu. Amphitrite... en approche !

Une explosion tonitruante a mis fin à notre connexion.

Je me suis laissé glisser au bas du trône.

Grover m'a examiné d'un œil inquiet.

– Ça va ? Tu es devenu tout pâle et... tu t'es mis à fumer.

– Pas du tout !

Là-dessus, j'ai regardé mes bras. Des volutes de vapeur montaient de mes manches. Les poils de mes bras étaient roussis.

– Quelques instants de plus, a dit Annabeth, et tu te serais consumé spontanément. J'espère que la conversation en valait la peine ?

Meuh, a fait l'Ophiotaurus dans sa bulle d'eau.

– On va bientôt le découvrir, ai-je répondu.

À ce moment-là, les portes de la salle des trônes se sont ouvertes brusquement. Thalia est entrée. Son arc était cassé en deux et son carquois vide.

– Vous devez descendre, nous a-t-elle dit. L'ennemi avance. Et Cronos mène les troupes.

18 Mes parents la jouent commando de choc

Le temps qu'on redescende dans la rue, il était déjà trop tard.

Des pensionnaires et des Chasseresses blessés gisaient par terre. Clarisse avait dû perdre un combat contre un Hyperboréen car elle était prise dans un bloc de glace, son char avec elle. Aucune trace des centaures. Soit ils avaient fui, cédant à la panique, soit ils avaient été désintégrés.

L'armée du Titan encerclait l'Empire State Building ; à peine six mètres la séparaient encore de la porte. La garde raprochée de Cronos occupait le premier rang : Ethan Nakamura, la reine drakaina dans son armure verte et deux Hyperboréens. Je n'ai pas vu Prométhée. Cette fouine obséquieuse devait se tapir à leur QG. Cronos, en revanche, se tenait au premier plan, la faux à la main.

Le seul obstacle qui se dressait sur son chemin, c'était...

– Chiron, a laissé échapper Annabeth d'une voix tremblante.

Si Chiron nous a entendus, il ne l'a pas montré. Il avait bandé son arc et visait Cronos au visage.

Dès que le seigneur des Titans m'a aperçu, il a braqué sur

moi le faisceau ardent de ses yeux dorés. Instantanément, tous les muscles de mon corps se sont figés. Cronos a alors reporté son attention sur Chiron.

– Ôte-toi de mon chemin, fiston.

Entendre Luke appeler Chiron « fiston » était déjà bizarre, mais Cronos parvenait en plus à mettre une étonnante dose de mépris dans sa voix, comme si « fiston » était le pire mot qu'il ait pu trouver.

– Je n'en ai pas la moindre intention, a rétorqué Chiron d'un ton calme et glacial, signe qu'il était véritablement en colère.

Malgré tous mes efforts pour bouger, mes pieds demeuraient lourds comme du béton. Annabeth, Grover et Thalia peinaient également, visiblement aussi bloqués que moi.

– Chiron, attention ! s'est écriée Annabeth.

La reine drakaina, perdant patience, chargeait. La flèche de Chiron l'a atteinte pile entre les deux yeux et elle s'est pulvérisée aussitôt. Son armure vide s'est écroulée par terre en cliquetant.

Chiron a tendu la main pour prendre une autre flèche, mais son carquois était vide. Il a lâché son arc et dégainé son épée. Je savais qu'il détestait se battre à l'épée ; ça n'avait jamais été son arme de prédilection.

Cronos a gloussé. Il s'est avancé d'un pas et la queue de cheval de Chiron s'est agitée nerveusement.

– Tu es un professeur, a raillé Cronos. Pas un héros.

– Luke était un héros. C'était un héros loyal, jusqu'à ce que tu le corrompes.

– IMBÉCILE ! (La voix de Cronos faisait trembler la ville.) Tu lui as bourré la tête de fausses promesses. Tu lui as dit que les dieux se souciaient de moi !

– Moi, a relevé Chiron. Tu as dit « moi ».

Cronos a paru dérouté, et Chiron a profité de ce court instant pour attaquer. La manœuvre était habile, une feinte suivie d'une botte au visage. Je n'aurais pas fait mieux moi-même, mais Cronos était rapide. Il avait toute l'adresse au combat de Luke, et ce n'était pas peu dire. Il a fauché la lame de Chiron et hurlé :

– ARRIÈRE !

Une lumière aveuglante a fusé entre le Titan et le centaure. Chiron a été projeté contre le côté du building avec une telle force qu'un pan de mur s'est écroulé, l'ensevelissant sous une pluie de gravats.

– Non ! a crié Annabeth.

Le sortilège d'engourdissement s'est dissipé. On a tous couru vers notre prof, mais il n'y avait aucune trace de lui. Avec Thalia, je me suis mis à retourner les briques frénétiquement, sous les rires horribles des sbires du Titan.

– TOI ! (Annabeth s'est tournée vers Luke.) Quand je pense que... que je croyais...

Elle a dégainé son poignard.

– Annabeth, non.

J'ai essayé de l'attraper par le bras, mais elle m'a repoussé.

Elle a attaqué Cronos et ce dernier a perdu son sourire suffisant. Peut-être qu'une partie de Luke se souvenait de toute l'affection qu'il avait eue pour cette fille, et du temps où il veillait sur elle, encore gamine. Elle a planté son poignard dans un défaut de sa cuirasse, au niveau de la clavicule. La lame aurait dû s'enfoncer dans sa poitrine, au lieu de quoi elle a ricoché. Annabeth s'est pliée en deux, le bras contre le ventre. Le choc avait été si fort qu'il lui avait peut-être déboîté son épaule blessée.

Je l'ai tirée en arrière à l'instant où Cronos abattait sa faux, fendant l'air à l'endroit où elle se trouvait la seconde précédente.

Elle s'est débattue et a hurlé : « Je te DÉTESTE ! », sans que je sache trop à qui elle parlait – à moi, à Luke ou à Cronos. Des larmes striaient la poussière de son visage.

– Il faut que je le combatte, lui ai-je dit.

– C'est mon combat aussi, Percy !

Cronos a ri.

– Quelle ardeur ! Je comprends pourquoi Luke voulait t'épargner. Malheureusement, ce ne sera pas possible.

Il a levé sa faux. Je me suis placé en position de défense mais, avant que Cronos puisse frapper, le hurlement d'un chien a fendu l'air, quelque part derrière l'armée du Titan. *Aaaaoouuuh !!!*

C'était trop beau pour être vrai, mais j'ai quand même appelé :

– Kitty O'Leary ?

Un malaise palpable a parcouru les rangs de l'armée. Puis il s'est passé une chose des plus étranges. Les soldats du Titan se sont écartés, dégageant un passage dans la rue comme si quelque chose, derrière eux, faisait pression.

En quelques instants, un couloir vide s'est allongé au milieu de la Cinquième Avenue. Et au bout du bloc se tenait ma chienne géante, accompagnée d'une silhouette menue en armure noire.

– Nico ? ai-je appelé.

– *OUAH !*

Kitty O'Leary a bondi à ma rencontre, ignorant les monstres qui grondaient de part et d'autre du corridor. Nico s'est avancé. Les rangs ennemis reculaient à son passage comme s'il irradiait la mort, ce qui était bien sûr le cas.

À travers la visière de son casque en forme de crâne, il m'a souri.

– J'ai eu ton message. Il est encore temps de se joindre à la fête ?

– Fils d'Hadès. (Cronos a craché par terre.) Aimes-tu tant la mort que tu souhaites en faire l'expérience ?

– Ta mort, a rétorqué Nico, me conviendrait parfaitement.

– Je suis immortel, imbécile ! Je me suis évadé du Tartare. Tu n'as rien à faire ici, et aucune chance de survie.

Nico a dégainé son épée – trois pieds d'acier stygien aiguisé, noir comme le remords.

– Je ne vois pas les choses comme ça, a-t-il dit.

Le sol a grondé. Des fissures ont couru sur la chaussée, les trottoirs, les façades des immeubles. Des mains de squelettes ont surgi par les brèches et agrippé l'air : les morts se frayaient un chemin vers le monde des vivants. Ils étaient des milliers, et quand ils ont apparu, les monstres de Titans, pris de nervosité, ont commencé à reculer.

– TENEZ VOS POSITIONS ! a ordonné Cronos. Les morts ne font pas le poids devant nous.

Le ciel est devenu sombre et froid. Les ombres se sont épaissies. Le râle d'un cor de chasse a résonné et, tandis que les soldats morts se disposaient en rangs, armés de fusils, de lances et d'épées, un énorme char a descendu la Cinquième Avenue dans un grondement pour aller s'arrêter à la hauteur de Nico.

Les chevaux étaient des ombres vivantes, pétries d'obscurité. Le char, incrusté d'or et d'obsidienne, était décoré de scènes de morts douloureuses. Hadès en personne, seigneur des Morts, tenait les rênes, et Déméter et Perséphone étaient debout derrière lui.

Hadès portait une armure noire, assortie d'une cape rouge sang. Son visage blême était surmonté du casque des ténèbres : une couronne qui irradiait la terreur à l'état pur. Sous mes yeux, elle a changé de forme : tête de dragon, puis anneau de flammes noires, puis farandoles d'ossements humains. La force du casque fouillait profondément dans mon esprit et y réveillait mes pires cauchemars, mes peurs les plus secrètes. J'aurais voulu me terrer dans un trou, et je voyais bien que le sentiment était partagé par les sbires de Cronos. Seuls le pouvoir et l'autorité de Cronos les empêchaient de prendre la fuite.

Un sourire froid s'est étiré sur le visage d'Hadès.

– Bonjour, père. Tu m'as l'air... bien jeune.

– Hadès, a grondé Cronos. J'espère que les dames et toi, vous êtes venus me jurer allégeance.

– J'ai peur que non, a soupiré Hadès. Mon fils que voici m'a convaincu d'établir une hiérarchie dans ma liste d'ennemis. (Il m'a jeté un regard méprisant.) J'ai beau détester certains demi-dieux arrivistes, il serait désolant que l'Olympe tombe. Ça me manquerait de ne plus me disputer avec mes frères et sœurs. Et s'il y a un point sur lequel nous sommes d'accord, c'est que tu as été un père ABOMINABLE.

– Exact, a marmonné Déméter. Aucun respect pour l'agriculture.

– Mère ! s'est écriée Perséphone.

Hadès a dégainé son épée, une double lame d'acier stygien incrustée d'argent.

– Et maintenant, affronte-moi ! Car aujourd'hui, la maison d'Hadès sera nommée « les Sauveurs de l'Olympe ».

– J'ai pas de temps à perdre avec ces sottises, a lancé Cronos.

Il a frappé le sol de la pointe de sa faux. Une brèche s'est ouverte et allongée dans les deux sens, pour encercler l'Empire State Building. Un mur de force a scintillé tout le long de la fissure, séparant la garde rapprochée de Cronos, mes amis et moi du gros des deux armées.

– Qu'est-ce qu'il fait ? ai-je grommelé.

– Il nous enferme, a expliqué Thalia. Il détruit les barrières magiques qui protègent Manhattan et il nous isole, nous et l'Empire State.

Effectivement, de l'autre côté du mur de force, les moteurs de voitures se mettaient en marche. Les piétons se réveillaient et regardaient sans comprendre les monstres et les zombies qui les entouraient. Je n'aurais pas su dire ce qu'ils voyaient, à travers la Brume, mais ça ne devait pas être rassurant. Des portières de voiture s'ouvraient, claquaient. Et, au bout du pâté de maisons, Paul Blofis et maman sont sortis de leur Prius.

– Non, ai-je dit. Ne...

Ma mère voyait à travers la Brume. J'ai deviné à son expression qu'elle avait déjà mesuré la gravité de la situation. J'ai espéré qu'elle aurait le bon sens de prendre la fuite, mais elle a croisé mon regard, dit quelques mots à Paul, et tous deux se sont élancés en courant dans notre direction.

Impossible de leur crier un avertissement ; je ne voulais surtout pas attirer l'attention de Cronos sur eux.

Heureusement, Hadès a fait diversion. Il a chargé le mur de force, mais son char a heurté la paroi et versé sur le côté. Le dieu des Morts s'est relevé en jurant et a foudroyé le mur d'une rafale d'énergie noire. La paroi a tenu.

– À L'ATTAQUE ! a tonné Hadès.

L'armée des morts s'est jetée sur les troupes de Cronos. Le chaos s'est emparé de la Cinquième Avenue. Les mortels couraient s'abriter avec des hurlements de terreur. Déméter a levé la main et une colonne entière de géants s'est transformée en champ de blé ; Perséphone a changé les lances des drakainas en tournesols. Nico se frayait un chemin dans les rangs ennemis à grands coups d'épée, tout en s'efforçant de protéger les piétons. Et mes parents couraient vers moi, louvoyant entre les monstres et les zombies, sans que je puisse rien faire pour les aider.

– Nakamura, a ordonné Cronos. À mon service. Géants, occupez-vous d'eux.

Le seigneur des Titans nous a désignés d'un geste, mes amis et moi, avant d'entrer dans le hall du gratte-ciel.

J'en suis resté un instant sidéré. Je m'étais attendu à un combat, or Cronos m'ignorait complètement, comme si je ne valais même pas la peine qu'il se dérange à me tuer en personne. Ça m'a méchamment agacé.

Le premier géant Hyperboréen a tenté de m'écraser d'un coup de massue. J'ai roulé entre ses jambes et lui ai planté Turbulence dans les fesses. Il s'est effondré en une pluie d'éclats de glace. Le deuxième géant a soufflé son haleine de givre sur Annabeth, qui s'est mise à tituber désespérément. Heureusement, Grover l'a tirée de la trajectoire glacée, tandis que Thalia passait à l'action. Elle a sauté sur le dos du géant avec l'agilité d'une gazelle et entrepris de taillader sa monstrueuse nuque bleue avec ses poignards de chasse, créant en quelques instants la plus grande sculpture sans tête de glace du monde.

J'ai jeté un coup d'œil de l'autre côté du mur de force. Nico se frayait un chemin vers Paul et ma mère, mais ils n'attendaient pas son aide. Paul a ramassé l'épée d'un héros mort au combat et il est arrivé à croiser le fer un bon bout de temps avec une drakaina. Puis il lui a planté la lame dans le ventre et elle s'est désintégrée.

– Paul ? ai-je fait, stupéfait.

Il s'est tourné vers moi en souriant.

– J'espère que c'est un monstre que je viens de tuer. Je faisais partie d'un groupe de théâtre à la fac, on jouait beaucoup de pièces de cape et d'épée !

Ça m'a fait chaud au cœur de l'entendre parler comme ça, mais à ce moment-là, un Lestrygon a foncé vers ma mère. Le dos tourné au monstre, elle farfouillait à l'intérieur d'une voiture de police – peut-être qu'elle cherchait l'émetteur radio ?

– Maman ! ai-je hurlé.

Elle a fait volte-face alors que le monstre allait frapper. J'ai cru que c'était un parapluie qu'elle avait en main, jusqu'à ce que la déflagration du fusil de chasse projette le géant de six mètres en arrière, l'envoyant s'embrocher sur l'épée de Nico.

– Bien joué, a dit Paul.

– Depuis quand tu sais tirer au fusil de chasse ? ai-je demandé, interloqué.

– Depuis deux secondes, a répondu maman en repoussant une mèche de cheveux de son front. Mais ne t'inquiète pas pour nous, Percy. Vas-y !

– Oui, a renchéri Nico. On va s'occuper de l'armée. Toi, va régler son compte à Cronos !

– Viens, Cervelle d'Algues, a dit Annabeth.

J'ai hoché la tête. Puis j'ai porté le regard sur le tas de gravats, sur le côté du building. Mon cœur s'est serré. J'avais oublié Chiron. Comment avais-je pu ?

– Kitty O'Leary, ai-je dit. S'il te plaît. Chiron est là-dessous. S'il y a quelqu'un qui peut le sauver, c'est toi. Cherche-le ! Aide-le !

J'ignore ce qu'elle a compris, au juste, mais elle a rejoint le tas de décombres d'un bond et s'est mise à creuser. Quant à Annabeth, Grover et moi, on a couru vers l'ascenseur.

19 On met la ville éternelle à sac

Le pont de l'Olympe était en train de se désintégrer. À peine avons-nous posé les pieds sur le marbre blanc de la passerelle, au sortir de l'ascenseur, que des fissures se sont formées devant nous.

– Sautez ! a crié Grover.

Facile à dire, pour lui qui est moitié chèvre de montagne ! D'un bond, il a gagné la dalle suivante, tandis que la nôtre se mettait à osciller dangereusement.

– Par les dieux, j'ai horreur de l'altitude ! a hurlé Thalia en sautant avec moi de l'autre côté.

Annabeth, par contre, n'était pas en état d'en faire autant.

– Percy ! a-t-elle crié en titubant.

J'ai attrapé sa main à l'instant où le sol se dérobait sous elle en une pluie de poussière et de gravats. J'ai cru une seconde qu'elle allait m'entraîner dans sa chute. Ses pieds se balançaient dans le vide. Sa main a glissé dans la mienne et je ne la retenais plus que par les doigts. Alors Grover et Thalia m'ont attrapé par les jambes et j'ai senti un regain de force. Pas question qu'Annabeth tombe.

Je l'ai hissée sur la plateforme et on s'est écroulés,

tremblants tous les deux. C'est seulement quand elle s'est soudain crispée que je me suis rendu compte qu'on était dans les bras l'un de l'autre.

– Euh, merci, a-t-elle marmonné.

J'ai essayé de répondre « Pas de quoi », et éructé un truc du genre « Ben euh quoi ».

Grover m'a tiré par l'épaule.

– Dépêchez-vous !

Annabeth et moi, on s'est relevés tant bien que mal et on est repartis en courant sur la passerelle. Autour de nous, les pierres tombaient et se désagrégeaient dans leur chute. Notre petit groupe a atteint le flanc de la montagne une fraction de seconde avant que le dernier tronçon de la passerelle s'effondre.

Annabeth a porté le regard vers l'ascenseur, désormais complètement inaccessible : des portes d'acier poli flottant dans l'espace, rattachées à rien, à six cents étages au-dessus de Manhattan.

– On est coupés du monde, a-t-elle dit. Livrés à nous-mêmes.

– Bêêê-êêê-êê ! a confirmé Grover. Le lien entre l'Olympe et l'Amérique est en train de se déliter. S'il rompt...

– Les dieux ne se rendront pas dans un autre pays, cette fois-ci, a dit Thalia. Ce sera la fin de l'Olympe. La *vraie fin*.

On s'est mis à courir par les rues. Des demeures en flammes. Des statues fracassées, gisant sur le pavé. Les arbres des squares, réduits en brindilles. On aurait dit que quelqu'un avait attaqué la ville avec une désherbeuse géante.

– La faux de Cronos, ai-je murmuré.

Nous avons pris le sentier sinueux qui menait au palais des dieux. Je ne me souvenais pas que le chemin était si long.

Peut-être que Cronos ralentissait le temps, ou alors c'était juste la crainte qui étirait la durée. Tout le sommet de la montagne était en ruine : tant d'édifices et de jardins superbes avaient disparu.

Quelques dieux mineurs et esprits de la nature avaient essayé de faire barrage à Cronos. Leurs vestiges jonchaient le chemin : fragments d'armures, lambeaux de vêtements, épées et lances brisées en deux.

Plus loin devant nous, la voix de Cronos tonnait :

– Brique par brique ! Telle était ma promesse. La démolir BRIQUE PAR BRIQUE !

Soudain, un temple de marbre blanc coiffé d'un dôme doré a explosé. Le dôme s'est soulevé comme un couvercle de théière avant de voler en milliers d'éclats qui sont retombés en pluie sur la ville.

– C'était un sanctuaire d'Artémis, a grommelé Thalia. Il le paiera !

On franchissait la voûte de marbre flanquée des statues d'Héra et de Zeus quand la montagne entière a grondé en tanguant sur le côté, tel un bateau ballotté par la tempête.

– Attention ! a hurlé Grover.

La voûte s'est effondrée. J'ai levé les yeux juste à temps pour voir une Héra de vingt tonnes au visage de pierre et à l'expression hautaine s'abattre sur nous. Sans Thalia qui nous a violemment poussés par-derrière pour nous projeter hors de danger, Annabeth et moi étions aplatis comme des crêpes.

– Thalia ! a crié Grover.

Lorsque la poussière est retombée et que la montagne a cessé de trembler, on l'a retrouvée, toujours en vie mais les jambes coincées sous la déesse de pierre.

On a tenté désespérément de soulever la statue, mais il aurait fallu plusieurs Cyclopes pour y parvenir. Et quand on a essayé de tirer Thalia, elle a hurlé de douleur.

– J'ai survécu à toutes ces batailles, a-t-elle grogné, et je me fais battre par un stupide bloc de pierre !

– C'est Héra, a dit Annabeth, furieuse. Ça fait un an qu'elle me cherche des poux. Sa statue m'aurait tuée si tu ne nous avais pas poussés.

Thalia a grimacé.

– Ouais, ben restez pas plantés là ! Vous inquiétez pas pour moi. Allez-y !

On ne voulait pas l'abandonner, mais on entendait le rire de Cronos, qui approchait de la salle des dieux. D'autres bâtiments ont explosé.

– On va revenir, ai-je promis.

– T'inquiète, je bouge pas, a bougonné Thalia.

Une boule de feu a embrasé le flanc de la montagne, juste à côté des portes du palais.

– Courons ! ai-je dit.

– Par où ? a murmuré Grover.

Je me suis élancé vers le palais, Annabeth sur mes talons.

– Bien ce que je craignais, a soupiré Grover en nous emboîtant le pas au petit trot.

Les portes du palais auraient été assez grandes pour laisser passer un bateau de croisière, mais elles avaient été arrachées de leurs charnières et broyées comme de vulgaires panneaux de contreplaqué. Pour entrer, nous avons dû escalader un énorme tas de gravats et de langues de métal tordues.

Cronos se tenait au centre de la salle des trônes, les bras grands ouverts, les yeux rivés sur le plafond étoilé, comme s'il voulait tout graver dans sa mémoire. Son rire résonnait encore plus fort que jadis, dans la fosse du Tartare.

– Enfin ! a-t-il tonné. Le Conseil Olympien, dans toute sa splendeur et sa puissance. Quel siège de pouvoir vais-je détruire en premier ? Mmmh ?

Ethan Nakamura, aux côtés de Cronos, faisait de son mieux pour échapper au rayon d'action de la faux de son maître. Le feu était presque éteint ; seules quelques braises, enfouies sous les cendres, rougeoyaient encore. Aucune trace d'Hestia. Rachel avait disparu, elle aussi. J'espérais qu'elle était saine et sauve, mais j'avais vu tant de morts et de ravages que j'avais peur d'y penser. L'Ophiotaurus nageait dans sa bulle au fond de la pièce, trop avisé pour émettre le moindre son, mais Cronos n'allait pas tarder à le remarquer.

Annabeth, Grover et moi, on s'est avancés dans la lueur des flambeaux. Ethan Nakamura a été le premier à nous voir.

– Seigneur, a-t-il averti.

Cronos s'est retourné et nous a souri à travers le visage de Luke. Hormis les yeux dorés, il était exactement le même que lorsqu'il m'avait accueilli dans le bungalow d'Hermès, voilà maintenant quatre ans. Annabeth a émis un son douloureux du fond de sa gorge, comme si elle avait reçu un coup de poing en plein ventre.

– Et si je commençais par te tuer, Percy Jackson ? a suggéré Cronos. Est-ce le choix que tu vas faire, me combattre et périr, au lieu de te soumettre ? Les prophéties finissent mal en général, tu le sais.

– Luke se battrait à l'épée, ai-je rétorqué, mais je suppose que vous n'avez pas son habileté.

Cronos a ricané. Sa faux a commencé à se transformer, jusqu'au moment où le Titan s'est retrouvé avec l'ancienne arme de Luke à la main – Perfide, l'épée à la lame moitié d'acier, moitié de bronze céleste.

Annabeth, à côté de moi, a hoqueté comme si elle venait d'avoir une idée.

– Percy, la lame ! (Elle a tiré son poignard de son fourreau.) *L'âme du héros, une lame maudite la fauchera.*

Je n'ai pas compris pourquoi elle me rappelait ce vers de la prophétie à cet instant précis. Ce n'était pas ça qui allait me booster... Mais je n'ai pas eu le temps de lui répondre que Cronos brandissait son épée.

– Attends ! a hurlé Annabeth.

Cronos m'a attaqué à la vitesse de l'éclair.

Mon instinct a pris le dessus. Je me suis mis à esquiver, parer, fendre, mais j'avais l'impression d'affronter cent épéistes à la fois. Ethan s'est jeté sur un côté pour essayer de passer derrière moi ; Annabeth l'a intercepté. J'ai vu du coin de l'œil qu'ils se battaient, sans pouvoir vraiment suivre ce qui se passait. J'avais vaguement conscience que Grover jouait de la flûte de Pan. Le son me galvanisait ; il m'emplissait de chaleur et d'images de soleil, de ciel bleu, de prairies calmes loin de la guerre.

Cronos m'a acculé contre le trône d'Héphaïstos – un immense fauteuil inclinable bardé de rouages d'argent et de bronze. Le Titan a allongé une botte et je suis arrivé *in extremis*, d'un saut à la verticale, à me propulser sur le siège. Des mécanismes secrets se sont enclenchés en ronronnant. *Mode défense*, a averti une voix métallique. *Mode défense.*

Ça ne pouvait pas être bon signe. J'ai sauté sur la tête de Cronos au moment où le trône se mettait à projeter des vrilles d'électricité dans tous les sens. L'une d'elles a frappé Cronos en pleine figure, avant de s'enrouler sur son corps et le long de son épée.

– AARGH !

Cronos est tombé à terre, lâchant Perfide.

Annabeth a tout de suite vu l'ouverture. Elle a envoyé balader Ethan d'un coup de pied et foncé sur Cronos.

– Luke, écoute-moi !

Je voulais crier, lui dire qu'elle était folle de songer à raisonner avec Cronos, mais je n'en ai pas eu le temps. Cronos a agité la main. Annabeth, propulsée en arrière, s'est écrasée au pied du trône de sa mère.

– Annabeth ! ai-je hurlé.

Ethan Nakamura s'est relevé. Il se dressait maintenant entre Annabeth et moi. Impossible de le combattre sans tourner le dos à Cronos.

La musique de Grover a pris des accents plus pressants. Il s'est dirigé vers Annabeth, mais il ne pouvait pas marcher plus vite s'il voulait garder la cadence de son air. Le sol de la salle des trônes se couvrait d'herbe. De minuscules racines perçaient entre les dalles de marbre.

Cronos s'est relevé sur un genou. Ses cheveux fumaient. Son visage était couvert de brûlures électriques. Il a tendu le bras vers son épée, mais cette fois-ci elle n'a pas volé d'elle-même dans sa main.

– Nakamura ! a-t-il grondé. L'heure est venue de prouver ta valeur. Tu connais la faiblesse secrète de Jackson. Tue-le, et tu recevras des récompenses dépassant tous tes rêves.

Ethan a baissé le regard sur mon ventre et j'ai eu la certitude qu'il savait. Même s'il ne pouvait pas me tuer lui-même, il lui suffisait de le dire à Cronos. Je ne pouvais pas me défendre éternellement.

– Regarde autour de toi, Ethan, ai-je dit. La fin du monde. Est-ce la récompense que tu désires ? Tu veux vraiment que tout soit détruit, le bon avec le mauvais ? *Tout* ?

Grover avait presque rejoint Annabeth, à présent. L'herbe était de plus en plus épaisse et les racines faisaient trente bons centimètres, comme un tapis à poils drus.

– Il n'y a pas de trône pour Némésis, a marmonné Ethan. Pas de trône pour ma mère.

– C'est exact ! (Cronos a tenté de se relever, en vain. Au-dessus de son oreille gauche, une touffe de cheveux blonds se consumait encore.) Frappe-les ! Ils méritent de souffrir.

– Tu m'as dit que ta mère était la déesse de l'Équilibre, lui ai-je rappelé. Les dieux mineurs méritent mieux, Ethan, mais la destruction totale, ce n'est pas de l'*équilibre*. Cronos ne construit pas. Il ne fait que détruire.

Ethan a regardé le trône grésillant d'Héphaïstos. La musique de Grover résonnait toujours, et Ethan tanguait sur sa cadence, comme si elle l'emplissait de nostalgie – du désir de voir une belle journée, d'être n'importe où sauf là. Son œil sain a cligné.

Puis il a attaqué – mais pas moi.

Profitant que Cronos soit toujours à genoux, Ethan a planté son épée dans le cou du seigneur des Titans. Ça aurait dû le tuer instantanément, mais la lame s'est cassée. Ethan est tombé à la renverse, serrant son ventre des deux mains. Un éclat de sa propre lame avait ricoché et transpercé son armure.

Cronos s'est relevé en chancelant et s'est dressé au-dessus de son valet.

– Trahison, a-t-il grondé.

Au son de la musique de Grover, des herbes se sont enroulées autour du corps d'Ethan. Ce dernier m'a regardé, le visage contracté par la douleur.

– Ils... méritent mieux, a-t-il articulé avec effort. Si seulement... ils avaient des trônes.

Cronos a tapé du pied et le sol a lâché sous Ethan Nakamura. Le fils de Némésis est tombé dans une fissure qui traversait le cœur de la montagne et donnait dans le vide.

– Bien fait pour lui. (Cronos a ramassé son épée.) Et maintenant, à vous !

Je n'avais qu'une pensée en tête, l'empêcher d'approcher Annabeth.

Grover était près d'elle, à présent. Il avait cessé de jouer pour lui faire boire de l'ambroisie.

Partout où Cronos mettait les pieds, les racines s'enchevêtraient autour de ses chevilles, mais Grover avait interrompu sa magie trop tôt. Les racines n'étaient ni assez épaisses ni assez résistantes pour faire davantage qu'agacer le Titan.

On s'est battus en piétinant l'âtre, soulevant des cendres et des étincelles. Cronos a tranché un accoudoir du trône d'Arès, ce qui ne me dérangeait pas, personnellement, mais ensuite il m'a acculé contre le trône de mon père.

– Ha ha ! a gloussé Cronos. Voilà qui fera du très bon petit bois pour mon nouveau foyer !

Nos lames se sont entrechoquées en crépitant. Il était plus fort que moi, mais en cet instant, je sentais le pouvoir de l'océan dans mes bras. Je l'ai repoussé et j'ai frappé de nouveau, abattant Turbulence sur son plastron avec une telle violence que ma lame a déchiré le bronze céleste.

Cronos a tapé du pied de nouveau et le temps a ralenti. J'ai tenté d'attaquer, mais je me mouvais maintenant avec la lenteur d'un glacier. Cronos a reculé tranquillement et repris son souffle. Il a examiné les dégâts que j'avais infligés à son armure, pendant que je redoublais d'efforts pour avancer et le maudissais silencieusement. Il pouvait s'accorder tous les temps de repos qu'il voulait. Il pouvait m'immobiliser à volonté. Mon seul espoir était que cet effort finisse par le vider de ses forces. Si je pouvais l'épuiser...

– Il est trop tard, Percy Jackson, a-t-il dit alors. Regarde.

Il a tendu le doigt en direction du foyer et les braises ont rougeoyé. Un rideau de fumée blanche est sorti du feu et s'est mis à former des images, comme un message-Iris. J'ai vu Nico et mes parents, sur la Cinquième Avenue, entourés d'ennemis, qui livraient un combat sans espoir. Dans l'arrière-plan, Hadès guerroyait, debout sur son char noir, faisant sortir des vagues et des vagues de zombies du sol, mais les troupes du Titan paraissaient tout aussi innombrables. Pendant ce temps, Manhattan subissait des ravages. Les mortels, à présent complètement réveillés, couraient en hurlant de terreur. Les voitures faisaient des embardées et s'écrasaient.

La scène a changé et j'ai vu quelque chose d'encore plus terrifiant.

Une colonne nébuleuse s'approchait de l'Hudson en survolant rapidement la côte du New Jersey. Elle était entourée de chars, engagés dans un furieux combat contre la créature qui en occupait le centre.

Les dieux attaquaient. La foudre zébrait le ciel. Des flèches or et argent sillonnaient la trombe comme des balles traçantes et y explosaient. Lentement, l'immense nuage s'est déchiré et j'ai vu Typhon distinctement pour la première fois.

J'ai su que tant que je vivrais (pas nécessairement très longtemps...), je ne pourrais m'ôter cette image de l'esprit. La tête de Typhon se reformait constamment. D'un instant à l'autre, il se changeait en monstre encore plus horrible que le précédent. Regarder son visage m'aurait rendu fou ; j'ai donc porté mon attention sur son corps, mais ça ne valait pas beaucoup mieux. Il était humanoïde, mais sa peau m'a fait penser à un vieux sandwich oublié dans un casier de gym. Elle était marbrée de vert et couverte de cloques énormes et de plaques noires, souvenirs des éternités qu'il avait passées coincé sous un volcan. Il avait des mains d'homme, mais terminées par des serres d'aigle. Ses pattes de reptile étaient hérissées d'écailles.

– Les Olympiens livrent leurs ultimes efforts, a ricané Cronos. C'est pitoyable !

Du haut de son char, Zeus a lancé un éclair. La foudre a illuminé le monde. La déflagration s'est fait sentir jusqu'ici, sur l'Olympe, pourtant quand la poussière est retombée, Typhon était toujours debout. Il titubait, un cratère béant fumait sur le dessus de sa tête difforme, mais il avançait obstinément, avec des rugissements de colère.

Mes articulations ont commencé à se débloquer. Cronos n'a pas semblé s'en rendre compte. Il était entièrement absorbé par le combat et la perspective de sa victoire finale. Si je pouvais tenir quelques secondes de plus, et si mon père tenait parole...

Typhon est entré dans l'Hudson – l'eau lui arrivait à peine à mi-mollet.

Maintenant, ai-je pensé en implorant l'image dans la fumée. *S'il vous plaît, faites que ce soit maintenant.*

Comme par miracle, le son d'une conque de brume est monté de la vision vaporeuse. L'appel de l'océan. L'appel de Poséidon.

Autour de Typhon, l'Hudson s'est soulevé en vagues de plus de dix mètres de haut. Un nouveau chariot a surgi des flots, tiré par d'immenses hippocampes qui nageaient dans l'air avec la même aisance que dans l'eau. Mon père, nimbé d'une aura de pouvoir bleutée, a décrit un cercle farouche autour des pieds du géant. Poséidon n'était plus un vieillard. Il avait regagné l'aspect que je lui connaissais : fort, le teint hâlé, la barbe noire. Lorsqu'il a brandi son trident, le fleuve, répondant à son appel, est monté en entonnoir autour du monstre.

– NON ! a rugi Cronos après quelques secondes d'un silence stupéfait. NON !

– MES FRÈRES, À MOI ! a tonné Poséidon d'une voix si forte que je n'aurais pas su dire si elle me parvenait de l'image de fumée ou directement de l'autre bout de la ville. EN AVANT POUR L'OLYMPE !

Des guerriers ont jailli du fleuve à dos de requins géants, de dragons et de chevaux de mer. C'était une légion de Cyclopes, menée par...

– Tyson ! ai-je crié.

Je savais qu'il ne pouvait pas me voir, mais je l'ai contemplé avec stupéfaction. Sa taille avait augmenté par magie. Il devait faire près de dix mètres, comme n'importe lequel de ses cousins plus âgés, et, pour la première fois, il portait une armure de combat de pied en cap. Derrière lui caracolait Briarée, l'Être-aux-Cent-Mains.

Tous les Cyclopes brandissaient d'immenses chaînes en fer noir – assez longues pour ancrer un cuirassé – terminées par des grappins. Ils les ont fait tournoyer comme des lassos et se sont mis à les lancer autour des bras et des jambes de Typhon, en se servant du courant pour continuer à tourner en cercle et le ligoter progressivement. Typhon s'ébrouait, rugissant et tirant sur les chaînes ; il a fait tomber quelques Cyclopes de leurs montures, mais les lassos de fer étaient tout simplement trop nombreux. Le poids du bataillon de Cyclopes pesait peu à peu sur Typhon. Poséidon a projeté son trident et transpercé le monstre à la gorge. Un jet de sang doré, l'ichor immortel, a fusé de la plaie, haut comme un gratte-ciel. Le trident est revenu de lui-même dans la main de Poséidon.

Les autres dieux attaquaient avec un regain de force. Arès, s'approchant au grand galop, a donné un coup de poignard dans le nez de Typhon. Artémis lui a envoyé douze flèches d'argent dans l'œil. Apollon, quant à lui, a décoché une volée de traits de feu qui ont enflammé le pagne du monstre. Quant à Zeus, il continuait de foudroyer implacablement le géant. Alors, enfin, l'eau s'est mise lentement à monter, à envelopper comme un cocon Typhon, qui s'est enfoncé sous le poids des chaînes. Le géant a poussé un hurlement d'effroi ; il a battu des bras avec une telle violence que les vagues ont balayé la côte du New Jersey, inondé des immeubles de cinq étages et submergé le Washington Bridge – mais il a bel et bien sombré quand mon père a ouvert un tunnel exprès pour lui au fond du fleuve, un immense toboggan qui allait le mener droit au Tartare. La tête de Typhon a été happée par un tourbillon ; les eaux se sont refermées sur lui, et le monstre a disparu.

– ARGH !! a hurlé Cronos.

D'un coup d'épée dans la fumée, il a fracassé l'image.

– Ils sont en route, ai-je dit. Tu as perdu.

– Je n'ai même pas commencé.

Sur ces mots, il s'est avancé vers moi à une vitesse aveuglante. Grover – en courageux et stupide satyre qu'il était – a tenté de lui faire barrage, mais Cronos l'a envoyé promener comme une poupée de chiffon.

J'ai fait un pas de côté et allongé une botte sous la garde de Cronos. C'était un joli coup, malheureusement Luke le connaissait. Il a paré mon attaque et m'a désarmé, usant d'une des premières estocades qu'il m'avait enseignées. Mon épée a ricoché au sol pour aller se perdre dans la fissure béante, et je suis moi-même tombé au sol.

– ARRÊTE ! a crié Annabeth, surgissant à l'improviste.

Cronos a fait volte-face et asséné Perfide, mais Annabeth est parvenue à bloquer la lame du Titan avec le manche de son poignard. C'était un coup que seul le plus rapide et le plus habile des manieurs de poignards pouvait maîtriser. Ne me demandez pas où elle puisait la force, mais elle s'est rapprochée encore davantage, alors que leurs lames étaient encore croisées, et pendant cet instant elle s'est tenue face au seigneur des Titans, le contraignant à rester immobile.

– Luke, a-t-elle dit en serrant les dents. Je comprends, maintenant. Tu dois me faire confiance.

Cronos a poussé un rugissement de rage.

– Luke Castellan est mort ! Son corps brûlera quand je reprendrai ma forme véritable !

J'ai essayé de bouger, mais mon corps était figé à nouveau. Comment Annabeth, blessée et rompue de fatigue, avait-elle la force d'affronter un Titan tel que Cronos ?

Cronos tentait de dégager son épée en poussant contre le manche du poignard, mais Annabeth tenait bon ; ses bras tremblaient quand il a alors entrepris de faire glisser la lame vers son cou.

– Ta mère, a dit Annabeth d'une voix rauque. Elle a vu ton destin.

– Servir Cronos ! a rugi le Titan. Tel est mon destin.

– Non ! a insisté Annabeth. (Ses yeux s'embuaient de larmes, mais je ne savais pas si c'était de douleur ou de tristesse.) Ce n'est pas la fin, Luke. La prophétie – ta mère a vu ce que tu ferais. C'est à toi que la prophétie s'applique !

– Je t'écraserai, fillette ! a tonné Cronos.

– Non, a rétorqué Annabeth. Tu as promis. En ce moment même, tu retiens Cronos.

– MENSONGES !

Cronos a poussé de nouveau et cette fois-ci, Annabeth a perdu l'équilibre. De sa main libre, le Titan l'a frappée au visage et elle a glissé en arrière.

J'ai fait appel à toute ma volonté. Je suis parvenu à me lever, mais j'ai eu la sensation de porter une nouvelle fois tout le poids du ciel.

Cronos dominait Annabeth de sa hauteur, l'épée levée.

Un filet de sang coulait au coin de la bouche d'Annabeth.

– Une famille, Luke, a-t-elle dit dans un râle. Tu m'as promis.

J'ai fait un pas, au prix d'un douloureux effort. Grover, du côté du trône d'Héra, s'était redressé, mais il semblait lui aussi avoir du mal à se mouvoir. Avant que l'un ou l'autre de nous deux ait pu se rapprocher d'Annabeth, Cronos a titubé.

Il a fixé du regard le poignard qu'Annabeth avait à la main, puis le sang sur son visage. « Promis. »

Alors, il a hoqueté comme s'il manquait d'air.

– Annabeth... (Ce n'était pas la voix du Titan, c'était celle de Luke. Il s'est avancé en vacillant, peinant à contrôler son corps.). Tu saignes...

– Mon couteau. (Annabeth a tenté de lever son poignard, mais il lui a glissé des mains. Son bras dessinait un angle anormal. Elle m'a jeté un regard implorant.) Percy, s'il te plaît...

Je pouvais de nouveau bouger.

J'ai bondi et ramassé le poignard. Puis j'ai fait tomber Perfide de la main de Luke, et elle a roulé dans le foyer. C'est à peine si Luke m'a prêté attention. Il s'est avancé vers Annabeth mais je me suis interposé entre les deux.

– Ne la touche pas, ai-je dit.

– Jackson... a grondé la voix de Cronos, et la colère s'est peinte sur son visage.

Était-ce mon imagination, ou son corps tout entier était-il en train de luire et se teinter de doré ?

Il a hoqueté de nouveau. Voix de Luke :

– Il change. Aide-moi. Il... est presque prêt. Il n'aura plus besoin de mon corps. S'il te plaît...

– NON ! a tonné Cronos.

Il a cherché son épée du regard, mais elle rougeoyait parmi les braises, dans le foyer.

Il s'en est approché en titubant. J'ai voulu l'arrêter mais il m'a repoussé avec une telle force que je suis allé m'étaler près d'Annabeth en me cognant la tête contre le pied du trône d'Athéna, et j'ai vu trente-six chandelles.

– Le couteau, Percy, a marmonné Annabeth, le souffle court. Héros... lame maudite.

Quand j'ai recouvré une vision nette, j'ai vu Cronos saisir son épée. Puis il l'a laissée tomber en poussant un rugissement de douleur. Le feu dans l'âtre avait viré au rouge ardent, comme si la faux n'était pas compatible avec les flammes du foyer. J'ai aperçu une image dansante d'Hestia dans les braises, qui toisait Cronos avec désapprobation.

Luke s'est effondré au sol, contractant ses mains blessées.

– S'il te plaît, Percy...

Je me suis relevé avec effort et me suis avancé vers Luke en brandissant le poignard. Il fallait que je le tue. C'était ça, le plan.

Luke paraissait lire dans mes pensées. Il s'est humecté les lèvres.

– Tu ne peux pas... peux pas le faire toi-même. Il se défendra. Reprendra le contrôle. Il n'y a que ma main. Je sais où. Je peux... je peux le maîtriser.

Il brillait incontestablement, à présent, et sa peau commençait à fumer.

J'ai pointé le poignard, prêt à frapper. Alors j'ai jeté un coup d'œil à Annabeth. Grover la tenait dans ses bras, essayant de la protéger. Et j'ai enfin compris ce qu'elle avait essayé de me dire.

« Tu n'es pas le héros, avait dit Rachel. Ça aura une influence sur ce que tu feras. »

– S'il te plaît, a gémi Luke. Pas le temps.

Si Cronos prenait sa forme véritable, plus rien ne pourrait l'arrêter. À côté de lui, Typhon ferait figure de demi-sel.

Le vers de la Grande Prophétie résonnait dans ma tête : *L'âme du héros, une lame maudite la fauchera.* Mon univers tout entier a basculé, et j'ai tendu le poignard à Luke.

Grover a glapi.

– Percy ? Tu es... euh...

Fou ? Dingue ? Cinglé ? Sans doute.

J'ai regardé Luke saisir le manche du poignard.

J'étais debout devant lui – sans défense.

Il a dénoué les courroies latérales de son armure, exposant un petit carré de peau juste en dessous du bras gauche. Un emplacement très dur à frapper. Avec difficulté, il y a planté le poignard.

La coupure n'était pas profonde, mais Luke a hurlé. Ses yeux ont lui comme de la lave en fusion. La salle des trônes a tremblé, ce qui m'a fait tomber au sol. Une aura d'énergie nimbait Luke, de plus en plus vive. J'ai fermé les yeux et senti une force similaire à une explosion nucléaire boursoufler ma peau et fissurer mes lèvres.

Un long, très long silence a suivi.

Lorsque j'ai rouvert les yeux, j'ai vu Luke affalé près de l'âtre. Par terre, un cercle de cendres l'entourait. La faux de Cronos s'était liquéfiée et le métal fondu tombait goutte à goutte dans les braises du foyer, qui rougeoyait maintenant comme une forge.

Le flanc de Luke était ensanglanté. Il avait les yeux ouverts – des yeux bleus, comme avant. Il respirait dans un râle.

– Bonne... lame, a-t-il articulé avec effort.

Je me suis agenouillé près de lui. Annabeth s'est approchée en boitant, soutenue par Grover. Tous deux avaient les larmes aux yeux.

Luke a rivé le regard sur Annabeth.

– Tu savais. J'ai failli te tuer, mais tu savais.

– Chut. (La voix d'Annabeth tremblait.) Tu as fini en héros, Luke. Tu iras aux Champs Élysées.

Il a fait non de la tête et murmuré :

– Pense plutôt... nouvelle naissance. Trois tentatives. Îles des Bienheureux.

Annabeth a reniflé et répondu avec douceur :

– Tu as toujours été trop exigeant envers toi-même.

Il a levé sa main calcinée. Annabeth lui a effleuré le bout des doigts.

– Est-ce que... (Luke a toussé et ses lèvres se sont teintées de rouge vif.) Est-ce que tu m'aimais ?

Annabeth a essuyé ses larmes.

– À une époque, j'ai cru que... enfin, j'ai cru...

Elle m'a regardé comme si elle n'en revenait toujours pas que je sois encore là. Et je me suis rendu compte que j'en faisais autant. Le monde s'écroulait et la seule chose qui comptait vraiment pour moi, c'était qu'Annabeth soit toujours en vie.

– Tu étais un frère pour moi, Luke, a-t-elle dit tendrement.

Il a hoché la tête. Puis grimacé de douleur.

– On peut trouver de l'ambroisie, a dit Grover. On peut...

– Grover, a hoqueté Luke. Tu es le satyre le plus courageux que j'aie jamais rencontré. Mais non. Il n'y a pas de remède.

Une nouvelle quinte l'a secoué. Il m'a agrippé par la manche et j'ai senti la chaleur qui se dégageait de sa peau, comme un feu.

– Ethan. Moi. Tous les indéterminés. Ne permets pas... ne permets pas que ça se reproduise.

Il y avait de la colère dans son regard, mais aussi une prière.

– Je ne le permettrai pas, ai-je dit. Je le promets.

Luke a incliné la tête une dernière fois et sa main est retombée, inerte.

Les dieux ont déboulé quelques minutes plus tard dans la salle des trônes, armés de pied en cap et bien décidés à en découdre avec l'ennemi.

Ils n'ont trouvé qu'Annabeth, Grover et moi, debout près du corps d'un demi-dieu brisé, dans la lumière chaude et diffuse du foyer.

– Percy, a appelé mon père, d'une voix teintée de respect. Qu'est-ce que... qu'est-ce qui se passe ?

Je me suis tourné pour faire face aux Olympiens.

– Nous avons besoin d'un linceul, ai-je annoncé d'une voix chancelante. Un linceul pour le fils d'Hermès.

20 Nous gagnons des prix de rêve

Les Parques sont venues en personne chercher le corps de Luke.

Cela faisait des années que je n'avais pas recroisé les trois vieilles dames, depuis ce jour où je les avais vues, devant un étal de fruits en bord de route, trancher d'un coup de ciseaux le fil d'une vie. J'avais douze ans, à l'époque, et elles m'avaient terrifié, tout comme elles me terrifiaient aujourd'hui, ces trois mamies-goules armées de pelotes de laine et d'aiguilles à tricoter.

L'une d'elles m'a regardé et, sans qu'elle prononce un seul mot, ma vie entière a défilé devant mes yeux. Soudain, j'avais vingt ans. Puis la quarantaine. Puis je devenais un vieillard frêle. La force abandonnait mon corps, et j'ai vu ma propre pierre tombale, ainsi qu'une fosse où l'on descendait un cercueil. Tout ça en moins d'une seconde.

– *C'est fini*, a-t-elle dit.

La Parque a levé le bout de fil bleu et j'ai su que c'était celui-là même que j'avais vu quatre ans plus tôt, ce fil de vie que je les avais vues trancher. J'avais cru à l'époque qu'il s'agissait de ma vie, or je comprenais à présent que c'était celle de Luke.

Elles me montraient la vie qui devait être sacrifiée pour que l'ordre soit rétabli.

Les Parques ont soulevé le corps de Luke, enveloppé dans un linceul vert et blanc, et se sont apprêtées à l'emporter.

– Attendez, a dit Hermès.

Le dieu des Messagers portait sa tenue grecque classique : chiton blanc, sandales et casque ailé. Les ailes de son casque battaient au rythme de ses pas. Les serpents George et Martha, enroulés autour de son caducée, murmuraient : *Luke, pauvre Luke.*

J'ai pensé à May Castellan, toute seule dans sa cuisine, préparant des sandwichs et des cookies pour un fils qui ne rentrerait jamais à la maison.

Hermès a découvert le visage de Luke et l'a embrassé sur le front. Il a murmuré quelques paroles en grec ancien – une ultime bénédiction.

– Adieu, a-t-il chuchoté.

Puis, d'un signe de tête, il a autorisé les Parques à emporter le corps de son fils.

En les regardant s'éloigner, j'ai réfléchi à la Grande Prophétie. Les vers prenaient tout leur sens, à présent. *L'âme du héros, une lame maudite la fauchera.* Le héros, c'était Luke. La lame maudite était le poignard qu'il avait donné à Annabeth il y avait si longtemps – maudite car Luke avait manqué à sa promesse et trahi ses amis. *Un choix suprême mettra fin à ses jours.* C'était là mon fameux choix : lui donner le couteau ; croire, comme Annabeth, qu'il était encore à même de sauver la situation. *L'Olympe préserver ou céder sans retour.* En se sacrifiant, Luke avait sauvé l'Olympe. Rachel avait raison. En fin de compte, ce n'était pas vraiment moi, le héros. C'était Luke.

Et j'ai compris autre chose : quand Luke était entré dans le Styx, il avait dû se concentrer sur une image importante qui le rattacherait à sa vie de mortel. Faute de quoi, son corps se serait dissous dans le fleuve. Moi, j'avais vu l'image d'Annabeth, et à mon avis, lui aussi. Il s'était représenté la scène qu'Hestia m'avait montrée : avec Thalia et Annabeth, pendant cette période heureuse où il leur avait promis qu'ils formeraient une famille. Lorsqu'il avait blessé Annabeth au cours du combat, cela avait dû lui faire un choc qui lui avait rappelé sa promesse. Sa conscience humaine avait alors repris le dessus et c'est ce qui lui avait permis de vaincre Cronos. Sa faiblesse – son talon d'Achille – nous avait tous sauvés.

À côté de moi, Annabeth a vacillé.

Je l'ai rattrapée mais elle a poussé un cri de douleur, et je me suis rendu compte que j'avais saisi son bras cassé.

– Par les dieux, Annabeth, je suis désolé !

– Pas de souci, a-t-elle répondu avant de s'évanouir dans mes bras.

– Elle a besoin de soins ! ai-je hurlé.

– Je m'en occupe. (Apollon s'est avancé. Son armure était si rutilante qu'il était difficile de le regarder, et, avec ses Ray-Ban et son sourire parfait, il avait tout du mannequin homme pour un défilé de tenues de combat.) Dieu de la Médecine, à votre service.

Il a passé la main sur le visage d'Annabeth et prononcé une incantation. Aussitôt, les bleus, meurtrissures et autres coupures ont disparu de sa peau. Ensuite son bras a repris sa forme normale, et elle a poussé un soupir dans son sommeil.

Apollon a souri.

– Elle sera sur pied dans quelques minutes, a-t-il déclaré. Ça me laisse juste le temps de composer une petite ode sur notre victoire. *Apollon et ses amis sauvent l'Olympe*. Ça en jette, hein ?

– Merci, Apollon, ai-je répondu. Je, euh, vous laisse le soin d'assurer la poésie.

Les heures suivantes, je les ai vécues comme à travers un brouillard. Je me suis souvenu de ma promesse à ma mère. Zeus n'a pas cillé quand je lui ai fait part de mon étrange requête. Il a claqué des doigts, puis m'a informé que le haut de l'Empire State Building était maintenant éclairé en bleu. Les New-Yorkais se demanderaient ce que ça pouvait bien signifier, mais ma mère comprendrait : j'avais survécu. L'Olympe était sauvée.

Les dieux ont entrepris de restaurer la salle des trônes. Incroyable ce que ça pouvait aller vite, quand douze êtres super-puissants s'attelaient à la tâche. Quant à Grover et moi, on soignait les blessés et, une fois la passerelle céleste reconstruite, on a accueilli ceux de nos amis qui avaient survécu au carnage. Les Cyclopes avaient dégagé Thalia, prisonnière sous la statue. Elle avait des béquilles, mais à part ça, elle était en forme. Connor et Travis Alatir s'en étaient sortis avec quelques blessures sans gravité. Ils m'ont promis qu'ils n'avaient même pas pillé la ville, ou si peu... Ils m'ont dit aussi que mes parents étaient sains et saufs, même s'ils n'avaient pas le droit de venir au mont Olympe.

Kitty O'Leary avait extirpé Chiron des décombres et l'avait expédié d'urgence à la colonie. Les frères Alatir avaient l'air un peu inquiets pour le vieux centaure, mais au moins était-il en vie. Katie Gardner a signalé qu'elle avait vu Rachel Elizabeth Dare sortir en courant de l'Empire State Building à la fin des combats. Manifestement, elle n'était pas blessée, mais personne ne savait où elle était allée. Ce dernier point m'a inquiété.

Nico Di Angelo a été reçu en héros à son arrivée à l'Olympe. Son père lui emboîtait le pas, bien qu'Hadès ne soit pas censé se rendre à l'Olympe en dehors du solstice d'hiver. Le dieu des Morts a paru sidéré quand ses frères et sœurs lui ont donné des tapes dans le dos ; à mon avis, il n'avait jamais eu droit à un accueil aussi chaleureux.

Clarisse est entrée à grands pas, encore frissonnante après son long séjour dans le bloc de glace, et Arès a tonné :

– Hourra pour ma fille !

Là-dessus, le dieu de la Guerre a ébouriffé les cheveux de Clarisse et lui a asséné de grandes claques dans le dos, tout en répétant que c'était « la plus grande guerrière de tous les temps ».

– Cette pâtée que t'as mise au drakôn ? Voilà ce que j'appelle se battre !

Clarisse avait du mal à suivre. Muette de stupeur, elle hochait la tête et battait des paupières, comme si elle craignait qu'Arès se mette soudain à la frapper. Mais au bout d'un moment, elle a fini par sourire.

Héra et Héphaïstos sont passés devant moi et, même s'il était un peu agacé que j'aie sauté sur son trône, le dieu des Forgerons a déclaré que j'avais fait « du bon boulot, somme toute ».

Héra a reniflé, dédaigneuse, et m'a lancé :

– Je vais sans doute renoncer à vous tuer, toi et cette gamine.

– Annabeth a sauvé l'Olympe, ai-je plaidé. Elle a convaincu Luke d'arrêter Cronos.

– Hum, a fait Héra, avant de tourner les talons avec une moue contrariée, mais j'ai eu le sentiment qu'elle allait nous accorder un bon répit, à Annabeth et moi.

Dionysos avait toujours le crâne enveloppé de pansements. Il m'a toisé de la tête aux pieds, avant de déclarer :

– Eh bien, Percy Jackson, je vois que Pollux a survécu, tu n'es donc pas complètement nul. C'est bien sûr grâce à la formation que je vous prodigue.

– Euh, oui, seigneur.

Monsieur D. a hoché la tête.

– Et pour me récompenser de mon courage, a-t-il continué, Zeus a diminué de moitié mon exil à votre lamentable colonie. Il ne me reste plus que cinquante ans, au lieu d'un siècle.

– Cinquante ans, donc ?

J'ai essayé de m'imaginer composant avec Dionysos jusqu'à mes vieux jours, en supposant que je vive aussi longtemps.

– Ne te laisse pas emporter par ton enthousiasme, Jackson, a-t-il dit, et je me suis rendu compte qu'il n'écorchait plus mon nom. J'ai toujours l'intention de vous pourrir la vie.

Je n'ai pas pu m'empêcher de sourire.

– Bien sûr.

– Juste histoire qu'on soit bien clairs, toi et moi.

Là-dessus, Dionysos est parti réparer son trône en pieds de vigne, qui avait été roussi par les flammes.

Grover est resté avec moi. De temps en temps, il éclatait en sanglots.

– Tant d'esprits de la nature sont morts, Percy. C'est une hécatombe !

Je lui ai passé le bras autour des épaules et tendu un chiffon pour se moucher.

– T'as fait un boulot trop formidable, Grov'. On va se remettre de cette épreuve. On va replanter des arbres. On va nettoyer les parcs. Tes amis se réincarneront dans un monde meilleur.

Il a reniflé, l'air découragé.

– T'as sans doute raison. Mais j'avais déjà eu du mal à les rassembler, au départ. Je suis toujours un banni. J'ai vraiment ramé pour me faire entendre d'une poignée d'entre eux, au sujet de Pan. Maintenant, est-ce qu'ils seront prêts à m'écouter de nouveau ? Je les ai menés à la boucherie.

– Ils t'écouteront, ai-je assuré. Parce que tu es sincère et que tu te soucies de leur bien-être. Tu aimes la nature plus que personne d'autre.

Il s'est forcé à sourire.

– Merci, Percy. J'espère... j'espère que tu sais que je suis vraiment fier de t'avoir pour ami.

Je lui ai tapoté le bras.

– Moi aussi, Grov'. Luke avait raison sur un point. Tu es le satyre le plus courageux que j'aie jamais rencontré.

Il a rougi, mais avant que je puisse ajouter quoi que ce soit, le son de plusieurs conques a retenti. Et l'armée de Poséidon est entrée dans la salle des trônes.

– Percy ! a hurlé Tyson, qui s'est rué sur moi, bras grands ouverts.

Heureusement, il avait repris sa taille normale, de sorte que quand il m'a embrassé, j'ai eu juste l'impression de recevoir un tracteur en pleine pomme, pas l'exploitation agricole tout entière.

– T'es pas mort ! s'est-il écrié.

– Ben nan, hein ? T'y crois à ça ?

Il a tapé des mains en riant de bonheur.

– Moi non plus, je suis pas mort. Yeh ! On a enchaîné Typhon, c'était trop marrant !

Derrière lui, cinquante Cyclopes riaient et hochaient la tête en se topant dans la main.

– C'est Tyson qui nous dirigeait ! a grondé l'un d'eux. Il est courageux !

– Le plus courageux des Cyclopes ! a tonné un autre.

Tyson a rougi.

– C'était rien...

– Je t'ai vu ! ai-je dit. Tu étais magnifique !

J'ai bien cru que le pauvre Grover allait défaillir. Il a une peur bleue des Cyclopes. Mais il a pris son courage à deux mains et dit :

– Oui. Euh... Hip hip hourra pour Tyson !

– HOURRRRAAAA ! ont rugi les Cyclopes.

– S'il vous plaît, ne me mangez pas ! a gémi Grover, mais je crois que personne ne l'a entendu, à part moi.

Les conques ont sonné de nouveau. Les Cyclopes se sont écartés et mon père est entré dans la salle des trônes en tenue de combat. Son trident resplendissait dans sa main.

– Tyson ! a-t-il rugi. Bien joué, mon fils. Et Percy... (Son visage est devenu grave. Il a agité le doigt vers moi, et j'ai cru une seconde qu'il allait me griller.) Je te pardonne même de t'être assis sur mon trône. Tu as sauvé l'Olympe !

Là-dessus, il m'a serré dans ses bras. Je me suis rendu compte, avec une certaine gêne, que c'était la première fois que j'embrassais mon père. Il était chaud, comme n'importe quel humain, et il sentait le sel et l'air marin.

Lorsqu'il s'est écarté, il m'a regardé en souriant chaleureusement. Ça m'a rendu tellement heureux que, je dois l'avouer, j'en ai eu les larmes aux yeux. Je crois que jusqu'alors, je ne m'étais pas autorisé à reconnaître que j'avais été terrorisé tous ces derniers jours.

– Papa...

– Chut... Aucun héros n'est au-dessus de la peur, Percy. Et toi, tu as dépassé tous les héros. Même Héraclès...

– POSÉIDON ! a rugi une voix.

Zeus s'était installé sur son trône. De l'autre bout de la salle, il a fusillé mon père du regard, tandis que les autres dieux allaient prendre leurs places respectives. Nico s'est assis en tailleur aux pieds de son père.

– Alors, Poséidon ? a grommelé Zeus. Es-tu trop fier pour te joindre à notre conseil, mon frère ?

J'ai cru que Poséidon allait se fâcher, mais il s'est contenté de me lancer un clin d'œil.

– Ce serait un honneur pour moi, seigneur Zeus.

Vous savez quoi ? Je crois aux miracles. Poséidon a gagné son fauteuil de pêcheur et le Conseil des Olympiens s'est réuni.

Pendant que Zeus dégoisait – un long discours sur le courage des dieux et tout le toutim –, Annabeth est revenue dans la salle et m'a rejoint. Elle avait bonne mine pour quelqu'un qui s'était évanoui peu avant.

– J'ai beaucoup raté ? m'a-t-elle chuchoté à l'oreille.

– Jusqu'à présent, personne ne compte nous tuer, ai-je répondu dans un murmure.

– C'est la nouveauté du jour.

J'ai ri, mais Grover m'a donné un coup de coude car Héra nous regardait de travers.

– Quant à mes frères et moi-même, a enchaîné Zeus, nous sommes reconnaissants (il s'est éclairci la gorge comme si les mots avaient peine à passer), reconnaissants à Hadès pour son aide.

Le seigneur des Morts a incliné la tête. Il avait un petit air suffisant, mais je crois qu'il en avait largement gagné le droit. Il a tapoté son fils Nico sur l'épaule, et Nico m'a paru plus heureux que jamais.

– Et bien sûr, a continué Zeus avec un manque d'enthousiasme palpable, nous devons... euh... remercier Poséidon.

– Excuse-moi, mon frère, a fait Poséidon. Qu'est-ce que tu as dit, là ?

– Nous devons remercier Poséidon, a grondé Zeus. Sans qui... il aurait été difficile...

– Difficile ? a répété Poséidon d'un ton innocent.

– Impossible, a rectifié Zeus. Impossible de vaincre Typhon.

Les dieux ont murmuré et tapé leurs armes contre le sol en signe d'approbation.

– Il ne nous reste donc plus, a dit Zeus, qu'à remercier nos jeunes héros demi-dieux, qui ont si bien défendu l'Olympe – même si mon trône a pris quelques bosses.

Il a appelé Thalia en premier, vu que c'était sa fille, et promis de l'aider à renflouer les rangs des Chasseresses.

Artémis a souri.

– Tu as démontré ta vaillance, ma lieutenante. Je suis fière de toi, et toutes ces Chasseresses qui ont péri à mon service ne seront jamais oubliées. Je suis sûre qu'elles atteindront les Champs Élysées.

Là-dessus, elle a gratifié Hadès d'un regard éloquent.

– Sans doute, a répondu ce dernier en haussant les épaules.

Artémis a prolongé son regard.

– D'accord, a grommelé Hadès. Je vais accélérer leurs candidatures.

Thalia rayonnait de fierté.

– Merci, ma reine.

Elle s'est inclinée devant les dieux, même devant Hadès, puis, clopin-clopant sur ses béquilles, elle est allée se placer à côté d'Artémis.

– Tyson, fils de Poséidon ! a appelé Zeus.

Tyson a eu l'air nerveux, mais il s'est avancé devant le Conseil et Zeus a émis un grognement.

– Rate pas souvent son quatre-heures, celui-là, hein ? a-t-il marmonné. Tyson, pour ton courage à la guerre et pour avoir dirigé les Cyclopes, tu es nommé général des armées de l'Olympe. Tu mèneras donc désormais tes frères au combat chaque fois que les dieux l'exigeront. Et tu recevras une nouvelle... euh... quel type d'arme souhaites-tu ? Une hache de guerre ? Une épée ?

– Un bâton ! a dit Tyson en montrant sa massue cassée.

– Très bien, a dit Zeus. Nous t'accorderons un nouveau, euh, bâton. Le meilleur bâton qui se puisse trouver.

– Hourra ! s'est écrié Tyson.

Il est retourné auprès des Cyclopes, qui ont fait cercle autour de lui et l'ont fêté avec de grandes tapes dans le dos.

– Le satyre Grover Underwood ! a appelé Dionysos.

Grover s'est avancé avec inquiétude.

– Arrête donc de bouffer ta chemise ! l'a grondé Dionysos. Honnêtement, je ne vais pas te faire exploser. Pour ton courage et ton esprit de sacrifice, bla-bla-bla, et vu que nous avons un poste vacant pour la triste raison qu'on sait, les dieux ont jugé opportun de te nommer membre du Conseil des Sabots Fendus.

Grover s'est évanoui sur place.

– Super, a soupiré Dionysos, tandis qu'un groupe de naïades accourait porter secours à Grover. Bon, quand il se réveillera, que quelqu'un lui dise qu'il n'est plus banni et que tous les satyres, les naïades et autres esprits de la nature le traiteront désormais comme un seigneur de la Nature, avec tous les droits, privilèges et honneurs afférents à la fonction, bla-bla-bla. Maintenant, s'il vous plaît, emmenez-le avant qu'il se réveille et se mette à me faire des ronds de jambe.

– MANGER, a gémi Grover, et les esprits de la nature l'ont emporté.

Je me suis dit que je n'avais pas de souci à me faire pour lui. Il allait se réveiller seigneur de la Nature, entouré d'une bande de ravissantes naïades à ses petits soins. La vie pouvait se montrer plus cruelle.

– Annabeth Chase, ma fille, a appelé Athéna.

Annabeth m'a serré le bras puis elle s'est avancée et agenouillée aux pieds de sa mère.

La déesse a souri.

– Toi, ma fille, tu as dépassé toutes mes espérances. Tu as fait appel à ton intelligence, à ta force et à ton courage pour défendre cette ville, ainsi que le siège de notre pouvoir. Nous ne pouvons ignorer que l'Olympe est... saccagée, c'est le mot. Le seigneur des Titans a causé d'immenses dégâts qu'il va falloir réparer, à présent. Nous pourrions reconstruire le tout par magie, bien sûr, à l'identique. Mais les dieux estiment que cette ville pourrait être améliorée. Nous allons profiter de cette occasion pour le faire. Et toi, ma fille, tu dessineras les réaménagements.

Annabeth a levé les yeux, en état de choc.

– Ma... ma reine ?

Un sourire ironique a étiré les lèvres d'Athéna.

– Tu es architecte, n'est-ce pas ? Tu as étudié les techniques de nul autre que Dédale. Qui serait mieux placé que toi pour concevoir les plans de la nouvelle Olympe, en faire un monument qui durera une autre éternité ?

– Tu veux dire... que je peux dessiner tout ce que je veux ?

– Absolument, a confirmé la déesse. Construis-nous une cité pour tous les temps.

– Du moment qu'il y a plein de statues de moi, a ajouté Apollon.

– Et de moi, a renchéri Aphrodite.

– Hé, et moi ! s'est exclamé Arès. Des grandes statues, avec des méchantes épées et...

– Entendu ! l'a interrompu Athéna. Elle a compris. Lève-toi, ma fille, architecte officielle de l'Olympe.

Annabeth s'est levée et elle est revenue vers moi dans un état de transe.

– Bravo, lui ai-je glissé en souriant.

Pour une fois, elle ne savait pas quoi dire.

– Je... je... il faut que je me mette à dessiner... il me faut des crayons... du papier...

– PERCY JACKSON ! a annoncé Poséidon.

Mon nom a résonné dans la vaste salle. Tous les murmures se sont tus. On n'entendait plus que les crépitements des flammes dans le foyer.

Tous avaient les yeux rivés sur moi – les dieux, les demi-dieux, les Cyclopes, les esprits. Je me suis avancé jusqu'au centre de la pièce. Hestia m'a adressé un sourire réconfortant. Elle avait la forme d'une fille, maintenant, et semblait heureuse et comblée d'être à nouveau assise devant son feu. Son sourire m'a donné le courage de faire les pas suivants.

Je me suis d'abord incliné devant Zeus. Ensuite je me suis agenouillé aux pieds de mon père.

– Lève-toi, mon fils, a dit Poséidon.

Je me suis redressé, mal à l'aise.

– Les grands héros doivent être récompensés, a dit Poséidon. Y a-t-il quelqu'un ici pour nier les mérites de mon fils ?

J'ai attendu que l'un ou l'autre des dieux prenne la parole. Ils n'étaient jamais d'accord, et beaucoup d'entre eux ne me portaient toujours pas dans leur cœur, pourtant personne n'a dit mot.

– Le Conseil est unanime, a dit Zeus. Percy Jackson, les dieux vont t'accorder un vœu.

J'ai hésité.

– N'importe quel vœu ?

Zeus a opiné gravement du chef.

– Je sais ce que tu vas demander, a-t-il déclaré. Le plus grand de tous les vœux. Oui, si tu le souhaites, nous l'exaucerons pour toi. C'est un don que les dieux n'ont pas accordé à un héros mortel depuis plusieurs siècles, cependant, Persée Jackson, si tu le désires, nous ferons de toi un dieu. Immortel. Tu serviras ton père pour l'éternité.

Je l'ai regardé, sidéré.

– Un... un dieu ?

Zeus a levé les yeux au ciel.

– Un dieu un peu simple d'esprit, visiblement, mais oui. Si j'obtiens le consensus de tout le Conseil, je peux te rendre immortel. Et je devrai te supporter pour toujours.

– Hum, a fait Arès d'un ton songeur. Ça signifie que je pourrai lui défoncer le portrait aussi souvent que ça me chante, et il viendra en redemander. Ça me plaît bien, comme idée.

– J'approuve également, a dit Athéna – mais sans me regarder : elle avait les yeux rivés sur Annabeth.

J'ai rapidement tourné la tête. Annabeth s'efforçait de ne pas croiser mon regard. Elle était blême. Ça m'a tout de suite transporté deux ans en arrière, quand j'avais cru qu'elle allait prononcer le serment d'allégeance à Artémis et devenir Chasseresse. À la pensée de la perdre, j'avais failli céder à une crise de panique. Elle avait l'air d'être à peu près dans le même état, maintenant.

J'ai repensé aux trois Parques, au film de ma vie que j'avais vu défiler. Je pouvais m'épargner tout ça. Pas de vieillesse, pas de mort, pas de corps dans un cercueil. Je pouvais rester ado pour toujours, en pleine forme physique, puissant et immortel, au service de mon père. Je pouvais avoir le pouvoir et la vie éternelle.

Qui refuserait ?

Puis j'ai regardé Annabeth. Je me suis souvenu de mes amis de la colonie – Charles Beckendorf, Michael Yew, Silena

Beauregard et tant d'autres, qui étaient morts à présent. J'ai pensé à Ethan Nakamura et à Luke.

Et j'ai su ce que je devais faire.

– Non, ai-je dit.

Le Conseil est resté silencieux. Les dieux se sont regardés en fronçant les sourcils comme s'ils avaient mal entendu.

– Non ? a demandé Zeus. Tu... Tu refuses notre généreux cadeau ?

Il y avait une pointe de menace dans sa voix, comme un orage sur le point d'éclater.

– Je suis très honoré, tout ça, tout ça, croyez – moi, me suis-je empressé de répondre. C'est juste que... j'ai encore toute la vie devant moi. Je n'aime pas trop l'idée de plafonner en classe de seconde.

Les dieux me fusillaient tous du regard, mais Annabeth avait plaqué les mains sur sa bouche et ses yeux brillaient – ce qui compensait largement.

– J'ai un vœu, cependant, ai-je repris. Promettez-vous d'exaucer mon vœu ?

Zeus a réfléchi, avant de répondre :

– S'il est en notre pouvoir, oui.

– Oui, il l'est. Et ce n'est même pas difficile. Mais j'ai besoin de votre serment sur le Styx.

– Quoi ? s'est écrié Dionysos. Tu ne nous fais pas confiance ?

– Quelqu'un m'a dit un jour, ai-je répondu en regardant Hadès, qu'il faut toujours obtenir un serment solennel.

– Je plaide coupable, a dit Hadès en haussant les épaules.

– Très bien ! a grogné Zeus. Au nom du Conseil, nous jurons sur le Styx d'accéder à ta requête *raisonnable* dans la mesure où c'est en notre pouvoir.

Les autres dieux ont murmuré en signe d'assentiment. Un grondement de tonnerre a secoué la salle des trônes. La promesse était scellée.

– Je souhaite, ai-je dit, qu'à partir de maintenant, vous reconnaissiez les enfants des dieux comme il convient. Tous les enfants... de *tous* les dieux.

Les Olympiens ont gigoté sur leurs trônes, manifestement embarrassés.

– Percy, a demandé mon père, que veux-tu dire au juste ?

– Cronos n'aurait jamais pu s'extirper de sa fosse s'il n'y avait pas eu tous ces demi-dieux qui se sentaient abandonnés par leurs parents. Ils étaient en colère, ils se sentaient malaimés, et à juste titre.

Les narines royales de Zeus ont tremblé.

– Tu oses accuser...

– Plus d'enfants indéterminés, ai-je dit. Je veux que vous promettiez de revendiquer et reconnaître vos enfants – tous vos enfants demi-dieux – avant leurs treize ans. Qu'ils ne soient plus livrés à eux-mêmes dans le monde, à la merci des monstres. Je veux qu'ils soient reconnus et amenés à la colonie pour suivre un entraînement correct et pouvoir survivre.

– Une seconde, a interrompu Apollon – mais j'étais sur ma lancée, maintenant.

– Et les dieux mineurs, ai-je dit. Némésis, Hécate, Morphée, Janus, Hébé – ils méritent tous une amnistie générale et une place à la Colonie des Sang-Mêlé. Leurs enfants ne doivent pas être ignorés. Calypso et les autres proches de Titans pacifiques méritent le pardon, eux aussi. Et Hadès...

– Tu me traites de dieu mineur ? a tonné Hadès.

– Non, seigneur, me suis-je empressé de dire. Mais vos enfants ne devraient pas être exclus. Ils devraient avoir un bungalow à la colonie. Nico l'a prouvé. Il ne faut plus que des demi-dieux non reconnus soient obligés de s'entasser dans le bungalow d'Hermès en se demandant qui est leur parent divin. Ils auront leurs propres bungalows, un par dieu. Et plus de Pacte des Trois Grands. De toute façon, ça n'a pas marché. Vous devez renoncer à vous débarrasser des demi-dieux qui sont puissants. Ce qu'il faut, c'est au contraire les accepter et les former. Tous les enfants de tous les dieux seront accueillis et traités avec respect. Tel est mon vœu.

– Ce sera tout ? a ricané Zeus.

– Percy, a dit Poséidon. Tu en demandes beaucoup. Tu as de grandes présomptions !

– Je vous renvoie à votre parole, ai-je dit. Vous tous.

J'ai eu droit à plusieurs regards glacials. Étrangement, c'est Athéna qui a pris la parole.

– Ce garçon a raison, a-t-elle dit. C'était mal avisé de notre part d'ignorer nos enfants. Ça s'est avéré une faiblesse stratégique dans cette guerre et ça a bien failli causer notre perte. Percy Jackson, j'avais des réserves à ton égard, mais peut-être... (elle a jeté un coup d'œil à Annabeth, puis poursuivi comme si les mots lui brûlaient la langue) peut-être que je m'étais trompée. Je propose que nous acceptions le plan du garçon.

– Hum, a grogné Zeus. Se faire dicter sa conduite par un môme... Mais je suppose...

– Que ceux qui sont pour lèvent la main ! a dit Hermès.

Tous les dieux ont levé la main.

– Euh, merci, ai-je bredouillé.

J'ai tourné les talons, mais je n'avais pas fait un pas que Poséidon s'est écrié :

– Garde d'honneur !

Aussitôt, les Cyclopes se sont avancés et placés en deux rangées reliant les trônes à la porte : une haie d'honneur. Ils se sont mis au garde-à-vous.

– Gloire à Persée Jackson, a lancé Tyson. Héros de l'Olympe et mon grand frère !

21 Blackjack se fait détourner

On sortait du palais, Annabeth et moi, quand j'ai aperçu Hermès debout dans une cour adjacente. Il regardait un message-Iris dans la brume d'eau d'une fontaine.

J'ai jeté un coup d'œil à Annabeth et lui ai dit :

– Je te retrouve à l'ascenseur.

– Tu es sûr ? (Elle a vu mon expression et conclu :) Oui, tu es sûr.

Hermès n'a pas semblé me voir approcher. Les images des messages-Iris défilaient tellement vite que j'avais du mal à les décoder. Des bulletins d'informations en provenance de tous les coins du pays s'enchaînaient : des scènes des ravages de Typhon, les dégâts causés par notre bataille dans Manhattan, le président donnant une conférence de presse, le maire de New York, des véhicules militaires descendant la grande « Avenue of the Americas ».

– Étonnant, a murmuré Hermès, qui s'est tourné vers moi. Trois mille ans et je suis toujours stupéfié par le pouvoir de la Brume... et l'ignorance des mortels.

– Euh... merci.

– Oh, je ne parle pas pour toi. Quoique... quelqu'un qui refuse l'immortalité, on pourrait se poser des questions.

– J'ai fait le bon choix.

Hermès m'a regardé curieusement, avant de reporter son attention sur le message-Iris.

– Regarde-les. Ils ont déjà décidé que Typhon n'était qu'une série de tempêtes d'envergure exceptionnelle. Tu parles ! Ils ne comprennent pas comment toutes les statues du sud de Manhattan ont été jetées à bas de leurs socles et brisées. Ils repassent presque en boucle des images de la statue de Susan B. Anthony, votre grande militante du droit de vote des femmes, étranglant celle de l'abolitionniste de l'esclavage Frederick Douglass. Mais je leur fais confiance, même pour ça, ils trouveront une explication logique.

– Dans quel état est la ville ?

Hermès a haussé les épaules.

– Étonnamment, a-t-il répondu, ça ne va pas si mal. Les mortels sont secoués, bien sûr. Mais c'est New York. Je n'ai jamais vu une capacité à rebondir aussi grande que chez les New-Yorkais. J'imagine qu'ils auront repris le cours normal de leur existence d'ici à quelques semaines. Avec mon aide, bien sûr.

– Votre aide ?

– Je suis le messager des dieux. C'est mon boulot de suivre ce que disent les mortels et, le cas échéant, de les aider à donner du sens aux évènements. Je vais les rassurer. Crois-moi, ils mettront tous ces ravages sur le compte d'un gigantesque tremblement de terre ou d'une éruption solaire. N'importe quoi, sauf la vérité.

Il y avait de l'amertume dans la voix du dieu. George et Martha s'enroulaient sur son caducée, mais gardaient le silence, ce qui m'a donné à penser qu'Hermès était vraiment très en colère. J'aurais sans doute dû me taire, mais j'ai dit :

– Je vous dois des excuses.

– Et pourquoi donc ? a répliqué Hermès en me jetant un regard circonspect.

– Je vous avais pris pour un mauvais père, ai-je avoué. Je pensais que vous aviez abandonné Luke parce que vous connaissiez son avenir et que vous n'aviez rien fait pour vous y opposer.

– Je connaissais son avenir, effectivement, a dit tristement Hermès.

– Mais pas seulement le mauvais côté, qu'il tomberait dans le camp du mal. Vous aviez compris ce qu'il allait faire à la fin. Vous saviez qu'il allait prendre la bonne décision. Mais vous ne pouviez pas le lui dire, n'est-ce pas ?

Hermès a gardé les yeux rivés sur la fontaine.

– Personne ne peut interférer avec le destin, Percy, pas même un dieu. Si je l'avais prévenu de ce qui allait arriver ou si j'avais essayé de l'influencer dans ses décisions, je n'aurais fait qu'empirer les choses. Garder le silence, garder mes distances par rapport à lui, c'est ce que j'ai fait de plus difficile.

– Il fallait que vous le laissiez trouver sa voie et jouer le rôle qui allait être le sien pour sauver l'Olympe.

Hermès a soupiré.

– Je n'aurais pas dû me fâcher contre Annabeth. Lorsque Luke est allé la voir à San Francisco... Je savais qu'elle interviendrait dans son destin. Ça, je l'avais prévu. Alors j'ai cru qu'elle pouvait faire ce qui m'était impossible, qu'elle pouvait le sauver. Quand elle a refusé de partir avec lui, ça m'a mis presque hors de moi. J'aurais dû me rendre compte que c'était contre moi-même que j'étais en colère.

– Annabeth l'a sauvé, en fin de compte, ai-je dit. Luke est mort en héros. Il s'est sacrifié pour tuer Cronos.

– J'apprécie tes paroles, Percy, mais Cronos n'est pas mort. On ne peut pas tuer un Titan.

– Alors...

– Je l'ignore, a grommelé Hermès. Nous l'ignorons tous. Il est pulvérisé. Jeté aux quatre vents. Avec un peu de chance, il s'éparpillera tellement qu'il ne pourra jamais reformer une conscience, et encore moins un corps. Mais ne t'y méprends pas, Percy. Il n'est pas mort.

Mon estomac s'est retourné.

– Et les autres Titans ? ai-je demandé.

– Ils se cachent, a répondu Hermès. Prométhée a envoyé à Zeus un message où il se répand en excuses pour avoir soutenu Cronos. « J'essayais juste de limiter les dégâts, bla-bla-bla... » S'il est malin, il fera profil bas pendant quelques siècles. Krios a fui et le mont Othrys s'est écroulé. Une fois la défaite de Cronos certaine, Océanos est reparti se terrer dans les profondeurs sous-marines. Entre-temps, mon fils Luke est mort. Et il est mort en croyant que je ne l'aimais pas. Je ne me le pardonnerai jamais.

D'un coup de caducée dans la brume d'eau, Hermès a dissipé l'image-Iris.

– Il y a longtemps, ai-je dit, vous m'aviez expliqué que le plus difficile, pour un dieu, c'était de ne pas pouvoir aider ses enfants. Vous m'aviez dit aussi qu'on ne peut pas abandonner sa famille, même si elle fait tout pour vous en donner envie.

– Et maintenant tu sais que je suis hypocrite ?

– Non, vous aviez raison. Luke vous aimait. À la fin, il a compris son destin. Je crois qu'il s'est rendu compte que vous ne pouviez pas l'aider. Il s'est souvenu de ce qui était important.

– Trop tard pour lui et moi.

– Vous avez d'autres enfants. Rendez honneur à Luke en les reconnaissant. Tous les dieux peuvent le faire.

Les épaules d'Hermès se sont affaissées.

– Ils vont essayer, Percy. Nous allons tous essayer de tenir notre promesse, bien sûr. Et peut-être que les choses s'amélioreront, dans un premier temps. Mais nous autres, les dieux, nous n'avons jamais très bien su tenir notre parole. Prends ton cas, tu es né à cause du manquement à un serment, non ? Tôt ou tard, on se laisse aller. Ça se passe toujours comme ça.

– Vous pouvez changer.

Hermès a ri.

– Après trois mille ans, tu crois vraiment que les dieux peuvent changer leur nature ?

– Oui, ai-je affirmé, je le crois.

Hermès a paru surpris par ma réponse.

– Tu crois que... Luke m'aimait vraiment ? Après tout ce qui s'était passé ?

– J'en suis certain.

Hermès a baissé le regard sur la fontaine.

– Je te donnerai la liste de mes enfants. Il y a un garçon dans le Wisconsin. Deux filles à Los Angeles. Plus quelques autres. Tu veilleras à ce qu'ils parviennent à la colonie ?

– Je le promets. Et je n'oublierai pas.

George et Martha se tortillaient autour du caducée. Je sais que les serpents ne peuvent pas sourire, mais ils donnaient l'impression d'essayer.

– Percy Jackson, a dit Hermès, tu as peut-être une ou deux choses à nous apprendre.

Un autre dieu m'attendait à la sortie de l'Olympe. Athéna se tenait au milieu de la route, bras croisés, et l'expression qu'elle arborait m'a mis dans mes petits souliers. Elle avait troqué son armure contre un jean et un chemisier blanc, mais elle n'en paraissait pas moins guerrière pour autant. Ses yeux gris lançaient des flammes.

– Alors, Percy, a-t-elle dit. Tu vas rester mortel.

– Euh, oui, madame.

– J'aimerais connaître tes raisons.

– Je veux être quelqu'un de normal. Je veux grandir. Aller au lycée comme tout le monde, vous voyez.

– Et ma fille ?

– Je n'aurais pas pu la quitter, ai-je avoué, la gorge sèche. Grover non plus, me suis-je empressé d'ajouter. Ni...

– Je t'en prie ! (Athéna s'est rapprochée, et j'ai senti son aura de pouvoir me picoter la peau.) Je t'avais averti un jour que pour sauver un ami, tu pourrais détruire le monde. Je m'étais peut-être trompée. Visiblement, tu as sauvé et tes amis, et le monde. Mais à partir de maintenant, réfléchis bien avant d'agir. Je t'ai accordé le bénéfice du doute. Ne fiche pas tout en l'air.

Là-dessus, pour enfoncer le clou, elle a disparu dans une colonne de flammes en carbonisant le devant de ma chemise.

Annabeth m'attendait devant l'ascenseur.

– Pourquoi tu sens le brûlé ? m'a-t-elle demandé.

– Trop long à expliquer.

On est descendus ensemble au rez-de-chaussée. Aucun de

nous deux n'a dit un mot. La musique était abominable – du Neil Diamond, je crois. J'aurais dû inclure ça dans mon vœu : améliorer l'ambiance sonore dans l'ascenseur.

En débouchant sur le palier, j'ai trouvé ma mère et Paul en train de se disputer avec le vigile chauve, lequel avait repris son poste.

– Je vous dis, hurlait ma mère, que nous devons monter ! Mon fils... (À ce moment-là, elle m'a vu et a écarquillé les yeux.) Percy !

Elle m'a serré dans ses bras à m'en briser les côtes.

– On a vu l'éclairage bleu, m'a expliqué maman, mais tu ne descendais pas. Ça fait des heures que tu es monté !

– Elle se faisait un peu de souci, a commenté Paul d'un ton pince-sans-rire.

– Je vais bien, je t'assure, ai-je dit, tandis que ma mère embrassait Annabeth. Tout s'est arrangé.

– Monsieur Blofis, a dit Annabeth, bravo pour votre jeu d'épée !

Paul a haussé les épaules avec modestie.

– Sur le coup, ça m'a paru la chose à faire. Mais, Percy, est-ce véritablement... je veux dire, cette histoire du six-centième étage ?

– L'Olympe. Ouais.

Paul a tourné les yeux vers le plafond, l'air rêveur.

– J'aimerais drôlement la voir... a-t-il murmuré.

– Paul, a grondé ma mère. Ce n'est pas pour les mortels. Mais l'essentiel, c'est que nous soyons tous sains et saufs.

J'allais enfin pouvoir me détendre. Tout semblait parfait. Annabeth et moi étions indemnes. Ma mère et Paul avaient survécu. L'Olympe était sauvée.

Mais la vie d'un demi-dieu n'est jamais simple. Brusquement, Nico est arrivé en courant, et j'ai tout de suite vu à son visage qu'il se passait quelque chose.

– C'est Rachel, a-t-il dit. Je viens de la croiser sur la 32e rue.

Annabeth a froncé les sourcils.

– Qu'est-ce qu'elle a encore fait ?

– Le problème, c'est où est-ce qu'elle va ? Je lui ai bien dit qu'elle mourrait si elle essayait, mais elle n'a rien voulu entendre. Elle a pris Blackjack et...

– Elle a pris *mon pégase* ? ai-je interrompu.

Nico a fait oui de la tête.

– Elle est en route pour la Colonie des Sang-Mêlé. Elle a dit qu'elle devait aller à la colonie.

22 Je fais le plongeon du siècle

Personne, à part moi, ne monte mon pégase. Pas même Rachel. Je me sentais partagé entre la colère, l'inquiétude et la stupeur.

– Mais qu'est-ce qui lui a pris ? s'est écriée Annabeth, qui courait avec Nico et moi en direction du fleuve.

Malheureusement, j'avais une assez bonne idée de ce que tramait Rachel, et ça m'emplissait d'effroi.

Il y avait des bouchons abominables. Les rues grouillaient de gens qui découvraient les dégâts de la guerre avec stupéfaction. Des sirènes de police retentissaient à tous les coins de rue. Impossible de trouver un taxi, et les pégases étaient repartis. Je me serais accommodé d'un Poney Fêtard, mais ils avaient disparu en vidant les réserves de racinette du centre-ville. On courait donc, en se frayant un chemin dans la foule de mortels en état de choc qui encombraient les trottoirs.

– Elle ne pourra jamais franchir les barrages, a ajouté Annabeth. Peleus va la dévorer.

Je n'avais pas pensé à ça. La Brume ne tromperait pas Rachel comme la plupart des gens. Elle trouverait l'entrée de la colonie sans problème, mais j'avais espéré que les barrières magiques la stopperaient comme un champ de force. Je n'avais pas pensé que Peleus risquerait de l'attaquer.

– Faut qu'on se dépêche. (J'ai jeté un coup d'œil à Nico.) Tu pourrais pas faire apparaître quelques chevaux-squelettes, par hasard ?

Nico courait en respirant bruyamment.

– Tellement crevé... a-t-il haleté, que je pourrais pas invoquer un os de chien.

On est enfin arrivés au fleuve. Le parapet enjambé, on est descendus sur la berge et j'ai émis un sifflement très fort. Je n'aimais pas du tout faire ça. Malgré le dollar de sable que j'avais donné à l'East River pour un nettoyage magique, à cet endroit l'eau était assez polluée. Je ne voulais pas rendre des animaux marins malades, mais ils ont répondu à mon appel.

Trois sillons se sont dessinés sur l'eau grise, et un groupe d'hippocampes a percé la surface. Ils ont henni avec mécontentement en secouant la vase du fleuve de leurs crinières. C'étaient de superbes créatures, avec une tête et des pattes avant d'étalon blanc et une queue de poisson multicolore. L'hippocampe qui venait en tête était beaucoup plus grand que les autres – il pouvait supporter le poids d'un Cyclope sur son dos.

– Arc-en-ciel ! me suis-je écrié. Comment ça va, mon vieux ?

Il a poussé un hennissement plaintif.

– Ouais, je suis désolé, ai-je dit. Mais on a une urgence. Il faut qu'on rentre à la colonie le plus vite possible.

Il a renâclé.

– Tyson ? Tyson va bien ! Je suis désolé qu'il soit pas là. C'est un grand général de l'armée des Cyclopes, maintenant.

HHHHIIIIIII !!!

– Oui, je suis sûr qu'il continuera à t'apporter des pommes. Alors pour ce trajet...

Un instant plus tard, Annabeth, Nico et moi remontions l'East River comme des flèches, direction le détroit de Long Island.

J'ai eu l'impression que des éternités s'écoulaient avant qu'on atteigne enfin le rivage de la colonie. On a remercié les hippocampes et on est sortis sur la plage, où nous attendait Argos. Les pieds campés sur le sable et les bras croisés, il nous a fusillés du regard de ses cent yeux.

– Elle est là ? ai-je demandé.

– Tout va bien ? a demandé Annabeth.

Pour toute réponse, Argos a hoché gravement la tête.

Il s'est engagé sur le sentier et on lui a emboîté le pas. Ça faisait un drôle d'effet d'être de retour à la colonie, où tout semblait si paisible – pas d'immeubles en flammes, pas de guerriers blessés. Les bungalows scintillaient à la lumière du soleil et les champs étaient perlés de rosée. Mais les lieux étaient presque déserts. Manifestement, il se passait quelque chose à la Grande Maison. Des faisceaux de lumière verte fusaient par les fenêtres, exactement comme dans mon rêve de May Castellan. Des volutes de Brume magique tourbillonnaient dans le jardin. Chiron était allongé sur un brancard à chevaux, au bord du terrain de volley-ball, entouré d'un petit groupe de satyres inquiets. Blackjack piétinait nerveusement l'herbe du bout du sabot.

C'est pas ma faute, patron ! s'est-il écrié dès qu'il m'a vu. *L'autre folle, là, elle m'a obligé !*

Rachel Elizabeth Dare était debout devant le perron de la maison, les bras levés comme si elle attendait que quelqu'un lui lance un ballon de l'intérieur.

– Qu'est-ce qu'elle fait ? a demandé Annabeth. Comment a-t-elle franchi les barrières magiques ?

– Par la voie des airs, a répondu un des satyres, en coulant un regard accusateur à Blackjack. Elle a traversé la barrière magique en volant à la barbe et au nez du dragon.

– Rachel ! ai-je appelé, mais quand j'ai voulu m'approcher d'elle, les satyres m'ont barré le chemin.

– Percy, non, a fait Chiron. (Il a voulu bouger et l'effort lui a arraché une grimace. Il avait le bras gauche en écharpe, les deux pattes arrière dans des attelles et la tête enveloppée de bandes Velpeau.) Tu ne dois pas intervenir.

– Mais je croyais que tu lui avais expliqué !

– Oui. Et je l'ai invitée à venir.

Je l'ai regardé en ouvrant des yeux ronds.

– Tu avais dit que tu ne laisserais plus jamais personne s'y risquer ! Tu avais dit...

– Je sais ce que j'ai dit, Percy. Mais j'avais tort. Rachel a eu une vision sur la malédiction d'Hadès. Elle croit qu'il est maintenant possible de la rompre. Elle m'a convaincu qu'elle méritait sa chance.

– Et si la malédiction n'est pas rompue ? Et si Hadès n'est pas encore prêt à y renoncer ? Elle deviendra folle !

La Brume enveloppait Rachel de ses volutes.

– Hé ! ai-je crié. Arrête !

J'ai couru vers elle en faisant fi des satyres. Parvenu à trois mètres, je me suis heurté de plein fouet à une sorte de ballon de plage géant. J'ai rebondi en arrière et suis tombé sur l'herbe.

Rachel a ouvert les yeux et tourné la tête. Elle avait l'air d'une somnambule – j'ai eu l'impression qu'elle me voyait, mais seulement en rêve.

– Ne t'inquiète pas, m'a-t-elle dit d'une voix lointaine. C'est pour ça que je suis venue.

– Ça va te démolir !

Elle a secoué la tête.

– Je suis faite pour ça, Percy. Je comprends enfin pourquoi.

Ces paroles ressemblaient trop à celles de May Castellan. Il fallait que j'empêche Rachel d'aller jusqu'au bout, mais comment ? Je n'arrivais même pas à me relever.

La maison a tremblé. Brusquement, la porte s'est ouverte, livrant passage à un flot de lumière verte. J'ai reconnu l'odeur tiède et musquée des serpents.

La Brume s'est répartie en une centaine de langues de fumée qui sont parties s'enrouler le long des colonnes de la terrasse et tout autour de la maison. Et l'Oracle est apparue dans l'encadrement de la porte.

La vieille momie s'est mise à piétiner sur place dans sa robe arc-en-ciel. Elle avait encore plus mauvaise mine que d'habitude, ce qui n'était pas peu dire. Ses cheveux tombaient par touffes et sa peau parcheminée craquelait comme le cuir usé d'un siège d'autocar. Ses yeux vitreux scrutaient le vide ; j'ai eu pourtant l'horrible impression qu'elle était attirée directement vers Rachel.

Rachel a tendu les bras. Elle ne semblait pas avoir peur.

– Tu as attendu trop longtemps, a-t-elle dit. Mais je suis là, maintenant.

Le soleil a redoublé d'éclat. Un homme a surgi au-dessus de la terrasse, suspendu dans l'air – un blond en chiton blanc et lunettes de soleil, qui arborait un sourire arrogant.

– Apollon, ai-je murmuré.

Il m'a lancé un clin d'œil, mais fait signe de me taire en portant un doigt à ses lèvres.

– Rachel Elizabeth Dare, a-t-il déclaré. Tu as le don de la prophétie, mais c'est aussi une malédiction. Es-tu sûre que tu désires faire ceci ?

Rachel a hoché la tête.

– C'est mon destin, a-t-elle répondu.

– En acceptes-tu les risques ?

– Oui.

– Alors, poursuis.

Rachel a fermé les yeux.

– J'accepte ce rôle, a-t-elle dit d'un ton solennel. Je fais vœu de servir Apollon, dieu des Oracles. J'ouvre les yeux à l'avenir et j'embrasse le passé. J'accepte en moi l'esprit de Delphes, voix des dieux, qui parle par énigmes et lit le destin.

Je ne sais pas où Rachel trouvait les mots, mais ils lui venaient naturellement, tandis que tout autour, la Brume s'épaississait. Une colonne de fumée verte est sortie de la bouche de la momie puis a glissé le long des marches en ondulant comme un énorme python vert, pour venir s'enrouler affectueusement autour des chevilles de Rachel. La momie de l'Oracle s'est effondrée au sol, où elle s'est effritée. En quelques instants, il n'en est plus resté qu'un tas de poussière et une vieille robe de hippie. La Brume enveloppait complètement Rachel, à présent.

Dans un premier temps, elle a entièrement disparu sous les volutes vertes. Puis la fumée s'est dissipée.

Rachel s'est laissée tomber à terre et lovée en chien de fusil. Nico, Annabeth et moi, on s'est tous rués vers elle, mais Apollon nous a fait barrage.

– Arrêtez ! C'est le moment critique.

– Que voulez-vous dire ? me suis-je écrié. Qu'est-ce qui se passe ?

Apollon surveillait Rachel avec inquiétude.

– Soit l'esprit prend, a-t-il expliqué, soit il ne prend pas.

– Et s'il ne prend pas ? a demandé Annabeth.

– Cinq syllabes, a-t-il répondu, en comptant sur les doigts. *Ça craindrait un max.*

Malgré la mise en garde d'Apollon, j'ai couru m'agenouiller près de Rachel. L'odeur du grenier s'était dissipée. La Brume a disparu dans le sol, avalée par la terre, et la lumière verte s'est éteinte. Mais Rachel était toujours livide. C'est à peine si elle respirait.

Puis elle a rouvert les yeux en battant des paupières. Avec effort, elle a fixé le regard sur moi.

– Percy.

– Ça va ?

Rachel a essayé de se redresser. « Aïe. » Elle a porté les mains aux tempes.

– Rachel, a dit Nico, ton aura vitale s'était presque entièrement éteinte. Je te voyais mourir, littéralement.

– Ça va aller, a-t-elle murmuré. Aidez-moi à me relever, s'il vous plaît. Les visions... c'est un peu perturbant.

Apollon est descendu de la terrasse.

– Mesdames et messieurs, a-t-il déclaré, permettez-moi de vous présenter le nouvel Oracle de Delphes.

– Vous plaisantez, a laissé échapper Annabeth.

Rachel a esquissé un sourire.

– Ça me fait drôle, à moi aussi, mais c'est mon destin, a-t-elle dit. Je l'ai vu quand j'étais à New York. Je sais maintenant pourquoi je suis née avec le don de la vraie vue. J'étais destinée à devenir l'Oracle.

J'ai cligné des yeux, interloqué.

– Tu veux dire que tu peux lire l'avenir, maintenant ?

– Pas tout le temps. Mais j'ai des visions, des images, des mots dans la tête. Quand on me pose une question, je... oh, non...

– Ça commence, a annoncé Apollon.

Rachel s'est brusquement pliée en deux, comme si elle venait de recevoir un coup de poing en plein ventre. Puis elle s'est redressée et ses yeux ont brillé d'un éclat vert serpent.

Lorsqu'elle a parlé, sa voix était amplifiée comme si trois Rachel parlaient en même temps.

Sept sang-mêlé obéiront à leur sort,
Sous les flammes ou la tempête le monde doit tomber.
Serment sera tenu en un souffle dernier,
Des ennemis viendront en armes devant les Portes de la Mort.

À peine le dernier mot prononcé, Rachel s'est écroulée. Nico et moi l'avons rattrapée *in extremis* et aidée à s'asseoir sur la terrasse. Sa peau était brûlante.

– Ça va aller, a-t-elle dit en retrouvant sa voix normale.

– C'était quoi, ce que tu viens de raconter ? ai-je demandé.

Elle a secoué la tête, l'air perplexe.

– De quoi tu parles ?

– Je crois, a dit alors Apollon, que nous venons d'entendre la prochaine Grande Prophétie.

– Qu'est-ce que ça signifie ? ai-je insisté.

Rachel a froncé les sourcils et répondu :

– Je ne me souviens même pas de ce que j'ai dit.

– Effectivement, a expliqué Apollon d'un ton songeur. L'esprit s'exprimera à travers toi de façon ponctuelle. Le reste du temps, notre Rachel sera sensiblement la même qu'avant. Inutile de la cribler de questions, même si elle vient de prononcer la prochaine grande prédiction sur l'avenir du monde.

– Quoi ? ai-je fait. Mais...

– Percy, a dit Apollon, à ta place, je ne m'en ferais pas trop. La dernière Grande Prophétie, celle qui te concernait, a mis près de soixante-dix ans à se réaliser. Si ça se trouve, celle-ci ne s'accomplira même pas de ton vivant.

J'ai repensé aux vers que Rachel avait prononcés de cette voix sinistre – flammes, tempête et Portes de la Mort.

– Peut-être, ai-je dit. Il n'empêche que ça n'augurait rien de bon.

– Certes non, a rétorqué Apollon d'un ton guilleret. Rachel va faire un merveilleux Oracle !

Il nous en coûtait de changer de sujet, mais Apollon s'est montré inflexible : Rachel avait besoin de repos. Elle avait d'ailleurs l'air assez désorientée.

– Je suis désolée, Percy, m'a-t-elle dit. Je ne t'ai pas tout expliqué à l'Olympe, car ma vocation me faisait peur. Je pensais que tu ne comprendrais pas.

– Je ne comprends toujours pas, ai-je avoué. Mais je suis heureux pour toi, enfin, je crois.

Rachel a souri.

– « Heureux » n'est peut-être pas le mot. Voir l'avenir ne va pas être facile, même si c'est mon destin. J'espère seulement que ma famille...

Elle a laissé sa phrase en suspens.

– Tu vas quand même aller à l'Institut Clarion ? lui ai-je demandé.

– J'ai donné ma parole à mon père. Je crois que je vais essayer d'être une ado normale pendant l'année scolaire, mais...

– Pour le moment, tu as besoin de sommeil, l'a grondée Apollon. Chiron, je ne crois pas que le grenier soit le lieu idéal pour notre nouvel Oracle, et toi ?

– Pas du tout, effectivement. (Chiron avait bien meilleure mine depuis qu'Apollon avait usé sur lui de sa magie curative.) Rachel peut prendre une des chambres d'amis de la Grande Maison pour l'instant, le temps qu'on trouve une idée.

– Je verrais bien une grotte dans les collines, avec des flambeaux et un grand rideau violet devant l'entrée... un accès vraiment mystérieux, a commencé Apollon, l'œil rêveur. Mais à l'intérieur, un truc nickel, équipé très moderne, avec une salle de jeu, un home cinéma, tout ce qu'il faut.

Chiron s'est raclé bruyamment la gorge.

– Qu'est-ce qu'il y a ? a fait Apollon.

Rachel m'a embrassé sur la joue.

– Au revoir, Percy, a-t-elle murmuré. Et j'ai pas besoin de voir l'avenir pour te dire ce que tu dois faire maintenant, si ?

– Non, ai-je répondu en rougissant.

– Bien !

Sur ce, elle a tourné les talons et suivi Apollon dans la Grande Maison.

La journée a continué aussi étrangement qu'elle avait commencé. Les pensionnaires rentraient à la colonie seuls ou par petits groupes, en voiture, à dos de pégase, en char. On soignait les blessés ; on donnait des sépultures rituelles aux morts devant le feu de camp.

Pour Silena, le linceul était rose fuchsia, mais brodé d'une lance électrique. Les Aphrodite et les Arès, qui la revendiquaient les uns et les autres comme leur héroïne, ont enflammé le linceul ensemble. Personne n'a prononcé le mot « espionne ». Ce secret est parti en fumée, avec les effluves de parfum qui se déroulaient dans le ciel.

Même Ethan Nakamura a eu droit à un linceul : en soie noire, brodée de deux épées entrecroisées, surmontées d'une balance. En regardant les flammes le dévorer, j'ai prié pour qu'Ethan sache qu'il avait fait bouger les choses. Il avait payé un prix bien plus fort qu'un œil, mais les dieux mineurs allaient enfin se voir accorder le respect qu'ils méritaient.

Le soir, au pavillon-réfectoire, l'ambiance était plutôt à la retenue. Le seul temps fort, ce fut lorsque Genièvre, la dryade, a hurlé « Grover ! » et sauté au cou de son copain, et qu'on a tous applaudi. Ils sont partis se promener au clair de lune sur la plage, ce qui m'a fait plaisir pour eux, même si ça me faisait de la peine, aussi, parce que ça me rappelait Silena et Beckendorf.

Kitty O'Leary gambadait joyeusement en grappillant des restes à gauche et à droite. Nico mangeait à la table principale, avec Chiron et Monsieur D., sans que personne n'ait l'air de trouver à y redire.

Tout le monde lui donnait des tapes sur l'épaule en le complimentant sur son adresse au combat. Même les Arès, visiblement, le trouvaient trop cool. Comme quoi, déboulez avec une armée de guerriers zombies pour sauver la situation, et vous vous ferez plein de copains.

Peu à peu, le pavillon s'est vidé. Certains pensionnaires sont allés chanter autour du feu de camp, d'autres sont partis se coucher. Je suis resté seul à la table de Poséidon et j'ai regardé le clair de lune sur le détroit de Long Island. Je voyais Grover et Genièvre qui bavardaient sur la plage, main dans la main. C'était un moment paisible.

– Hé, a dit Annabeth en se glissant à côté de moi sur le banc. Bon anniversaire.

Elle tenait un gros gâteau à la forme incertaine, couvert de glaçage bleu.

Je l'ai dévisagée.

– Quoi ?

– On est le 18 août. C'est ton anniv', non ?

J'étais stupéfait. J'avais complètement oublié, mais elle avait raison. J'avais eu seize ans ce matin – ce matin où j'avais pris la décision de donner le poignard à Luke. La prophétie s'était réalisée à la date annoncée, et il ne m'était même pas venu à l'esprit que c'était mon anniversaire.

– Fais un vœu, a dit Annabeth.

J'ai regardé le gâteau.

– C'est toi qui l'as fait ?

– Tyson m'a aidée.

– Ce qui explique qu'il ait l'air d'une brique en chocolat. Avec une couche de béton bleu.

Annabeth a éclaté de rire. J'ai réfléchi une seconde, puis j'ai soufflé la bougie.

On a coupé le gâteau en deux et on l'a mangé avec les doigts. Assis l'un à côté de l'autre, on regardait la mer. Les grillons et les monstres s'agitaient dans le bois, mais à part ça tout était calme.

– Tu as sauvé le monde, a dit Annabeth.

– *Nous avons* sauvé le monde.

– Et Rachel est le nouvel Oracle, ce qui veut dire qu'elle n'aura pas de petit copain.

– T'as pas l'air déçue, ai-je observé.

– Oh, ça m'est égal, a dit Annabeth en haussant les épaules.

– Ah ouais.

Elle a levé le sourcil.

– Tu as quelque chose à me dire, Cervelle d'Algues ?

– Tu vas me rembarrer.

– Ah ben ouais, forcément.

J'ai essuyé les miettes de gâteau que j'avais sur les doigts.

– Quand je suis entré dans le Styx, pour devenir invulnérable... Nico m'a dit que je devais me concentrer sur une chose qui me rattache au monde, qui me motive pour rester mortel.

– Ah oui ?

Annabeth gardait les yeux fixés sur l'horizon.

– Et puis à l'Olympe, quand ils ont voulu me faire dieu, tout ça, j'arrêtais pas de penser...

– Ah, tu étais trop tenté, hein ?

– Bon, peut-être un peu, c'est vrai. Mais j'ai refusé parce que je me suis dit... je ne voulais pas que les choses restent pareilles pour l'éternité, parce qu'elles pouvaient devenir encore meilleures. Et je pensais...

J'avais la gorge vraiment sèche, à ce stade.

– À quelqu'un en particulier ? a fait Annabeth d'une voix douce.

Je lui ai jeté un coup d'œil et j'ai vu qu'elle se retenait de sourire.

– Tu te moques de moi, me suis-je plaint.

– Pas du tout !

– Tu me facilites vraiment pas les choses.

Là, elle a ri pour de bon et m'a passé les mains autour du cou.

– Sache, Cervelle d'Algues, que je ne te faciliterai jamais, jamais les choses. Fais-toi une raison.

Quand elle m'a embrassé, j'ai eu l'impression que mon cerveau coulait et se répandait dans tout mon corps.

J'aurais pu prolonger cet instant éternellement, sauf qu'une voix a grommelé derrière nous :

– Ben il était temps !

Soudain, le pavillon était envahi de pensionnaires qui tenaient des torches. Clarisse menait la bande. Ils ont foncé sur nous et nous ont hissés tous les deux sur leurs épaules.

– Ben on peut pas être tranquilles ? ai-je râlé.

– Les amoureux ont besoin de se rafraîchir ! a lancé Clarisse, hilare.

– Direction le lac ! a embrayé Connor Alatir.

Ils nous ont portés au bas de la colline avec des cris joyeux, en nous maintenant assez près l'un de l'autre pour qu'on puisse se tenir par la main. Annabeth riait et je n'ai pas pu m'empêcher de rire, moi aussi, même si j'étais rouge comme une tomate.

On s'est tenus par la main jusqu'à l'instant où ils nous ont jetés à l'eau.

Et là, c'est moi qui ai eu le dernier mot. J'ai créé une bulle d'air au fond du lac. Nos copains attendaient qu'on remonte, mais, hé... quand on est le fils de Poséidon, pas besoin de se dépêcher.

Sans exagérer, ce fut le meilleur baiser sous-marin de tous les temps.

23 On se dit au revoir... ou à plus tard

La colonie a duré plus longtemps que d'habitude, cette année-là. Elle s'est prolongée de deux semaines, jusqu'au début de la nouvelle année scolaire, et je dois avouer que ce furent les deux plus belles semaines de ma vie.

Annabeth me tuerait si je disais le contraire, bien sûr, mais en dehors de nous deux, il se passait aussi beaucoup d'autres choses qui nous enthousiasmaient. Grover avait repris en main l'équipe de satyres-chercheurs et les envoyait partout dans le monde, en quête de sang-mêlé non encore revendiqués. Jusqu'à présent, les dieux tenaient leurs promesses. De nouveaux demi-dieux faisaient surface un peu partout, pas seulement aux États-Unis, mais dans beaucoup d'autres pays.

– On a du mal à suivre, m'a avoué Grover, un après-midi où on avait pris quelques minutes pour bavarder un peu au bord du lac de canoë-kayak, tous les deux. On va avoir besoin d'un budget voyages plus important et crois-moi, si j'avais cent satyres de plus, ce serait pas du luxe.

– Ouais, mais ceux que tu as travaillent déjà super-dur, ai-je dit. Je crois que tu leur fais peur.

Grover a rougi.

– N'importe quoi. J'ai rien d'effrayant.

– T'es juste un seigneur de la Nature, mec. L'élu de Pan. Membre du Conseil des...

– Arrête ! a protesté Grover. T'es comme Genièvre. Je crois qu'elle veut que je me présente à la présidence du Conseil, aux prochaines élections.

Il s'est mis à mastiquer une boîte en fer-blanc. On a regardé la rangée de nouveaux bungalows en construction, sur la rive d'en face. Le U allait bientôt former un rectangle complet, et les demis-dieux s'étaient attelés à cette nouvelle tâche avec allant.

Nico avait fait venir des ouvriers zombies pour travailler au bungalow d'Hadès. Même s'il était encore le seul gamin à l'occuper, le bungalow allait avoir de la gueule : des murs d'obsidienne massive, avec un crâne au-dessus de la porte et des torches à la flamme verte brûlant de part et d'autre vingt-quatre heures sur vingt-quatre. À côté se dressaient les bungalows d'Iris, de Némésis, d'Hécate et de plusieurs autres divinités que je ne reconnaissais pas. Chaque jour, de nouveaux bungalows s'ajoutaient aux plans. Ça se passait si bien qu'Annabeth et Chiron parlaient d'ajouter une autre aile de bungalows rien que pour avoir assez de place.

Le bungalow d'Hermès était beaucoup moins bondé, maintenant, car la plupart des indéterminés avaient reçu un signe de leur parent divin. Cela se produisait presque tous les soirs, maintenant, de même que tous les soirs, de nouveaux demi-dieux franchissaient la limite de la colonie avec leurs guides-satyres, en général poursuivis par des monstres – mais quasiment tous arrivaient sains et saufs dans l'enceinte.

– Ça va être drôlement différent, l'été prochain, ai-je dit. Chiron pense qu'on sera deux fois plus de pensionnaires.

– Ouais, a opiné Grover. Mais ce sera toujours notre bonne vieille colonie.

Il a poussé un soupir de satisfaction.

J'ai regardé Tyson, qui dirigeait un groupe de maçons Cyclopes. Ils hissaient d'énormes blocs de pierre destinés au bungalow d'Hécate, et je savais que la tâche était délicate. Chaque pierre était gravée d'une inscription magique et, s'ils en faisaient tomber une, soit elle exploserait, soit elle transformerait tout le monde en arbre dans un rayon de huit cents mètres. À mon avis, Grover serait le seul à qui ça plairait.

– Tu sais, m'a averti Grover, je vais beaucoup voyager, l'année prochaine, entre la protection de la nature et la recherche des sang-mêlé. On risque de se voir moins souvent.

– Ça ne changera rien, ai-je répondu. Tu seras toujours mon meilleur ami.

Il a souri.

– À part Annabeth.

– C'est différent.

– Oui, a-t-il convenu, ça, c'est sûr.

En fin d'après-midi, je faisais une dernière promenade sur la plage quand une voix familière m'a lancé :

– Bonne journée, pour la pêche.

Mon père, Poséidon, était près du rivage, dans l'eau jusqu'aux genoux. Il portait son bermuda et son vieux bonnet de pêcheur habituel, avec une chemise hawaïenne à l'imprimé très discret, dans les tons de rose et vert clairs. Il avait entre les mains une canne pour la pêche en mer et lorsqu'il a lancé sa ligne, elle est allée se planter loin, loin... au milieu du détroit de Long Island, je dirais.

– Salut, papa, ai-je dit. Qu'est-ce qui t'amène ?

Il m'a adressé un clin d'œil.

– On n'a pas eu l'occasion de bavarder en tête à tête à l'Olympe. Je voulais te remercier.

– Me remercier ? C'est toi qui es venu à notre rescousse.

– Oui, et pendant ce temps, mon palais a été détruit, mais tu sais, les palais, ça se reconstruit. J'ai reçu des monceaux de cartes de remerciement des autres dieux. Même Arès m'en a envoyé une, mais à mon avis Héra l'a obligé à le faire. C'est assez flatteur, alors je te remercie. À croire que même les dieux peuvent encore en apprendre.

L'eau du détroit s'est mise à bouillonner. Au bout de la ligne de mon père, un énorme serpent de mer vert a jailli entre les vagues. Il se débattait avec ardeur, mais Poséidon s'est contenté de soupirer. Tenant la canne d'une main, il a sorti son canif et tranché la ligne de l'autre. Le monstre a disparu sous la surface.

– Pas assez gros, s'est-il plaint. Je dois relâcher les petits, sinon les gardes-pêche me font tout un souk.

– Ça, c'était petit ?

Il a souri.

– Bravo pour les nouveaux bungalows, à propos, ça avance bien. Je suppose que ça veut dire que je peux revendiquer tous mes autres fils et filles et t'envoyer quelques frères et sœurs l'année prochaine.

– Très drôle.

Poséidon a remonté sa ligne. J'ai piétiné sur place, troublé.

– Euh... c'était pour rire, ou je me trompe ?

Mon père m'a gratifié d'un de ses clins d'œil entendus, ce qui ne répondait pas du tout à ma question.

– À bientôt, Percy. Et n'oublie pas : avant de rentrer un poisson, il faut toujours vérifier qu'il est assez gros.

Sur ces mots, il s'est évanoui dans la brise marine, laissant pour seule trace de son passage une canne à pêche sur le sable.

C'était notre dernière soirée à la colonie, la soirée de la cérémonie de la perle. Cette année, le bungalow d'Héphaïstos l'avait dessinée. Elle représentait l'Empire State Building et, gravés tout autour en minuscules lettres grecques, figuraient les noms de tous les héros morts en défendant l'Olympe. Il y avait trop de noms, mais j'étais fier de porter la perle. Je l'ai enfilée sur mon lacet de cuir. Quatre perles, à présent. J'étais un ancien. J'ai repensé à la première soirée que j'avais passée devant le feu de camp, à douze ans. Je m'étais senti tout de suite chez moi. Ça, au moins, ça n'avait pas changé.

– N'oubliez jamais cet été ! nous a dit Chiron, qui trottait devant le feu de camp. (Il s'était rétabli de façon spectaculaire, même s'il boitait encore un peu.) Cet été, nous avons découvert le courage et l'amitié. Nous avons défendu l'honneur de la colonie.

Il m'a souri, et tout le monde a applaudi. En jetant un coup d'œil en direction du feu, j'ai aperçu une petite fille en robe brune, qui nourrissait les flammes. Elle m'a lancé un clin d'œil en rabattant la paupière sur un iris flamboyant. Personne d'autre ne semblait l'avoir remarquée, mais je me suis rendu compte qu'elle préférait peut-être ça.

– Et maintenant, tout le monde au lit ! a dit Chiron.

N'oubliez pas que vous devez libérer vos bungalows demain matin avant midi, sauf si vous avez pris des dispositions pour passer l'année à la colonie. Les harpies de ménage dévoreront tous les traînards, et je n'aimerais pas finir l'été sur une note triste !

Le lendemain matin, avec Annabeth, on est montés au sommet de la colline des Sang-Mêlé et on a regardé partir les bus et les camionnettes qui ramenaient la plupart des pensionnaires dans le monde réel. Quelques anciens allaient s'attarder à la colonie, ainsi que quelques nouveaux venus. Quant à moi, j'allais retourner à Goode pour faire ma seconde – pour la première fois de ma vie, je resterais deux ans de suite dans la même école.

– Au revoir, nous a dit Rachel en passant la bandoulière de son sac sur son épaule.

Elle avait l'air assez tendue, mais, fidèle à la promesse qu'elle avait faite à son père, elle partait pour l'Institut Clarion, dans le New Hampshire. On allait devoir attendre l'été prochain pour retrouver notre Oracle.

– Tu t'en tireras très bien, lui a dit Annabeth en l'embrassant.

C'était marrant, ces jours-ci elle avait l'air de plutôt bien s'entendre avec Rachel.

– J'espère que tu as raison. (Rachel s'est mordillé la lèvre inférieure.) Je suis un peu inquiète. T'imagines, si quelqu'un me demande ce qu'il faut réviser pour le prochain contrôle de maths, et que je me mette à débiter une prophétie en pleine salle de cours ? *Le théorème de Pythagore le problème numéro deux constituera...* Par les dieux, ce serait gênant.

Annabeth a ri et, à mon grand soulagement, ça a fait sourire Rachel.

– Bon, a-t-elle repris, vous disputez pas, tous les deux.

Allez comprendre pourquoi, elle m'a regardé comme si j'étais un fauteur de trouble, ou quoi. Et, sans me laisser le temps de protester, elle nous a fait la bise et a dévalé la pente pour rejoindre la voiture qui l'attendait.

Annabeth, heureusement, allait rester à New York. Ses parents avaient accepté qu'elle aille dans un pensionnat en ville pour être près de l'Olympe et pouvoir superviser les travaux de reconstruction.

– Et près de moi ? ai-je demandé.

– Eh ben, y en a qui se prennent pas pour rien, a-t-elle rétorqué – mais elle a glissé sa main dans la mienne.

Je me suis rappelé ce qu'elle m'avait confié à New York, sur son désir de construire quelque chose de permanent, et je me suis dit qu'avec un peu de chance, là, on prenait un bon départ.

Peleus, le dragon de garde, s'est enroulé avec satisfaction autour du pin, sous la Toison d'Or, et s'est mis à ronfler en crachant de la vapeur par les naseaux à chaque expiration.

– Tu as repensé à la prophétie de Rachel ? ai-je demandé à Annabeth.

Elle a froncé les sourcils.

– Comment tu le sais ?

– Je te connais.

Elle m'a donné un coup d'épaule.

– Bon, d'accord. Oui, j'y ai repensé. *Sept sang-mêlé obéiront à leur sort.* Je me demande qui ça va être. On aura tellement de nouvelles têtes l'année prochaine.

– Ouais, ai-je acquiescé. Et cette histoire du monde tombant sous les flammes ou la tempête...

Elle a pincé les lèvres.

– Et des ennemis aux Portes de la Mort. Je sais pas, Percy, mais ça me plaît pas. Je pensais... je pensais qu'on aurait une période de paix, histoire de changer.

– Ce serait plus la Colonie des Sang-Mêlé, s'il y avait la paix.

– Tu as peut-être raison... ou peut-être que la prophétie ne se réalisera pas avant des années.

– Ça pourrait être le problème d'une autre génération de demi-dieux. Et nous, on pourrait relâcher la pression.

Elle a hoché la tête, mais elle n'avait pas l'air très convaincue. Je la comprenais, en même temps j'avais du mal à flipper par une si belle journée, avec Annabeth à côté de moi, en sachant que ce n'était pas un véritable au revoir. On allait avoir plein de temps à nous.

– On fait la course jusqu'à la route ? ai-je proposé.

– Tu vas perdre, ça me fait trop mal pour toi.

Annabeth a décollé comme un turbo et je me suis élancé dans la pente, derrière elle.

Et, pour une fois, je ne me suis pas retourné.

REMERCIEMENTS

La première série de la Colonie des Sang-Mêlé s'achève, et j'ai tant de gens à remercier : mon éditrice, Jennifer Besser, qui défend Percy depuis les premiers jours ; toutes les personnes formidables qui travaillent à Disney-Hyperion ; mon agent, Nancy Gallt, qui a contribué à faire naître la série ; ma famille : Becky, Haley et Patrick, qui sont mes supporters les plus patients et les plus compréhensifs ; et, bien sûr, mes lecteurs ! Aucun auteur ne saurait rêver d'un groupe de fans plus motivés et plus enthousiastes. Vous avez tous votre place à la Colonie des Sang-Mêlé !

Découvrez un extrait de

La trilogie de Bartiméus

L'amulette de Samarcande

de Jonathan Stroud

1

Découvrez un extrait de

La trilogie de Bartiméus

L'Amulette de Samarcande

de Jonathan Stroud

[illegible]

1

La température ambiante chute d'un coup. Une pellicule de glace tapisse les rideaux et forme une croûte épaisse autour du plafonnier. Dans chaque ampoule, le filament incandescent se racornit, de moins en moins brillant, tandis que les bougies plantées dans tous les coins telle une colonie de champignons vénéneux s'éteignent d'un coup. Dans la pénombre de la pièce se répand un nuage de vapeur âcre et jaune aux relents de soufre, où se contorsionnent de vagues formes noires. Loin, très loin, on entend des voix hurler en chœur. Brusquement, une pression s'exerce sur la porte donnant sur le palier ; elle s'arque vers l'intérieur de la pièce dans un grincement de boiseries. Un bruit de pas émis par des pieds invisibles crépite sur le plancher, des bouches également invisibles se mettent à chuchoter des méchancetés derrière le lit et sous le bureau.

Puis le nuage de soufre se contracte pour former

une épaisse colonne de fumée ; celle-ci sécrète une série de fins tentacules qui lèchent l'air comme des langues avant de se retirer. La colonne reste suspendue au-dessus du pentacle en bouillonnant contre le plafond tel un volcan en éruption. Une pause à peine perceptible, puis deux yeux jaunes au regard fixe se matérialisent au cœur de la fumée.

Eh ! C'est la première fois, pour lui… Je tiens à lui flanquer la trouille.

Et c'est réussi. Il se tient debout au centre de son propre pentacle, plus petit et couvert de runes différentes, à quelques pas du pentacle principal. Pâle comme un mort, il claque des dents et tremble comme une feuille par grand vent ; des gouttelettes de transpiration perlent sur son front et se transforment en glace avant de tomber par terre avec un petit bruit cristallin de grêlons.

Bon, tout ça est très bien, mais qu'est-ce qu'on fait maintenant ? Parce que ce petit gamin brun, avec ses yeux écarquillés et ses joues creuses, il a douze ans à tout casser. Et franchement, flanquer la trouille de sa vie à un gringalet pareil, ce n'est pas tellement excitant[1].

---

1. Tout le monde n'est pas d'accord sur ce point. Il y en a qui, au contraire, en font leur sport favori. Ceux-là perfectionnent d'innombrables moyens de tourmenter leurs invocateurs *via* des apparitions subtilement hideuses. En général, tout ce qu'on peut espérer, c'est leur refiler des cauchemars ; mais de temps en temps, ces stratagèmes sont si efficaces que les apprentis paniquent et sortent du cercle protecteur. Dans ce cas tout va bien – du moins pour nous. Mais ce n'est pas sans risque,

Alors je reste là, suspendu dans les airs, en espérant qu'il ne mettra pas trop longtemps à prononcer la formule de révocation. Histoire de m'occuper un peu, j'envoie des flammèches bleues lécher la bordure intérieure du pentacle, en faisant comme si elles cherchaient à en sortir pour attraper le môme. Naturellement, c'est bidon sur toute la ligne. J'ai vérifié : le sceau est très bien dessiné. Pas le moindre vice de formule…

Finalement, le garnement rassemble son courage en vue de prendre la parole. En tout cas c'est ce que je déduis du frémissement de ses lèvres, qui ne semble pas uniquement dû à la peur : il esquisse un vague bégaiement. Je laisse peu à peu s'éteindre le feu bleu, remplacé par une odeur nauséabonde.

Le petit articule d'une voix très, très mal assurée :

« Je te somme… de… de… » Allez, accouche ! « … de me d-dire t-ton nom. »

C'est souvent comme ça que ça commence, avec les jeunes. Par du bavardage inutile. Il connaît très bien mon nom, et il sait que je le sais ; sinon, comment m'aurait-il invoqué, hein ? Car pour ça, il faut enchaîner des mots et des gestes bien précis, et surtout prononcer le nom exact. C'est vrai, quoi : ça ne peut pas être aussi simple que de héler un taxi ; quand nous on appelle, à l'autre bout, on n'obtient pas n'importe qui.

J'opte pour un ton grave, plein de nuances, onctueux comme du chocolat bien noir, le genre de voix

---

car ils sont souvent bien entraînés. Et quand ils grandissent, ils se vengent.

qui retentit partout à la fois sans source précise et hérisse les cheveux sur les jeunes nuques inexpérimentées.

« BARTIMÉUS. »

Le petit s'étrangle visiblement en entendant mon nom. Tant mieux, ça prouve qu'il n'est pas complètement idiot : il sait qui je suis, ou ce que je suis. Il n'ignore pas ma réputation.

Il prend le temps de déglutir péniblement, puis reprend :

« J-je te somme à n-nouveau de répondre. Es-tu le Bartiméus qui, en des temps anciens, fut invoqué par les magiciens pour relever les remparts de Prague ? »

Bon, ce gosse me fait perdre mon temps. Quel autre Bartiméus ça pourrait bien être ? Du coup, je force un peu la note. La glace qui recouvre les ampoules électriques se fendille comme du sucre caramélisé. Derrière les rideaux sales, les carreaux se mettent à miroiter en émettant une vibration. Le gamin a un mouvement de recul.

« Je suis Bartiméus ! Je suis Sakhr al-Djinn, N'gorso le tout-puissant, le Serpent à plumes d'argent ! J'ai reconstruit les remparts d'Uruk, de Karnak et de Prague. Je me suis entretenu avec Salomon. J'ai parcouru les plaines avec les pères buffles. J'ai veillé le Vieux Zimbabwe jusqu'à ce que les pierres s'écroulent et que les chacals dévorent son peuple. Je suis Bartiméus ! Je ne me reconnais point de maître. Aussi je te somme à mon tour, petit. Qui es-tu pour m'invoquer ? »

Impressionnant, non ? Et en plus, tout est vrai, ce qui ne gâte rien. Mais je n'ai pas seulement dit ça pour me donner de l'importance. Ce que j'espère, c'est épater le gosse au point qu'il me livre son nom, ce qui me donnera un peu de marge de manœuvre dès qu'il aura le dos tourné[1]. Malheureusement ça ne marche pas.

« Par la contrainte du cercle, les pointes du pentacle et les runes, je suis ton maître ! Tu dois te soumettre à ma volonté ! »

Il y a quelque chose d'odieux à entendre cette formule éculée dans la bouche d'un gringalet aussi chétif, avec sa petite voix flûtée, particulièrement ridicule. Je ravale mon envie de lui dire ce que je pense de lui et j'entonne la réponse habituelle, qu'on en finisse.

« Quelle est ta volonté ? »

Je dois l'avouer, je suis un peu surpris. La plupart des magiciens en herbe jettent d'abord un coup d'œil avant de poser des questions. Ils font du lèche-vitrines, si l'on peut dire, histoire d'évaluer l'étendue de leur pouvoir ; mais ils sont bien trop inquiets pour s'essayer à l'exercer. Il est déjà rare, pour une entité de ma stature, de se faire invoquer par des morveux pareils, mais là…

Le môme s'éclaircit la voix. Le moment qu'il attendait est venu. L'aboutissement de tous ses efforts. Il en rêve depuis des années au lieu de fantasmer sur

---

1. Naturellement, je ne peux rien faire tant que je suis à l'intérieur du cercle. Mais ensuite, je peux essayer de savoir à qui j'ai affaire, chercher ses faiblesses de caractère, ce qu'il y a d'exploitable dans son passé. On trouve toujours, chez eux. Enfin, je veux dire : chez vous.

les filles ou les voitures de course en traînassant sur son lit. Je me prépare à recevoir sa pathétique injonction. Je l'imagine déjà. Il s'agit fréquemment de faire léviter un objet quelconque ou de le déplacer d'un bout à l'autre de la pièce. Ou alors, il veut que je matérialise une illusion. Ce qui peut être assez amusant d'ailleurs : il y a forcément moyen d'interpréter sa requête de travers et d'en profiter pour le traumatiser un peu[1].

« Je te somme d'aller chercher l'Amulette de Samarcande chez Simon Lovelace et de me l'apporter lorsque je t'invoquerai à nouveau, demain matin à l'aube.

— Hein ? Quoi ?

— Je te somme d'aller chercher…

— Oui, ça va, j'ai entendu. »

Je n'avais pas l'intention de paraître aussi irascible. Ça m'a échappé, voilà. Du coup, ma voix a un peu perdu de ses intonations sépulcrales.

« Alors va !

— Minute ! » Je me sens nauséeux, comme toujours quand ils nous congédient. J'ai l'impression qu'on m'aspire les entrailles par un trou dans le dos. Les magiciens doivent répéter la révocation trois fois pour se débarrasser de nous quand nous n'avons pas envie de tirer notre révérence. C'est rarement nécessaire, mais cette fois, je reste où je suis, sous la forme

---

1. Un jour, un magicien m'a demandé de lui montrer une image de l'amour de sa vie. J'ai fait apparaître un miroir.

de deux yeux ardents dans un furieux bouillonnement de fumée malodorante.

« Sais-tu ce que tu me demandes là, petit ?

— Il m'est interdit de converser, discuter, parlementer avec toi, de chercher à résoudre des énigmes, de relever des paris ou de me livrer à des jeux de hasard ; je n'ai pas le droit non plus de…

— Et moi, je ne suis pas censé argumenter avec un adolescent malingre, je te prie de le croire ; alors épargne-moi ces âneries apprises par cœur. Quelqu'un se sert de toi ; qui ? Ton maître, je suppose. Un vieux dégonflé tout ratatiné qui se cache derrière un gamin… C'est du propre ! » Je réduis un peu la quantité de fumée et laisse pour la première fois entrevoir les contours imprécis de ma silhouette, suspendue dans les ombres. « Tu joues doublement avec le feu si tu cherches à spolier un vrai magicien en m'invoquant. Où sommes-nous ? À Londres, non ? »

Il acquiesce. On est bien à Londres. Dans une espèce de maison minable. J'examine la pièce à travers les émanations chimiques. Le plafond est bas, le papier peint se décolle ; au mur, une unique reproduction – un paysage de style hollandais. Curieux choix, de la part d'un garçon de cet âge. Je m'attendais plutôt à des chanteuses pop, des joueurs de foot… Les magiciens sont conformistes, même les jeunes.

« Ah là là… » Je prends une voix conciliante, nostalgique. « Nous vivons dans un monde cruel, et on t'a appris bien peu de choses.

— Je n'ai pas peur de toi ! Je t'ai fait part de ta mission, maintenant, va, je te l'ordonne ! »

La deuxième révocation. J'ai l'impression qu'on me passe les entrailles au rouleau compresseur. Je sens mes contours vaciller. Cet enfant possède un pouvoir certain, en dépit de son jeune âge.

« Ce n'est pas de moi que tu dois avoir peur ; du moins pas pour l'instant. Simon Lovelace viendra te régler ton compte en personne quand il verra qu'on lui a volé son Amulette. Ce n'est pas parce que tu es jeune qu'il va t'épargner.

— Tu dois te soumettre à ma volonté.

— C'est vrai. »

Il faut reconnaître qu'il est obstiné. Et stupide.

Il lève la main. Je devine la première syllabe de l'Étau Systématique. Il s'apprête à me faire souffrir.

Je file sans m'embarrasser d'effets spéciaux supplémentaires.

2

Quand je me pose tout en haut d'un réverbère, le crépuscule tombe sur Londres et il pleut des cordes. C'est bien ma chance. Justement, j'ai pris la forme d'un merle vif, avec un bec bien jaune et un plumage noir de jais. En quelques secondes, je deviens le volatile le plus dépenaillé qu'on ait jamais vu rentrer la tête dans ses ailes à Hampstead. Je regarde rapidement d'un côté puis de l'autre, et je repère un grand hêtre de l'autre côté de l'avenue. Un tapis de feuilles mortes moisit au pied de l'arbre (que les vents de novembre ont déjà dénudé) mais ses branches serrées me protégeront un peu de l'averse. Je prends mon essor et je survole une voiture solitaire qui avance tranquillement. Derrière de hauts murs d'enceinte ainsi que les feuillages persistants des jardins, de grosses villas à façade blanche et sans charme luisent dans la pénombre tels des visages de cadavres.

Enfin, c'est peut-être parce que je suis de mauvaise humeur. Cinq choses m'embêtent. Premièrement, la douleur sourde qui accompagne chaque manifestation physique. Je commence à la ressentir dans mes plumes. Je pourrais la tenir momentanément à distance en changeant de forme, mais je risque d'attirer l'attention à un stade critique de l'opération. Il vaut mieux que je reste oiseau jusqu'à ce que j'aie un peu mieux repéré mon environnement.

Deuxièmement : le temps qu'il fait. Mais passons.

Troisièmement, j'avais oublié les contraintes à supporter quand on s'incarne. Ça me démange juste au-dessus du bec, et avec des ailes, comment voulez-vous que je me gratte ?

Quatrièmement, ce môme. Je me pose pas mal de questions sur son compte. Qui est-il au juste ? Pourquoi est-il suicidaire à ce point ? Comment me venger de lui avant l'issue fatale qui l'attend pour m'avoir forcé à remplir cette mission ? Les nouvelles vont vite, et qu'est-ce que je vais prendre si on sait que je me démène dans tous les coins pour un minus pareil !

Cinquièmement, l'Amulette. Tout le monde sait que c'est un puissant talisman. Qu'est-ce que ce gosse peut bien espérer en faire ? Franchement, je ne vois pas. Il ne peut pas disposer du savoir nécessaire. Il se contentera peut-être de la porter en sautoir. Tragique, vraiment… Ou alors, c'est la dernière mode chez les magiciens : en ce moment, il faut piquer des amulettes, comme d'autres piquent des enjoliveurs. N'empêche, je dois mettre la main dessus, et ça, même pour moi, ce ne sera pas facile.

Je ferme les paupières du merle puis j'ouvre l'un après l'autre mes yeux intérieurs, qui voient chacun sur un « plan », ou un « Niveau » différent[1]. Puis j'inspecte les alentours en sautillant d'un bout à l'autre de ma branche pour trouver le meilleur point de vue. Trois villas bénéficient d'une protection magique dans cette rue, ce qui prouve bien à quel point le quartier est huppé. Je ne me donne pas la peine d'examiner les deux plus éloignées : c'est celle d'en face qui m'intéresse, juste derrière le réverbère. La résidence de Simon Lovelace, magicien.

Le premier Niveau ne pose pas de problème, mais il a installé un nexus défensif sur le deuxième ; je le vois briller comme une toile d'araignée immatérielle et bleue tout le long du mur d'enceinte. En plus, le dispositif ne s'en tient pas là : il s'élève dans les airs, passe par-dessus la maison et redescend de l'autre côté en formant un vaste dôme chatoyant.

Pas mal, mais ce n'est pas ça qui m'arrêtera.

Rien sur les troisième et quatrième Niveaux, mais au cinquième, je repère trois sentinelles qui planent juste au-dessus du mur du jardin. Elles sont uniformément jaune terne, et constituées de trois jambes musculeuses qui s'articulent sur un moyeu en carti-

---

1. J'ai personnellement accès à sept Niveaux distincts qui coexistent et se chevauchent comme les étages d'un gâteau écrasé. Sept, c'est largement suffisant ; ceux qui en utilisent davantage ne sont que des frimeurs.

lage. Au-dessus, une masse informe pourvue de deux bouches et de plusieurs yeux vigilants. Ces créatures décrivent un circuit aléatoire tout autour de la propriété. Je me plaque instinctivement contre le tronc du hêtre, mais de toute façon, elles ne risquent pas de me repérer. À cette distance, je dois apparaître sous forme de merle quel que soit le Niveau. C'est seulement si je m'approche que les sentinelles peuvent percer à jour l'illusion.

Le sixième Niveau ne présente pas de difficulté non plus. En revanche, le septième… Ça alors, c'est bizarre. Rien qui saute aux yeux – la maison, la rue, en apparence, rien n'a changé – mais quelque chose me dit qu'il y a là une présence.

Perplexe, je me frotte le bec contre un nœud dans le bois. Comme on pouvait s'y attendre, on sent une puissante magie à l'œuvre dans les parages. J'ai entendu parler de ce Lovelace. On dit que c'est un magicien investi de grands pouvoirs qui mène son monde à la baguette. J'ai de la chance qu'il ne m'ait jamais invoqué, et je ne tiens pas à m'attirer ses foudres, ni celles de ses serviteurs d'ailleurs.

Seulement, je dois exécuter la volonté de ce gosse.

Le merle détrempé quitte sa branche et descend en vol plané vers la chaussée en évitant soigneusement l'orbe lumineux du plus proche réverbère. Il se pose sur un carré d'herbe rabougrie à l'angle du mur. On a déposé là quatre sacs-poubelle noirs, qui seront ramassés le lendemain matin. Le merle passe derrière en sautillant. Un chat qui l'observe de loin[1] attend un peu qu'il ressorte, puis perd patience et, curieux, s'approche furtivement, pour voir. Derrière les sacs, il ne trouve rien, pas le moindre volatile. Rien qu'une taupinière fraîchement retournée.

---

1. Sur deux Niveaux. Les chats ont le pouvoir de faire ça.

3

Je déteste le goût de la boue, indigne d'une créature d'air et de feu comme moi. Le poids écœurant de la terre me procure une insupportable sensation d'oppression chaque fois que j'entre en contact avec elle. Ce qui explique que je sois si difficile dans mes choix quand je dois m'incarner. Les oiseaux, c'est bien. Les insectes, ça va. Les chauves-souris, passe encore, ainsi que les bestioles qui courent vite. Celles qui nichent dans les arbres me conviennent particulièrement bien. Mais avec les bêtes souterraines, là, j'ai du mal. Les taupes, par exemple…

Mais bon, quand on a un Bouclier protecteur à déjouer, on ne peut pas se montrer trop regardant. Et j'ai vu juste : il ne s'enfonce pas sous terre. Donc, la taupe descend de plus en plus bas, sans cesser de fouir, et passe sous les fondations du mur d'enceinte. Aucune alarme magique ne retentit, alors que cinq fois de suite je me cogne la tête contre un caillou[1]. Puis je remonte vers la surface, que j'atteins enfin après vingt minutes de fouissage intensif. À chaque coup de patte je tombe sur un gros ver juteux devant lequel je fronce le museau.

La taupe sort prudemment la tête du monticule qu'elle vient de former avec la terre accumulée tout au long de son passage, sous la pelouse par ailleurs impeccable de Simon Lovelace. Elle regarde de-ci, de-là, pour reconnaître le terrain. Il y a de la lumière au rez-de-chaussée. Les rideaux sont tirés. Les étages, en revanche, sont plongés dans l'obscurité. Les filaments translucides et bleutés du système de défense magique s'arquent par-dessus le toit. Une des sentinelles jaunes avance laborieusement dans les airs, l'air bête, à trois mètres au-dessus des massifs. Les deux autres doivent être derrière la maison.

Je jette un nouveau coup d'œil au septième Niveau. Toujours rien, à part ce même malaise, cette sensation de danger immédiat. Mais bon.

La taupe bat en retraite sous terre et creuse un tunnel sous le gazon, en direction de la demeure. Elle émerge à nouveau dans les plates-bandes, juste sous les fenêtres. Elle réfléchit à toute allure. Inutile de chercher à s'introduire sous cette forme, même s'il est

---

1. Enfin, cinq cailloux différents. Pas cinq fois le même. Je dis ça, c'est juste histoire de me faire bien comprendre. On ne sait jamais, avec les êtres humains. Ils sont tellement obtus, parfois…

tentant d'entrer par un soupirail. Il faut trouver autre chose.

Des rires et un tintement de verres entrechoqués parviennent aux oreilles velues de l'animal. Il est surpris par le volume sonore. La source doit se trouver tout près. Il y a une bouche d'aération fendillée par l'âge à moins de cinquante centimètres. Elle mène à l'intérieur.

Non sans soulagement, je me transforme en mouche.

« Pour l'éditeur, le principe est d'utiliser des papiers composés de fibres naturelles, renouvelables, recyclables et fabriquées à partir de bois issus de forêts qui adoptent un système d'aménagement durable. En outre, l'éditeur attend de ses fournisseurs de papier qu'ils s'inscrivent dans une démarche de certification environnementale reconnue. »

Édité par la Librairie Générale Française - LPJ
(58 rue Jean Bleuzen, 92178 Vanves Cedex)

Composition Nord Compo
Achevé d'imprimer en Espagne par BLACK PRINT CPI IBERICA
Dépôt légal 1re publication juillet 2014
36.8892.2/02 - ISBN : 978-2-01-397107-2
Loi n° 49-956 du 16 juillet 1949 sur les publications destinées à la jeunesse
Dépôt légal : juin 2015